HEYNE <

BELA B
FELSENHEIMER

SCHARNOW

ROMAN

WILHELM HEYNE VERLAG
MÜNCHEN

FSC
www.fsc.org
MIX
Papier | Fördert gute Waldnutzung
FSC® C083411

Penguin Random House Verlagsgruppe FSC® N001967

2. Auflage
Vollständige Taschenbuchausgabe 05/2020

Redaktion: Brigitte Helbling & Thomas Brill
Lektorat Markus Naegele
Umschlaggestaltung: Johannes Wiebel, punchdesign,
München unter Verwendung von Motiven von
Shutterstock.com (Kerstin Schoene) und
photocase.de (kallejipp, slecnep)
Karten Umschlaginnenseiten: Bela B Felsenheimer
Gesetzt aus der Kepler von Satzwerk Huber, Germering
Druck und Bindung: CPI books GmbH, Leck.
Printed in the EU

ISBN: 978-3-453-67730-2

Meiner Jugend in Spandau gewidmet

Personenverzeichnis

Die auftretenden Figuren

Agent, der – untersteht dem → **Sekretär**

Agnes Petri – wohnt im dritten Stock des → **Silo**; Nachbarin von → **Susanne Scharster** und → **Ron Thorsten Wassmann**; Flurfunk

Alex Weinbarth – arbeitslos; bewohnt gemeinsam mit seinem verhassten Bruder → **Jason** die Wohnung der verstorbenen Mutter in → **Scharnow**; ehemals Polizeireservist; Waffe und Dienstausweis eingezogen

Billkauf – z.Z. einziger Supermarkt in → **Scharnow**; Slogan: »Bei uns ist BILLIG immer auch GUT!«; mit angrenzender Wiese, Lieblingsort von → **Cloudy**

Brahms, Thies & Deborah – wohnen im → **Silo**; geben vor rechtsradikal zu sein; Tochter: Suske Brahms, Freundin von Dalida Scharster

BsB, der Bund skeptischer Bürger – Gemeinschaft von Verschwörungstheoretikern; sind den → **Weltenlenkern** auf der Spur

Çem Schmöller – Beamter beim SEK → **Sahsenheim**; Bodybuilder; im Einsatz gegen den fliegenden Mann

Cheng Luigi's – angesagtes Café mit großer Cocktailkarte in → **Sahsenheim**

Cloudy – portugiesischer Wasserhund und Schwester von Bo

Dave – ehemals E.; einst der Kater von Gregor Gysi

Eiche, die alte – steht im Scharnower Forst; Ort seltsamer Begebenheiten; in einer Höhle zwischen ihren Wurzeln lebt eine legendäre Dächsin; wichtiger Ort für den → **Jungen**

Elsa Karpski – wird von ihrer Enkelin → **Nami** »Omili« genannt; Witwe von Ortwin Karpski; wohnt in der → **Siedlung im Norden** und ist Nachbarin vom → **Pakt der Glücklichen**

Felix Pathé – Noch-Ehemann von → **Sylvia Pathé**; ehemaliger Gülleproduzent; aktuell Zirkusdirektor; Verschwörungstheoretiker

Hakans Kiosk und Internetcafé in → **Scharnow**, betrieben von → **Hamids** Onkel Abdal; fünf Internet-Terminals, Süßwaren, Zigaretten, Coffee to Go, kein Alkohol

Hamid Yussuf Kaoum – geflüchteter Syrer; wurde von seinem Onkel Abdal nach → **Scharnow** geholt; Praktikant im → **Billkauf**

Jan-Uwe Paslićka – Mitglied beim → **BsB**; geschieden, eine Tochter; Besitzer diverser Handfeuerwaffen und eines Präzisionsgewehres, das er Carla nennt; trägt nie Strümpfe

Jason Weinbarth – bewohnt gemeinsam mit seinem verhassten Bruder → **Alex** die Wohnung ihrer verstorbenen Mutter in → **Scharnow**; ehemaliger Polizeireservist; Waffe und sein Dienstausweis eingezogen

Junge, der – wird sich verändern

Kalle (Karl Friedrich Spanger) – Anführer im → **Pakt der Glücklichen**; Verfasser ihres Manifestes

Marlies Maria Henkel – Filialleiterin im → **Billkauf**; Kettenraucherin; Espressoliebhaberin; Mundgeruch

Nami (Benita Karpski) – 17; lebt mit ihrer Mutter in Berlin; besucht ihre Großmutter → **Elsa Karpski** in → **Scharnow**; Manga-Fan

Niels Emmerich – härtester Trinker im → **Pakt der Glücklichen** mit diversen Anzeichen von Alkoholkrankheiten; hält sich für einen Zeitreisenden; kennt → **Pöhn**

Pakt der Glücklichen, der – hat das Ziel glücklich zu sein; Anspruch bescheiden, exquis déchets; wohnt in einer Erdgeschosswohnung in der → **Siedlung im Norden**; Nachbarin → **Elsa Karpski**;

Patty – die beste Freundin von → **Susanne Scharster**; kommt immer zu spät; schwer zu erreichen

Peter Märse, Dave; Erotiktänzer »Dancing Dave Diamond«; hat in einem Pornofilm mit Eve Everdear gespielt; wohnt in einem Loft in → **Sahsenheim**; Schulfreund von → **Trotsky**

Pit (Lars Pitkowski) – zuverlässigstes Mitglied im → **Pakt der Glücklichen**; verehrt Oscar Wilde und Marc Aurel; wohnt als Einziger nicht ständig in der Wohnung des Pakts, sondern auch bei seiner Mutter

Pöhn, der »beige Mann« – Bekannter von → **Niels Emmerich**

Ralf Belching – Anhänger Zankwarts; Zimmergenosse des → **Jungen**

Rex Gildo – omnipresent

Sahsenheim – Kreisstadt mit Industrieviertel, Polizeihauptwache, Sushi-Restaurant und Szenecafé → **Cheng Luigi's**

Scharnow – Dorf in Brandenburg, unweit der Kreisstadt → **Sahsenheim**

Sechs, (Skippy Maier); wohnt im → **Silo**; Freunde: Tasso Schmidt, Egmond Dulk; großes Interesse an Dalida Scharster; Fingertick

Sekretär, der – Kontakt zu den → **Agenten**; hat den Überblick

Senger, Dietmar – Polizeihauptmeister in → **Scharnow**; Genrefilm-Enthusiast; Lieblingsessen: Döner

Sieben (Aristide Olt) – Mann fürs Grobe im → **Pakt der Glücklichen**; hat viele Phobien und einen Fingertick; ehemaliger Hertha-BSC-Hooligan

Siedlung im Norden – liegt in → **Scharnow**; großer Parkplatz; zu den wenigen Bewohnern gehören der → **Pakt der Glücklichen**, Parterre → **Elsa Karpski**, Parterre und → **Walther Pfannschmidt**, zweiter Stock

Silo, der – inoffizieller Name eines Hochhauses mit 17 Stockwerken inmitten der Plattenbausiedlung in → **Scharnow**; in ihm befindet sich der einzige Schnellimbiss des Dorfes, das Dönerimperium

Sören Krüger – **Schulleiter**, genannt der **Direx**; leitet die JFK-Realschule in Braunschweig, Nordstadt

Susanne Scharster – Pornodarstellerin Eve Everdear; strippt online als Chantal; Tochter Dalida, 14; beste Freundin von → **Patty**

Sylvia Pathé – ehemals Profiturmspringerin; Noch-Ehefrau von → **Felix Pathé**; z.Z. Kassiererin im → **Billkauf**; Nebenberuf: Verkäuferin in der Boutique Gentleman's Corner; Besitzerin einer Hündin → **Cloudy** und eines Katers → **Dave**

Trönse, Olaf – Mitglied beim → **BsB**; Fluchtfahrer; fährt einen Fiat Panda mit eingebautem Elektromotor; verstärkter Harndrang

Trotsky – verfügt über spezielle Kräfte, die bisher niemand bemerkte; das hat sich geändert, sein Leben auch, zum zweiten Mal

Walther Pfannschmidt – sehr alter Mann, wohnt in der → **Siedlung im Norden** wie → **Elsa Karpski** und der → **Pakt der Glücklichen**

Wassmann, Ron Thorsten – Literaturblogger, Genießer, Pornograf; Nachbar von → **Susanne Scharster** und → **Agnes Petri** im → **Silo**

Weltenlenker, die – mysteriöse Weltverschwörung

Wenker, Georg – Sportlehrer des → **Jungen**; Kumpeltyp

Zankwart, Jörg – Schulrowdy; Feind des → **Jungen**

Zarmo (Hans Zarm) – Mitglied beim → **BsB**; Waffenfetischist; ehemaliger Rechtsradikaler; schlechter Schütze

Zuchonns, Roswitha – Lehrerin in der Schule des → **Jungen**; sehr attraktiv

Zoyxe und Mandarius – Eichhornmänner, leben in einer gleichgeschlechtlichen Beziehung; an einer → **Eiche** im Scharnower Forst werden sie Zeugen erschreckender Ereignisse

Eine Schar Wildgänse fliegt in Formation einen vollendeten Bogen über das herbstliche Brandenburg in Richtung Scharnow, einem kleinen Ort unweit der Kreisstadt Sahsenheim. Es ist ein schöner, ein erhabener Anblick, der sich perfekt in diesen sonnigen Morgen fügt.

Aus einem kleinen Wald löst sich plötzlich etwas. Eine Gestalt. Ein Schemen. Er schießt rasend schnell auf die Vögel zu. Eher Ahnung als feste Masse. Ist das ein Raubvogel? Seine Ausmaße sind zu groß dafür. Der Schemen stößt mitten durch die Formation von Zugvögeln, und jetzt erst reagieren die Gänse. Der Trupp fällt auseinander. Die Tiere fliehen panisch und wild schnatternd in alle Richtungen, versuchen sich zu retten. Der Schemen stoppt, ändert seine Flugbahn und umkreist in einer Abwärtsspirale das dunkle, alles überragende Hochhaus am Rande des Dorfes. Bevor er weiterfliegt, hält er einen Moment an einem Fenster im dritten Stock, hinter dem ein Mann in einem abgetragenen Morgenrock zu sehen ist, der einen Tisch deckt.

Prolog

Wassmann schob eine Weißbrotscheibe in den Toaster und machte sich auf den Weg zum Briefkasten. Im Vorbeigehen warf er noch einen zufriedenen Blick auf den gedeckten Frühstückstisch. Bei seiner Rückkehr würde das Brot die richtige Temperatur haben, nicht zu heiß, aber warm genug. Zudem würde er sich nicht die Finger am Gehäuse des altersschwachen Gerätes verbrennen, das ihm seine Mutter zum Einzug in die erste eigene Wohnung geschenkt hatte.

Seit vierzehn Jahren lebte Wassmann nun schon in dem 4200-Seelen-Ort in Brandenburg. Das Hochhaus, in dem er wohnte – der Silo, wie es die Anwohner hier nannten –, hatte inklusive Erdgeschoss siebzehn Stockwerke und stand im Zentrum einer lieblos modernisierten Plattenbausiedlung am Rande von Scharnow. An diesem Morgen nahm er die Treppe und hoffte, dass er niemandem begegnen würde. Er wollte keinen Kontakt zu den Nachbarn, mit Ausnahme von Susanne Scharster vielleicht. Und ganz besonders sie musste ihn ja nicht in Bademantel und ohne Socken in seinen ausgetretenen Lederpuschen sehen. Hätte er gewusst, dass sie sich im Treppenhaus aufhalten würde, wäre ein anderes Outfit trotzdem keine Option gewesen. Nicht für den Gang zum Briefkasten, da hatte er seine Prinzipien.

Unten angekommen holte er die Post aus dem Kasten und ging sie durch. Ein großer, schwerer Umschlag ohne Absender, eine Rechnung und Werbung. Eine ganze Menge davon. Der Aufkleber, der die Zettelverteiler davon abhalten sollte, ihre Flyer einzuwerfen, war teilweise weggekratzt. Wassmann seufzte und verteilte jetzt seinerseits, die Umgebung im Blick behaltend, die Werbezettel auf die anderen Briefkästen.

Den von Susanne ließ er großzügig aus.

Besser gelaunt begab er sich auf den Rückweg. Als er den dritten Stock erreicht hatte, stoppte er einen Moment lang vor Susannes Tür, ließ sich kurz vom Gedanken an sie wärmen und ging dann die letzten Schritte zu seiner Wohnung, wo der lauwarme Toast auf ihn wartete.

Er legte die Rechnung und seinen Schlüssel auf den kleinen Tisch neben dem Eingang, entledigte sich salopp seiner morschen Latschen und riss auf dem Weg zur Kochnische den Umschlag auf.

Ein Buch.

Horror Vacui stand dunkelrot in einer altertümlichen, ihm unbekannten Schrifttype auf dem Buchdeckel. Wassmanns Latein war seit der Schule etwas eingerostet, aber es reichte noch aus, um den Titel mit »Angst vor der Leere« zu übersetzen. Über dem Titel, an der Stelle, wo man den Autorennamen erwarten würde, befanden sich lediglich fünf eckige Punkte.

Das Buch hatte keinen Schutzumschlag. Die Schrift war auf den Buchdeckel geprägt, was auf dem Leineneinband sehr edel wirkte. Auf der Rückseite befand sich ein ebenfalls rotes W, geprägt und umrankt von seltsamen, runenartigen Schnörkeln. Die Gestaltung des Buches war insgesamt geschmackvoll, wenn auch nicht sonderlich opulent.

Wassmann war Literaturblogger und bekam regelmäßig Bücher zugeschickt. Auf diesem hier war seltsamerweise kein

Verlagsname zu entdecken. Trotzdem sah es nicht nach dem privaten Druck eines Nachwuchsautors aus. Er hatte des Öfteren auch solche Werke in der Post, die er stets aussortierte. Dieses Buch jedoch fand er interessant. Und es hatte den Anschein, als interessiere es sich auch für ihn.

Der Gedanke kam ihm unvermittelt. Etwas beinahe Aufdringliches ging von dem Buch aus. Ein Eindruck, den Wassmann an nichts Konkretem festmachen konnte.

Es war einfach so.

Aus dem Nichts traf ihn plötzlich ein Schlag. Von dem Buch abgelenkt, war er beim Greifen nach dem gerösteten Brot mit den Fingern an das Metallgehäuse des schlecht isolierten Toasters gekommen. Begünstigt durch das barfüßige Schlurfen auf der Kunststoffauslegeware und die trockene Luft in seiner Wohnung schoss die elektrische Ladung durch seinen Körper wie ein Blitz.

Wassmanns Interesse an dem Buch erlosch sofort.

Genervt pfefferte er es auf einen Stapel, der neben seinem Frühstücksensemble – einem Becher mit lauwarmem Leitungswasser, einem Schnapsglas mit Olivenöl, Teller, Messer, Kaffee und Marmelade – aufgetürmt war. Er atmete einmal tief durch und nahm am Tisch Platz. Unter Verzicht auf Butter oder einen anderen fettigen Geschmacksträger verteilte er auf dem Toast großzügig die Orangenmarmelade von Tante Jella, deren letztes Glas er soeben, zwei Jahre nach ihrem Tod, geöffnet hatte. Dann nahm er einen Schluck Wasser, um seinen Mund von Ablenkungen zu reinigen, und wartete, so sah es sein Ritual vor, genau fünfzehn Sekunden, damit sich Brot und Aufstrich aufeinander einstellen konnten.

Etwas besänftigt griff er erneut nach dem Buch, während seine innere Stoppuhr präzise die Sekunden herunterzählte.

1 und 2 und 3 und …

Er suchte nach einem Impressum, fand aber keins. Das Buch begann nach einer leeren Seite mit dem ersten Kapitel.

4 und 5 und …

Er fing während des Zählens zu lesen an.

6 und 7 und 8 und …

Schon die ersten Worte langweilten ihn. Der Leser wurde direkt angesprochen.

»Kennen Sie das Gefühl, etwas an Ihrem Leben verändern zu wollen?«

9 und 10 und …

Das war in Wassmanns Augen der billigste Trick, Aufmerksamkeit zu gewinnen. Er beschloss, dem anonymen Autor nicht auf dessen ausgetretenen Pfad zu folgen, und übersprang ein paar Absätze.

11 und 12 und 13 …

Während er die nächsten Sätze überflog, spürte er mit einem Mal, wie sich ein seltsames Gefühl in ihm breitmachte. Eine äußerst unangenehme und sehr reale Empfindung, als würde eine zähe und dabei eiskalte Flüssigkeit in ihm ausgegossen.

14 und …

Erschrocken klappte er das Buch zu, legte es angewidert auf den Stapel, zog darunter einen dicken Wälzer hervor und drückte ihn sehr fest auf den Neuzugang. Etwa so, als würde er eine Kellerluke schließen.

15!

Verwirrt wandte er sich dem Toast zu. Doch bevor er sich seinem Frühstück widmen konnte, wurde er ein weiteres Mal abgelenkt. Offenbar hatte er sich an einer der Buchseiten in den Finger geschnitten. Ein Tropfen Blut war auf sein T-Shirt getropft, direkt auf die Lippen des darauf gedruckten Konterfeis von Klaus Kinski als Nosferatu. Die Fütterung des Vampirs, dachte Wassmann und musste lächeln. Er nahm ein Kleenex aus einer Packung, die auf der nahen Anrichte stand, wischte erst den Fleck von Kinskis Hurenmund und drückte dasselbe Tüchlein dann auf die kleine Wunde an seinem Finger.

Das Shirt spannte etwas in der Bauchgegend.

Hätte er vor zwanzig Jahren geahnt, wie gut die Qualität war und wie lange er es tragen würde, hätte er davon noch eins in einer Nummer größer erstanden. Sein Geschmack, was Kleidung betraf, hatte sich seit jener Zeit nicht groß verändert. Damals, während des Studiums, hatte er mehr Zeit in Doppel- und Dreifach-Features im Kino oder auf Rockkonzerten verbracht als in den Hörsälen der Universität. Da hätte er kleidungsmäßig durchaus für die Zukunft vorsorgen können. Er blickte auf den Teller vor sich.

Dieses verdammte Buch hatte ihn fast sein Frühstück vergessen lassen! Wassmann nahm endlich einen Bissen von dem inzwischen fast erkalteten Toast und machte sich bereit für die Reise. So nannte er das, was geschah, wenn seine Zunge, sein Gaumen auf eine Speise trafen. Er atmete tief durch und schloss die Augen. Nur Sekundenbruchteile später explodierte in seinem Kopf ein Kaleidoskop an Eindrücken, die von dem kleinen Bissen Brot ausgingen.

Es war die Marmelade, auf die er sich konzentrierte.

Seine Tante Jella hatte sie ihm bei seinem letzten Besuch mitgegeben. Etwas bitter, nicht zu süß, mit einem Schuss Cointreau veredelt. Eine einfache Rezeptur, die aber niemand so wie seine Tante hinbekam. Seine Zunge liebkoste die fein geraspelte Orangenschale einer Frucht, die ein Pflücker von einem Baum in Andalusien gerupft hatte. Der Pflücker war kein Spanier gewesen, eher slawischer Herkunft. Vielleicht ein Bulgare? Die Information wurde von der Nelkenessenz in der Marmelade zart verdeckt. In Wassmanns Mund sammelte sich Speichel an, der sich mit den Speisepartikeln verband, die seinen Geist zu

Zuckerrohrplantagen trugen, durch Gewächshäuser wandeln ließen und selbst eine Ahnung der Glasbläserei abgaben, in der Tante Jellas Einmachglas einst gefertigt worden war.

Dann ebbte die Sensation wieder ab.

Wassmann schluckte, biss ein weiteres Stück vom Toast ab und schwelgte noch einmal genüsslich in den Eindrücken. Für den dritten Bissen ließ er sich etwas mehr Zeit. Dann öffnete er die Augen. Er glühte vor wohliger Erschöpfung, wie jedes Mal, wenn er sich einer Mahlzeit hingab.

Schon als Kind hatte er bemerkt, zu welch außerordentlichen Erkenntnissen seine Geschmacksnerven in der Lage waren. Im Laufe seines Lebens hatte sich diese erstaunliche Fähigkeit stets weiterentwickelt. Ohne Anstrengung konnte er Zutaten erschmecken, die seine Vorstellungskraft beflügelten, ihm Bilder von der Herstellung einer Speise oder einer Ingredienz bis hin zur Ernte einer Frucht oder eines Gemüses vor das innere Auge führten. Jede Mahlzeit erfüllte ihn mit einer Flut an Informationen. Essen war für ihn, wie einen guten Film zu sehen. Einen sensationell guten Film. Selbst in einem miserablen Mahl steckte eine interessante Geschichte.

Diese Fähigkeit besaß er, seit er denken konnte. Nie hatte er irgendjemandem davon erzählt. In der Pubertät, als ihm das Außergewöhnliche daran erst richtig bewusst wurde, gab es eine Phase, in der er sich ihrer sogar schämte und es vermied, viel und abwechslungsreich und vor allem in Gesellschaft zu essen. Mit zunehmendem Alter hatte er dann gelernt, seine anomale Gabe zu akzeptieren, sogar zu lieben. Bald schon fühlte er sich dem Essen mehr verbunden, als er es sich mit irgendeinem Menschen vorstellen konnte.

Er ging nur sporadisch aus. Es gab auch Frauen in seinem Leben. Doch sie blieben nie lange. Er hatte kein Händchen für sie. Bei einer Mahlzeit aber konnte er sich wirklich fallen lassen.

Er aß lieber und überließ sich dem Rausch seiner Geschmacksnerven. Dass er trotzdem nicht überproportional zunahm, verdankte er dem Umstand, dass sein Körper während einer Mahlzeit auch reichlich Kalorien verbrannte. Die Reisen zu den Ursprüngen seiner Nahrung erschöpften ihn fast so sehr, wie sie ihn befriedigten.

Weil er aber das Essen so liebte, kam ihm auch nie in den Sinn, seine Gabe mit der Welt zu teilen, sie etwa beruflich zu nutzen. Wie auch? Als Restaurantkritiker würde er die Zubereitung, das Anrichten und auch den Service eines Restaurants beurteilen müssen, nicht die viel sinnlicheren Aspekte eines Essens, die ihn eigentlich interessierten und die schwer in Worte zu fassen waren. Zum Koch eignete er sich ebenfalls nicht, da er sich selbst bei der unbedeutendsten Zutat so lange aufhielt, dass ihm jedes Essen anbrannte. Nach dem Abitur hatte er drei Viertel eines Journalistik-Studiums absolviert und sich als freier Kulturjournalist für kleinere Provinzblätter über Wasser gehalten. Bis ihn das Geld, das Tante Jella ihm hinterlassen hatte, aus seiner finanziellen Misere befreite, ihn angesichts seiner bescheidenen Ansprüche sogar recht sorglos leben ließ.

Um intellektuell nicht zu verdorren, startete er einen Literaturblog im Internet, »Wassmanns Wisdom«, der schnell zur eigenen Marke wurde. Nach einer Durststrecke von sechs Monaten, in denen er unermüdlich Kritiken schrieb, begannen Verlage ihm unaufgefordert Bücher zu schicken. Bald waren es so viele, dass er die Bücher, nachdem er sie in seinem Blog besprochen hatte, im Netz weiterverhökerte. Seine Website war beliebt. Er galt bei einigen Verlagen bereits als sogenannter Influencer, was diese mit Geldüberweisungen honorierten. Das Geschäft, wenn man es so nennen wollte, lief gut.

Der Stapel auf seinem Tisch zeugte allerdings davon, dass er mit seinen Kritiken im Verzug war. Wassmann hatte einen Hang zur Trägheit, lebte allein und arbeitete zu Hause. Drei Umstände, die seiner Selbstdisziplin gehörig zusetzten. Um seinen Status bei den Verlagen nicht zu verlieren, musste er dringend ein paar neue Rezensionen online stellen. Die Zeit reichte nicht mehr aus, um alle Bücher wirklich zu lesen, aber Wassmann vertraute auf seine Erfahrung. Verlage, die ihn bezahlten, bekamen gute Kritiken, dafür brauchte er nichts weiter zu tun, als die Seiten kurz durchzublättern und die Klappentexte zu überfliegen.

Missmutig betrachtete er die letzte Ecke Toast in seiner Hand, während er nach dem obersten Buch auf dem Stapel griff, es verfehlte und dabei hinunterstieß. Geräuschvoll landete der Wälzer auf dem Küchenboden. Wassmann musterte ihn von seinem Stuhl aus. Das Buch hatte mindestens 700 Seiten. Das war für den Anfang vielleicht ein bisschen zu sportlich. Er legte den Toast zurück auf den Teller und griff, ohne hinzusehen, nach dem nächsten, deutlich dünneren Werk. Als seine Finger es berührten, meldete sich die eisige Kälte zurück, die ihn diesmal aber weniger beunruhigte.

Horror Vacui.

Na schön, dachte er, den Anfang kannte er ja schon. Er blätterte ein paar Seiten weiter, begann zu lesen, doch er wurde aus dem Text nicht schlau. Die Sätze waren fragmentarisch, kaum verständlich und erfüllten ihn lediglich mit einem körperlichen Unbehagen. Mehr war da nicht.

Wassmann griff durch die linke Beinöffnung seiner ausgeleierten Boxershorts und kratzte sich missmutig an den frei baumelnden Hoden. 1 500 Zeichen musste er schleunigst verfassen, und zwar möglichst zu drei Büchern. Damit würde er sich etwas Luft verschaffen. Wassmann schob seinen Frühstücksteller beiseite und klappte seinen Laptop auf. Er öffnete eine neue Textdatei und schaute wieder hinüber zum Buch. Es löste alles Mögliche in ihm aus, außer der Lust, eine Kritik darüber zu schreiben.

Kurz blitzte der Gedanke in ihm auf, das Buch wolle ihn daran hindern, es zu rezensieren. Die Vorstellung amüsierte ihn.

Er dachte wieder an seine Nachbarin.

Wenn ihn das Buch schon nicht bei den Eiern packte, wie wäre es dann mit Susanne? Sie war vor Kurzem mit ihrer Teenagertochter in den Silo gezogen. Susanne hatte ein hübsches Gesicht mit niedlichen Grübchen und strahlenden Augen. Die Nase war nicht zu groß, ihre Beine schlank und ihr Vorbau ganz und gar nicht zu verachten. Sie hatte etwas Versautes an sich, das ihn anmachte.

Beim Gedanken an sie wurde Wassmanns Schwanz hart.

Er klickte auf seinen Internetbrowser, der mit der Startseite des Nachrichtendienstes Paddington News sofort den Bildschirm füllte. Eine Schlagzeile blitzte auf.

»Gerettet: Schulbus fährt auf Abgrund zu und prallt gegen unsichtbare Wand!«

Wassmann registrierte die Schlagzeile, überlegte, ob er die dazugehörige Meldung lesen sollte, aber dafür war später auch noch Zeit. Er drückte die Flashnachricht weg, scrollte in seinen Lesezeichen zu einer gespeicherten Pornoseite, klickte sie an und nestelte schon mal ein Kleenex-Tuch aus der Schachtel. Die Startseite öffnete sich. Sehr langsam. Immerhin hatte er einen Internetzugang. In Scharnow war das nicht selbstverständlich. Er gab in die Suchanfrage »redhead« ein.

Susanne war rothaarig.

Sofort füllte ein Kaleidoskop an angebotenen Sexfilmen den Bildschirm. Er kniff die Augen zusammen und begann mit Kennerblick das Angebot zu studieren. Er entschied sich für ein relativ unspektakuläres Video mit einem Paar, das sich auf einem Bärenfell vergnügte. Die Frau sah Susanne nicht unähnlich.

Perfekt, dachte Wassmann und fuhr sich mit der Hand in die Boxershorts. Der Clip begann mit einer Art Spielfilmhandlung, was ihm gut gefiel. Ein Schornsteinfeger wurde von einer nymphomanischen Hausfrau verführt. Leider stockte das Video gleich am Anfang, lud erneut und brach wieder ab. Die Internetverbindung in seiner Wohnung war miserabel. Wenn weitere Leute im Haus im Netz waren, verschlechterte sich der Empfang zusehends. Entnervt schlug Wassmann seinen Laptop zu, stand auf und ging zu seinem Sofa. Davor, auf einem selbstgebauten Sideboard aus Kirschholz, stand ein großer Röhrenfernseher. Neben dem voluminösen Gerät war ein VHS-Videoabspielgerät. Er hatte den Player einem Museum abgekauft, das ihn für Ausstellungsfilme benutzt hatte. Die Besonderheit daran war, dass er nach dem Ende einer Kassette von alleine zurückspulte und den Film neu startete. Wassmann mochte das. Die Geräuschkulisse hatte den zusätzlichen Vorteil, dass er sich in der Wohnung weniger allein vorkam. Nur aus diesem Grund besaß er das Gerät. Er war kein Mediennostalgiker. Keiner, der seine alten VHS-Kassetten wie Schätze hortete. Er war schlichtweg zu geizig, um seine Filmsammlung auf DVD umzustellen.

Wassmann ging vor einem Stapel Videos auf die Knie. Es waren größtenteils Pornofilme. Der Stapel war in den letzten Wochen angewachsen, was daran lag, dass er manchmal die von ihm rezensierten Bücher im Netz gegen schlüpfrige VHS-Kassetten eintauschte. Er suchte die Cover nach Fotos ab und fand den einzigen Film mit einer Rothaarigen. Eine deutsche Produktion. Auch diese Pornoaktrice sah seiner neuen Nachbarin nicht unähnlich. Wassmann hatte den Streifen schon mehrmals gesehen und spulte zu seiner Lieblingsszene. Das Bild rieselte ein wenig, da er an dieser Stelle ein bisschen zu oft vor- und zurückgespult hatte.

Die Bewegungen der Frau auf dem Bildschirm verschmolzen mit dem Gedanken an seine Nachbarin. Erregt folgte er der dünnen Handlung. Er stellte den Fernseher lauter, weil ihm die Stimme der Frau gefiel, und begann sich hart und schnell zu massieren. In seiner Vorstellung hatte die jetzt emsig arbeitende Darstellerin auf dem Bildschirm Susannes Gesicht, und er war kurz vorm Abspritzen, als er mit einem Mal das Gefühl hatte, dass er nicht allein war.

Misstrauisch drehte er den Kopf und suchte den Raum ab. Neben dem Sofa stand eine alte Einbauschrankwand aus den Achtzigerjahren, die der Vormieter zurückgelassen hatte und in deren Türen schmale Spiegelstreifen eingearbeitet waren. In einem der Spiegel sah Wassmann sich mit runtergelassener Unterhose und seinem Genital in der Hand. Er lenkte den Blick schnell wieder auf seine Umgebung.

Wassmann konnte nichts Ungewöhnliches entdecken.

Auf dem Tisch: der zugeklappte Laptop, der Teller mit dem Rest Marmeladentoast darauf. Sein Kaffee und das Buch.

Das Buch!

Drei Rezensionen, und noch kein Strich getan.

Stress machte sich in ihm breit. Seiner Libido tat das alles andere als gut. Sein Penis wurde erst weich und erschlaffte dann ganz.

Ein letzter Blick zum Bildschirm, ob die Sache nicht doch noch zu einem guten Ende zu führen war, half nicht weiter – im Gegenteil. Die Bewegungen der heißen Braut wirkten nur noch mechanisch. Und nun drang auch noch das Grunzen des Mannes in sein Bewusstsein, ein lang gezogenes, nasales Stöhnen, das Gegenteil der schnellen Stöße, die der Kerl seiner Partnerin verpasste. Er musterte den Darsteller mit der Bodybuilder-Figur. Hatte der etwa Make-up aufgelegt? Und was war mit seinem Schwanz los? Ab der Mitte des Schaftes ging das erigierte Glied in eine völlig andere Farbe über. War er operiert, oder lag das an der Penispumpe, die diese Typen gerne benutzten?

Scheiße! Jetzt dachte er schon über die Genitalien anderer Männer nach. Vielleicht war es besser, sich erst mal den Rezensionen zuzuwenden.

Er zog die Boxershorts hoch und ging, ohne den Film anzuhalten, zum Frühstückstisch zurück. Er klappte den Laptop auf und öffnete das noch leere Dokument. Das Buch fasste er nicht mehr an. Stattdessen steigerte er sich mit Leidenschaft in einen Verriss, der es in sich hatte. Wassmann prügelte auf die Tasten ein wie ein Schulhofschläger auf die Brillenschlange aus der letzten Reihe. Ihm schoss wieder etwas Blut in die Lenden, aber er wollte, er konnte jetzt nicht aufhören. Er fühlte sich wie ein Inquisitor, wie der Duke von Gloucester in *Der Henker von London* oder wie Vincent Price in seiner Paraderolle als *Der Hexenjäger*. Keine Gnade zulassend, nur dem Ziel verpflichtet, das Böse auszumerzen, wo er es traf.

In knapp sieben Minuten war Wassmann mit seiner Kritik fertig und betrachtete prüfend sein Werk.

Es war gut. Es war sogar brillant.

Kurz glomm ein Funken Mitleid mit dem anonymen Autor auf, dessen Werk er hier meisterhaft in der Luft zerrissen hatte – ein Buch, von dem er nur die ersten paar Seiten kannte.

Dann nahm er doch noch das bedauernswerte Opfer seines Genies zur Hand, überflog schnell das letzte Kapitel und fügte seiner Hasstirade einige markante Stellen daraus hinzu.

Er spürte wieder einen unangenehmen Sog bei der Berührung des Buches, eine leise Ahnung der zähflüssigen Kälte von vorhin.

Wassmann beschloss, die Empfindung zu ignorieren. Zudem verhinderten die Geräusche des Pornofilms aus dem VHS-Rekorder, dass das Buch seine Aufmerksamkeit weiter besetzte. Die rothaarige Schauspielerin gab sich gerade sehr überzeugend ihrer Ekstase hin, was kurzfristig Wassmann das Leben rettete.

Er lehnte sich zurück und tastete nach seinem Gemächt. Sein Hass hatte ihm eine anständige Erektion beschert. Als er kam, kam er so heftig, dass das Kleenex, das er neben dem Laptop abgelegt hatte, nicht alles auffangen konnte. Er fingerte nach der Schachtel, um zwei weitere Tücher herauszufischen, während sich ein größerer Tropfen seines Ejakulats von der Tischkante hängend verdichtete und einem Sperma-Stalaktiten gleich in der Luft verharrte. Er fing die Wichse mit den Tüchern auf und wischte den verbleibenden Rest weg, als sein Blick das Buch streifte.

Hatte es vorhin nicht anders dagelegen?

Wassmann verdrängte den seltsamen Gedanken.

Bücher leben nicht, sagte er sich. Sie sind nur bedrucktes Papier, in den seltensten Fällen mit Gehalt gefüllte Gegenstände. Nebeneinandergestellt in einem Regal sahen sie ja vielleicht ganz dekorativ aus. Wenn man zwei Stapel machte und ein Brett darauflegte, gaben sie sogar einen passablen Tischersatz ab. Mehr war da in der Regel nicht zu holen.

Wassmann merkte, wie er anfing, an seinen Vergleichen Spaß zu haben. Bücher! Wurfgeschosse waren sie, die in einem Streit durchaus auch kleinere Verletzungen hervorrufen konnten. Papierersatz auf Containertoiletten im Wald. Bedrucktes Bastelmaterial. Tischdeckenbeschwerer!

Er sah das Buch, dem er jetzt fast mitleidige Gefühle entgegenbrachte, nachdenklich an. Dann stand er auf und schlurfte zufrieden zum Kühlschrank, um sich ein Palmnut-Bier zu holen.

Das war der Moment, als das Buch zum Angriff überging.

Scharnow
Tag X

1

Hamid überflog wenig interessiert den Sportteil des *Sahsener Postillons*. Hertha BSC hatte in Freiburg ein 2:2 geholt. Beim Großen Preis von Singapur startete Lewis Hamilton mit seinem Mercedes von der Pole-Position, und die Sahsener Volleyballdamen waren erfolgreich in die neue Saison gestartet.

In »Hakans Kiosk & Internetcafé«, dem Geschäft seines Onkels, war an diesem, wie so ziemlich an jedem Morgen, nicht viel los. Sein Onkel hieß eigentlich Abdal und kam wie Hamid aus Syrien, aus den Bergen nördlich von Damaskus. Doch er war der Ansicht, dass ein türkischer Name in der ostdeutschen Provinz mehr Akzeptanz erfahren würde. Hamid teilte diese Meinung nicht, behielt das aber für sich.

Im vorderen Teil, im Kioskbereich, gab es einen Verkaufstresen, umrahmt von Regalen mit Lebensmitteln und Getränken. Im hinteren Teil befand sich das Internetcafé. Hier standen fünf einfache Tische, jeder ausgerüstet mit einem Computerterminal, bestehend aus Tastatur und Monitor. Alle waren zum Ausgang hin aufgestellt, um die Privatsphäre der Kunden zu sichern.

Sein Onkel hatte Hamid nach Deutschland geholt, als es in der Heimat nicht mehr sicher für ihn gewesen war. Dafür war Hamid ihm dankbar und auch zu einigem bereit. Eigentlich arbeitete er als Betriebspraktikant im nahe gelegenen Billkauf-Markt. Heute aber hatte Abdal einen wichtigen Termin auf einem Amt in Sahsenheim. Er hatte seinen Neffen gebeten, sich den Vormittag frei zu nehmen und ihn im Laden zu vertreten.

Nach Öffnung des Ladens um neun Uhr hatte Hamid die Regale aufgefüllt und Staub gewischt. Nun war ihm langweilig. Um Deutsch zu üben, hatte er zur Zeitung gegriffen, doch seine Sprachkenntnisse wurden von den Beiträgen darin nicht sonderlich gefordert. Er sah zu dem einzigen Kunden herüber, einem Kerl mittleren Alters, der konzentriert vor seinem Terminal saß. Irgendetwas an ihm erregte Hamids Aufmerksamkeit. Er wirkte so, als wäre er gerade dabei, etwas zu tun, was er lieber nicht tun sollte.

Unter dem Vorwand, die Zeitung zurück ins Regal zu legen, näherte sich Hamid und stieß dabei gegen einen der Tische. Erschrocken sah der Mann auf. Noch bevor Hamid einen Blick auf den Bildschirm werfen konnte, war das geöffnete Fenster darauf verschwunden und ein anderes an dessen Stelle gerückt.

»Kann ich Ihnen etwas bringen?«, fragte Hamid verlegen. »Einen Kaffee vielleicht?«

So unauffällig wie möglich lugte er dabei an dem Mann vorbei auf den Bildschirm. Dort war ein Forum für Hautkrankheiten zu sehen. Der Mann starrte ihn verärgert an. Er saß auffallend schräg auf seinem Stuhl, als hätte er ein Problem mit seinem Hintern.

»Nein, danke. Ich bin hier gleich fertig!«

Hamid ging zum Tresen zurück. Er wusste, dass es auf dem Geschäftscomputer eine illegale Software gab, mit der er den Terminal des Kunden anzapfen und dessen Browserverlauf anschauen konnte. War der Vorgang wirklich illegal? Die Computer gehörten schließlich dem Laden. Hamid waren die Spitzfindigkeiten der deutschen Gesetzgebung ein Rätsel.

Er fand die Software ohne Probleme. Sie war ungetarnt, ganz lapidar als Customer Check auf dem Desktop des Hauptcomputers abgelegt. Hamid öffnete das Programm und sah verstohlen zu dem Mann herüber, während er das Symbol für dessen Terminal anklickte. Das erste Fenster öffnete sich. Ein Forum, in dem sich Leute über Furunkel austauschten. Der Kunde war gerade dabei, sich durch die Kommentare zu scrollen, von denen die Seite insgesamt achtundsiebzig verzeichnete. Scheinbar gab es zu dem Thema einiges zu sagen.

Hamid sah auf den Verlauf und erkannte sofort, warum der Mann so erschrocken reagiert hatte. Die weggeklickte Seite war verzeichnet als xxx-online-strip.com/chantal.

Das Surfen auf Sex- und Glücksspielseiten war in Internetcafés allgemein nicht gestattet. Normalerweise waren auch die meisten Suchbegriffe dafür gesperrt. Hamid wusste das, aber er hatte keine Lust, sich als Sittenwächter aufzuspielen. In diesem Land drehte sich alles um Sex und Geld. Warum also sollten arme Schweine, die keinen eigenen Computer besaßen, nicht auch daran teilhaben dürfen? Hamid war muslimisch erzogen, doch er wollte kein moralisches Urteil über die Sitten des Landes fällen, das ihn aufgenommen hatte.

Er betrachtete wieder den Kunden und musste plötzlich an seinen Vetter Schalim denken. Der hatte einmal ein eingewachsenes Haar am Gesäß gehabt, das furchtbar zu eitern begann. Die stolzen Männer in seiner Familie gingen wegen eines Pickels nicht zum Arzt. Die Stelle wurde jedoch immer schlimmer, und am Ende blieb ihnen nichts anderes übrig, als Schalim mit der Ambulanz in ein Krankenhaus zu verfrachten. Die Ärzte beschlossen zu operieren. Die Haut war an der Stelle so sehr angeschwollen, dass sie den Pickel mit einer Schere aufschneiden mussten. Drei Schnitte. Ein regelrechtes Blutbad. Hamid hatte es mit angesehen.

Er erinnerte sich noch an die furchtbare Sauerei, aus der ein sehr langes, sehr dickes Haar herausquoll. Die Wunde zu verbinden war ein Ding der Unmöglichkeit gewesen. Sein bedauernswerter Vetter hatte danach ein paar Wochen auf dem Bauch schlafen müssen. Obwohl, so richtig zu bemitleiden war Schalim dann auch wieder nicht gewesen. Hamid dachte an die Köstlichkeiten, die seine Mutter und seine Tanten für den Bettlägerigen zubereitet hatten, auf dass er schnell genesen möge. Frische Datteln, heiße Kichererbsensuppe oder Kataif-Pfannkuchen. Dazu hatte es herrlichen, süßen Tee gegeben. Das Haus war mit den wunderbarsten Gerüchen angefüllt gewesen. Und wenn die Küche einmal pausierte, wehte eine frische Brise den betörenden Duft des Gartens in die Stube. Ständig versammelten sich Familienmitglieder am Bett des Kranken, lasen ihm aus dem Koran oder alter Dichtung vor, erzählten Geschichten von der Arbeit oder aus der Stadt. An manchen Abenden spielte sein Vater für den Kranken traditionelle Lieder auf der Ud, die er zu diesem Anlass hervorgekramt hatte.

Hamid konnte sich gut daran erinnern, wie er Schalim regelrecht um dessen Verletzung beneidet hatte.

Zwei Dinge brachten ihn unvermittelt in die Gegenwart zurück: Die Glocke am Eingang des Ladens schellte, und der Pickelmann nieste in einer beängstigenden Lautstärke. Hamid sah unwillkürlich zu ihm hinüber, dann wandte er sich der Tür zu. Doch wer oder was auch immer den Laden gerade betreten hatte, war bereits am Tresen vorbeigehuscht. Hamid konnte nur noch schwarze Haare und eine rote Kappe erkennen.

Mit einem Mal war ihm nicht mehr langweilig. Er stellte sich auf die Zehenspitzen, um einen Blick auf das fremde Wesen zu erhaschen, das hinter den Lebensmittelregalen herumraschelte. Dann trat er lautlos hinter dem Tresen hervor und schlich sich langsam näher.

Da war sie.

Es war eine sie. Hamid war lange genug in dieser Gegend und sich relativ sicher, dass kein männlicher Teenager sich hier so kleiden würde. Das Mädchen stand mit dem Rücken zu ihm gebückt vor dem Süßigkeitenregal. Sie war zierlich, was ihre klobigen Schuhe noch unterstrichen. Sie trug einen kurzen schwarzen Rock und schwarz-weiß gestreifte Strümpfe, die einen winzigen Streifen Haut bis zum Rock frei ließen.

Als Hamid das bemerkte, senkte er den Blick.

»Habt ihr hier Rotwein?«, fragte sie, ohne sich umzudrehen.

Ihre Stimme war weich und ein bisschen dunkel. Etwas daran berührte Hamid, der es aber weiter vermied, sie anzuschauen.

»Wir führen keinen Alkohol. Tut mir leid.«

»Schade. Na dann!« Das Mädchen wischte an ihm vorbei.

Hamid sah kurz zu Tisch Nr. 14 – aus unerfindlichen Gründen hatte sein Onkel die fünf Tische mit den Nummern 10 bis 14 gekennzeichnet –, wo der Pickelmann unbeirrt auf den Bildschirm starrte. Dann blickte er wieder zu der Stelle, wo das Mädchen eben noch herumgeraschelt hatte. Im Regal lagen kleine, in Zellophan eingepackte Cremerollen.

Eine fehlte.

Da er die Regale erst vor einer Stunde befüllt hatte, sah er das sofort. Er ging der jungen Frau nach und fand sie vor dem Ständer mit den Snacks. Sie stand ihm halb abgewandt und studierte mit schräg gelegtem Kopf die Geschmacksangaben auf den Tüten. Als sie ihn bemerkte, drehte sie sich ihm zu und ihre Blicke trafen sich.

»HAAAATSCHOOOH!«

Obwohl es zum zweiten Mal passierte, war Hamid auf die Explosion, noch dazu direkt hinter ihm, nicht vorbereitet. Aus einem Reflex heraus fuhren seine Hände nach oben und umfassten Schutz suchend seinen Kopf. Vorsichtig drehte er sich um.

»Ich nehme doch einen Kaffee!«, sagte der Pickelmann, der nun einen halben Meter entfernt am Tresen lehnte und in sein Taschentuch starrte.

Hamid ließ die Arme sinken und atmete seufzend aus. Der Mann steckte das Taschentuch in seine rechte Hosentasche, kramte aus der linken einen Fünf-Euro-Schein hervor und wedelte damit in Hamids Richtung.

»Schwarz, mit Zucker! Und hast du ein Kissen für mich? Eure Hocker sind auf Dauer ziemlich hart.«

»Klar, einen Moment.«

Hamid ging zum Kaffeeautomaten, setzte ihn in Betrieb und kramte neben dem Kühlschrank das fusselige Sitzkissen eines Gartenstuhls hervor.

»Geht das?«

»Geht, danke!«

Er füllte eine Tasse mit Kaffee und schob sie über den Tresen. »Rechnen wir ab, wenn Sie fertig sind!«

Der Mann steckte den Schein wieder ein, nickte Hamid lächelnd zu, nahm drei Löffel Zucker und ging mitsamt Kaffee und Kissen an seinen Platz zurück.

Da ertönte erneut die Glocke der Ladentür. Hamid schaute hinüber. Niemand.

»Verdammt!«, entfuhr es ihm. Er eilte um den Tresen herum zum Eingang, trat hinaus und sah sich in alle Richtungen um.

Vergeblich. Sie war weg.

Sein Blick suchte den Ständer mit den Snacks ab. Es schien keine Tüte zu fehlen. Seufzend ging er zurück zum Tresen, wo er feststellte, dass das Customer-Check-Programm noch lief.

Er wollte es gerade schließen, als die Seite, die nun auf dem Computer des Kunden geöffnet war, seine Aufmerksamkeit erregte. Der Mann hatte das Forum für Hautkrankheiten verlassen und sich in einen Chatroom eingeloggt. Dieser gehörte zu einer Dating-Seite, war als privat gekennzeichnet und möglicherweise durch ein Passwort geschützt. Kein Problem für Abdals Spionage-Software.

An dem Chat nahmen insgesamt drei Personen teil, die sich HeidEgg, WiSta88 und Paradieser nannten.

Bei HeidEgg schien es sich um den Pickelmann zu handeln, denn Hamid konnte das Klappern seiner Tastatur hören, als die Konversation ihren Anfang nahm.

HeidEgg: Hallo zusammen. Ist alles vorbereitet?

WiSta88: Na klar. Schon seit einer Weile. Auf uns ist Verlass. Auf Sie auch?

Paradieser: Hallo, HeidEgg. Wir sind startklar. Wo finden wir die Informationen?

HeidEgg: Ein Foto des Zielobjekts und die Beschreibung seines Aufenthaltsorts habe ich unter dem Link asylum.oahest.ru/ugfr/saya hinterlegt. Das Passwort ist MausBiber12_z. Achten Sie darauf, dass Ihre Verbindung sauber ist. Und führen Sie den Auftrag möglichst noch heute aus.

Hamid stutzte. Der Ton dieses Austauschs passte gar nicht zu dem Bild, das der Pickelmann bisher in seinen Augen abgegeben hatte.

WiSta88: Zerbrechen Sie sich nicht unseren Kopf, HeidEgg. Wir kümmern uns darum. Hoffe, dass Ihr Link sauber ist.

Hamid fixierte über seine Konsole hinweg den Pickelmann. Die Unterhaltung klang nach einer Verabredung zu einem Anschlag. Aber welche Art von Anschlag? Ein Attentat? Der Mann wirkte auf ihn eigentlich nicht wie der Auftraggeber eines Attentats. Andererseits war in diesem Land alles anders, vermutlich also auch das Aussehen der Hintermänner von Auftragskillern. Was wusste er schon?

Paradieser: WiSta88, ich checke die Infos und melde dir per SMS, wo wir uns gleich treffen. In Ordnung?
WiSta88: In Ordnung. Muss es so schnell gehen?
HeidEgg: In diesem Fall zählt jede Minute. Sie wissen ja, was auf dem Spiel steht.
Paradieser: Wir erledigen das. Keine Sorge.
WiSta88: Ja, gut. Paradieser, ich …

»Ich hätte gern noch einen Kaffee.«

Der Pickelmann war so plötzlich vor dem Tresen erschienen, dass Hamid für einen Moment die Fassung verlor. Der Mann sah erst ihn, dann den Geschäftscomputer mit forschendem Blick an. Mit einem Tastenklick beendete Hamid hastig das Customer-Check-Programm.

»Einen Kaffee?«, wiederholte er so unschuldig wie möglich. »Kommt sofort!«

Er ging zum Kaffeeautomaten hinüber, als ihn ein Geräusch herumfahren ließ. Der Pickelmann hatte den Computerbildschirm zu sich gedreht.

»Kann ich Ihnen helfen?«, fragte Hamid mit zittriger Stimme, die eigentlich fest klingen sollte.

»Nein, danke. Das heißt …« Der Mann sah Hamid mit ausdrucksloser Miene an. »Wo bleibt denn nun mein Kaffee?«

»Bin dabei.«

Hamid wandte sich dem Kaffeeautomaten zu, ohne den Mann aus den Augen zu lassen, und drückte den Knopf für schwarzen Kaffee. Nach dem lauten Geräusch des Mahlvorgangs floss heiße Brühe aus der Maschine.

»Fehlt da nicht was?«

Hamid schaute auf den Automaten und sah, dass sich die Flüssigkeit direkt in die Auffangschale ergoss. Eine Tasse! Verdammt!

»Entschuldigung, ich mach gleich einen neuen!«

»Vergiss es!«

Der Pickelmann befand sich schon wieder auf dem Weg zu seinem Terminal. Den Monitor hatte er einfach schräg stehen lassen. Hamid kam das auf unbestimmte Art bedrohlich vor. Doch er wusste nicht, was er tun sollte, also machte er erst mal einen neuen Kaffee. Diesmal mit Tasse.

Mit dem fertigen Getränk ging er Richtung Kundentisch. Im Vorbeigehen schob er den Monitor zurück in seine Position, schnappte sich Zucker und einen Löffel und stellte alles neben dem Terminal ab, an dem der Pickelmann saß.

»Geht aufs Haus«, sagte er unsicher, lugte kurz über den Kopf des Mannes hinweg auf den Bildschirm und sah, dass der Internetbrowser geschlossen war.

»Danke!«

Der Pickelmann stand seufzend auf. Er fischte seinen Fünf-Euro-Schein aus der Hosentasche und legte ihn so auf die Tasse, dass der Kaffee damit abgedeckt wurde.

»Stimmt so. Bis dann.«

Hamid wich unwillkürlich beiseite, als der größere Mann an ihm vorbeiging. Neunzig Minuten Internet plus Kaffee kosteten mehr als fünf Euro, aber Hamid hatte keine Lust, die Sache mit diesem zwielichtigen Kerl zu diskutieren. Nachdem sich die Tür geschlossen hatte, verspürte Hamid eine gewisse Erleichterung. Er nahm den Geldschein und trank nun selbst den Kaffee.

Da durchzuckte ihn ein Gedanke.

Er hastete, den Eingang im Auge behaltend, zum Tresen zurück und öffnete noch einmal das Customer-Check-Programm. Er klickte auf Terminal 14 und ging zum Verlauf. Da war nichts. Rein gar nichts.

Die Chronik der letzten Sitzung war komplett leer, gerade so, als hätte es nie eine Sitzung gegeben.

2

Was war das für eine verdammte Scheißidee gewesen?

Seit zwanzig Minuten schon schimpfte Trotsky vor sich hin.

»Trotsky, du Idiot! Da geh ich in diese beschissene Internetklitsche am Arsch der Heide, nur um nicht aufzufallen, und dann kriegt der Jungspund vom Tresen plötzlich Spaß am Spionieren?! Fuck! Fick Fuck Doppelkack!«

Er unterbrach seine Litanei, um am Eingang des Hauses 38b bei der Praxis von Dr. Brunner zu klingeln. Plötzlich überfiel ihn wieder der Drang zu niesen. Er fummelte das zerknüllte Taschentuch hervor und brachte es gerade noch vor der Eruption an seine Nase. Wieder Blut!

Mit einem Summen öffnete sich die Tür. Er atmete einmal tief durch, steckte das Taschentuch zurück in die Hosentasche und schüttelte die aufkeimende Beunruhigung ab.

Eigentlich war doch alles gut gelaufen.

Die Texte im Chat mit den beiden Idioten vom Bund skeptischer Bürger waren eher unverfänglich gewesen. Das Wesentliche, die Angaben für den Anschlag, hatte er verschlüsselt auf einer eigens dafür gemieteten Website in Russland deponiert, die nach einmaligem Abruf nicht mehr existieren würde. Die Adresse war zu kompliziert, als dass der Junge vom Internetcafé sie sich hätte merken können. Die Typen vom BsB hatten mit Sicherheit schon die Website besucht. Falls der angebotene Service hielt, was er versprach, sollten die Informationen inzwischen zusammen mit der Seite verschwunden sein.

Er würde sich jetzt erst mal um seine Gesundheit kümmern. Am Abend war dann genug Zeit, in aller Ruhe zu überprüfen, ob die Wutbürger vom BsB nicht nur Schaumschläger waren. Es machte Trotsky keinen Spaß, mit rechten Verschwörungstheoretikern zusammenzuarbeiten. Aber wenn diesen Deppen tatsächlich ein erfolgreiches Attentat gelang, würde das die Weltenlenker mal so richtig aufschrecken. Und die Drecksarbeit hätten andere für ihn übernommen. Wunderbar. So konnte er in Ruhe seinen nächsten Zug planen.

Trotsky betrat die Praxis und ging zum Empfangsbereich. Die Arzthelferin saß über einen Anmeldebogen gebeugt und telefonierte. Er sah nichts weiter als ihren dichten, goldblonden Haarschopf. Er nahm die Versicherungskarte aus seiner Brieftasche und legte sie auf den Empfangstresen. Eine feingliedrige Hand mit perfekt gefeilten Nägeln griff danach. Dann legte die junge Frau das Telefon zur Seite, hob den Kopf und sah ihn an.

»Herr Märse, der Arzt hat gleich Zeit für Sie.«

Trotsky stockte der Atem.

Die Lippen, die ihn mit dem Namen seines Mitbewohners ansprachen, waren perfekt. So elegant geschwungen wie die Linien am Kopf einer griechischen Statue, eingerahmt von zwei sensationellen Grübchen, die nicht nur attraktiv waren, sondern auch auf einen fröhlichen Charakter schließen ließen. Ihre Augen hatten die Farbe eines exotischen Meeres, in dem er sofort zu ertrinken drohte. Sie war zur Begrüßung aufgestanden. Er liebte große Frauen.

»Ich zeige Ihnen die Warte-Lounge.«

Dieses Wahnsinnsgeschöpf war vor einer Woche noch nicht hier gewesen. Sie hieß Sabrina, verkündete das Namensschild an ihrem ausladenden Vorbau. Warum stand da nur ein Vorname? Oder gab es vielleicht Menschen, die mit Nachnamen Sabrina hießen?

»Gehen Sie nachher mit mir etwas trinken?«, fragte Trotsky nicht, obwohl er genau das dachte.

»Danke«, dachte er nicht, sagte es aber.

Über der Tür zum Wartezimmer stand tatsächlich »Lounge«. Sabrina schenkte ihm ein warmes Lächeln, drehte sich mit einem lässigen Schwung, der ihre goldenen Haare wie in einem dieser kitschigen Shampoo-Werbespots durch die Luft wirbeln ließ, und ging Richtung Empfang zurück. Ungeniert stierte er auf ihren perfekten, sich entfernenden Hintern. Ein frischer Duft umwehte seine Nase.

Das war kein Parfüm. Diese Frau roch von sich aus wie ein Engel.

Er ging zu einem Stuhl und setzte sich. Augenblicklich durchfuhr ihn ein stechender Schmerz. Das Ding an seinem Hintern hatte er fast vergessen. Trotsky verlagerte sein Gewicht genervt auf die unversehrte Pobacke. Im Netz hatte er nicht viel finden können, außer dass der wahrscheinlichste Grund für dieses dicke, eitrige Gewächs ein südafrikanischer Parasit war, der sogenannte Medinawurm.

Als wäre er je in Südafrika gewesen. Lächerlich!

Männer wie er wurden von atomaren Waffen durchlöchert, in Vulkane geworfen oder von außerirdischen Amazonen in Fetzen geliebt. Sie wurden definitiv nicht von einem exotischen Wurm zu Tode geeitert. Um sich abzulenken, dachte Trotsky wieder an Sabrina, und tatsächlich besserte sich seine Laune umgehend. Er sah sich in der Lounge um.

Erdfarbene Stoffe an dezent beleuchteten Wänden. Zeitlos moderne, bequeme Möbel. Pflanzen, ein Aquarium, ein Brunnen. Ja verdammt, ein BRUNNEN! Daneben lagen fein geordnet zwischen Wasserspender und Espressomaschine Magazine für jeden Intellekt und Geschmack. Es gab sogar Comics! Vermutlich nannte man sie in solch gediegener Umgebung »Graphic Novels«, aber das änderte nichts an der Tatsache, dass sie den ohnehin schon gut ausgerüsteten Warteraum zu einem unfassbar gut ausgerüsteten Warteraum machten. Diese Praxis wollte, dass man gerne wiederkam. Außerdem bestätigte sie das, was Trotsky sich in letzter Zeit öfter gedacht hatte. Nirgendwo war die Schere zwischen Arm und Reich so deutlich zu sehen wie in den Arztpraxen der Republik. Als Trotsky noch pflichtversichert war, hieß es höchstens: »Der Nächste, bitte!« Oder eine Nummer blinkte auf einem Display über einer grauen Tür – ein Aufruf, den man unweigerlich verpasste, wenn man zufällig gerade auf der Toilette war. Bei Dr. Brunner dagegen wurde er auf dem Laufenden gehalten. Und das von Sabrina.

Er sah sich die Mitwartenden an. Außer ihm waren da nur noch zwei weitere Personen, eine Frau mittleren Alters und ein junger Mann. Beide waren deutlich besser angezogen als er und mit dem Lesen einer Illustrierten (sie) respektive dem Mobiltelefon (er) beschäftigt.

Eigentlich gehörte Trotsky nicht hierher. Ein alter Schulfreund, Peter Märse, der sich inzwischen als Erotik-Tänzer verdingte und den er vor Kurzem kontaktiert hatte, hatte Trotsky vorübergehend bei sich aufgenommen und ihm auch gleich die Karte seiner privaten Krankenversicherung in die Hand gedrückt, damit er sich mal richtig durchchecken lassen konnte. Tatsächlich hatten sich bei Trotsky in letzter Zeit ein paar Symptome gehäuft. Mit Schwindel und Wahrnehmungsstörungen hatte es angefangen. Danach kamen anhaltende Kopfschmerzen. Natürlich gab es in seinem Leben genug Anlässe, sich einen Dauerkopfschmerz zu holen. Er schlief zu wenig. Trank nicht genug Wasser. Grübelte sehr viel. Prügelte sich ständig. Schmerz war seit Jahrzehnten sein treuester Begleiter. Wie viele Schläge hatte er schon einstecken müssen?

Alleine die Bergmutation musste mindestens fünftausend Mal auf ihn eingedroschen haben. Und das war nichts gegen die Peitschenhiebe Tormentors, den eisernen Headlock von Screw oder den Höllenhammer des Übermenschen. Jeder Schlag hatte eine Geschichte, kam von einem Gegner, der seine Knochen und seinen Willen hatte brechen wollen. Keinem seiner Widersacher war das gelungen. Am Ende war Trotsky immer Sieger geblieben.

Tatsächlich hatten seine außergewöhnlichen Sinne auf dem Weg zur Praxis von Dr. Brunner in der Ferne einen Tumult wahrgenommen. Das kam davon, wenn man im Freien unterwegs war. Er hatte dem Impuls widerstanden, der Unruhe auf den Grund zu gehen, war stattdessen mit dem Bus einen Umweg gefahren. Heute würde die Polizei sich darum kümmern müssen.

Und nun ging er in diesem traumhaften Wartezimmer zum Wasserspender und goss sich einen Becher voll, den er hastig leerte. Selbst das Wasser schmeckte hier anders. Er hatte bis zu diesem Zeitpunkt noch nie klares Wasser getrunken, das überhaupt irgendeinen Geschmack hatte. Er füllte den Becher ein zweites Mal und genoss es, hier zu sein. Der Brunnen plätscherte, das Aquarium summte, begleitet vom Planschen einiger sündhaft teurer Miniaturkarpfen, die Zimmerpflanzen wogten sachte im Wind der lautlosen Klimaanlage, und da war natürlich noch …

Sabrina.

»Der Doktor hat jetzt Zeit für Sie, Herr Märse!«

Er bedankte sich artig und folgte seinem weißen Engel.

Die junge Frau führte ihn durch einen schmalen Gang, vorbei an akkurat aufgehängten Bildern mit surrealen, kubistischen Formen darauf. Trotsky mochte keine moderne Kunst. Zu viel Erklärung, zu viel Pose, ohne Relevanz für sein Leben. Für ihn kam Kunst von Können und einer möglichst naturgetreuen

Wiedergabe der Wirklichkeit. Er empfand abstraktes Gekritzel auf Leinwand nicht als interessant oder wild, sondern nur als gewollt.

»Wunderbar, nicht wahr?«, schwärmte Sabrina. »Unser Chef ist ein angesehener Sammler.«

Trotsky kam sich mit einem Mal sehr hinterwäldlerisch vor.

»Ich verstehe nicht viel von Kunst …«, stammelte er.

»Ich auch nicht«, kicherte sie, »aber nicht weitersagen!«

Trotsky zog die Möglichkeit in Betracht, sich zu verlieben.

Sie öffnete eine Tür zwischen den Bildern, die er jetzt erst bemerkte.

»Da sind wir. Bitte treten Sie ein, Peter. Doktor Brunner ist in wenigen Sekunden bei Ihnen.«

Sie hatte ihn mit Vornamen angesprochen. Dass es nicht sein richtiger war, machte die Sache kompliziert, aber das sollte seinem Glück nicht im Wege stehen. Er nickte verunsichert.

»Bis später!«, verhieß sie ihm und ließ ihn allein. Ihr Lächeln schwebte noch einen Moment lang im Raum. Er nahm es an sich, wärmte sich daran und beschloss, sie beim Verlassen der Praxis nach ihrer Telefonnummer zu fragen.

Eine tiefe Männerstimme unterbrach ihn in seinen Gedanken.

»Herr Märse, nehmen Sie doch Platz.«

Doktor Brunner war ein braun gebrannter Mittsechziger, dessen Frisur davon zeugte, dass er erstens stolz auf sein immer noch volles, wenn auch inzwischen schlohweißes Haupthaar war und zweitens seine große Zeit ganz offensichtlich in den 1970ern zugebracht hatte.

Sein Lächeln war freundlich, professionell. Nachdem Trotsky ihm gegenüber Platz genommen hatte, schlug der Arzt eine hellgraue Mappe auf, in der einige lose, bedruckte Blätter lagen, auf denen Trotsky kleine, mit Kugelschreiber geschriebene Haken und

Vermerke erkennen konnte. Dr. Brunner schaute mit gerunzelter Stirn auf die Blätter, als suche er den entscheidenden Hinweis, um die Konversation zu beginnen. Dann legte er seine Hände, die Finger gespreizt, auf die Unterlagen und sah sein Gegenüber ein paar Sekunden lang ernst an, bevor er zu sprechen begann.

Er hatte Trotsky nichts wirklich Gutes mitzuteilen.

3

Leukämie!
Nicht therapierbar!
Sechs Wochen noch!
Scheiße!
Trotsky verließ die Praxis wie in Trance. Sabrinas Nummer interessierte ihn nicht mehr. Er wollte verstehen, aber er wusste nicht, wie. Er wollte etwas tun, doch er wusste nicht, was. Gegenüber vom Ärztehaus lag die Bushaltestelle, an der er ausgestiegen war und an der jetzt ein paar Leute standen. Dahinter sah er eine leere Schuttfläche. Die perfekte Abflugrampe.

Trotsky ging zu der Stelle, zog das von seinem Mitbewohner geliehene Jackett aus und ließ es in den Schutt fallen. Dann entledigte er sich des Hemdes, das er extra für den heutigen Tag hatte reinigen und bügeln lassen, und trennte sich von Schuhen und Socken. Er zog den Gürtel aus den Schlaufen seiner Hose und warf nacheinander alles auf einen Haufen. Hose und Unterwäsche waren die einzigen Kleidungsstücke, die er anbehielt. Er sah auf seine abgelegten Kleider und strich sich mit der Hand über die Brust. Er hatte einmal für einen kurzen Moment mit dem Gedanken gespielt, sein Unterhemd mit einem Emblem oder etwas Ähnlichem zu bedrucken, so wie es die Helden in den

Comics taten, die er als Jugendlicher so geliebt hatte, sich aber dagegen entschieden, weil er sich nie ganz zu seinen Kräften bekennen konnte. Er wollte seine Anonymität nicht aufgeben, weil er immer auch gehofft hatte, sein Leben würde sich eines Tages normalisieren. Anscheinend war es dafür jetzt zu spät.

Ganz oben auf den Haufen legte er seine alte Brieftasche, in der sich die geliehene Klinik-Card seines Mitbewohners und ein bisschen Kleingeld befanden. Zuletzt ließ er das blutige Taschentuch auf den Kleiderberg fallen, wie ein Handtuch, das der Trainer eines Boxers in den Ring wirft, um den Kampf für seinen Schützling zu beenden und diesen vor dem Schlimmsten zu bewahren.

Trotsky wandte den Blick ab und breitete die Arme aus. Er schloss die Augen und erhob sich drei Meter in die Luft. Nach zwanzig Sekunden öffnete er die Augen wieder, wandte sein Gesicht dem Himmel zu und flog mit exponentiell steigender Geschwindigkeit der Sonne in einem erstaunlich blauen Himmel entgegen.

Dass die Leute an der Bushaltestelle ihn dabei sehen konnten, ahnte er nicht.

4

Nami wusste, dass ihr Verhalten albern, richtiggehend pubertär war. Sie hatte in dem kleinen Laden nur Wein kaufen und sich so den Besuch des tristen Supermarkts ersparen wollen, wo sie einst ein Schulpraktikum absolviert hatte. So wie sie jetzt aussah, würde sie wohl kaum jemand erkennen, aber darauf wollte sie es nicht ankommen lassen. Sie hatte mit Scharnow abgeschlossen.

Für immer.

Zumindest bis eben.

Nach Betreten des Ladens hatte sie festgestellt, dass dieser neuerdings von Muslimen geführt wurde und deshalb keinen Alkohol im Sortiment hatte. Dann war ihr der dunkelhaarige Junge aufgefallen, der hinterm Tresen saß. Für die Länge eines Wimpernschlags hatten sich ihre Blicke getroffen. Und jetzt stand sie da, mit pochendem Herzen hinter einer Straßenecke, und behielt die Eingangstür im Auge.

Sie war siebzehn, lebte in Berlin und kam sich ziemlich abgeklärt vor. Aber sie war noch nie richtig verliebt gewesen und von einer Sekunde auf die andere derart verwirrt, dass sie den Laden so schnell wie möglich verlassen musste, um draußen zuerst einmal ihre Gedanken zu sortieren. Eigentlich war sie auf dem Weg zu ihrer Großmutter, die sie seit über einem Jahr nicht mehr gesehen hatte. Damals war Nami noch blond gewesen und mit Zöpfen, in gemustertem Rock und hellblauem Sweater zur Gesamtschule gegangen. Nami – der Name war japanisch und bedeutete »Welle« – hatte sie auch noch nicht geheißen, sondern Benita.

Benita deshalb, weil ihr durchgeknallter Vater keinen Namen mit A am Anfang akzeptiert hätte. Sein Leben hatte er nach spezifischen Zahlen und Buchstaben ausgelegt, von denen er manche für ungesund und andere für gesund hielt. Nach der Geburt der gemeinsamen Tochter steigerte sich sein väterlich-pathologisches Verhalten derart, dass ihre Mutter die Scheidung eingereicht hatte. Benita war damals fünf Jahre alt gewesen. Später war sie zu einer guten Schülerin herangereift, die lieber für sich blieb und ihre Nase in Bücher steckte, als mit der langweiligen Landjugend heimlich im Wald Bier zu trinken.

Das war eine Ewigkeit her. Fast ein ganzes Leben.

Benita war fünfzehn gewesen, als ihre Mutter überraschend eine Anstellung in Berlin erhielt, weshalb sie das darauffolgende Jahr bei ihrer Großmutter verbrachte. In dieser Zeit wurde die Verbindung zwischen der alten Frau und dem Teenager noch inniger, und nun war das Einzige, was Nami wirklich an Scharnow vermisste, ihr geliebtes Omili.

Sie hatte versucht, den Kontakt zu ihr zu halten, was nicht immer einfach war. Der Skype-Termin an Weihnachten scheiterte am technischen Unvermögen der alten Dame, die kaum mit ihrem Mobiltelefon zurechtkam, und auch, weil ständig das Internet abstürzte. Eine bessere Netzversorgung der Privathaushalte in Scharnow war in frühestens zwei Jahren zu erwarten. Ein Umstand, den sich rechte Parteien zunutze machten, indem sie sich werbewirksam über die Benachteiligung der ländlichen Bevölkerung aufregten.

Ihren Vater hatte Nami nach der Scheidung kaum noch gesehen. Bei einem ihrer seltenen Treffen hatte er im Streit einmal gesagt: »Es ist nicht egal, was du anhast!«

Das war aus seiner Sicht natürlich eher als Plädoyer gegen angehende, teenagerbedingte Verwahrlosung gemeint, aber in Nami hatten seine Worte einen Sturm ausgelöst. Eine Sehnsucht wuchs in ihr, sich zu entpuppen – so radikal, so grundlegend, dass es der Umwelt wehtat. Sie wollte aus ihrer Kleinmädchenwelt in etwas Neues eintauchen. Welten betreten, in denen sie eine andere sein konnte. Die Rolle spielen, für die sie sich selbst entschieden hatte und nicht andere für sie. Ihre Großmutter hatte sie darin bestärkt, ihr das Nähen beigebracht und ihr Geld für die Jugend- und Musikzeitschriften gegeben, die sie sich eifrig kaufte. Mehr konnte ihr Omili nicht für sie tun.

Nicht in Scharnow.

Der Umzug nach Berlin war nötig gewesen, damit aus dem Mädchen mit den blonden Zöpfen eine andere werden konnte. In der neuen Schule hatte sie erst Schwierigkeiten gehabt, Anschluss zu finden. Dann stieß sie auf eine Gruppe von Jugendlichen, die der Gothic-Szene angehörten. Von ihrer Mutter hatte sie ein Mobiltelefon geschenkt bekommen, dessen Adressbuch bald schon mit illustren Namen wie »Dark Angel«, »Leviathan« oder »Schreck« gefüllt war. Doch irgendwann langweilte sie die offensiv zur Schau getragene Melancholie ihrer neuen Freunde, und mit der Musik konnte sie erst recht nichts anfangen. Als sie Bauhaus, Siouxsie and the Banshees, Joy Division oder The Cure für sich entdeckte, wurde ihr plötzlich ein zu konventioneller Musikgeschmack vorgeworfen. Derartige Reglementierungen nervten sie, und sie wandte sich von der Szene ab. Immerhin gefielen ihr weiterhin die fantasievollen Outfits der »Grufties«, wie sie sie nun nannte – wohl wissend, dass sie damit die alten Freunde erst recht gegen sich aufbrachte.

Von der Gothic-Szene war es kein großer Schritt zu Manga. Hier fand sie ihre wahre Bestimmung. Sie schneiderte sich Outfits, inspiriert von den grellen J- oder K-Popbands und den düsteren, futuristischen Manga-Heften, die sie verschlang. Bald begann sie auch selbst welche zu zeichnen und entdeckte darin eine weitere Begabung. Sie nannte sich fortan Nami und wurde zur Kriegerin. Ein Charakter, den sie ernsthaft und mit Begeisterung ausfüllte, der ihr Schutz bot und den sie, zum Leidwesen ihrer Mutter, nur selten ablegte.

Ihre Mutter zog es seit dem Umzug nicht mehr so häufig in die Provinz, doch Nami hatte schon seit einer Weile den Wunsch, Scharnow zu besuchen. Es war so viel passiert in den vergangenen Monaten, und sie wollte ihre Großmutter daran teilhaben lassen. Dass sie sich stark verändert hatte, sollte sie nicht von ihrem Omili entfremden. Die Vorstellung bereitete Nami Angst, trotz aller Emanzipation vom Elternhaus.

Sie hatte kein Geschenk für ihr Omili, also hatte sie beschlossen, Kuchen (der Klassiker) und Rotwein (süß, wie ihre Großmutter ihn liebte) zu besorgen. Die Cremerolle, die sie im Laden hatte mitgehen lassen, ging halbwegs als Kuchen durch, fand sie. Und im Billkauf würde sie ohne Weiteres eine Flasche Tokajer bekommen. Jetzt aber stand sie, die in Scharnow so auffällig war wie ein Pferd mit Holzbein, hinter einer Hausecke und observierte einen Dorfkiosk. Nami, die Kriegerin. Ganz in Schwarz, mit viel Mascara und dickem Eyeliner um die Augen. Eine gewisse Genugtuung bereitete ihr der Umstand, dass sie in der tristen Umgebung ihrer Kindheit so sehr neben der Spur lag, dass nicht einmal ihre ehemaligen Klassenkameraden sie noch erkennen würden. Sie beschloss, einen Spaziergang zu machen, um wieder klar denken zu können. Wo war ihre Überlegenheit, ihre ganze Coolness geblieben, die sie aus Berlin mitgebracht hatte? Verpufft. Verschwunden.

Und der Grund dafür war ein Junge. Ein Junge, dessen tiefschwarze, melancholische Augen ihr Herz in Flammen gesetzt hatten.

5

Dass der Pakt der Glücklichen gemeinsam einkaufen ging, kam eher selten vor. Einkaufen gehörte in ihrer Welt zu den Unabdingbarkeiten, die dem Einzelnen auferlegt wurden, nie der ganzen Gruppe. Doch heute waren sie gemeinsam aufgebrochen. Karl Friedrich Spanger, der von seinen Freunden ausschließlich Kalle gerufen wurde, stand mit seinen Freunden Niels und Sieben an der Kasse vom Billkauf. In ihrem angesichts des Inhalts überproportional großen Einkaufswagen befand sich das für Mittwoch – der Pakt kaufte immer nur mittwochs ein – übliche Sortiment:

- verschiedene Alkoholika (billig)
- einige Tüten Kartoffelchips mit Paprikageschmack (Sonderangebot)
- Fanta (Normalpreis)

Der Billkauf war der größte und derzeit auch einzige Supermarkt in Scharnow. Der günstigere Discounter bei der Plattenbausiedlung war nach einem Feuer geschlossen worden, die Polizei ermittelte wegen Brandstiftung. Vielleicht war das der Grund, warum die Schlange vor der Kasse heute besonders lang war.

Kalle verkürzte sich die Wartezeit damit, im Zeitschriftenregal zu stöbern, als ihm plötzlich ein Buch in die Hände fiel.

Während Niels und Sieben aufmerksam die Bewegungen der Warteschlange observierten, damit sie auch ja keinen Zentimeter des Vorrückens verpassten, fing Kalle an, in dem Buch zu lesen, das so schief zwischen Liebesromanen und Sportgazetten gesteckt hatte, als hätte es jemand hastig dort hineingestopft.

Oder als wäre es von selbst dorthin gesprungen, dachte Kalle und wunderte sich über den Gedanken.

Wie kam er bloß darauf?

Was als Nächstes geschah, war aber noch viel seltsamer. Denn schon der erste Satz des Buches – »Kennen Sie das Gefühl, etwas an Ihrem Leben verändern zu wollen?« – packte ihn, und plötzlich las Kalle wie gebannt. Zeile um Zeile, Seite um Seite. Alles um ihn herum verschwand. Worte warfen Haken nach ihm aus und nahmen ihn mit in eine Welt der Schrift. Ihm war, als müsste er jeden Moment explodieren. Er hatte schon seit geraumer Zeit kein Buch mehr gelesen, doch dieses hier berührte seine Seele und setzte Emotionen in ihm frei, die ihn in ihrer gewaltigen Schönheit schockierten.

Ein merkwürdiges Ziehen stieg tief aus seinem Körper an die Oberfläche. Sein Blick verschleierte sich, die Schrift verschwamm vor seinen Augen. Waren das Tränen? Wann hatte er das letzte Mal geweint?

Er konnte sich nicht erinnern. Er hatte das Gefühl, machtlos und ausgeliefert zu sein. Und dann kam die Angst. Und wie immer, wenn er Angst bekam, wurde ihm übel. Er versuchte den Würgereiz zu unterdrücken. Sein Atem stockte, und ihm war, als würde seine Lunge in einem Schraubstock stecken. Gleichzeitig war ihm zum Lachen zumute. Er empfand Freude und spürte den Drang, seine Glücksgefühle in die Welt zu schreien, hielt sich nur mit Mühe zurück. Die Anstrengung, die es ihn kostete, sich zu beherrschen, ließ ihn erzittern.

Das Buch hatte ganze Arbeit geleistet.

»Ey Alter, kommste jetzt mal? Wir sind gleich dran.«

Wie ein Messer schnitt Pits Stimme durch Kalles Gefühlsverwirrung und riss ihn aus der Lektüre. Er zog den Schnodder hoch, wischte sich unauffällig die Tränen aus dem Gesicht und wandte sich um. Lars »Pit« Pitkowski, siebenunddreißig Jahre alt, wie Kalle Gelegenheitsarbeiter, kam gerade aus der Abteilung für Damenartikel, wo er drei Paar schwarze Strumpfhosen hatte mitgehen lassen. Er hatte nicht vor, dies seinen Kumpanen mitzuteilen.

Pit war das sensibelste Mitglied der Gruppe, auch wenn ihm das angesichts seiner grobschlächtigen Gestalt nicht gleich anzusehen war. Er hatte sofort bemerkt, wie aufgewühlt Kalle war. Lag es an dem Buch, das sein Freund in den Händen hielt? Pit fühlte sich seltsam angerührt. Er hätte Kalle gerne in den Arm genommen. Doch Kalle war ihr Anführer und entschied selbst, wann er den anderen gegenüber Schwächen offenbarte. Ungefragtes Mitgefühl oder gar Mitleid waren laut ihrem Gruppenmanifest zu vermeiden. Pit behielt seine Gedanken also für sich und schlug Kalle stattdessen einfach aufmunternd und mit großer Wucht auf den Hintern.

Das Buch in Kalles Händen erschauerte kurz.

»Äh ... ja, klar!«

»Wenn Sie das Buch beschädigen, müssen Sie es bezahlen!«, schallte es plötzlich von der Kasse zu ihm herüber.

Kalles Blick wanderte zu der Frau, die ihn über die Köpfe der Kunden in ihrer Schlange hinweg anvisierte. Das Zeitschriftenregal war gut drei Meter von der Kasse entfernt, und eigentlich sollte sie mit Kassieren beschäftigt sein. Ihr Tonfall war missbilligend und, schlimmer noch, ermahnend. Wenn Kalle etwas hasste, dann waren das Unfreundlichkeit und Zurechtweisung. Abschätzig betrachtete er die Person im blauen Kittel, die ausdruckslos auf seine Reaktion wartete.

Er wusste nicht, dass sie Sylvia hieß und als Jugendliche, bis zu einem schweren Unfall im Alter von sechzehn Jahren, eine der großen Hoffnungen des nationalen Turmspringerteams für die Olympischen Spiele 1976 in Montreal gewesen war. Ein Zwei-Zentner-Mann hatte eine Arschbombe vom Zehn-Meter-Brett gewagt und war dabei auf ihrem Rücken gelandet. Zwar hatte Kalle schon oft seinen Schnaps bei ihr bezahlt, doch hatte er keine Ahnung, was die Frau hinter der Kasse dachte, fühlte, glaubte – und es hätte ihn auch nicht interessiert. Außerhalb des Paktes und der gemeinsamen Unternehmungen gab es nicht viel, was Kalle noch berührte.

Ausgerechnet in einem Glückskeks hatte er die Formel für ein erfülltes Leben gefunden. Seine Welt war seitdem komplett umgekrempelt.

»Das Einzige, was mehr Wert besitzt als das persönliche Glück, ist jenes, welches man mit anderen teilt.«

Auf dem Zettel war seltsamerweise noch eine handschriftliche Ergänzung gewesen. Erst mit ihr ergab die Glückskeks-Botschaft für Kalle richtig Sinn.

»Bildet Rotten und durchpflügt die Welt!«

Es war, als hätte das Schicksal zu ihm gesprochen.

Er überredete seine besten Freunde, mit ihm gemeinsam eine Wohnung zu beziehen. Sie hatten den Pakt gegründet und ein Manifest verfasst. Alle Mitglieder des Paktes hielten sich an dessen Vorgaben. Unter anderem gehörte Lesen zu den Aktivitäten, die möglichst zu vermeiden waren. Das Buch in seinen Händen war Kalles erster Lesestoff seit der Gründung des Paktes. Er betrachtete es, spürte, wie es selbst zugeklappt noch einen Sog auf ihn ausübte. Doch dafür zahlen? Und mit welchem Geld? Das

Glücksgefühl, das es in ihm geweckt hatte, ebbte langsam ab. Stattdessen keimte Wut auf. Deutlich aggressiver, als er es vorgehabt hatte, blaffte er zurück: »Beruhig dich mal, ja! Für 'ne Kaufentscheidung muss ich erst mal wissen, was drinsteht, oder siehst du das anders?«

Seine Schlagfertigkeit machte ihn ein wenig stolz. So flüssig waren ihm die Worte lange nicht mehr über die Lippen gekommen, seitdem er nur noch mit seinen Freunden verkehrte.

»Und, gefällt es Ihnen?«

Die Kassiererin sah ihn weiterhin ausdruckslos an. Auch seine Kumpane warteten gebannt auf seine Antwort.

Von seinem Glücksempfinden war jetzt nur noch ein Glimmen übrig. »Du elende Votze, was willst du hören?«, klopfte es schon an seine Vorderzähne. Es gelang ihm aber noch, sich zu beherrschen. Schließlich wollte er die eben errungene Überlegenheit nicht aufgeben.

Stattdessen versuchte er es mit eloquentem Sarkasmus: »Nee, ist ziemlich beschissen!«

Das war wohl nichts, spottete eine Stimme in seinem Kopf. Wer sprach da? Mehr aus Wut auf sich selbst als auf die Kassiererin schleuderte Kalle das Buch zurück ins Regal, wo es zwischen Zeitschriften und Groschenromanen liegen blieb.

6

Dich krieg ich noch!, dachte das Buch und sah sich suchend nach dem Kreuzworträtselheft um, mit dem es vorhin ein interessantes Gespräch über Fernreisen geführt hatte.

Das Kreuzworträtselheft wiederum hatte die Gelegenheit genutzt, um sich in die für Comics und Kinderzeitschriften vorbehaltene Ecke zu verdrücken und so einem weiteren unangenehmen Gespräch zu entgehen. Es mochte das Buch nicht besonders. Zwar war dessen Gestaltung auf den ersten Blick geschmackvoll, doch der karminrote Prägedruck auf dem teuren Leineneinband war dem Heft eine Nummer zu gewollt. Auch warf das Buch auf unsympathische Weise mit Latinismen um sich.

Was war das überhaupt für ein Titel? *Horror Vacui*? Das Heft hatte nicht lange in sich suchen müssen, um ihn zu übersetzen.

Die Angst vor der Leere.

Das Rätselheft war vorrangig auf der Flucht vor dem leeren Geschwätz dieses Machwerks. Außerdem ging etwas Unheimliches von ihm aus. Das Heft hatte sehr wohl die kleinen, getrockneten Blutflecken bemerkt, die sich an den unteren Seitenkanten des Buches befanden – beinahe, als wäre damit in einen lebenden Körper geschnitten worden.

Vor allem aber hatte es keinen Spaß an den Unterhaltungen, die ihm das Buch seit seinem Erscheinen im Regal ständig aufzwang. Es waren düstere, unangenehme Themen, die es zur Sprache brachte. Mal wollte es ausführlich über Hypnose diskutieren, dann wieder über chirurgische Eingriffe. Einmal hatte es das Heft nach seiner Meinung zu telepathischer Manipulation befragt, dann wieder über die menschliche Anatomie.

Warum dachten immer alle, dass man als Kreuzworträtsel-Träger zu jedem Thema eine Meinung hatte? Das Heft verharrte still hinter einer Ausgabe von *GEOlino* mit Hai-Bausatz und genoss die Ruhe.

7

Kalle gab seine letzten Münzen, genau 6,72 Euro, zu dem Einkauf, für den, wie er fand, wahrlich nicht der gesamte Pakt hätte ausrücken müssen. Dann fiel ihm auf, dass sie etwas vergessen hatten. Er überschlug kurz die finanzielle Lage, nahm dann eine Tüte Chips und einen Sechserträger Bier vom Band und legte sie in einen Korb mit abgelaufenen Süßwaren, der neben der Kasse stand.

»Wir nehmen noch 'ne Schachtel Ernte 23 und den Tabak da.«

Er betrachtete die Waren auf dem Band und seufzte. Der Korn war praktisch ungenießbar, maximal mit Fanta zu ertragen, und das Bier kam natürlich nicht aus der Kühlung. Die war der teureren Importware vorbehalten. Zu Hause angekommen, würden die Bierflaschen ebenfalls nicht lange genug im Kühlschrank bleiben, um eine angenehme Kälte zu erreichen. Zumal es den Kühlschrank auch gar nicht mehr gab, wie ihm siedend heiß einfiel. In ihrem dem Pakt eigenen Pragmatismus hatten die vier Männer vor ein paar Tagen die Tür zur Küche zubetoniert, weil dem Gestank der dort aus Müll und nicht entsorgten Essensresten entstandenen Monokulturen anders nicht mehr Einhalt zu gebieten war. Den Kühlschrank hatten sie dabei völlig vergessen und nicht mal das Stromkabel aus der Steckdose gezogen.

Er versuchte sich zu erinnern, wann er das letzte Mal ein kaltes Bier getrunken hatte. Es fiel ihm nicht ein. Über solch bitteren Überlegungen verflogen auch die letzten Erinnerungen an die Lektüre, die ihn gerade noch so erschüttert hatte.

»Mach mal hinne, Sylvia, is' abgezählt!«

Pit kannte den Namen der Kassiererin, was niemanden überraschte, weil es auch niemanden interessierte. Die Frau zählte trotz seiner Worte penibel das Silber- und Kupfergeld, das er ihr in die Hand geschüttet hatte. Tonlos formten ihre Lippen den immer größer werdenden Betrag. Mittendrin unterbrach sie sich und fragte mit desinteressierter Freundlichkeit nach einer Payback-Karte.

»Ham wir nich', Sylvia, weißte doch!«

Pit antwortete schnell, bevor Kalle richtig wütend wurde.

»Seid ihr dann vielleicht …«

»Nein, wir sind nicht an so einer Karte interessiert, Sylvia. Weißt du, wie oft du mich das schon gefragt hast?«

Jetzt war Pit selbst ziemlich genervt. Aber auch ehrlich neugierig. »Musst du das jeden fragen, Sylvia? Ist das Teil deines Jobs?«

»Anweisung von oben.«

Als Zeichen, dass das Gespräch für sie beendet war, zählte sie das Kleingeld weiter ab, ohne von vorne anzufangen. Pit schaute ihr dabei zu, bis ihn Niels in die Seite stieß und bedeutungsvoll ansah. Als er sicher war, dass er Pits Aufmerksamkeit hatte, wanderte sein Blick hinab zu der Stelle, an der Pits Jacke endete. Dort lugte eine glänzende Verpackung mehrere Zentimeter hervor.

Pit schaute zu Niels, dann zur Kassiererin, die nach wie vor konzentriert im Kleingeld herumrührte. Anschließend schob er langsam und unauffällig die geheimnisvolle Packung wieder in den Hosenbund und tat dabei so, als würde er sein Hemd in die Hose stecken.

Kalle, der die Szene beobachtete, fragte sich, was sein Freund da unter der Jacke verborgen hielt, wurde aber von Sieben abgelenkt, dem jüngsten Mitglied ihres Paktes.

»Ey Kalle, scheint so, als ob hier auch ohne lange Lesestunde die Bücher weggehen.«

Sieben zeigte in Richtung Zeitschriftenregal. Die zweite Kasse wurde in diesem Moment geöffnet, und der arabische Praktikant, der hier seit ein paar Wochen arbeitete, studierte den Preisaufkleber auf dem Rücken des Buches, das Kalle vor wenigen Sekunden noch in der Hand gehalten hatte.

Wieder flammten Gefühle in Kalle auf, die eigentlich nicht seinem Naturell entsprachen: Neid und Gier.

Er wollte nicht, dass ein anderer dieses Buch besaß.

Dabei war ihm klar, dass der Kauf dieses oder überhaupt irgendeines Buches bei seinen Freunden eine ziemliche Irritation auslösen würde – ganz abgesehen von der Tatsache, dass ihr Geld dafür nicht reichte. Sie lebten sparsam, bescheiden, und genau so wollten sie es ja auch. Sie hatten sich von allem losgesagt. Sich selbst ganz offiziell die Erlaubnis gegeben, nur noch die drei Dinge zu tun, auf die sie wirklich immer Lust hatten. Irgendwann hatten sie sich dazu entschlossen, das Glück zu sich zu holen, statt ihm hinterherzujagen. Sie würden sich fortan gemeinsam und regelmäßig besinnungslos trinken, die Lunge zuteeren und hin und wieder, eher öfter als ausnahmsweise, einen Film ansehen. Die Weiber konnten ihnen gestohlen bleiben. Es gab Pornografie und sehr viele Möglichkeiten, den Löres zu melken, ohne danach einen Tee machen zu müssen. Sie waren alle vier gut beieinander und wegen ihrer Effizienz sehr beliebt bei den Räumungsfirmen. Das wiederum reichte für ihren Unterhalt.

Und da brachte ihn ausgerechnet ein Buch, ein Bote aus der Welt, der er den Rücken gekehrt hatte, aus der Fassung?

Doch genau das war passiert. Er verzehrte sich danach. Er wollte es besitzen, sich ihm hingeben, sich verzaubern lassen und die Welt der Fantasie und der Illusionen zurückholen, die er schon vor langer Zeit, spätestens nach seiner ersten, abgebrochenen Lehre als Fliesenleger, hinter sich gelassen hatte.

Zur Tatenlosigkeit verdammt, betrachtete er den Kerl, der umständlich einen großen Schein, einen Hunderter, aus seinem viel zu kleinen Portemonnaie klaubte. Der Typ hatte kurz geschorenes Haar unter seiner Kappe und war so unauffällig wie falsche Wimpern an einer Russin. Kalle wunderte sich, dass Sieben ihn überhaupt bemerkt hatte. Er schätzte ihn auf Mitte vierzig. Ein Dutzendgesicht. Der Mann war fast unsichtbar. Ohne die Sache mit dem Buch hätte Kalle niemals Notiz von ihm genommen.

Eine Auffälligkeit gab es allerdings.

Der Mann trug trotz der kühlen, herbstlichen Temperaturen Sandalen ohne Socken, was ihn in den Augen von Kalle sofort zum Hippie machte.

Plötzlich schmeckte er den bitteren Geschmack von Eisen auf der Zunge.

Blut!

Er hatte sich die Innenseite seiner Wange blutig gebissen. Wozu hatten dieses Scheißbuch und dieser Allwetter-Hippie ihn getrieben? Zornig und verwirrt drehte er sich seinen Freunden zu, die die gemeinsamen Einkäufe gerade umständlich in einer mitgebrachten Plastiktüte verstauten, während Pit noch immer darauf wartete, dass die Kassiererin das Geld fertig gezählt hatte. Musste das so langsam gehen? Wieder war Kalle, als müsste er gleich explodieren. Um sich abzulenken, ließ er seinen Blick fächerförmig durch den Laden streifen. Hinten beim Weinregal sah er ein wild geschminktes Punkmädchen, das sich augenscheinlich nicht für den richtigen Fusel entscheiden konnte. Das obligatorische Smartphone baumelte an einer Schlinge an ihrem

Handgelenk. An der anderen Kasse, am Ende der Schlange hinter dem Hippie-Leser, standen zwei ältere Damen, die erregt aufeinander eintuschelten. Was hatten die beiden so eifrig zu besprechen? Kalle schob sich unauffällig näher.

»Hast du von dem Selbstmord gehört? Du weißt schon, der Mann aus dem Silo. Diese unfreundliche Type, die nie gegrüßt hat.«

»War's denn wirklich Selbstmord? Haben sie das schon rausbekommen?«

Die eine schüttelte bedauernd den Kopf. »Ich weiß es nicht, ich hab in den Nachrichten davon gehört. Und von meiner Nichte. Meine Schwägerin wohnt auch im Silo, ich glaube, sogar im selben Stockwerk wie der Tote. Aber wir haben ja nur noch wenig Kontakt seit der Sache mit Eduard …«

»Im Fernsehen, in den Lokalnachrichten, hieß es, es wäre ein … na, so ein ritueller Selbstmord gewesen. Irgendwas mit Papier. Überall Blut! Gesehen hat man den immer nur allein. Na ja, stille Wasser …«, schnaufte die andere.

»Meine Nichte hat mir erzählt, dass der Tote Bücher besprochen hat in diesem … diesem Internetz. Als Blocker. Das machen jetzt viele.«

»Blogger! Das heißt Blogger! Ja, das kenn ich. Da schminken die sich immer und filmen sich dabei und so. Ich verstehe nicht, wie man damit Geld verdienen kann, aber so ist das wohl heutzutage. Keiner will mehr arbeiten. Und das hat er jetzt davon.«

Kalle traute seinen Ohren nicht. Ein ritueller Selbstmord? In Scharnow?

»Meine Nichte sagt, die Polizei würde jeden im Haus verhören. Geschieht Agnes ganz recht. Da kann sie denen auch gleich erzählen, wie das damals mit Eduard gelaufen ist. Hab ich dir das eigentlich schon mal erzählt?«

»Nicht, dass ich wüsste.«

»Das war damals, als mein Bruder wegen einer eingeschleppten Baumkrankheit plötzlich blind wurde …«

Kalle blickte nach vorn zur Kasse, wo eben noch der Hippie gestanden hatte, doch der war nicht mehr zu sehen. Ein leises »Wusch« lenkte seine Aufmerksamkeit auf die automatische Eingangstür, die sich gerade hinter dem Mann schloss. Noch einmal durchzuckte Kalle dieses seltsame Verlangen nach dem Buch. Dem Impuls, dem Hippie nachzulaufen, gab er jedoch nicht nach. Stattdessen wandte er sich Pit zu, der mit einem Mal neben ihm aufgetaucht war und ihn anstarrte, als würde er ahnen, was in ihm vorging. Offenbar war der Zahlvorgang beendet, die anderen beiden hatten den Laden ebenfalls schon verlassen. Höchste Zeit, sich seine Autorität zurückzuholen. Kalle rülpste laut, dann sagte er: »Komm, wir gehen!«

Pit seufzte. Dann folgte er seinem Freund, dem Anführer des Pakts der Glücklichen und Verfasser des Manifests, durch die Glastür hinaus auf den Parkplatz.

Sylvia wandte sich ihrer Kundenschlange zu und verwies alle an die zweite Kasse. Es war Zeit für ihre Pause. Zeit, eine Zigarette zu rauchen und mit dem Hund eine Runde zu drehen. Die vier Männer mit ihrem vielen Klimpergeld waren weg und im selben Moment auch schon aus ihrem Bewusstsein verschwunden.

Hamid, den seine Chefin ausnahmsweise als Aushilfe an die zweite Kasse beordert hatte, war durch das Geräusch des entweichenden Magengases auf die beiden Männer aufmerksam geworden. Er blickte ihnen kurz nach. Dann widmete er sich mit einem strahlenden Lächeln seinen nächsten Kunden, zwei älteren Damen, die schon seit einer ganzen Weile eifrig aufeinander einredeten, während ihre bescheidenen Einkäufe – eine Packung Käseecken mit Salamigeschmack, eine Schachtel Schoko-Minze-Likörpralinen, ein halber Liter Milch, Knoblauchpillen, ein Bocksbeutel lieblicher Rosé mit Kohlensäure versetzt, Weinbrand zum

Einreiben und ein Glas Rollmöpse – über das Band auf Hamid zurollten.

»Haben Sie eine Payback-Karte?«

Die beiden verstummten erschrocken, dann ergriff eine von ihnen das Wort: »Sie können ja richtiges Deutsch?«

8

Susanne Scharster kam an diesem Nachmittag müde und erschöpft vom Dreh zurück. Sie hatte eine Nacht länger als geplant in Berlin verbracht. Es war alles so gut gelaufen, dass der Regisseur gleich noch ein paar Szenen für einen weiteren Film drehen ließ. In dem Business wurde schon immer sehr ökonomisch gearbeitet. Die Darsteller waren extra bezahlt worden, doch die körperliche Anstrengung, besonders bei einer Doppelpenetration am Schluss, hatte ihr den Rest gegeben. Sie wollte nur noch in ihr eigenes Bett, vorher vielleicht eine Kleinigkeit essen und ihre Tochter sehen.

Wahrscheinlich war der Kühlschrank schon leer gefressen.

Sie hatte ein schlechtes Gewissen, weil sie Dalida zwei Nächte allein gelassen hatte. Ihre Tochter war zwar für ihr Alter sehr selbstständig, in vielen Dingen schon fast erwachsen, aber auch ein pubertierender Teenager, und eine sturmfreie Bude war eine sturmfreie Bude.

Als sie sich dem Plattenbau näherte, in dem sie wohnte, sah sie auf dem Parkplatz davor einen Polizeiwagen. Sofort hatte sie ein flaues Gefühl im Magen. War etwas mit Dalida? In letzter Zeit hatte ihre Tochter öfter mal mit diesen Möchtegern-Nazis rumgehangen, Jugendliche aus der Siedlung, die in dieselbe Schule gingen wie sie.

Einer von ihnen sollte sogar vorbestraft sein. Hoffentlich war Dalida da nicht in etwas hineingeraten. Susanne eilte zur Eingangstür, betrat den Hausflur und stieß mit ihrer Nachbarin Agnes Petri zusammen. Eigentlich vermied sie den Kontakt zu Nachbarn, doch Agnes Petri wäre auch Houdini nicht entkommen.

»Frau Scharster, wo waren Sie denn? Die Polizei hat bei Ihnen geklingelt.«

»Hallo, Frau Petri, was ist denn los?«

»Haben Sie das mit Ihrem Nachbarn gar nicht mitbekommen?«

»Welcher Nachbar?«

»Na, dieser Internetfuzzi bei uns im dritten. Der immer Bücher kriegt in der Post. Da war doch so ein schlimmer Lärm in der Wohnung. Vor zwei Tagen fing das an. Das waren so ... so ... so ...«

Agnes gelang bei dem Versuch, vielsagend zu schauen, nur die Karikatur eines Gesichtsausdruckes.

»... Geräusche, als wenn da eine Orgie stattgefunden hätte.«

Susanne zuckte zusammen.

»Die kamen aus der Wohnung von diesem Wassmann. Auch nachts noch. Ein paar Nachbarn haben erst mal gegen die Wände geklopft. Die Schäfer von oben hat dann geklingelt, aber der Wassmann hat nicht aufgemacht. Da hat der Herr Förster aus dem vierten Stock die Polizei gerufen.«

Susanne nickte unsicher, ihre Gedanken fuhren Karussell.

»Und die hat die Tür aufgebrochen und ihn gefunden. Also was von ihm übrig war. Tot war der. Die Beamten haben ihn in so 'nem Sack rausgetragen.« Agnes wirkte plötzlich abgelenkt. »Ach, schauen Sie mal, da fliegt schon wieder so ein Drecksviech. Diese verdammten Fledermäuse werden immer mehr. Wir sind doch nicht in Transsylvanien. Also, als die Mauer noch stand, hat's das Viehzeug hier nicht gegeben.«

Susanne machte der Themenwechsel nervös, zumal Fledermäuse sich noch nie durch Mauern aufhalten ließen.

»Tot, sagen Sie? Der Wassmann ist tot?«

»Ja doch. Es soll ganz furchtbar ausgesehen haben da drin, sagt Herr Förster. Wir durften ja nicht rein, aber der Herr Förster hat wohl ein bisschen was gesehen. Jetzt unterhält sich die Polizei mit den Anwohnern, will wissen, ob irgendwer irgendetwas mitbekommen hat.«

Susanne konnte die Geschichte kaum glauben.

»War es ein Verbrechen? Ein Unfall? Was ...?«

»Das wollten die uns nicht sagen, aber der Herr Förster meint, er habe gehört, es sei ein ritueller Selbstmord gewesen. Der Wassmann soll sich mit Papier vollgestopft haben, bis er erstickt ist. Er muss aber auch geblutet haben wie ein Schwein.«

Susanne hatte genug gehört.

»Entschuldigen Sie, Frau Petri, ich muss zu meiner Tochter.«

»Ist die denn da?«

Susanne zuckte bei der Frage zusammen und eilte ohne ein weiteres Wort die Treppen zu ihrer Wohnung hoch. Im Treppenhaus begegnete ihr niemand. Sie öffnete die Wohnungstür und spähte in den dunklen Flur.

Stille.

Bevor sie nach ihrer Tochter rief, verschloss sie hinter sich die Tür.

»Dalida? Schatz, bist du da?«

Keine Antwort. Vor einer Woche hatte sie Dalidas Smartphone beschlagnahmt, weil ihre Tochter in letzter Zeit in der Schule nachgelassen hatte, und dann vergessen, es ihr vor ihrer Abreise wiederzugeben. Dalida hatte sie stinksauer vom Festnetz aus angerufen, aber Susanne konnte nichts tun, weil das Mobiltelefon in der Handtasche lag, die sie dabeihatte. Das nächste Mal würde sie sich eine andere Strafe ausdenken müssen.

Am Kühlschrank war auf einer herausgerissenen Seite aus einem von Susannes heiß geliebten Modemagazinen eine Nachricht mit einem Magneten befestigt: »Mama, ich bin mit Suske und den anderen Billard spielen. Komme heute spät zurück. Morgen ist keine Schule.«

Wenn Dalida sorglos genug war, Billard spielen zu gehen, dachte Susanne, war alles halb so schlimm. Über das beschädigte Magazin würde sie hinwegsehen.

Sie schlüpfte aus den Schuhen, bändigte ihre rote Mähne mit einem Haargummi und ging in die Küche, um sich ein Glas Wein einzuschenken. Dann atmete sie durch und versuchte ihre Gedanken zu sortieren. Vor zwei Tagen war sie kurz davor gewesen, bei diesem Wassmann zu klingeln, um sich eine Zwiebel auszuleihen. Sie wollte noch schnell etwas für ihre Tochter kochen, bevor sie zum Dreh fuhr. Susanne kannte den Mann zwar nicht näher, aber er grüßte sie immer nett. Die Geräusche, die aus Wassmanns Wohnung kamen, hatten sie jedoch vom Klingeln abgehalten. Sie waren ihr seltsam bekannt vorgekommen: zwei Menschen beim Geschlechtsverkehr. Und nicht nur das: Es war ihre Stimme, die zu hören war. Auch die Stimme des Mannes kam ihr vertraut vor: Dave!

Er war eigentlich Tänzer und drehte nur gelegentlich. Es war sein erster Job nach der Penis-OP gewesen. Daran erinnerte sie sich, und auch daran, dass sie sich gut verstanden hatten. Der Dreh lag noch nicht so lange zurück, vielleicht ein Jahr. Soweit sie wusste, war der Film noch nicht auf pornville.com und anderen Pornoseiten zu sehen. Und trotzdem besaß ihr Nachbar eine Kopie? Susanne fand das beunruhigend.

Sie war leise in ihre Wohnung zurückgeschlichen und hatte dann lieber den Pizzadienst angerufen. Mit der Pizza war auch Dalida eingetroffen, und nach dem Essen war Susanne zu ihrem Dreh aufgebrochen.

Jetzt nahm sie einen großen Schluck von ihrem Weißwein und sah sich in der Küche nach etwas Essbarem um. Reste der Pizza von vor zwei Tagen lagen noch auf einem Teller neben der Spüle. Nun, sagte sich Susanne und nahm ein Stück. Dalida war vierzehn. Die Pubertät war keine einfache Zeit.

Nachdem sie die Küche aufgeräumt hatte, checkte sie ihren beruflichen Mail-Account. Ein Stammkunde hatte nach »Chantal« gefragt. Egal, der würde wiederkommen. Sie war gut in dem, was sie tat. Sehr gut sogar! Deshalb hatte sie auch mehr Stammkunden als viele andere Mädchen im Online-Strip-Gewerbe. Aber ein Dreh brachte nun mal deutlich mehr Geld.

Plötzlich fiel ihr ein, dass sie heute Abend eigentlich mit ihrer besten Freundin verabredet war. Patty war schwer zu erreichen und hatte aus Überzeugung kein Mobiltelefon. Außerdem wohnte sie etwas außerhalb bei ihrer Mutter. Susanne wählte die Telefonnummer der Mutter und hinterließ eine Entschuldigung auf dem Anrufbeantworter. Patty kannte Susannes unregelmäßige Arbeitszeiten. Sie würde Verständnis haben.

Vorsichtig setzte sich Susanne auf die weiche Stoffcouch im Wohnzimmer. Sie hatte sich in Berlin verausgabt, das merkte sie an dem körperumspannenden Muskelkater. Sie widerstand dem Impuls, den Fernseher einzuschalten.

In die Stille hinein explodierte die Türklingel.

Susanne verkrampfte sich vor Schreck. Sie biss die Zähne zusammen, um nicht laut aufzustöhnen. Behutsam schlich sie zur Wohnungstür und spähte durch den Spion. Erneut wurde die Klingel gedrückt, und Susanne atmete scharf ein, ein überlautes Geräusch in ihren Ohren. Sie sah einen Polizisten vor ihrer Tür, der zu stutzen schien. Oder bildete sie sich das ein? Der Beamte schüttelte den Kopf und wandte sich zum Gehen, entschied sich plötzlich anders und drückte ein weiteres Mal auf den Klingelknopf.

Susanne hielt den Atem an.

Der Polizist lauschte, drehte sich dann endgültig weg und verschwand im Treppenhaus. Seine grüne Uniformmütze war gerade nicht mehr zu sehen, als die Fahrstuhltür aufging. Heraus trat Agnes Petri, die den Beamten offenbar entdeckt hatte, denn sie blieb am Treppenabsatz stehen und sprach mit jemandem, den Susanne nicht erkennen konnte. Agnes ging weiter in Richtung ihrer Wohnung, blieb aber kurz vor Susannes Tür stehen und versuchte ihrerseits, mit zusammengekniffenem Auge durch den Spion in die Wohnung zu schauen.

»Ist ja komisch«, sagte sie laut und schüttelte den Kopf. Kurz darauf hörte Susanne, wie Agnes ihre eigene Wohnungstür aufschloss.

Sie selbst kehrte ins Wohnzimmer zurück, nahm ihr Glas Wein vom Tisch und ging ins Schlafzimmer, legte sich hin und schloss die Augen. Plötzlich hörte sie, wie jemand die Wohnung betrat.

»Mama? Bist du da?«

Dalida!

»Ja, Schatz … im Schlafzimmer.«

Susanne hörte, wie ihre Tochter leise mit jemandem sprach, verstand aber kein Wort. Dann rief Dalida: »Mama, da ist ein Polizist, der will dich sprechen.«

9

Jan-Uwe Paslička erreichte schweißgebadet seinen Posten an der Wiese hinter dem Supermarkt, neben einer alten Kastanie, von der aus er das Areal gut überblicken konnte. Die Wiese war ungefähr einen Hektar groß und an drei Seiten von einem Erdwall umgeben, auf dem eine Reihe alter Bäume standen. Vor dem Bau der Autobahn und des Supermarkts war hier ein Sportplatz gewesen, der nach der Wende aufgegeben worden war.

Jan-Uwe legte sein Funkgerät neben sich ins Gras, nahm das eben erstandene Buch aus der Tasche und schlug es auf, überblätterte den Anfang und begann zu lesen. Doch der Versuch, sich mit der Lektüre abzulenken, misslang. Seine Gedanken kreisten um die Vorgänge der letzten zehn Minuten. Sein Plan, unauffällig die Lage zu sondieren, war gründlich in die Hose gegangen.

Er hatte sich im Supermarkt umsehen und mögliche weitere Ausgänge ausspähen wollen. Vor Ort war ihm das Zielobjekt nicht aufgefallen. Befand es sich vielleicht in den Büroräumen, die er hinter dem Pfandflaschenautomaten wähnte? Beim Ausgang wurde er Zeuge eines Disputs, den sich ein paar abgerissene Dorftypen mit der Kassiererin lieferten. Es ging um das Buch, das er jetzt in Händen hielt. Einer von den Kerlen hatte darin gelesen, wollte es dann aber nicht kaufen, wahrscheinlich weil er zu wenig

Geld dafür hatte. Einem Impuls folgend, hatte Jan-Uwe das Buch selbst erstanden.

Ein Fauxpas, der ihm nicht hätte passieren dürfen. Unnötigerweise hatte er damit die Aufmerksamkeit der Männer auf sich gezogen.

Dabei wusste Jan-Uwe noch nicht einmal, was ihn zu diesem Kauf getrieben hatte. Lesen gehörte nicht zu seinen vorrangigen Interessen. Er nahm gerne mal ein Sachbuch über Waffen zur Hand. Auch Zeitgeschichte mochte er, wobei er sich mehr für das Römische Reich begeistern konnte als für die jüngere Geschichte Europas. Julius Cäsar zog er General Bismarck vor. Belletristik dagegen interessierte ihn nicht. Als Jugendlicher hatte er einmal einen Stephen-King-Roman gelesen, an dessen Namen er sich nicht erinnern konnte, seither nichts mehr. Und nun hatte ihn mit einem Mal die Lust überkommen, einem mittellosen Individuum im Supermarkt eine Lektion in Sachen Respekt zu erteilen, indem er ein Buch kaufte, das sich der Mann offensichtlich nicht leisten konnte. Ging es noch überheblicher? Hatte Jan-Uwe sich damit nicht genauso arrogant verhalten, wie er es der herrschenden Klasse immer vorwarf? Der andere war wahrscheinlich ohne Arbeit, möglicherweise sogar obdachlos. Ein Opfer der unmenschlichen Selektion dieses Sklavensystems, dem er nun ein Buch vor der Nase wegschnappte. Wozu? Um den Penner zu belehren?

Genau gegen das System, das solche Individuen hervorbrachte, war Jan-Uwe doch hier und heute angetreten.

Gegen die Weltenlenker.

Verdammt!

Abgesehen davon, war es auch ein vollkommen unüberlegter Akt der Dummheit gewesen. Was war denn mit dem Geld, mit dem er das Buch bezahlt hatte? Von dem Geldschein konnte man immerhin die Fingerabdrücke abnehmen. Und es würde nicht schwer sein, ihn zu identifizieren. Er hatte nur einen Hunderter gehabt und sich für einen Moment sogar gefreut, ihn wechseln zu können. Aber wie viele Leute bezahlten in dem Kaff hier wohl mit einem solchen Schein?

Verdammt! Was hatte er sich nur dabei gedacht?

Die Antwort war ganz einfach.

Gar nichts. Er hatte sich rein gar nichts dabei gedacht.

Genau genommen hatte er wie ferngesteuert gehandelt.

Die oberste Prämisse bei ihrem Anschlag sollte sein, möglichst unauffällig zu bleiben, das Vorhaben störungsfrei umzusetzen und es potenziellen Zeugen so schwer wie möglich zu machen, sich an Details der Attentäter zu erinnern. Möglichst unauffälliges Aussehen. Keine Motive oder Schriftzüge auf T-Shirt, Hose oder Kappe. Neutrale, überwiegend anthrazitfarbene Allzweckkleidung. Und an den Füßen ...

Scheiße, verdammt!

Natürlich war er auch heute wieder in Sandalen unterwegs. Er ging sogar am liebsten ganz barfuß. Er konnte nicht anders. Schuhe engten ihn ein. Er fühlte sich gefangen in ihnen. Eingezwängt. Seiner Freiheit beraubt. Aber es war Pullunderwetter. An einem sonnigen, aber kühlen Herbsttag Mitte Oktober hatten sogar Sandalenträger normalerweise Socken an den Füßen. Jan-Uwe besaß keine Socken und auch keine festen Schuhe mehr. Nur Sandalen. Er hatte möglicherweise noch irgendwo ein Paar Arbeitsgummistiefel mit Stahlkappen herumliegen, die er jedoch, selbst wenn ihm eingefallen wäre, wo er sie hingetan hatte, nicht angezogen hätte.

Und wenn das heute schiefging? Er war als Waffenhalter registriert und besaß einen Waffenschein. Die Polizei würde in einer groß angelegten Fahndung routinemäßig alle erfassten Waffen überprüfen und eher früher als später auf ihn als Besitzer eines Präzisionsgewehrs stoßen. Ein Hobbyschütze, der zudem gewohnheitsmäßig barfuß herumlief! Man musste nicht

Sherlock Holmes sein, um aus diesen Hinweisen die richtigen Schlüsse zu ziehen.

Wenn es ihnen aber gelang, jedes weitere Auffallen zu vermeiden, dann wäre die Beweislage zumindest schwierig.

Jan-Uwe ließ die Hand mit dem Buch sinken und zog mit der anderen die Waffentasche aus dem Gebüsch, wo er sie gleich, nachdem er mit dem Linienbus in Scharnow angekommen war, deponiert hatte. Er öffnete sie und sah auf die frisch geölten Einzelteile seines Gewehrs. Wie jedes Mal durchströmte ihn bei dem Anblick ein wohlig warmes Gefühl. Er sah auf sein Walkie-Talkie. Es lohnte sich noch nicht, es einzuschalten. Sie waren erst in zwei Stunden miteinander verabredet.

Jan-Uwe wollte das Buch in das Futteral stecken, doch irgendetwas hielt ihn zurück. Nachdenklich sah er sich den roten Einband an. Ein unangenehmer Sog ging von dem Werk aus. *Horror Vacui.* Was hieß das überhaupt? Er hatte das Gefühl, als würde etwas seine Krallen nach ihm ausstrecken. Er schüttelte sich. Was immer hier vorging, er konnte es nicht gebrauchen.

Diese Erkenntnis ließ ihn handeln. Er lief zum nächstgelegenen Mülleimer am Wiesenrand und warf das Buch hinein, nicht ohne es vorher sorgfältig abzuwischen.

Spurenbeseitigung. Besser spät als nie. Das Buch landete weich auf einem Berg von Hundekotbeuteln. Jan-Uwe verkroch sich wieder in sein Versteck.

Dann wanderte sein Blick zu dem Mülleimer zurück, und ein seltsamer, hohler Schmerz erfüllte seine Brust.

10

In der Wohnung war es dunkel. Im Leben ihrer Bewohner spielte Tageslicht eine untergeordnete Rolle. Frische Luft passierte die Pforten der Fenster ausschließlich, wenn Pit sich darum kümmerte, der allerdings als Einziger nicht ständig hier hauste. Für die anderen stellten Dunkelheit und Mief in den eigenen vier Wänden den Normalzustand dar. Tageslicht und Frischluft hatten sie bei ihren Ausflügen zum Supermarkt schon genug.

Besonders vermüllt war die Wohnung ausnahmsweise nicht. Die unheiligen Gewächse in der Küche hatten alle erschüttert. Der Schock übte zumindest für den Moment eine heilsame Wirkung auf sie aus. Das überdimensionale Poster von *Dirty Dancing* – in den Augen des Paktes eines der schlimmsten Verbrechen der Filmgeschichte – vor der zugemauerten Küchentür erinnerte sie täglich an die Katastrophe, der sie nur mit Steinen und Mörtel hatten Einhalt gebieten können.

Die Männer hielten es für angebracht, den verbleibenden Lebensraum vor einer ähnlichen Verkeimung zu schützen.

Niels, Sieben und Kalle begaben sich zu dem Tisch im Wohnzimmer. Die auf dem Rücken liegende, gusseiserne Meeresnixe, die eine schwere Glasplatte über sich hielt, war eine Monstrosität, welche sie bei einem ihrer Zwangsräumungsjobs aus einem

Bürohaus mitgenommen hatten, wo sie seit den 1940ern die Chefetage geziert hatte. Auf der Tischplatte war immerhin viel Platz. Die Männer reihten ihre Einkäufe fein säuberlich nebeneinander auf. Hatten sie eben noch, auf dem Rückweg vom Supermarkt, als ausgelassene, Trinklieder grölende Männergruppe eine lautstarke Schneise durch die resignierte Stille des Dorfes gezogen, so wirkten sie jetzt ganz anders. Konzentriert und still. Kein Wort fiel zwischen ihnen. Jeder war auf sein Tun fokussiert, alle miteinander waren sie eine eingeschworene Gemeinschaft, die sich auf den gemeinsamen Nachmittag vorbereitete.

Sie stellten Gläser auf den Tisch und mischten darin Korn mit Fanta. Sie schütteten die Chips in kleine Schüsseln, die noch die Aufkleber eines schwedischen Möbelhauses trugen und die natürlich Pit besorgt hatte. Seinen Kumpanen gefiel die neuerliche Gediegenheit, die mit den modischen Schalen bei ihnen Einzug gehalten hatte. Pit war es auch gewesen, der das große Plakat mit einer Zeichnung des römischen Kaisers und Philosophen Marc Aurel in den Eingangsbereich gehängt hatte – eine Bleistiftzeichnung, die er einst in der Münchener Glyptothek angefertigt hatte. Damals, als er noch studierte und dem Traum einer Zukunft als Grafiker nachhing. Eine Reise nach Berlin mit ein paar Freunden hatte seine Weltsicht auf den Kopf gestellt. Pit hatte seine ehrgeizigen Pläne gegen die Utopie des Glücks eingetauscht und diesen Entschluss bislang nicht bereut. Auch Marc Aurel war ein großer Verfechter des ganz privaten Glücks gewesen und Pits Idol neben Oscar Wilde. Er wollte einzig nach dieser Form des Glücks streben. Es gab in den Augen von Männern, wie sie es waren, keinen anderen Grund, ihr Dasein zu fristen. Daran sollte dieses Porträt sie erinnern.

Gleich neben der Zeichnung hing in einem Rahmen die Liste der Regeln, die für ihr Zusammenleben maßgebend waren: das Manifest zum Pakt der Glücklichen.

DER PAKT DER GLÜCKLICHEN

Das Manifest

MANIFESTUM IGNORANTIAE

IGNORIERE, WAS DICH UNGLÜCKLICH MACHT!

1. Wer sich freut, denkt nicht – wer nicht denkt, öffnet sich der Freude!
2. Hinterfrage den Normalfall, denn er ist in der Regel irrelevant.
3. Wissen ist Macht, aber MACHT KEINEN SPASS.
4. Achte die anderen! Achte darauf, sie zu beachten.
5. Achte auf dich, und beachte deine Bedürfnisse.
6. Du darfst viel Geld ausgeben fürs Trinken, haushalte aber, wenn's ums Saufen geht!
7. Das Saufen an sich ist ehrlicher und deshalb dem Trinken vorzuziehen.
8. Du darfst alleine trinken, aber NIE ALLEINE SAUFEN.
9. Triff jeden Tag eine für dich wichtige Entscheidung!

10. Am Leben bleiben, bis man stirbt!
11. Lesen, welches der Information dient, ist zu vermeiden!
12. Lesen aber, das einen Nutzen für die Gruppe darstellt, ist begrüßenswert.
13. Filme werden nicht für die Digitalität gedreht.
14. Informationen, deren Inhalte nicht den Interessen der Gruppe dienen, sind uninteressant.
15. Unerbetenes Mitgefühl, insbesondere Mitleid, ist unbedingt zu vermeiden. Hilf nur dem, der Hilfe will.
16. Sauberkeit wird überschätzt! Dreck wird erst dann gefährlich, wenn man Angst vor ihm hat.
17. Strebe nach Glück.
18. Strebe nach Anstand.
19. Strebe nach Weltklugheit.

ZUSATZ: Wenn im Konfliktfall eine Lösung/Versöhnung als nicht möglich erscheint, ist die Anwendung von Gewalt in Einzelfällen erlaubt. Erscheint eine Lösung/Versöhnung auch in diesem Falle als aussichtslos, entscheidet die Mehrheit. Ist das Abhalten einer Abstimmung darüber nicht möglich, z.B. aus Zeitgründen oder durch gleich große Stimmanteile, ist eine Beilegung des Streites durch Zwangsverbrüderung verboten.

Niels und Sieben saßen auf der Couch, die sich jedem Lexikon als Definition des Begriffs »durchgesessen« angeboten hätte, und beobachteten Kalle. Der kniete neben dem mit Abstand neuesten Einrichtungsgegenstand der WG, einem riesigen Rückprojektionsfernseher aus dem ausgehenden letzten Jahrtausend. Er durchwühlte einige große Pappkartons, aus denen VHS-Kassetten quollen. Hin und wieder nahm er eine davon und legte sie auf Stapel, die nach Genres geordnet waren. Ein Stapel für Pornografie, einer für Kannibalenstreifen, einer für Splatter- und einer für Actionfilme. Andere Genres wurden nicht beachtet. Auf dem Glastisch lagen die geöffneten Chipstüten und die Bierträger neben den gefüllten, aber noch nicht angerührten Fanta-Korn-Gläsern. Zu den ehernsten Gesetzen des Paktes gehörte es, immer gemeinsam mit dem Saufen anzufangen. Der Mensch war nun mal kein Tier.

Sieben nahm sich eins der warmen Biere. Alleine trinken war erlaubt, und er hatte Durst. Durstdurst und nicht Bierdurst. Aber da die Fanta für die sogenannte »Mische« gebraucht wurde und das Bad mit dem einzig erreichbaren Wasserhahn durch Pit besetzt war, nahm er sich eben ein Bier. Er öffnete die Flasche. Gewohnheitsmäßig mit den Zähnen. Seitdem sie die Küche zugemauert hatten, tat er das in Gegenwart seiner Freunde so oft, dass ihm der ausbleibende Applaus gar nicht mehr auffiel.

Mit dieser Nummer hatte er früher die Weicheier auf den Uni-Festen beeindrucken können und auch so manche Akademiker-Pussy abgeschleppt, die sich mal mit einem richtigen Kerl vergnügen wollte. Doch die nächste Universität war weit weg. Ohne einen gewissen finanziellen Aufwand waren solche Orte nicht erreichbar, und ihr derzeitiges Budget erlaubte keine Ausflüge.

Kalle unterbrach sein Stöbern, drehte sich eine Zigarette, zündete sie an, nahm sich eins der Fanta-Korn-Gläser und prostete den anderen zu. Er war schon immer ein Mann der Tat gewesen und fällte hiermit, wie meist, die Entscheidung für die ganze Gruppe.

Das Saufen konnte beginnen.

Niels und Sieben griffen ebenfalls nach ihren Gläsern. Dass Pit noch nicht im Raum war, spielte keine Rolle. Kalle hatte entschieden, und Pit würde schnell aufholen, das wussten sie. Kalle widmete sich wieder seinen Filmstapeln, mit ernstem Blick, schließlich ging es darum, ihren gemeinsamen Nachmittag gewinnbringend zu gestalten. Wichtiger als das TV-Gerät war dabei der unscheinbare, kleine Kasten daneben: der VHS-Player.

Zum Glück hatten sie bei einer Hausräumung ein noch gut funktionierendes Gerät mitgehen lassen können. Bei Räumungen bot sich so gut wie jedes Mal die Gelegenheit, den eigenen Haushalt zu ergänzen. VHS-Kassetten durften sie sogar ganz offiziell und ohne Nachfragen mitnehmen. Niemand maß den alten Magnetbändern noch irgendeinen Wert bei. In den cinephilen Augen des Paktes lag die Sache ganz anders. Für sie entfaltete ein Film im VHS-Format erst seine wahre Größe.

Kalle prüfte weitere Cover und las die Klappentexte der Kassetten. Filme, die für ein geringeres Alter als 18 eingestuft waren, kamen an einem Mittwoch nicht in Frage.

Niels hatte inzwischen schon etwas Schlagseite. Er trank von den vieren eindeutig am meisten und ignorierte erfolgreich die Anzeichen einer beginnenden Leberzirrhose. Im Grunde hasste er das Trinken, und zwar so sehr, dass er möglichst schnell und viel trank, weil es ihm dann leichter fiel. Außerdem war er im betrunkenen Zustand davon überzeugt, dass er ein Zeitreisender war, und erzählte gerne und detailreich von seinen angeblichen Aufenthalten in anderen Epochen, bis ihn irgendjemand mit einem vollen Glas Mische zum Schweigen brachte. Wäre Niels krankenversichert gewesen und hätte einen Arzt aufgesucht, dann wären aus seinen Visionen schnell Symptome geworden.

Symptome für Delirium tremens, Anzeichen einer Alkohol-Halluzinose und einer beginnenden Demenz. So aber blieb ihm der Glaube.

Er übergab sich auch relativ oft, was ihm, wie er selbst fand, guttat. Das Übergeben erschien ihm wie eine Reinigung. Er empfing jeden Würgereiz wie eine Hostie in der Messe, mit voller Hingabe und Konzentration. Mit geschlossenen Augen spürte er nach der Übelkeit, um ihr dann nachzugeben und seinen Körper von Überflüssigem zu befreien. Seine Zähne waren bereits ziemlich in Mitleidenschaft gezogen, ansonsten ging es ihm erstaunlich gut damit.

Pit betrat das Wohnzimmer und warf sich in einen Ohrensessel, den der Pakt ebenfalls bei einer Räumung abgestaubt hatte. Innerhalb der vier Wände dieser Wohngemeinschaft war Pit der ruhende Pol. Nie kritisierte ihn ein Mitglied des Paktes oder fing mit ihm Streit an. Allerdings schenkten sie ihm auch sonst wenig Beachtung. Sie hielten ihn für einen Langeweiler. Pit war das nicht unrecht, schon gar nicht, weil er sich hin und wieder Gedanken erlaubte, die er mit seinen Freunden nicht teilen konnte. Die Tatsache, dass schon mit dem Saufen begonnen worden war, quittierte er mit einem Seufzer und schob eine Hand in die Hosentasche, um unauffällig durch ein Loch im Futter seiner Armeehose an der Nylonstrumpfhose zu nesteln, die er sich gerade im Bad angezogen hatte. Mit der freien Hand schnappte er sich das übrig gebliebene Glas Mische und bat Sieben, ihm ebenfalls ein Bier zu öffnen.

Sieben hieß eigentlich Aristide Olt.

»Welches kranke Arschloch nennt sein Kind Aristide?«, pflegte er zu vorgerückter Stunde stets zu fragen. Seinen Spitznamen verdankte er einer Masche, mit der er früher oft Streit vom Zaun gebrochen hatte, als er noch aktives Mitglied der Oikalyptos gewesen war, einer Hooligan-Gruppierung in West-Berlin.

Ahnungslose fragte er damals gerne nach der Anzahl der Finger an seiner rechten Hand, die er zu diesem Zweck in die Höhe hielt. So gut wie immer bekam er als Antwort: »Fünf.« Er aber bestand darauf, dass sieben Finger zu sehen waren. Natürlich wollten die allermeisten dieser Behauptung nicht folgen, sie nannten weiterhin hartnäckig die Zahl der Finger, die sie sehen konnten. Sieben, damit faktisch der Lüge bezichtigt, nahm die Beleidigung als Anlass zuzuschlagen.

Nie dachte er darüber nach, ob er mit seiner Lust an Gewalt vielleicht einfach nur versuchte, seine Ängste zu verdrängen. Seine Ängste waren tatsächlich weit absurder als die Sieben-Finger-Masche.

Zum Beispiel hatte Sieben panische Angst vor offenen Gewässern. Nur unter größter Kraftanstrengung konnte er Brücken überqueren. Außerdem war ihm Geschwindigkeit unerträglich. Als er noch Auto fuhr, überschritt er selten die Geschwindigkeit von vierzig Stundenkilometern, selbst auf Land- und Schnellstraßen. Auf Autobahnen musste er regelmäßig Pausen am Standstreifen einlegen. Irgendwann hatte er ein Einsehen und versenkte seinen Führerschein feierlich in einer mit Steinen beschwerten Plastiktüte in der Ostsee.

Seine vielleicht absurdeste Phobie galt jedoch offenen Frauenschuhen. Der Anblick von aus Schuhen herausragenden Frauenzehen löste umgehend Panikattacken bei ihm aus. Erst in Scharnow, im Kreis des Paktes, hatte sich Sieben sicher gefühlt. Tatsächlich war er, seit er hier wohnte, zum ersten Mal in seinem Leben vollkommen glücklich.

Porno oder Horror? Kalle konnte sich nicht entscheiden. Für einen reinen Porno hatten sie nicht genug getankt, und auf das gemeinsame Onanieren, zu dem so etwas zwangsläufig führte, konnte er, halbnüchtern wie er war, gut verzichten. Gemetzel hatten sie in der Woche dagegen schon mehrmals gehabt. Nach weiterem Suchen fand er schließlich einen Film, der beides bot. Zufrieden legte er Joe D'Amatos berüchtigten und sehr seltenen italienischen Gore-Hit *Porno Holocaust*, in Deutschland bekannt unter dem Titel *Insel der Zombies*, in das VHS-Abspielgerät.

Joe D'Amato hatte mit *Anthropophagus* und *Nackt unter Kannibalen* zwei Meilensteine des Kannibalenkinos geschaffen, in denen er zuverlässig die Grenzen des guten Geschmacks überschritt. Darüber hinaus hatte er es auf eine ansehnliche Anzahl indizierter Filme gebracht. Nahezu alle seine Werke waren auf VHS erschienen. Nicht nur deswegen hatte er beim Pakt den Status eines Meisters inne. Da sich D'Amato in allen Genres ausprobiert hatte, befanden sich auch pornografische Titel in seiner Vita. *Porno Holocaust* war ein Konglomerat aus gleich mehreren Filmgattungen. Das Drehbuch stammte von George Eastman, einem Lieblingsdarsteller D'Amatos, der auch eine der Hauptrollen übernommen hatte. Dem Pakt war es gelungen, die um fast dreißig Minuten längere und sehr seltene Hardcore-Fassung des Films in seinen Besitz zu bekommen. Zwar handelte es sich um die Originalversion auf Italienisch, doch würde es selbst einem sturzbetrunkenen Niels nicht schwerfallen, der Handlung zu folgen.

Die Männer füllten ihre Gläser erneut mit Mische und gaben sich dem sinnlosen Gemetzel hin, unterbrochen von noch sinnloseren Sexszenen, in denen Untote lebende Frauen vergewaltigten, um sie sich danach häppchenweise einzuverleiben. Was da lief, war nichts weniger als ein Prachtfilm der besonders widerwärtigen Sorte, und es bedurfte schon Cineasten ihres Schlages, um diesen Genuss entsprechend zu würdigen.

Es stimmte alles an diesem Nachmittag. Das Glück manifestierte sich in dem stickigen Raum in einem rauschenden Fest der Sinne. Doch dann, gerade als die Stimmung ihren Höhepunkt erreicht hatte und kurz vor dem wenig überraschenden Showdown, ging der Alkohol aus.

Für gerade einmal fünf Minuten gelang es den Männern, ihren Wunsch nach mehr zu unterdrücken. Dann war der Film zu Ende und der Durst unerträglich. Kein Durstdurst. Dieser Durst war das Verlangen nach einem grandiosen Alkohol-Exzess. Die für den nächsten Tag zu erwartenden Folgen waren ihnen absolut klar, doch sie hatten den Weg des Alkohols nicht betreten, um aus Angst vor einem Kater, so monströs er auch ausfallen mochte, auf halber Strecke abzubrechen.

Sie wollten ihre Sinne den Göttern Filmriss, Blackout und Koma opfern!

Und dafür brauchten sie Nachschub.

Nur waren sie dummerweise pleite. Sie hatten lediglich das Pfandgeld für das Leergut. Wofür würde das schon reichen? Vielleicht für eine Flasche Korn? Maximal. Es war halb fünf Uhr nachmittags.

Im Nachhinein wusste keiner mehr, wer den Satz zuerst gesagt hatte. Sie erinnerten sich nur, dass alle sofort begeistert gewesen waren.

»Wir überfallen den Supermarkt!«

»Geile Idee!«

Gleich darauf kamen die ersten Bedenken.

»Die kennen uns doch alle da, und zum Aldi bis nach Sahsenheim kommen wir in deiner Karre nicht mehr. Die fährt seit gestern auf Reserve, und ich hab keinen Bock, wieder irgendwo Benzin saugen zu gehen.«

»In Sahsenheim kennen uns sowieso auch alle. «

»Stimmt. Und was jetzt?«

Kalle dachte nach und gelangte zu dem Schluss, dass sie nicht Ocean's Eleven waren, schon ihre Anzahl stimmte nicht. Aber ein Supermarkt war auch keine Bank oder ein Casino, sondern nur ein größeres Geschäft mit schlecht bezahlten Angestellten, die sich wohl kaum mit vier aggressiven Typen anlegen würden, die zu allem entschlossen waren. Und wer sagte denn, dass man sie erkennen würde?

Kalle schaute seine drei Freunde durchdringend an und sagte dann sehr ruhig: »Wir maskieren uns!«

Eine verblüffte Stille setzte ein, unmittelbar gefolgt von einem geschäftigen Aktionismus.

»Ich hab vorhin ein paar Strumpfhosen mitgehen lassen«, rief Pit, dem dieses Bekenntnis ohnehin gelegen kam. Die anderen wischten den Vorschlag beiseite.

»Papiertüten tun's auch. Nur kurz rein, Schnaps, Bier und Zigaretten abgreifen und raus. Ein Kinderspaziergang!«

»Und Chips! Die Chips sind auch alle!«

»Bist du als Kind gerne spazieren gegangen?«

»Halt's Maul! Ziehen wir das jetzt durch oder nicht?«

Niels' Zunge war schon ziemlich schwer, ganz unverständlich waren seine Äußerungen aber noch nicht. »Was ist mit unseren Klamotten, Mann? Wir tragen doch alle immer dieselben Klamotten. Da kannst du dir dein Gesicht noch so unkenntlich machen …«

»Das stimmt!«, nickte Kalle.

»Vielleicht könnten wir die Klamotten auf links drehen?«, schlug Sieben vor.

Niels war jetzt in Fahrt. »Auf links? Check ich nicht. Mit den Knöpfen nach hinten?«

Pit meldete sich zu Wort. »Meine Bundeswehrjacke erkennt man auch umgedreht!«

Siebens Miene verfinsterte sich.

Niels legte nach: »Und meine hat kein Futter. Und dann kratzt das so. Da kann ich mich auf nichts mehr konzentrieren, wenn das überall juckt.«

Sieben ballte die Fäuste und fixierte Niels aus verengten Augen.

»Alter, dir juckt scheinbar die Schnauze, oder warum laberst du all meine Ideen nieder?«

Pit hob beschwichtigend die Arme. Es war an der Zeit, dem Philosophen in sich das Wort zu erteilen.

»Beruhigt euch, Leute. Wie ein großer Mann einst sagte: Allein der kritische Geist mit seiner gesammelten Kraft ermöglicht die Kultur.«

Was für ein Satz! Pit bewunderte das Werk von Oscar Wilde und hatte viele von dessen Aphorismen auswendig gelernt. Beflügelt von der Weisheit des britischen Dandys beschloss er, noch weiter zu gehen und sich seinen Freunden sofort und auf der Stelle zu offenbaren. Er trug Nylonstrümpfe unter der Armeehose. Dass dem so war und wofür es stand, wusste bisher nur er selbst. Irgendwann mussten sie doch erfahren, was mit ihm war. Seine Freunde. Seine besten Kumpels. Warum nicht hier? Und warum nicht jetzt? Pit rang mit sich, stand auf, die Hände weiter erhoben, atmete tief ein und …

»JETZT HALTET MAL ALLE DIE FRESSE!«

Wenn Kalle sprach, dann hatte das eine Wirkung, wie wenn andere schrien. Er hatte nicht beabsichtigt, die Runde zu erschrecken, aber er wusste, dass es Zeit für ein Machtwort war. Von allen hier war er der klarste Kopf, und beim Billkauf handelte es sich schließlich nicht um Fort Knox. Ruhig und langsam, in einem Tonfall, der keine Widerrede duldete, trug er seinen Aktionsplan vor.

Pits Bekenntnisbereitschaft verpuffte wie Zigarettenqualm in einer Jazzbar. Der Glanz in seinen Augen verschwand. Kraftlos setzte er sich hin. Kalles Augen dagegen funkelten machiavellistisch. Er suchte den Blickkontakt mit jedem Einzelnen. In seine Worte legte er die Wucht seiner Überzeugung. Wie ein Feldherr vor der Schlacht weihte er die Männer in seine Strategie ein, und sie bedachten ihn mit so viel Aufmerksamkeit, wie es angesichts ihres alkoholisierten Zustands noch möglich war. Samtweich umschmeichelte Kalles Stimme ihr Bewusstsein. Jeglichen Zynismus, alle Skepsis dem Leben gegenüber, spülte diese Stimme einfach fort. Sie reinigte ihre Seelen, führte sie auf eine neue Ebene. In diesem Moment war Kalle, der die Idee zum Pakt gehabt und obendrein noch das Manifest fast im Alleingang geschrieben hatte, einmal mehr der Mann, der seinen Freunden den Weg ins Licht, in ein besseres Leben zeigen würde.

Nachdem er seinen Plan vorgetragen hatte, herrschte für einen kurzen Moment eine Stille, als hätte jemand – ein gigantischer Jemand – die große Mute-Taste auf der Fernbedienung ihres Lebens gedrückt. Alle spürten gleichzeitig Erleichterung und Euphorie. Es gab nicht viele Menschen in ihrem Leben, die sie mit reiner Rhetorik, ohne Anwendung von physischer Gewalt, so restlos überzeugen konnten. Kalle war ihr Meister. Ihr Hohepriester des Glücks. Sein Vortrag wirkte auf sie wie Magie. Hätten sie das Wort gekannt, sie wären überzeugt gewesen, eine Epiphanie erlebt zu haben.

Die Erhabenheit des Moments wurde von einem Geräusch unterbrochen, das wie das Gebrüll der japanischen Urzeitechse Godzilla klang. Niels schoss genau in diesem Moment ein Teil seines Mageninhalts den Hals hinauf, und er schaffte es gerade noch, sich in eine halbvolle Chipstüte zu erbrechen.

11

Je weiter er sich von der Wiese und dem Mülleimer entfernte, desto mehr verblasste auch das Unwohlsein, das über Jan-Uwe gekommen war, nachdem er das Buch weggeworfen hatte. Seine Laune verbesserte sich zusehends.

Heute werden wir einen großen Sieg gegen die Weltenlenker erringen, dachte er, alles andere ist unwichtig.

Ihm blieben noch mindestens zwei Stunden, bis es losging, und so spazierte er durch Scharnow, ordnete seine Gedanken und betrat zwischendurch einen türkischen Kiosk mit angeschlossenem Internetcafé, um einen Kaffee zum Mitnehmen zu kaufen. Weiter hinten an der Hauptstraße sah er eine wild zurechtgemachte Gestalt mit roter Kappe über den schwarzen Haaren. Eine Punkerin? Erstaunlich, dass es so etwas in diesem Provinznest überhaupt gab. Vor einem Gasthaus namens »Gute Alte Zeit« entdeckte er Trönses umgebauten Fiat Panda, doch ihm war nicht nach der Gesellschaft seiner beiden Mitverschwörer. Lieber setzte er sich auf eine Bank an einem Waldstück unweit eines Gebäudes, das wie ein Schullandheim aussah, trank seinen Kaffee und las in einer Fachzeitschrift einen Bericht über Armeerevolver. In einiger Entfernung trugen ein paar Halbstarke eine Meinungsverschiedenheit aus. Der bulligere der drei Teenager hatte offenbar einen seiner Freunde geohrfeigt. Der Wind trug ein paar Wortfetzen herüber. »Sechs, hör auf!«, rief einer der Jungen mehrmals. Jan-Uwe kümmerte sich nicht darum. Als er das nächste Mal von seiner Lektüre aufsah, waren die drei verschwunden.

Nachdem er seinen Spaziergang fortgesetzt hatte, fiel ihm eine Plattenbausiedlung auf, in deren Zentrum ein besonders klobiges Haus die anderen überragte. Ein typisches architektonisches Verbrechen ostdeutscher Baukunst. Völlig unvermittelt kam es ihm leichtsinnig vor, dass er seine Waffe einfach im Gebüsch hatte liegen lassen, weshalb er sich eilends auf den Rückweg machte. Bei der Wiese angekommen, fand er das Waffenfutteral unberührt in seinem Versteck vor.

Erleichtert atmete er auf, als er mit einem Mal wieder das Buch spürte. Es lag vielleicht fünfzehn Meter entfernt im Dunkel des Mülleimers auf den Hundekotbeuteln und zupfte unentwegt an seinen Gedanken. Jeder Versuch, sich auf etwas anderes zu konzentrieren, scheiterte. Immerhin gelang es ihm, der Versuchung zu widerstehen, es wieder aus dem Abfall zu holen. Doch er spürte, wie seine Willenskraft Risse bekam. Er wollte das Buch anfassen, herausfinden, warum es eine solche Faszination auf ihn ausübte. Dabei hatte er noch keine komplette Seite darin gelesen. Wie hatte der Titel gelautet? Und der Name des Autors? Was konnte es schaden, nochmals reinzuschauen?

Jan-Uwe stand kurz davor, in den Mülleimer zu greifen, als sein Funkgerät krächzend zum Leben erwachte.

»Eagle 1 an Renegade – are you clear?«

Die verzerrte Stimme holte ihn aus seinen Gedanken. Jan-Uwe griff nach dem Gerät. Jetzt ging es um Wichtigeres.

»Roger, Eagle 1, Renegade is clear!«

Eagle 1 erkundigte sich nun nach Falcon 2, mit bürgerlichem Namen Olaf Trönse. Er war ihr Fluchtfahrer, sie waren mit seinem Auto hergekommen. Eagle 1 wiederum hieß Hans Zarm, genannt Zarmo. Zarmo war Hobbyjäger, Besitzer eines Jagdgewehrs und stolz auf seine Schießkünste. Seine Selbsteinschätzung wurde von den Mitgliedern des BsB nicht unbedingt geteilt.

Der Bund skeptischer Bürger, eine überschaubare Gruppe von Verschwörungstheoretikern, war von den zuständigen Staatsorganen bisher als nur mittelmäßig gefährlich eingestuft worden. Der Bund bestand aus dreiundzwanzig Männern und vier Frauen, und ihre gemeinsamen Überzeugungen basierten auf einem elementaren, umfassenden Misstrauen, weshalb sie den Kontakt zu anderen Organisationen vermieden. Auch Verbindungen zu rechtsradikalen Kreisen gab es keine, obwohl einige der Männer, darunter Zarmo und eine der Frauen, zuvor in der Neonazi-Szene Brandenburgs aktiv gewesen waren.

Was hier, auf dieser Wiese, nun stattfinden sollte, war der erste geplante Anschlag der Gruppierung. Jan-Uwe war dafür als zweiter Schütze aufgeboten worden. Seine Ernennung zum Attentäter verdankte er der Tatsache, dass er neben ein paar Handfeuerwaffen auch ein Präzisionsgewehr besaß. Der erste Kontakt zur Gruppe hatte sich über seinen Schützenverein ergeben – in einer Zeit, als er frisch geschieden, wütend und frustriert gewesen war, zumal er im Sorgerechtsstreit um seine Tochter den Kürzeren gezogen hatte. Die Kollegen beim Schützenverein waren verständnisvoll, doch beim BsB fand er mehr: Einen kleinen Haufen entschlossener Menschen, die vor Kampf und tätlicher Auseinandersetzung nicht zurückschreckten. Dass die Gruppierung tendenziell rechtsnationalistisch eingestellt war, entsprach nicht unbedingt seiner persönlichen Weltanschauung, aber als er sie kennengelernt hatte, war ihm das egal gewesen.

Mit der Tochter hatte er damals auch seine Hündin Lola verloren, was ihn fast mehr geschmerzt hatte. Vollkommen auf sich allein gestellt, ließ Jan-Uwe sich hängen, verlor seinen Job in einem Geschäft für Hörgeräte und hatte bereits seinen Fernseher und diverse elektronische Geräte aus dem Haushalt verpfändet, als ein Schützenvereinskollege ihn an das Bowlingcenter vermittelte, wo er seither im Schichtdienst Sportschuhe mit Desinfektionsspray behandelte. Derselbe Kollege war es auch gewesen, der Jan-Uwe zu einem Treffen des BsB mitnahm.

»Könnte was für dich sein, Alter. Die labern nicht nur rum und halten sich an 1500 Vorschriften, die machen was und lassen sich nicht verarschen.«

Die Mythen und Verschwörungstheorien, die das Denken und Imaginieren des Bundes besetzten und bei ihren Treffen eifrig diskutiert wurden, kamen Jan-Uwe anfangs übertrieben, beinahe lächerlich vor. Sämtliche Völker der Erde wurden demnach von einer geheimnisvollen Organisation gelenkt, über die nichts weiter bekannt war, als dass sie nicht-humanoide Instanzen zur Manipulation des Weltgeschehens einsetzte? Was bitte sollte das heißen? Wer sollten diese nicht-humanoiden Instanzen sein, und welches Interesse steckte dahinter?

»Sie interessieren sich eben gerade nicht«, erklärte ihm sein Kollege. »Weil sie davon ausgehen, dass wir uns ohnehin nicht wehren können. Und jetzt geht es darum, ihnen das Gegenteil zu beweisen!«

Es waren Theorien, die den Bund erst seit Kurzem beschäftigten. Davor hatte er sich mit den üblichen Verschwörungsfantasien abgegeben: Die Mondlandung hatte nie stattgefunden, 9/11 wurde von der CIA inszeniert, und Angela Merkel versuchte über Kinderschutzimpfungen die Bevölkerung in willenlose Wahlsklaven zu verwandeln. Dann jedoch ergab sich über eine harmlos wirkende Website, eine Partnerschaftsagentur für Haustiere, der Kontakt zu einem Informanten, der sie Schritt für Schritt an die Wahrheit heranführte. Als Jan-Uwe dazustieß, war bereits von ersten Attentaten die Rede, wurden illegale Waffen in Polen besorgt, digitale Spuren zunehmend aufwendig beseitigt. Mehr und mehr schien es, als könnte es jeden Tag losgehen.

Jan-Uwe hatte sich über seine Ernennung zum Mitglied der ersten Einsatz-Zelle ehrlich gefreut. Zarmo, Trönse und er warteten seither nur noch auf das Go. Sie waren bereit. Sie waren mehr als bereit! Auch die Tarnnamen für den Funkverkehr hatten sie längst festgelegt. Sie sollten martialisch, männlich und selbstverständlich englisch sein, selbst wenn die drei ausgewiesene Antiamerikaner waren. Das hieß nicht, dass sie Hollywood-Actionfilme mieden, im Gegenteil. Für Leute wie sie wurden diese Filme schließlich gemacht.

Allerdings hatte Jan-Uwe über das Ziel ihres Anschlags bis vor wenigen Stunden noch nichts gewusst.

Plötzlich nahm er eine Bewegung am abendlichen Herbsthimmel wahr, ein reflexhaftes Registrieren, mehr Ahnung als Beobachtung. Die ersten Lichter in der nahen Kreisstadt glommen bereits, im Purpur der Dämmerung schrien die Vögel. Ganz hinten war der Horizont schon schwarz.

Und aus dieser Schwärze kam etwas geflogen.

Sehr schnell. Größer als ein Vogel, aber auch irgendwie zu klein für ein Flugzeug. Eine Drohne vielleicht? Er versuchte das Objekt durch den Fernrohraufsatz seines Gewehrs auszumachen, aber es drehte unvermittelt ab. Und dann, genauso unvermittelt, drehte es wieder bei und steuerte direkt auf die Wiese und Jan-Uwe zu. Kam näher. Noch näher. Jan-Uwe stockte der Atem.

War das ein Mensch?

Unmöglich. Es sah vielleicht aus wie ein Mann, doch genauso gut konnte es sich um ein bemaltes Kleinstflugzeug handeln. Genau. Ein enthusiastischer Hobbyflieger hatte sich Superman auf seinen Ultraleichtflieger pinseln lassen. Oder es war tatsächlich eine Drohne, die in einer Superman-Fliegerpuppe steckte und von Hollywood ausgesandt worden war, um den neuesten Superhelden-Film zu bewerben.

Nein. Keine Puppe. Das Flugobjekt war noch näher gekommen und bewegte die Arme in durchaus gezielter Absicht. Die Faust ging in die Höhe. Die Faust senkte sich wieder. Zu unregelmäßig, um ein bloßer Robotermechanismus zu sein. Und was tat es – er, wie es schien – in diesem Moment? Sich die Haare raufen?

Vielleicht steckten hinter dieser Halluzination – denn darum handelte es sich zweifellos – aber auch die Weltenlenker? Hatten sie Jan-Uwe unter Drogen gesetzt, sein Wasser vergiftet, dem Kaffee, den er im Kiosk gekauft hatte, einige Flocken Peyotl beigemischt? Zuzutrauen war es ihnen, diesen Hundesöhnen. Der Gegner war übermächtig und nicht zimperlich in seinen Methoden. Vielleicht ahnten sie etwas. Vielleicht hatte es der BsB bereits geschafft, ihnen zumindest ein bisschen zuzusetzen.

»Verdammte Kacke. WAS IST DAS? Renegade, siehst du auch, was ich sehe?«

Zarmo. Also war es keine Einbildung. Zarmo hatte den fliegenden Mann ebenfalls entdeckt.

»Roger, Eagle 1, bin mir nicht ganz sicher, was ich da sehe.«

»Was laberst du da? Das ist eindeutig eine Tusse, ein Mädchen, obwohl man das heutzutage tatsächlich nicht immer mit Sicherheit weiß. Guck bloß auf den Minirock und die Strümpfe! Ganz schön düster drauf, die Tante. Hoffe bloß, die verschwindet wieder, gebrauchen können wir so was absolut nicht für unsern Auftrag.«

Jan-Uwe war verwirrt.

»Eine Frau? Im Minirock?«

»Stimmt was nicht mit deinen Augen? Guck mal nach vorn … da, auf der Wiese, das ist ein Minirock.«

Auch Jan-Uwe sah sie jetzt. Die schwarze Gestalt hatte sich im Schneidersitz ins Gras gesetzt und fingerte an einer flachen

Weinflasche, einem sogenannten Bocksbeutel, herum. Sie war noch jung. Höchstens neunzehn. Mit dickem Eyeliner umrahmte Augen. Auffallend blasse Haut. Kirschrote Lippen. Die rote Kappe kam ihm bekannt vor.

»Aye, ich seh sie, Eagle 1. Eindeutig ein Mädchen.«

Was tat sie da mit ihrem Daumen? Sie versuchte anscheinend, den Korken der Weinflasche in den Flaschenhals zu drücken. Einen Korkenzieher hatte sie demnach nicht. Jan-Uwe fiel wieder ein, wo er die Kappe gesehen hatte – vorhin, auf dem Kopf der Punkerin, die auf der Hauptstraße herumgelungert hatte! Natürlich, das war sie. Dieselbe Person, die hier ohne Hilfsmittel an ihren Fusel gelangen und sich einen ordentlichen Schluck genehmigen wollte, bevor sie sich vermutlich unter irgendeinem Busch schlafen legte. Oder sich für eine weitere Flasche an den Meistbietenden verkaufte. Mit diesem Staat war einiges nicht in Ordnung, wenn selbst auf dem Land so junge Menschen schon verwahrlosten.

Zarmo hielt derweil die Funkdisziplin nur noch sehr locker ein.

»Roger, hoffentlich verpisst die sich gleich wieder. Zeugen können wir nicht gebrauchen.«

Jan-Uwe beschloss, einen professionellen Ton anzuschlagen.

»Renegade an Eagle 1, die ist gleich weg. Over.«

Doch da meldete sich eine andere Stimme bei ihm.

KNALL SIE AB!

Sie kam nicht aus dem Walkie-Talkie. Sie war in seinem Kopf. Sie war laut, sehr laut, gleichzeitig war er sich sicher, dass sie niemand außer ihm hören konnte.

DU MUSST SIE TÖTEN! TÖTE SIE!

Machte das Sinn? Nein, das machte keinen Sinn. Das Mädchen war nicht das Zielobjekt. Und trotzdem fiel es ihm schwer, sich den klanglosen Befehlen zu widersetzen. Es war, als würden die Worte direkt in sein Hirn geschnitten. Und da war wieder dieser merkwürdige Sog …

Jan-Uwe schloss seine Augen, schüttelte den Kopf, öffnete sie wieder und schaute zum Mülleimer.

»Du kriegst mich nicht«, sagte er leise in die Stille hinein.

Ihm war vollkommen klar, dass das Buch ihn hören konnte.

12

Der Wein war praktisch ungenießbar. Süß und irgendwie falsch. Aber der Alkohol hatte seine Wirkung schnell entfaltet, und Nami war wieder etwas entspannt. Sie lag auf der Wiese, schaute in den dunkler werdenden Himmel und nahm hin und wieder einen Schluck vom ungarischen Tokajer, den ihr Omili so liebte.

Den ganzen Weg war sie zu ihr gelaufen, nachdem sie die Flasche im Supermarkt erstanden hatte. Hatte geklingelt, gewartet – kein Omili. War sie ausgegangen, schlief sie? Nami hatte sich eine Weile auf die Bank gegenüber dem Haus gesetzt, um auf sie zu warten, doch schließlich war ihr nichts anderes mehr eingefallen, als wieder zum Supermarkt zurückzukehren. Natürlich in der Hoffnung, den Jungen zu sehen – den Jungen mit den süßen, dunklen Augen. An der Kasse saß er nicht mehr. War er vielleicht in dem Kiosk, wo sie ihm zuerst begegnet war?

Sie ging zum Internetcafé. Kein Glück.

Er war so freundlich gewesen, als sie ihre Flasche Wein bezahlt hatte! Diesmal war sie es gewesen, die seinem Blick auswich. Er wiederum hatte sie, anders als die Menschen vor ihr, nicht nach einer Payback-Karte gefragt. Warum nicht? Hatte er sie ebenfalls wiedererkannt? Wollte er damit andeuten, dass sie für ihn mehr war als irgendeine Kundin?

Sie fröstelte. Über die Wiese pfiff ein kühler Wind. Ihr war noch warm vom Wein, doch das würde nicht lange so bleiben. Sie stand auf, und sogleich wurde ihr schwindlig. Tokajer auf leeren Magen! Keine gute Idee. Sie tastete in ihrer Tasche nach der Cremerolle, die sie im Kiosk geklaut hatte. Dort hatte sie ihn zum ersten Mal gesehen. Bei der Erinnerung daran fing ihr Herz wieder an zu rasen. Die Cremerolle war zwar etwas eingedellt, aber ansonsten unversehrt.

Ihr Herz war es nicht mehr.

Sie ging ein Stück über die Wiese, noch immer nicht ganz im Gleichgewicht, torkelte kurz, machte einen Ausfallschritt und spürte dabei etwas Weiches unter dem linken Fuß. Ihr entwich ein Fluch, als sie feststellte, dass sie in einen Hundehaufen getreten war. Das hatte ihr gerade noch gefehlt!

Wut stieg in ihr auf. Sie untersuchte ihre Klamotten, ob sie vielleicht in einer weiteren Tretmine gelegen hatte. Ihre Versuche, den Schuh im Gras zu reinigen, waren nur bedingt erfolgreich. Sie sah sich um und entdeckte einen kleinen Mülleimer am Wiesenrand. Wenn sie Glück hatte, lag darin eine Zeitung, mit der sie den Rest des Kots – hoffentlich von einem Tier! – abwischen konnte. Entschlossen stiefelte sie darauf zu und leuchtete mit der Taschenlampenfunktion ihres Smartphones ins Dunkel des Eimers. Da lag etwas. Zwischen schwarzen Hundekotbeuteln lag ein Buch!

Ein paar Seiten daraus, das müsste genügen.

Trotzdem zögerte sie kurz. Ein Buch, selbst wenn es im Müll lag, war immerhin etwas anderes als eine Zeitung, deren Bestimmung es war, heute gelesen und morgen um Fischkadaver gewickelt zu werden. Ein weiterer Blick auf ihren Schuh reichte Nami aber, um ihre Skrupel zu überwinden. Sie griff hinein und zog das Buch heraus.

Als das Mädchen auf Jan-Uwe zugekommen war, hatte er die Luft angehalten. Geistesgegenwärtig hatte er zuvor noch den Regler an seinem Funkgerät auf stumm geschaltet. Gerade rechtzeitig, denn kurz darauf leuchteten die LEDs auf, wie immer, wenn jemand sprach.

Konnte dieser verdammte Zarmo wenigstens einmal mitdenken und ihn nicht kontaktieren, wenn ein Zivilist – eine Zivilistin – in unmittelbarer Nähe war?

Jan-Uwe lief trotz der herbstlichen Kühle ein Schweißtropfen über die Wange, doch er wagte es nicht, sich zu bewegen. Reglos beobachtete er das Mädchen, das nun ganz nah bei ihm stehen geblieben war. Ohne sie aus den Augen zu lassen, rutschte er tiefer in seine Mulde und hinter die Grasbüschel, die ihn nur ungenügend verdeckten. Hatte sie ihn gesehen? Kaum möglich. Nein – sie hatte es auf den Mülleimer abgesehen, denselben Abfallbehälter, in dem das Buch lag. Das Restlicht des Tages reichte aus, um festzustellen, dass die Kleine unter ihrem Make-up ziemlich hübsch war. Wäre er zwanzig Jahre jünger gewesen, hätte ihn der Minirock mit den schwarz-weiß gestreiften halterlosen Strümpfen bestimmt angemacht. Inzwischen ließ Jan-Uwe die Reize von Frauen nur noch auf sich wirken, wenn ein Kontakt realistisch erschien und seinem Code entsprach. Dabei war weniger das Alter einer Frau entscheidend als die Augenhöhe, auf der sie sich begegneten.

Auf Augenhöhe mit einem Punkmädchen? Höchst unwahrscheinlich. Als Frau interessierte ihn die Göre null.

Nur – was tat sie da am Mülleimer? Sie hatte offenbar vor, etwas rauszufischen. War sie so hinüber, dass sie zwischen Hundekotbeuteln nach Pfandflaschen, Essbarem oder Drogen suchte?

Als sie sich aufrichtete, hielt sie das Buch in der Hand.

Verdammt!

Jan-Uwe zog die Luft ein. Das Buch machte ihm zwar Angst, weckte in ihm aber auch ein Verlangen nach … ja, wonach eigentlich? HA HA, schien es ihm zu sagen. LEG SIE UM LEG SIE UM LEG SIE UM. Er schloss die Augen, atmete tief durch, zählte bis fünfundzwanzig. Dann schüttelte er den Kopf. Nur weil er ein Mann mit einer Waffe war, würde er noch lange nicht irgendwelche dahergelaufenen Pennerpunkerinnen abknallen.

Natürlich entbehrte diese Haltung nicht einer gewissen Ironie. Denn Jan-Uwe lag zwar nicht wegen eines Punkermädchens auf der Lauer, aber das Wesen, das er und Zarmo ins Visier nehmen sollten, war mindestens genauso wehrlos, wenn auch deutlich mehr wert.

Der Gedanke kratzte leise an Jan-Uwes Bewusstsein, als eine Reihe weiterer Gestalten hinter dem Supermarkt auftauchten. Diese Wiese war ja beliebter als ein Kindergarten im Vatikan! Hätte er das gewusst, hätten sie über ihren Vorsatz, den Auftrag sofort zu erledigen, noch mal nachgedacht. Immerhin nahmen die neuen Wiesenfreunde die Aufmerksamkeit des Mädchens gefangen. Sie schaute ihnen erst eine Weile zu und ging dann, das Buch in der Hand und offensichtlich bemüht, nicht aufzufallen, in ihre Richtung.

Kaum hatte Nami das Buch herausgefischt, vergaß sie, was sie damit hatte machen wollen. Eine Wärme stieg von ihm auf, die sich wie eine Hand auf ihren Körper legte.

Sie betrachtete den Deckel. *Horror Vacui.* Der Einband war hübsch, viel edler als die Bücher, die sich zu Hause im Wohnzimmerregal ihrer Mutter befanden. Warum warf jemand so etwas weg? Und warum ausgerechnet hier, im Niemandsland zwischen Billkauf und Autobahn?

Geistesabwesend nahm sie einen Schluck Tokajer. Die klebrige Süße erinnerte sie wieder daran, warum sie zum Mülleimer gelaufen war. Sie starrte auf die Flasche, dann goss sie kurz entschlossen den ganzen Rest des Weins über die verschmutzten Stellen an ihrem Schuh und wischte mit einem ausgerissenen Grasbüschel nach. Perfekt. Sie war fast fertig, als Stimmengewirr am Rand der Wiese sie hochblicken ließ.

Zwanzig Meter weiter, an der Rückseite des Billkauf, waren vier Männer erschienen. Drei palaverten miteinander, der vierte war damit beschäftigt, an die Außenmauer des Supermarkts zu pinkeln. Nami hatten sie nicht bemerkt. Als der Urinierer sein Geschäft beendet hatte, stellten die anderen ihr Schwadronieren ein, entledigten sich dann ihrer kompletten Kleidung, packten ihre Sachen in einen Militärrucksack und standen in einem Halbkreis da. Wieder ging das Gerede los. Dann erklang ein Befehl, der nicht laut, aber sehr bestimmt war, und die Männer schwiegen wieder. Einer zog den Rucksack an, die anderen drei griffen nach etwas, das nach Papiertüten aussah. Ganz sicher auf den Beinen schienen sie nicht zu sein. Eigentlich wirkte der Haufen wie einer dieser Junggesellenabschiede, die Nami aus Berlin kannte. Wenn das ein Junggesellenabschied war, dann tat ihr die Braut leid.

Doch was immer diese Irren vorhatten – sie wollte es sehen. Sie wollte es filmen! Die vier bewegten sich Richtung Supermarkt. Dort musste Nami sowieso hin. Eine neue Flasche Wein für Omili kaufen, einen Kuchen ... und vielleicht saß ja der schnuckelige Junge wieder an der Kasse. Das wäre ein Dreifachtreffer! Und wenn er tatsächlich da war ... dann würde Nami ihm ihre Telefonnummer geben. Ja! Das würde sie! Der Wein, der sanft in ihrem Kopf herumwirbelte und eine Ahnung des kommenden Kopfschmerzes verbreitete, verlieh ihrem Vorsatz Flügel.

Sie warf den leeren Bocksbeutel in den Mülleimer – klonk –, klemmte sich das Buch unter den Arm und ging leichtfüßig, fast tanzend, den vier Männern hinterher, die gerade im Eingangsbereich des Supermarktes verschwunden waren.

13

»Hände über den Kopf, das ist ein Überfall!«, kam es aus dem Loch in der braunen Apothekentüte.

Sylvia Pathe hatte in ihrem Leben schon einiges erlebt. Doch der Anblick, der sich ihr in diesem Moment bot, schlug so ziemlich alles, was ihr bisher untergekommen war.

Vor ihr standen vier offensichtlich alkoholisierte Männer – drei mit Papiertüten, einer mit Strumpfhose über dem Kopf – und bedrohten sie und alle Umstehenden, genau genommen den ganzen Raum, mit einem Küchenmesser, einer Bratengabel sowie weiteren artverwandten Haushaltsgeräten.

Ein Überfall mit improvisierten Waffen allein hätte Sylvia noch nicht umgehauen. Weit erstaunlicher war, dass die vier Männer unterhalb der maskierten Köpfe splitterfasernackt waren. Lediglich der mit der Strumpfmaske trug einen Militärrucksack auf dem Rücken. Das meinten die doch nicht ernst? Einer der vier, seine Papiertüte war mit dem hysterischen Gesicht der Zeichentrickfigur SpongeBob bemalt, war so betrunken, dass er von einem Kameraden gestützt werden musste. Der Größte unter ihnen, offensichtlich der Anführer, fuchtelte mit der Bratengabel vor Sylvias Nase herum.

Seine Stimme kam ihr bekannt vor.

»Alles bleibt schön ruhig, dann geschieht euch nichts, und wir sind in Nullkommanix wieder raus«, donnerte Bratengabel in die Runde, während seine Kumpane die Umstehenden in eine Ecke des Supermarkts scheuchten. Strumpfmaske schwang dafür ein Obstmesser, SpongeBob fuchtelte mit einem Hammer. Der vierte und kräftigste Mann, der nicht nur aufgrund seines großen Küchenmessers Furcht einflößend wirkte, sondern auch wegen der martialischen Tätowierungen, die auf Brust, Bauch und Rücken verteilt waren – gleich zweimal ein Chuck Norris ähnelnder Karateka, ein Panzer, eine Art Weltall, ein blonder Transvestit mit einer Vulva, ein Wikinger, ein Indianer, eine Rohrzange, die einen Zombiekopf zerquetschte, sowie diverse Namen und ein paar Slogans aus dem Rockermilieu in teils falschem Englisch –, marschierte derweil zielstrebig Richtung Spirituosenabteilung. Im Rücken der Räuber öffnete sich mit einem leisen Geräusch plötzlich die automatische Eingangstür. Bratengabel, dessen Reflexe noch einigermaßen zu funktionieren schienen, fuhr blitzschnell herum und sah in das erschrockene Gesicht eines wild aussehenden Mädchens, das ihn mit großen Mascara-Augen anstarrte.

Hamid, der Praktikant, hob eine Augenbraue, als er sie erkannte.

»Hände hoch und da rüber!«, bellte Bratengabel, worauf Nami sich zu der Gruppe von Leuten gesellte, die von Strumpfmaske und SpongeBob in Schach gehalten wurden – neben Sylvia und Hamid noch Bertold Sonntag, Rentner, der seine Frau Heidrun schützend im Arm hielt, Heiko Sämtlich, der örtliche Klempner, und Sonja Päffken, eine aus der Großstadt geflohene Yogalehrerin mit ihrem fünf Monate alten Sohn Augustin, der zufrieden im Babytragetuch vor sich hin schnurchelte.

Aus der Supermarkt-Anlage schnarrte gerade ein Lied von Roland Kaiser, in dem er seiner besten Freundin sehr direkt den

Geschlechtsverkehr anbot, da fuhr Rex Gildo mit einem »Hossa, Hossa« dazwischen. Alles in Zimmerlautstärke, da aber jedwede Unterhaltung aufgehört hatte, war der abrupte Wechsel deutlich zu vernehmen.

»Kann mir mal einer helfen?«, rief der Hüne mit dem Messer, der am Schnapsregal angelangt war. Bratengabel sah zu Strumpfmaske und SpongeBob und nickte ihnen zu, während er eine letzte Drohung ausstieß: »Wenn sich einer rührt, macht ihr ihn fertig!«

Dann eilte er zu seinem Freund in der Spirituosenabteilung. »Patsch, patsch«, machten die nackten Füße auf dem Linoleum. Heidrun Sonntag stöhnte in den Armen ihres Mannes auf. Sie war einer Ohnmacht nahe. Nami, die sich unbeobachtet wähnte, hob ihr Smartphone und fing an, die Szenerie zu filmen.

»Hör sofort auf damit!«, zischte die Yogalehrerin sie an. »Willst du uns alle umbringen?«

Strumpfmaske, der den Austausch mitbekommen hatte, ließ den schwankenden SpongeBob los und ging auf die beiden zu. Nami drückte reflexartig ein paar Tasten, bevor sie das Telefon in ihrer Tasche verschwinden ließ. Gleichzeitig rutschte der Hammer aus der Hand des betrunkenen SpongeBob und schlug mit einem lauten »Konk-Tok« auf dem Boden auf. Noch bevor dem Papiertütenräuber aufgegangen war, dass er nun keine Waffe mehr trug, hatte Namis digitales Filmchen schon sechsundvierzig Likes bei YouTube erhalten. Das »Konk-Tok« wiederum hatte Strumpfmaske abgelenkt. Er hob den Hammer auf und drückte ihn seinem Freund in die Hand.

Nami nutzte die Gelegenheit, um sich hinter den anderen Kunden zu verstecken, wofür sie von der Yogalehrerin einen bösen Blick erntete.

Bratengabel kam aus den Tiefen des Supermarkts zurück. Hinter sich her zerrte er eine untersetzte, blondierte Mittvierzigerin mit herausgewachsener Dauerwelle: Monika Schmidt, die

Käse- und Fleischfrau im Billkauf. Er stieß sie zu den anderen Geiseln und zeigte mit der Bratengabel auf Sylvia.

»Sind weitere Angestellte im Laden?«

Sylvia antwortete sichtlich genervt: »Nein, mehr brauchen wir hier nicht.«

Bratengabel wanderte zu Hamid.

»Du da, gib mal 'nen Karton rüber!«

Der Praktikant nickte, nahm vorsichtig einen leeren Karton von einem Stapel neben der Kasse, warf ihn dann aber etwas zu energisch in Richtung des Räubers.

Wuuumms!

Der Karton traf Bratengabel am Bein. Der machte einen Schritt auf Hamid zu.

»Hey, du Arschloch, bist du lebensmüde?«

Hinter aufgetürmten Konserven aktivierte eine zierliche Mädchenhand in einem fingerfreien Netzhandschuh erneut ihre Telefonkamera und zoomte nun auf die baumelnden Genitalien der Möchtegern-Gangster.

Bratengabel atmete tief durch. Zeit, diesen Überfall auf Kurs zu bringen. Er ließ Hamid stehen, hob den Karton auf und drückte ihn SpongeBob vor die Brust.

»Geh nach hinten und hilf Schnaps einsammeln! Kriegst du das hin?«

»G-g-geht schon …«, ächzte SpongeBob und schlurfte schwankend nach hinten. Am Schnapsregal angekommen, musste er sich allerdings erst einmal festhalten, während der Mann mit dem Küchenmesser anfing, den Karton mit Alkoholika zu füllen.

Bratengabel sah zur Kasse hinüber.

»Wer irgendeinen Scheiß versucht, ist dran, klar? Du da …«

Gemeint war wieder Sylvia.

»… wenn du oder irgendjemand sonst den Alarmknopf drückt, bist du tot, verstanden?!«

Sylvia schüttelte den Kopf. Ob als Antwort auf die Unterstellung, sie könnte so etwas vorhaben, oder aus Verwunderung darüber, dass dieser Kerl sie mit einer Bratengabel abstechen wollte, war nicht auszumachen. Nach Scharnow war sie damals anlässlich ihrer Hochzeit mit dem Güllemillionär Felix Pathé gekommen. Doch der hatte in einer Nacht-und-Nebel-Aktion vor drei Jahren sämtliche Konten leergeräumt, das gemeinsame Haus beliehen und sich still und heimlich nach Kanada aufgemacht, um dort, wie er ihr auf einer Postkarte mitteilte, einen Zirkus zu kaufen. Sylvia hatte er mehr oder weniger mittellos in Scharnow zurückgelassen. Bei so viel Lebensdrama konnten vier nackte Supermarkträuber nur bedingt mithalten.

»Alarmknöpfe haben wir nicht«, sagte sie jetzt trocken. »Das hier ist ein Supermarkt, keine Bank.«

Währenddessen schlich sich Nami wieder näher. Sie hatte sich vorgenommen, alle vier Räuber aufs Bild zu bekommen. Zur Tarnung ihres Vorhabens hielt sie das Buch aus dem Mülleimer aufgeschlagen vor sich und tat, als würde sie darin lesen, filmte dabei aber heimlich.

Hamid, der sie beobachtete, runzelte die Stirn. Im Zeitschriftenregal raschelte ein Rätselheft.

Bratengabel hatte sich vor Sylvia aufgebaut, die vor ihm zurückwich. Weniger aus Angst, sondern weil sein Geschlecht bedrohlich nah an ihrem Kittel baumelte.

»Du hältst jetzt dein Maul und schmeißt sofort 'ne Stange Ernte 23 rüber, du Votze!«

Achselzuckend und froh, Abstand zwischen sich und diese unberechenbaren Kerle zu bringen, ging Sylvia zur Kasse. Dort hockte sie sich hin, schloss den Stauraum unter dem Zigarettenautomaten auf, schüttelte den Kopf, überprüfte das Sortiment im Automaten und drehte sich um.

»Die Normalen sind alle, da habt ihr vorhin die letzte Packung gekauft! Lights sind noch da, oder ihr steigt auf Menthol oder losen Tabak um.«

»Scheißegal, Mann. Schmeiß Menthol rüber, aber sch-sch-schön langsam!«, meldete sich der zurückgekehrte SpongeBob, der sich an einem Einkaufswagen festhielt.

»Langsam werfen, wie soll das denn gehen?«

»MACH EINFACH!«, schrie Bratengabel entnervt.

Er sah sich nach seinen Komplizen um. Höchste Zeit, die Biege zu machen, die Aktion dauerte schon deutlich zu lange. Messermann stellte noch einige Flaschen in den Einkaufswagen, an den sich weiterhin der betrunkene SpongeBob klammerte. Strumpfmaske war nicht zu sehen. Plötzlich erklang seine Stimme direkt hinter einem Konserventurm.

»Was wird 'n das hier? Bist du taub, Mädchen? KEIN HANDY!«

Nami wirbelte erschrocken herum. Mit einer Hand hielt sie das Buch wie einen Schutzschild vor sich und versuchte mit der anderen, das Smartphone hinter ihrem Rücken zu verstecken. Bratengabel eilte herbei, riss ihr das Buch aus der Hand und langte nach dem Mobiltelefon. Dann hielt er inne. Er trat zwei Schritte zurück, starrte auf das Buch und schnappte nach Luft.

»Das glaub ich jetzt nicht!«, sagte er.

In dem Moment trat Hamid zwischen ihn und Nami.

»Lass sie in Ruhe«, rief er, »ihr habt doch, was ihr wollt.«

Bratengabel hob kurz den Kopf und betrachtete irritiert den Praktikanten. Nami sah ihn ebenfalls an. Ihre Gefühle in diesem Moment waren weit intensiver.

Da stürmte Messermann auf die kleine Gruppe zu.

»Was willst du Eisvogel denn? Den Helden spielen?«

Strumpfmaske erschien. Er stellte sich neben Messermann und legte ihm eine Hand auf die nackte Schulter.

»Lass ihn! Wir sollten abhauen!«

Messermanns Augen funkelten böse durch die Löcher der Papiertüte. Er schüttelte die Hand von Strumpfmaske ab und hielt nun seinerseits seine freie Hand vor die Nase des Praktikanten.

»Wie viele Finger siehst du?«

»Warum packt ihr die Beute denn nicht in euren Rucksack?«

Namis Frage brachte Messermann aus dem Konzept.

»Du hältst den Rand, Kleine!«

Seine Hand schwebte immer noch vor Hamid in der Luft. Der Arm hatte aber schon etwas an Spannkraft verloren.

»Komm schon!«, sagte Messermann zum Praktikanten.

»Komm schon!«, sagte Strumpfmaske zu Messermann.

Sylvia warf eine Stange Menthol-Zigaretten in Richtung Bratengabel. Wie ein Curlingstein schlitterte sie zitternd auf ihn zu und blieb dicht vor seinen Füßen liegen.

»Langsamer geht nicht«, sagte sie zufrieden.

»Schon gut. Hände über den Kopf!«, stieß der Räuber hervor, bevor er sich nach den Zigaretten bückte. Strumpfmaske schob Messermann zum gefüllten Einkaufswagen, an dem SpongeBob wie ein nasser Waschlappen hing.

»Raus hier!«, rief Bratengabel.

Messermann zuckte zu einem »Ach Scheiße!« mit den Schultern und griff sich aus den Regalen unmittelbar vor der Kasse noch schnell ein paar Tüten Erdnussflips, diverse Schokoriegel und einige Packungen Kaugummi. Dann schaute er nachdenklich auf den leeren Platz der Kassiererin.

»Wartet mal!«, sagte Sieben.

14

Marlies Henkel starrte schon seit fünf Minuten durch die einseitig verspiegelte Scheibe und versuchte ihre Fassung zurückzugewinnen, während sie die Nummer der Polizei ins Telefon tippte.

Vier nackte Männer bedrohten Kunden und Angestellte in ihrem Supermarkt. Wie konnte das sein? Das hier war Scharnow, ein friedliches Kaff in der Provinz. Weit weg vom Moloch Berlin, wo solche Dinge zweifellos tagtäglich vorkamen.

Ein Freizeichen. Sie würde nicht laut sprechen können. Hoffentlich verstand man sie trotzdem.

Dann ein Klicken, das aber nur in die Warteschleife führte.

»Guten Tag, Sie sind mit der Polizeidienststelle Scharnow verbunden. Leider sind gerade alle Leitungen belegt. Der nächste freie Beamte wird sich Ihrer annehmen. Bitte nennen Sie zuerst Ihren Namen und dann Ihren Standort. Danke!«

Verdammt!

Nach der Ansage erklang Rex Gildos »Fiesta Mexicana« – ein Lied, das auch ständig im Supermarkt lief. Marlies biss sich auf die Lippen, versuchte ihren Atem zu beruhigen und beobachtete weiter das Geschehen. Es sah nicht so aus, als wüssten die Räuber von ihrem Büro, das am nördlichen Ende des Marktes lag.

»Hossa, Hossa.«

Was aber, wenn diese Wahnsinnigen nach einem Tresor oder den Tageseinnahmen suchten? Es gab zwar einen Safe, doch der war leer. Es war Mittwoch, und alle Einnahmen des Tages befanden sich in der Kasse. Das hier war nicht mehr als ein aufgeblasener Dorfladen, und hätte der Supermarkt nicht zu einer Kette gehört, hätte Marlies ihre Angestellten gar nicht bezahlen können.

Doch diese Männer würden ihr nicht glauben. Vielleicht würden sie sie foltern? Sich sexuell an ihr vergehen? Bevor sie, das kannte Marlies bereits von langwierigen Fernsehabenden, alle Zeugen beseitigten.

Denen blieb in ihrer Situation doch gar nichts anderes übrig.

Die Filialleiterin fischte eine Zigarette aus der Packung auf dem Schreibtisch und zündete sie an. Der Rauch schmeckte bitter. Ihr Mund war wie ausgetrocknet. Um ihn zu befeuchten, kippte sie den Rest Espresso hinunter, der vor ihr stand.

Marlies trank praktisch nichts anderes als Espresso. Dazu rauchte sie an die drei Schachteln Zigaretten pro Tag. Dass dies ihrer Lunge nicht guttat, hatte sie erst heute wieder zu spüren bekommen, als sie Luftballons für einen Käse-Sonderstand aufpusten wollte und gerade mal einen mit annehmbarer Größe hinbekam. Der Kaffee versetzte sie in ständige Unruhe und trug zweifellos eine Mitschuld an ihren Angstzuständen. Die Blausäure in den Zigaretten unterstützte einen chemischen Vorgang in ihrem Körper, der ihr einen durchdringenden, säuerlichen Mundgeruch bescherte. Der wiederum setzte nicht nur ihrer direkten Umgebung zu. Im Gespräch wandten sich die Angestellten oft von ihr ab. Weil aber niemand sie auf den Mundgeruch ansprach, ging Marlies davon aus, dass die Menschen sie einfach nicht mochten. Die depressiven Schübe, die das in ihr auslöste, bekämpfte sie wiederum mit Zigaretten und Espresso. In diesem Teufelskreis würde sie irgendwann auf der Strecke bleiben.

Ein Winseln schreckte sie auf.

Unter dem Tisch erwachte die Hündin ihrer Kassiererin aus ihrem Nachmittags-Nickerchen. Warum nur hatte sie Sylvia erlaubt, Cloudy mit zur Arbeit zu bringen? Die Hündin würde bellen oder sie auf andere Art und Weise verraten. Die Männer würden das Büro stürmen, Marlies vergewaltigen oder ihr noch Schlimmeres antun und ihr danach den Kopf abschneiden. Bei dieser Vorstellung zitterte die Filialleiterin am ganzen Körper. Sie warf die Zigarette auf den Boden und trat darauf.

»Pscht!«, machte Marlies. Die Hündin sah sie neugierig an, dann gähnte sie mit weit geöffneter Schnauze.

Marlies blieb das Herz stehen. In ihrer Vorstellung hörte sie Cloudy schon schreien: »Hier ist sie! Schnappt sie euch! Hier drin!«

Sie versuchte der Hündin das Maul zuzuhalten, doch Cloudy wand sich aus ihrem Griff und wich zweimal bellend vor ihr zurück.

In Todesangst schaute Marlies durch die Scheibe. Im Supermarkt schien niemand etwas gehört zu haben. Dann drehte sie sich zur Hündin und zwang sich zu einem Lächeln.

»Ganz ruhig. Sei ein liebes Mädchen, ja? Mami kommt gleich und gibt dir Leckerlis!«

Cloudy winselte verwundert. Laut Sylvias Aussage handelte es sich angeblich um eine Schwester des Hundes, den dieser schwarze US-Präsident hatte. Marlies hatte da ihre Zweifel. Sie wusste genau, was Sylvia verdiente – nämlich nicht ansatzweise genug, um sich einen Rassehund zu kaufen, wie ihn amerikanische Präsidenten sicher bevorzugten.

Cloudy winselte erneut.

Marlies winselte nun ebenfalls.

»Bitte, bitte, sei still!«

Rex Gildos Lied verschwand allmählich im Fade-out, dann erklang die Frauenstimme am Telefon erneut.

»Guten Tag, Sie sind mit der Polizeidienststelle Scharnow verbunden. Leider sind gerade alle Leitungen belegt …«

Der Filialleiterin schlug vor Angst und Verzweiflung das Herz bis zum Hals.

»Hossa, Hossa«, tönte es ein letztes Mal aus den Lautsprechern. »Hossa, Hossa«, schallte es wie ein Echo in Marlies' Kopf.

Da plötzlich hatte sie einen Einfall. Ihn in die Tat umzusetzen würde sie all ihren Mut kosten, das wusste sie, und es galt zu bedenken, ob es die Sache wert war. Aber grundsätzlich, dessen war sie sich sicher, war die Idee genial.

15

Dietmar Senger hatte gerade vier Stunden lang die Nachbarn des toten Literaturbloggers im Silo befragt und wollte jetzt nach all dem Klinkenputzen endlich Feierabend machen. Sein Plan stand fest. Er würde beim einzigen Döner-Laden im Städtchen, dem »Döner-Imperium«, eine Spezialplatte zum Mitnehmen bestellen und sich dann endlich wieder einmal *Anthropophagus* ansehen, einigen Ignoranten auch als *Man-Eater* bekannt.

Natürlich auf VHS. Dieser Streifen, wie eigentlich fast alle Italo-Gorefilme, war auf krisseligem Videoband deutlich genießbarer als auf DVD. Beim toten Wassmann hatte Senger einen Stapel VHS-Kassetten gefunden, leider ausschließlich Pornos. Zwei davon hatte er als Beweismaterial mitgenommen. Ebenso den VHS-Spieler, der seltsamerweise stundenlang gelaufen war und ohne den die Leiche vielleicht erst viel später gefunden worden wäre.

Mit dem Toten vom Silo, fand Senger, hatte er sich für heute genug beschäftigt. Über den konnte er morgen weiter nachdenken.

Ein perfekter Abend sollte es werden. Ein Abend, an dem er seine Freiheit und Ungebundenheit voll auszuleben gedachte. Er wollte heute seinen Vorzug gegenüber den Kollegen genießen, die allesamt verheiratet waren, Kinder hatten und sich nach der Arbeit höchstens mal ein Bier gönnten, bevor sie mit eingezogenem Schwanz nach Hause dackelten, um den Abwasch zu machen oder die Gören ins Bett zu bringen.

Doch aus seinem Vorhaben wurde nichts.

Senger hatte schon seine Zivilklamotten angezogen, die Uniform säuberlich in den Revierspind gehängt und war gerade dabei, seine Essensbestellung um ein paar Beilagen zu ergänzen, als der Anruf vom Hauptrevier in der Kreisstadt Sahsenheim kam.

»Kollege, was gibt's? Wie können wir Provinzbullen euch helfen?«

Der Beamte ging nicht auf Sengers Charmeoffensive ein.

»Hallo, Dietmar. Ihr müsst sofort alle verfügbaren Männer nach Sahsenheim schicken. Kannst du das organisieren? Ich muss noch ein paar Dienststellen anrufen. Bitte. Beeilt euch.«

Der Mann wirkte aufgelöst. Es war Udo Spalier. Senger kannte ihn noch vom letzten Polizeisportfest.

»Moment mal, Udo. Worum geht's denn? Was soll die Panik? Ein bisschen mehr musst du mir schon geben.«

»Ich darf dir nichts sagen. Aber hier fliegen die Fetzen. Ah, fliegen, der war gut. Bitte, Dietmar ... es ist dringend.«

»Habt ihr 'ne Straßenschlacht, oder was? Naziaufmarsch? Sitzblockade?«

»Nichts dergleichen, Dietmar. Der haut hier alles kurz und klein. Wenn wir ihn nicht aufhalten, gibt's Tote.«

Senger verstand nur Bahnhof.

»Wer? Wer haut bei euch alles kurz und klein?«

Udos Stimme wurde leiser.

»Also gut, aber behalt's bitte für dich! Hier gibt's einen fliegenden Mann. Wie aus den Comics. Der fliegt bei uns im Industriehafen gegen Schornsteine und Häuserwände und demoliert alles. Wir sind dabei, die ganze Gegend zu räumen, aber wenn du mich fragst, ist es nur eine Frage der Zeit, bis es Tote und Verletzte gibt.«

»Ein fliegender Mann, Udo? Hast du getrunken? Wenn du glaubst, dass ich dir nach der Geschichte meine Männer sch…«

»Ich weiß!«, wurde Senger von Udo unterbrochen. »Ich kann's ja selbst kaum glauben. Aber ich hab ihn gesehen. Wirklich! Oh Shit, warte mal!«

Senger hörte ein unangenehmes Knirschen und dumpfe Stimmen. Sein Gesprächspartner versuchte offensichtlich, die Sprechmuschel zuzuhalten.

»Äh, Dietmar? Das war der Chef. Ich soll dir sagen, dass er dir deinen Provinzarsch aufreißt, wenn du jetzt nicht sofort deine Leute herschickst. Nicht persönlich nehmen! Ich verlass mich auf dich!«

Senger legte auf, schluckte den aufkeimenden Ärger hinunter und schaltete das Radio ein. Nach kurzer Suche fand er eine Sondermeldung auf einem regionalen Sender, die von Vandalismus in ungeheurem Ausmaß in der Kreisstadt berichtete. Dem Sprecher zufolge waren die Beamten vor Ort vollkommen überfordert. Von einem fliegenden Mann war nicht die Rede.

Was war bloß in Sahsenheim los? Hatte da jemand LSD ins Trinkwasser geschüttet?

Zumindest wusste Senger jetzt, dass es in der Kreisstadt Ärger gab. Welcher Art, das war nicht ausschlaggebend. Die Kollegen aus Sahsenheim hatten um Hilfe gebeten, die durfte er ihnen nicht verweigern. Für ihn war die Polizeibehörde eine Instanz, deren Erfolg von ihrer Geschlossenheit abhing, was im Klartext bedeutete, hinter den Entscheidungen der Verantwortlichen zu stehen, auch wenn man selbst daran zweifelte. Nach einer kurzen Lagebesprechung mit den diensthabenden Beamten machten sich seine beiden Kollegen auf den Weg. Die Kollegin Ivy Mittelberger, die heute eigentlich frei hatte, würden sie zu Hause abholen.

Senger übernahm den Notdienst. Da er der Dienststellenleiter war, war es ihm ein Leichtes, sich selbst dafür einzuteilen. Nach den ganzen Befragungen im Silo hatte er keine Lust auf weitere Ausflüge. Er nahm das Telefon zur Hand, um seine Selbstabholung in eine Lieferung abzuändern. Seine Videopläne waren zwar im Eimer, aber deswegen musste er ja nicht gleich verhungern. Das Döner-Imperium war zu seinem Glück auch ein Bringdienst. Einer der schnellen Sorte obendrein.

Er ließ es sich gerade schmecken, als das Telefon erneut klingelte. Eine Nummer aus dem Ort. Halb so wild, dachte Senger. Er würde erst einmal in aller Ruhe aufessen. Auf dem Land hatte alles Zeit. Sollte sich der Anrufer doch noch etwas an dem schönen Schlager erfreuen, mit welchem die Kollegin Mittelberger die Warteschleife des Reviers bestückt hatte. Das Wohl der Mitbürger lag der Scharnower Polizei am Herzen, selbst wenn »der nächste freie Beamte« vielleicht nicht ganz so eilig ranging. Senger warf noch einen Blick aufs Telefon. Der Anrufer hatte aufgelegt und keine Nachricht hinterlassen.

Na also, dachte Senger. War wohl doch nicht so wichtig. Dann widmete er sich der Extraportion Krautsalat, die er sich für den Schluss aufgespart hatte.

16

Sieben, alias Messermann, wusste, dass es gegen die Abmachung war. Aber da er nun mal neben der Kasse stand, sagte er es trotzdem.

»Sollen wir nicht doch noch 'n bisschen Geld mitnehmen? Überfall ist Überfall!«

»Halte an dich, mein Freund.«

Kalle, alias Bratengabel, sprach freundlich, mit gesenkter Stimme. Das Wort »Freund« benutzte er vollkommen unironisch.

»Denk an unser Manifest! Punkt 18: das Streben nach Anstand. Wenn wir gegen unsere eigenen Regeln verstoßen, Bruder, werden wir unweigerlich untergehen.«

Es war jetzt wichtig, der Anführer zu bleiben, den seine Männer verdienten. Das bedeutete, bestimmend und bestimmt zu sein, aber trotzdem ihre Bedürfnisse nicht außer Acht zu lassen. Soweit dies möglich war, natürlich.

»Und was ist mit Punkt 17? Das Streben nach Glück?«, murrte Sieben.

»Man sollte immer anständig spielen, wenn man die Trümpfe in der Hand hat«, mischte sich Pit unter seiner Strumpfmaske ein. Er wusste nicht recht, ob Oscar Wilde sich damit auf eine ähnliche Situation wie die ihre bezogen hatte, aber der Satz passte gut, fand er.

Sieben, dem darauf nichts einfallen wollte, zerstach wütend einen der Luftballons, die an einem Stehtisch mit Probierhäppchen – »Käse aus der Region« – festgemacht waren. Beim Platzen verbreitete sich mit der aus dem Ballon entweichenden Luft ein unangenehmer Geruch von Magensäften, gepaart mit kaltem Zigarettenrauch.

»Igitt, das ist ja widerlich!«, brüllte Sieben erschrocken und wich zurück.

Der Knall hatte einige der Geiseln vor Schreck aufstöhnen lassen. Die Käse-Fleisch-Frau Monika dagegen, die hinter einem Konservenstapel Deckung gesucht hatte, konnte sich ein Glucksen nicht verkneifen.

17

In Jan-Uwe wuchsen Zweifel. Erst war da dieses Mädchen gewesen, das ein Buch aus dem Mülleimer fischte, das eigentlich ihm gehörte. Immerhin hatte er auch dafür bezahlt. Gut, er hatte es auch weggeworfen. Jedenfalls war sie plötzlich davongeeilt, den Wiesenfreunden hinterher. Er hatte das Walkie-Talkie wieder auf laut gestellt und sich mit Zarmo verbunden.

»Hast du das gesehen? Eine Obdachlose? In diesem Kuhkaff? Hast du gesehen, wie jung die war? Verdammte Hacke. Es steht immer schlimmer um dieses Land.«

»Scheiße, lass mich mit deinen Opfern der unmenschlichen Selektion deines Sklavenstaates in Ruhe, ja?! Ich versuche schon die ganze Zeit mit dir zu sprechen, warum antwortest du nicht, du Nacho?«

»Selber Nacho. Die Kleine stand höchstens sieben Meter von mir entfernt!«

»Du sagst doch immer, wenn man in Deutschland verschwinden will, braucht man nur obdachlos zu werden. Für mich ist die nicht schnell genug verschwunden. Hast du die Typen gesehen?«

»Welche Typen, die vorne beim Supermarkt? Von hier aus waren die schwer auszumachen.«

»Aber du hast gesehen, dass die sich ausgezogen haben?«

»Die haben was?«

Jan-Uwe konnte nicht glauben, was Zarmo da gerade erzählte. Die Punkerin, dachte er mit einem Mal, hatte sich mit ihrem Wein Mut angetrunken, weil sie hierher bestellt worden war. Natürlich! Aber gleich von vier Männern? Und wurde bei einem solchen Deal nicht erst mal verhandelt, bevor sich alle auszogen?

»Was ist bloß in diesem Kuhkaff hier los?«, fuhr Zarmo fort. »Und es ist noch nicht mal Wochenende!«

»Hauptsache, sie sind weg«, entschied Jan-Uwe. »Wir bleiben bei unserem Plan. Copy that.«

Zwar dachte er weiterhin, dass einiges gegen ein Festhalten an ihrem Plan sprach. Doch die Tatsache, dass diese Provinzwiese ein Treffpunkt für den Babystrich war, zeigte ihm, wie verrottet die Zustände in diesem Land wirklich waren, gegen die er in den Kampf ziehen wollte. Außerdem brauchte der BsB dringend ein Erfolgserlebnis. Ihr anonymer Auftraggeber hatte sich im richtigen Moment gemeldet. Nun galt es, ihm zu beweisen, dass der BsB mit seinen Ansagen zu den Weltenlenkern auch umzugehen verstand.

»Roger«, kam aus seinem Funkgerät, dann war alles wieder still. Ganz still. Auch in ihm. Seitdem das Buch nicht mehr in dem Mülleimer lag, war ihm fast heiter zumute.

Er legte die Hand auf seine Waffe. Ein schönes Stück war das. Sein Lieblingsgewehr. Er schloss die Augen und genoss die Kühle des Metalls an seiner Handfläche. In beinahe meditativer Ruhe vergingen so vielleicht zehn Minuten, als plötzlich vom Supermarkt her der schrille Klang einer Sirene ertönte.

18

»Kein Supermarkt hat eine Alarmanlage?«, brüllte Kalle die Kassiererin an.

Sylvia schaute nach hinten zur Spiegelglasscheibe.

Kalle fing ihren Blick auf. »Und was ist das, bitte?« Seine Stimme überschlug sich. Durch die Schlitze in der Papiertüte funkelten seine Augen böse.

Sylvia verkniff es sich, ihn darüber aufzuklären, dass das, was er hörte, der Feueralarm war. Ihre Chefin hatte ihn im Büro ausgelöst. Diese Idiotin. Wo die Männer doch gerade dabei gewesen waren, sich zu verziehen. Zur Sirene mischte sich jetzt auch noch Hundegebell. Cloudy! Das arme Tier war bestimmt verrückt vor Angst.

»WUUUUUÄÄÄRKS!« Niels, alias SpongeBob, der sich noch immer am Einkaufswagen festhielt, erbrach sich ansatzlos in seine Papiermaske.

Das wiederum brachte Kalle zur Besinnung, der kurz davor war, die Kassiererin – diese Votze! – zu erwürgen. Er warf einen Blick auf die Geiseln. Die Rentnerin war in Ohnmacht gefallen, ihr Mann kniete neben ihr und hielt ihren Kopf. Eine weitere Geisel hatte sich schützend auf die Frau mit dem Baby geworfen, das nun nicht mehr schlief, sondern zu allem Überfluss lauthals plärrte. Chaos! Gleich würde der Laden von Bullen nur so wimmeln. Sieben würde eine Panikattacke kriegen und ein Blutbad anrichten. Da war er sich sicher.

»Raus hier!«, rief er, jetzt wieder ganz Herr der Lage. Er warf das Buch in den Einkaufswagen und bedeutete Pit, diesen zusammen mit Niels Richtung Ausgang zu schieben. Pit, insgeheim hochbeglückt von der Entschlusskraft, die sein Freund an den Tag legte – Ehre, Mut und Männlichkeit! –, kam der Aufforderung sofort nach.

Währenddessen hatte Nami jede Vorsicht aufgegeben und filmte ganz offen drauflos. Die Bilder waren einfach zu gut. Vor allem der nackte Betrunkene mit der SpongeBob-Papiertüte, dem das Erbrochene den Hals hinunter bis über die Genitalien lief. Phänomenal. Das würde ihr den YouTube-Oscar sichern, falls es so etwas gab. Neben sich spürte sie den schönen Jungen, der sich wie ein kampfbereiter Wächter an ihrer Seite hielt. Ihr wurde warm und weich ums Herz.

»Vorwärts!«, brüllte Kalle, dem nicht entgangen war, dass die Punker-Göre wieder mit ihrem Mobiltelefon rumhantierte. Doch dafür blieb nun keine Zeit mehr. Pit und Niels samt Einkaufswagen waren bereits an der Tür angelangt, ihr Weg gekennzeichnet von einer ansehnlichen Schleimspur aus Kotze. Sieben, der ihnen folgte, wäre beinahe darauf ausgerutscht.

»O Gott. Ist das ekelhaft!«, rief er. Dann verschluckte die inzwischen hereingebrochene Dunkelheit die drei Männer, hinter denen sich mit einem leisen »Wwwuuusch« die elektronische Glastür schloss. Kalle, der letzte verbliebene Räuber, drehte sich noch einmal zu den Geiseln um.

»Verhaltet euch schön ruhig, dann passiert euch nichts!«, rief er ihnen zu und fuchtelte mit seiner Bratengabel.

»Das sagten Sie schon. Wir haben kapiert, glaube ich«, kam von Hamid, dem die Situation zunehmend absurd erschien. Wie lange war es her, seit er die Heimat hinter sich gelassen hatte? In den umkämpfteren Teilen Syriens hätten diese Clowns mit ihren Haushaltsgeräten doch keine zwei Sekunden überlebt. Das also war sein neues Zuhause. Irgendwie niedlich, genauso wie das Mädchen an seiner Seite.

Nami hatte das Smartphone kurz auf Hamid gerichtet, dessen Sarkasmus sie als Heldentat wertete. Spätestens seitdem er sich zwischen sie und den Mann mit der Strumpfmaske gestellt hatte, war er für Nami mehr als nur megasüß. Hamid war ein Held. Gerade rechtzeitig, um Bratengabels letzten Satz einzufangen, schwenkte sie zu dem Nackten an der Supermarkttür zurück.

Kalle hatte beschlossen, einen Schlusspunkt zu setzen, der es in sich hatte. So wie in den unzähligen Actionfilmen, die er in- und auswendig kannte. Einfach so die Flucht anzutreten, kam für ihn nicht in Frage. Er hob den Kopf, wartete kurz, bis er sich sicher war, dass er die Aufmerksamkeit sämtlicher Anwesenden hatte, und sagte dann: »Es war uns eine Freude, mit Ihnen Geschäfte zu machen!«

Dem Satz ließ er ein »HAAAAHAAARRR!« folgen, ein Piratenlachen, das zweifellos sämtlichen Personen im Supermarkt das Blut in den Adern gefrieren lassen würde.

Dann verließ auch er den Laden.

Ein schöner Schluss, entschied Nami, stoppte ihre Filmaufnahmen und lud den Clip auf ihrem YouTube-Channel hoch.

Alle anderen atmeten währenddessen erleichtert auf.

»Mach doch mal einer die Scheißsirene aus«, rief Heiko Sämtlich, der Klempner, während er Sonja Päffken, der Yogalehrerin, aufhalf. Schon länger hatte er die Frau aus der Ferne bewundert. Und nun hatte er sie gerettet! Gewissermaßen. Zu schade, dass ihr Baby weiter wie am Spieß schrie.

Sylvia betrachtete die Spur von Erbrochenem, die sich von der Kasse bis vor den Laden zog, und runzelte die Stirn. Ihr dämmerte, dass der verteilte Mageninhalt des Räubers sich aus Dingen zusammensetzte, die sie selbst diesen Männern ein paar Stunden zuvor noch verkauft hatte. Sie warf Hamid einen Blick zu, der ihm bedeuten sollte, die Sauerei aufzuwischen. Der hätte jetzt zwar lieber Telefonnummern mit dem schönen Mädchen an seiner Seite ausgetauscht, fügte sich aber mit einem Seufzer.

Nami wiederum starrte auf ihr Mobiltelefon. Ausgerechnet in dem Moment, in dem sie ihren letzten und besten Clip hochgeladen hatte, war das Display schwarz geworden. Der verdammte Akku war schon wieder leer. Sie würde sich von jemandem ein Smartphone ausleihen müssen, um herauszufinden, ob der Film vollständig zu sehen war.

Ihr kam eine Idee. Warum nicht zwei Fliegen mit einer Klappe schlagen? Das hier war doch der perfekte Vorwand, um diesen Jungen anzusprechen. Sie hob den Kopf und sah gerade noch, wie Hamid hinter einer schmalen Tür verschwand.

Kurz entschlossen lief sie ihm nach.

Sylvia wiederum eilte zu den Büroräumen hinter der Spiegelglasscheibe. Cloudy war bestimmt schon halb wahnsinnig vor Angst. Im Büro traf sie auf eine völlig aufgelöste Marlies Henkel, die sich schwer atmend auf den Schreibtisch stützte. Keine Zeit, sich darum zu kümmern, dachte Sylvia und spähte nach Cloudy. Da war sie! Unter dem Tisch! Mit einem freudigen Winseln begrüßte sie ihr Frauchen. Sylvia kniete sich neben die Hündin und ließ sich das Gesicht abschlecken. Dann blickte sie zu ihrer Chefin, die sich inzwischen in einen Sessel hatte fallen lassen.

»Haben Sie die Polizei gerufen?«

»Ja! Ich meine, nein. Ich weiß nicht, da ging keiner ran.«

»Wie? Dann rufen Sie gleich noch mal an! Die Typen können noch nicht weit sein.«

Marlies betrachtete die Hündin und ihre Kassiererin, die zusammen ein idyllisches Bild abgaben. Kurz dachte sie darüber nach, der Frau Vorwürfe zu machen, weil ihre Hündin mit unbedachtem Gebell beinahe ein Blutbad ausgelöst hätte. Beinahe! Verhindert hatte das sie allein, Marlies Maria Henkel, Filialleiterin des Billkauf in Scharnow. Sie hatte eine Geiselnahme und Schlimmeres durch ihr beherztes Eingreifen vereitelt. Sie konnte stolz auf sich sein. Mit neuem Selbstbewusstsein nahm sie den Telefonhörer in die Hand, da meldete sich Sylvia noch einmal.

»Und würden Sie zuerst noch den Alarm ausmachen?«

19

Das war Jan-Uwe jetzt eindeutig zu viel.

»Das reicht, Zarmo, wir müssen abbrechen! Das ist doch Wahnsinn!«

Zarmo schien das anders zu sehen.

»Quatsch, das ist ein Feueralarm, du Nacho. Na und? Wir warten. Falls ... ich sage, *falls* die Feuerwehr kommen sollte, was wir noch nicht wissen, können wir immer noch abbrechen. Aber so was dauert hier auf dem Land. Bis dahin bleiben wir Alert. Und benutz verdammt nochmal wieder unsere Codenamen, Renegade, roger!«

Alert? Wo hatte der das schon wieder her? Jan-Uwe krochen leichte Kopfschmerzen den Nacken hinauf. Seine Zähne mahlten aneinander. Wahrscheinlich schon länger. Er bemerkte es erst jetzt.

»Renegade an Eagle 1, alles roger!«

Er zögerte. Abbrechen? Vielleicht hatte Zarmo recht. Natürlich dauerte es ewig, bis in diesen Breiten die Feuerwehr vor Ort war. Da war schon manche Scheune abgebrannt, bis die Männer endlich anrückten. Er merkte, wie die Codenamen ihm Sicherheit gaben. Renegade an Eagle 1. Eagle 1 an Renegade. Seine Panik flatterte wie eine Girlande davon und verflüchtigte sich.

Er wusste wieder, warum er hier war, und dass das, was sie vorhatten, wichtig war.

»Copy that, Eagle 1. Over and out.«

Unvermittelt verstummte der Alarm. Fast gleichzeitig wurde auf dem Parkplatz vor dem Supermarkt ein Auto gestartet. Der Lautstärke des ächzenden Motors nach zu urteilen, war es kein besonders neues Fahrzeug.

»Renegade an Eagle 1, der Alarm hat aufgehört.«

»Jau, Renegade, hörst du das? Das is 'n Scirocco. Mein Vater hatte zwei davon. Den einen hab ich noch mal drei Jahre gefahren. Den Motor erkenn ich unter Tausenden. Das war noch deutsche Wertarbeit. So was wird heute nicht mehr gebaut.«

Jan-Uwe interessierte sich nicht besonders für Autos, und erst recht nicht, wenn Zarmo über sie sprach. Aber das Fachsimpeln seines Mitverschwörers beruhigte ihn weiter. Er konzentrierte sich auf das leiser werdende Knattern des Wagens, das in unregelmäßigen Abständen von Fehlzündungen unterbrochen wurde.

Wie ging noch mal der Satz aus diesem einen Film?

Sie waren wieder im Spiel.

Und zwar so was von!

20

Nachdem Senger den letzten Bissen mit alkoholfreiem, zu seinem Leidwesen auch warmem Bier hinuntergespült und seine handschriftlichen Zeugenaussagen zum mutmaßlichen Freitod des Literaturbloggers überflogen hatte, ging er nun doch ans Telefon.

»Polizei Scharnow, was kann ich für Sie tun?«

»Na endlich!«, plärrte es aus der Muschel. »Beim nächsten Hossa hätte ich aufgelegt und die Kollegen in Kreisau angerufen.«

»Da ist auch niemand!«, entgegnete Senger kühl. Am Telefon war Marlies Henkel, die Filialleiterin des Billkauf-Supermarkts. Er hatte sie sofort erkannt.

»Und warum nicht?«

»Alle Kollegen im Umkreis von hundertfünfzig Kilometern sind in die Kreisstadt abberufen worden.«

»Tatsächlich? Warum denn?«

»Darf ich Ihnen nicht sagen! Und deswegen rufen Sie ja auch nicht an. Oder doch? Falls ja, ich darf es Ihnen nicht sagen.«

»Das sagten Sie bereits!«

»Höchste Sicherheitsstufe! Also, was wollen Sie?«

»Ich habe bestimmt schon zehnmal angerufen!«

»Unmöglich«, sagte Senger, der das sehr genau wusste. »Wenn Sie etwas melden wollen, dann machen Sie bitte schnell. Ich bin alleine hier und muss die Leitung auch für andere Notfälle freihalten. Rufen Sie wegen eines Notfalls an, Frau Henkel?«

»Ja«, seufzte die Filialleiterin, sprach jedoch nicht weiter.

Senger starrte auf die Unterlagen zu dem toten Blogger. Diese Susanne Scharster, mit der er zuletzt gesprochen hatte, war ihm einigermaßen verdächtig vorgekommen. Nicht nur, dass sie ausgesprochen attraktiv war, sie behauptete zudem, sie wäre seit Tagen nicht zu Hause gewesen. Gründe dafür hatte sie nicht angegeben. Das galt es im Auge zu behalten. Frauen mordeten zwar seltener, aber wenn, dann entschlossen. Und obwohl alle Indizien für einen Selbstmord sprachen, so war doch unübersehbar, dass hinter diesem Todesfall jede Menge Entschlossenheit steckte. Er lächelte bei der Vorstellung, sie wiederzusehen, als ihm sein Telefongespräch wieder einfiel.

»Frau Henkel, sind Sie noch dran? Was ist denn Ihr Problem?«

Er schlug einen verständnisvollen Ton an, während er an die Kurven von Susanne Scharster dachte.

»Hören Sie, Frau Henkel, Sie müssen reden oder die Leitung freimachen. Das ungebührliche Verhalten gegenüber einem Polizeibeamten ist eine Ordnungswidrigkeit, die …«

»Ja doch, ich habe ein Problem, das heißt, einen Notfall, das heißt, einen Überfall, das heißt …« Marlies Henkel klang nun leicht hysterisch. Wieder verstummte sie.

»… bis zu eintausend Euro kosten kann«, sprach Senger ungerührt weiter, »oder in besonders schweren Fällen mit einem Monat Gefängnis geahndet wird. Sie sind auf dem Weg, ein besonders schwerer Fall zu werden.«

Senger war jetzt in seinem Element. Er hatte einmal sechs Wochen lang ausschließlich Polizei-Actionfilme geschaut. Alle aus den Achtzigern, alle auf VHS. Da hatte er ausführlich die

Kunst der Oneliner von »Dirty Harry« Callahan, Paul Kersey, Maria Cobretti oder John McClane studieren können. Den Film *Die City-Cobra* mit Sylvester Stallone hatte er gleich dreimal hintereinander angesehen und für sich so einige Erkenntnisse gewonnen. Es war wichtig, immer überlegen zu bleiben und zur rechten Zeit mit einem flotten Spruch sein Gegenüber aus der Fassung zu bringen. Als Polizist sitzt du immer am längeren Hebel, das hatten ihm Eastwood, Schwarzenegger, Willis, Bronson und Stallone beigebracht. Doch dann hielt er plötzlich inne. Was hatte die Frau da eben gesagt?

»Sagten Sie Überfall?«

»Ja-haaa. Ich will einen Überfall melden!«

Die Stimme der Anruferin überschlug sich jetzt beinahe.

»Ganz ruhig jetzt, Frau Henkel, sonst muss ich gleich zwei Anzeigen aufnehmen, capiche?«

Capiche. Haha, der war gut.

Senger vernahm das hohe Klicken eines massiven Feuerzeugs. Seine Gesprächspartnerin atmete tief ein, stieß hörbar Luft aus und fuhr dann deutlich ruhiger fort.

»Der Billkauf ist vor circa fünfzehn Minuten überfallen worden!«

»Und der Überfall ist vorbei?«

»Was? Ja, natürlich. Inzwischen schon. Ich versuche Sie seit mehr als zehn Minuten zu erreichen.«

»Geben Sie mir bitte Ihren vollen Namen!«

»Meinen Namen? Den kennen Sie doch. Müssten Sie mich nicht erst mal zum Beispiel nach Verletzten fragen? Es gab keine, danke.«

Da war was dran. Das gab ihr aber nicht das Recht, so mit einem Staatsbeamten zu reden.

»Ich muss Sie bitten, sich zu mäßigen. Ich brauche Ihren vollen Namen, außerdem den Ort, von dem Sie anrufen.«

»Was? Den Ort? Aus dem Supermarkt natürlich.«

Marlies Henkel klang erneut so, als würde sie gleich in Hysterie ausbrechen.

»Können Sie nicht einfach herkommen?«

»Das werde ich, aber wir haben unsere Vorschriften. Kommen wir unvorbereitet an den Tatort, kann das zu Komplikationen führen. Lassen Sie mich also einfach meine Arbeit machen, bevor Schlimmeres passiert. Ihren Namen, bitte.«

»Schlimmeres? Aber wir sind doch schon überfallen worden.«

Da hatte sie schon wieder recht. Doch den Triumph würde er ihr nicht gönnen.

»Nur wenn wir uns an das erprobte Prozedere halten, können wir Schaden an Leib und Leben unserer Bürger verhindern!«

Hatte er das gerade wirklich gesagt? Ja, das hatte er. Und es hatte großartig geklungen.

»Welchen Schaden meinen Sie denn? Die Täter sind weg. Sie waren fast nicht bewaffnet und … ach ja … splitternackt. Ich habe einen Feueralarm ausgelöst, dann sind sie verschwunden.«

»Gebrannt hat es also auch?«

»NEEEIN!«

Die Filialleiterin war dabei, endgültig die Nerven zu verlieren.

Gut, dachte Senger.

»Aha, und was heißt ›fast nicht bewaffnet‹? Also irgendwie schon, oder irgendwie nicht? Fühlten Sie sich an Leib und Leben bedroht? Von was für ›Fast-Waffen‹ sprechen wir denn?«

Marlies Henkel hatte es die Sprache verschlagen, was Senger mit Genugtuung zur Kenntnis nahm. Dann stutzte er wieder.

»Moment, sagten Sie eben *nackt*?«

In seinem Unterbewusstsein klingelte etwas. Auch der Tote im Silo war fast nackt gewesen. Als Täter kam der allerdings nicht in Betracht. Er war ja tot. Die Telefonanlage blinkte. Auf Leitung zwei kam jemand gerade in den Genuss von Rex Gildos vielleicht größtem Hit.

»Ein paar von ihnen hatten Messer, einer einen Hammer.«

Marlies Henkel verschwieg die Bratengabel. Irgendwie hatte sie das Gefühl, die Erwähnung des Grillinstruments wäre der Dramatik ihres Anrufes nicht angemessen.

»Und wie viele Räuber waren es noch mal, sagten Sie?«

»Das habe ich noch gar nicht gesagt. Es waren vier, eventuell mehr, falls einer draußen im Fluchtwagen gewartet hat. Dazu weiß ich nichts. Wir haben lediglich ein Motorengeräusch gehört.«

»Vier, vielleicht mehr? Das kann ich nicht alleine machen.«

Senger zögerte, gewann aber schnell seine Souveränität zurück.

»Hören Sie. Fassen Sie nichts an, verstecken Sie sich im Büro oder wo immer Sie sich sicher fühlen. Bisweilen kommen Verbrecher an den Ort ihrer Taten zurück. Die Feuerwehr bestelle ich ab. Ich … ich meine, *wir* machen uns gleich auf den Weg.«

Senger überschlug seine Optionen. Er wusste, dass er im Moment keine polizeiliche Verstärkung bekommen würde. Inoffizielle Hilfe gab es dagegen durchaus – eine Möglichkeit, die er schnellstmöglich überprüfen musste.

»Da ist noch was«, sagte die Filialleiterin fast tonlos.

»Was denn?«

Die vielen Wendungen überforderten ihn langsam. Er war immerhin schon weit über zehn Stunden im Dienst.

»Die Kassiererin behauptet, die Räuber erkannt zu haben!«

»Sie soll im Supermarkt bleiben. Alle Zeugen sollen im Supermarkt bleiben. Ich bin gleich da.«

Senger legte auf. Wahnsinn! Er hatte einen Fall. Schon den zweiten innerhalb von drei Tagen. Wer sagt denn, dass auf dem Land nie etwas passiert? Er legte die Unterlagen zum toten

Blogger auf den Tisch der Kollegin, die sie morgen in den Computer eingeben würde, und puhlte sich nachdenklich ein Stück Hammelfleisch aus den Vorderzähnen.

Leitung zwei war immer noch besetzt. Senger beobachtete interessiert die Telefonanlage. Das Blinken war hypnotisch und wirkte beruhigend auf ihn. Er fing an, die Ausdauer des Anrufers zu bewundern, während er dasaß und nichts weiter tat, als die Intervalle des LED-Lichts anzustarren.

21

Im Büro des Supermarktes hatten sich inzwischen alle Kunden und Angestellten versammelt und warteten auf das Eintreffen der Polizei. Polizeihauptmeister Senger hatte Marlies Henkel versprochen, die Feuerwehr wieder abzubestellen.

»Frau Henkel, Cloudy müsste dringend mal Gassi«, sagte Sylvia. »Ich glaube, die Räuber kommen auch nicht mehr zurück.«

»Aber die Polizei braucht Ihre Aussage!«, antwortete die Filialleiterin.

»Wollen Sie mit ihr rausgehen? Ich warte hier gerne so lange. Cloudy pischert gleich in den Gang, vielleicht Schlimmeres, wenn sie nicht sofort auf ein Stück Wiese kommt.«

Sylvia war klar, dass ihre Chefin absolut keine Lust hatte, sich in eine Welt hinauszuwagen, in der möglicherweise weitere nackte Wahnsinnige mit Küchenmessern auf ihre Opfer lauerten.

»Also gut, dann gehen Sie! Aber bleiben Sie in der Nähe, und achten Sie auf Verdächtige!«

Was die Geschäftsführerin damit meinte, verstand Sylvia nicht ganz. Als direkte Beteiligte an dem Überfall wusste sie, dass sie nichts zu befürchten hatte. Zumindest nicht von den traurigen Gestalten, deren Aktion sie eher als verzweifelten Mundraub einstufte.

Drei der Angreifer konnte sie zweifelsfrei identifizieren, da war sie sich sicher. Und garantiert waren die demnächst viel zu besoffen, um weitere Scherereien zu machen.

»Komm, Cloudy!«

Sylvia verließ den Supermarkt und bog schräg dahinter sofort ab. Das Tier zerrte an der Leine. Sylvia machte die Hündin los und ließ sie auf die Wiese laufen.

Cloudy winselte ein bisschen, als sie ihr Geschäft verrichtete, und Sylvia sah sich nach herumliegenden Plastiktüten um. Ihre Hundekotbeutel hatte sie in der Handtasche im Supermarkt vergessen. Was soll's, dachte sie. Sie war heute von einem Nackten mit einer Bratengabel bedroht worden. Da konnte ihre Hündin ruhig etwas Bleibendes auf dieser Wiese hinterlassen, ohne dass sie Gefahr lief, gleich angezeigt zu werden.

Plötzlich hielt sie inne. Was war dieses kleine Licht? Ganz deutlich sah Sylvia den zuckenden roten Punkt auf Cloudys Fell. Sie verfolgte sein Tanzen, als sich ein weiterer Punkt dazugesellte. Laserpointer. Vermutlich irgendwelche gelangweilten Jugendlichen aus der Plattenbausiedlung.

Merkwürdig war nur, dass die Lichter aus zwei verschiedenen Richtungen kamen.

22

Die Warteschleife des örtlichen Polizeireviers war eine Frechheit.

»Guten Tag, Sie sind mit der Polizeidienststelle Scharnow verbunden. Leider sind gerade alle Leitungen belegt. Der nächste freie Beamte wird sich Ihrer annehmen. Bitte nennen Sie zuerst Ihren Namen und dann Ihren Standort. Danke!«

Es folgte – immerhin hatten die Beamten einen guten Musikgeschmack – Rex Gildos »Fiesta Mexicana«.

Alle Leitungen?, dachte Elsa Karpski. Die haben doch nur zwei! Nach dem ersten Refrain legte sie auf und drückte auf Wahlwiederholung.

»Guten Tag, Sie sind mit der Polizeidienststelle Scharnow verbunden. Leider sind gerade alle Leitungen belegt ...«

Elsa hatte Ausdauer.

Diesmal hielt sie bis zum Ende durch, was ihr nicht schwerfiel – es war eins ihrer Lieblingslieder. Erst danach legte sie auf und drückte noch einmal die Wahlwiederholungstaste. Wieder kam die Ansage.

»Hossa, Hossa.«

Dann endlich wurde ihr Gespräch angenommen.

»Polizei Scharnow, hallo?«

O nein, dieser Senger schon wieder! Polizeihauptmeister Dietmar Senger war Elsa gegenüber noch nie besonders wohlgesinnt gewesen.

»Hallo, hier spricht Elsa Karpski.«

»Elsa, ich hoffe, es ist wichtig.«

»Ich bin eine Bürgerin und möchte mit der Polizei sprechen. Was kann denn bitte wichtiger sein?«

»Elsa, jetzt ist es gerade ganz schlecht. Ich bin alleine hier und muss einem Supermarktüberfall nachgehen.«

Er will mich abwimmeln, dachte die Rentnerin. Wie immer. Aber diesmal nicht, nicht mit mir.

»Ein Überfall im Supermarkt. Grundgütiger! Der Billkauf, nicht wahr? Weiß man schon, wer es war?«

Senger versuchte höflich zu bleiben, was ihm zu seiner Überraschung auch gelang. Er war ohnehin nicht besonders scharf darauf, sich im Billkauf mit der hysterischen Filialleiterin abzugeben. Warum nicht die abstruse Situation kurz einmal laut zusammenzufassen, um seine Gedanken zu ordnen?

»Die Täter sind möglicherweise identifiziert. Sie waren nackt, aber maskiert. Eine Zeugin soll sie trotzdem erkannt haben. Wir suchen jetzt ihren Aufenthaltsort, also rufen Sie bitte später …«

»Na gut«, gab sich Elsa einsichtig, »dann sprechen wir ein andermal über meine Nachbarn. Ich halte das bald nicht mehr aus. Jeden Tag dieser Lärm und das Gegröle. Und die werfen Weißglas ins Braunglas …«

»Darüber reden wir, wenn weniger los ist«, unterbrach sie der Polizist. »Bis dahin bewahren Sie bitte Ruhe, okay?«

»Jaja, mit einer alten Frau kann man's ja machen. Ich werde mich …«

Klick-Tuuuuuuuuuut …

Einfach aufgelegt. Dieses verdammte Arschloch.

Elsa musste grinsen, als sie das schlimme Wort dachte.

Es hatte etwas Befreiendes, schmutzige Worte zu denken. Wie viel schöner musste es sein, sie auszusprechen? Sie versuchte es.

»Arschloch!«

Das tat gut. Gleich noch mal: »Du Arschloch!« Und dann ins tote Telefon: »Du Bullenarsch!«

Für einen kurzen Moment erschrak sie ob der Lautstärke ihrer eigenen Stimme. Konnte sie jemand hören? Die Wände waren dünn. Aber ihre Nachbarn waren ausgeflogen, und der alte Pfannschmidt, die Mumie aus dem dritten Stock, war so gut wie taub und saß den ganzen Tag mit Kopfhörern vor der Glotze.

Sie konnte also ruhig noch ein bisschen weitermachen.

»Verfickte Bullensau!«, sagte sie, und noch einmal lauter: »VERFICKTE BULLENSAU!«

Elsa musste so laut lachen, wie sie schon lange nicht mehr gelacht hatte. Sie bekam sogar einen Schluckauf davon.

»Arschgeige! ... hicks ... Kackhaufen! Eselsficker! ... hicks ...«

Wo kam das alles bloß her?

Die alte Frau ging in die Küche, um sich ein Glas Wasser zu holen und den Schluckauf zu bekämpfen. Gierig trank sie und hielt dann die Luft an, bis sie rot anlief. Als sie nicht mehr konnte, atmete sie tief ein und ... hicks! ... »Verdammt!«

Doch selbst der Schluckauf steigerte ihre gute Laune. Der Abend war angebrochen, und bald schon war es Zeit, den Fernseher einzuschalten. Ihre Enkelin hatte sich für heute angemeldet, gekommen war sie bisher nicht. Das Kind wurde unzuverlässig. Nun ja. Bei der Mutter.

Elsa seufzte resigniert und beschloss, noch eine Weile in der Küche zu stehen, das Ende ihres Schluckaufs abzuwarten und zu beobachten, wie die Straßenlaternen angingen. Die Küche war der einzige Ort in der Wohnung, von dem aus man den Parkplatz überblickte, vom Bad einmal abgesehen, in dem sich ein winziges

Milchglasfenster in zwei Metern Höhe befand, das man nur über einen Stuhl erreichen konnte.

Der Parkplatz war so gut wie leer. Ein gewisser alter Scirocco war auch nicht da, was ihrer guten Laune noch einen kleinen Extraschub versetzte. Sie beschloss, einen Kaffee aufzusetzen, und genoss die ungewohnte Ruhe.

Da hörte sie ein Knattern, das näher kam. Diesen Motor, seinen Klang, den sie so sehr hasste, hätte sie unter Tausenden wiedererkannt.

23

»Target is moving in ... I repeat ... target is moving in!«

Jan-Uwe war schwindlig von dem Chaos, das in seinem Kopf herrschte. Ein Teil seiner Gedanken war noch immer bei dem Buch, das die junge Punkerin, womöglich eine Prostituierte, mitgenommen hatte. Das Mädchen wiederum, das offensichtlich vorhatte, es mit vier Männern gleichzeitig zu treiben, beschäftigte ihn als politisches Phänomen – als Opfer eines Systems, das zu bekämpfen er entschlossen war. Und was war mit der fliegenden Gestalt, die er vorhin gesehen hatte? Eine Halluzination, zweifellos. Dahinter steckten natürlich auch die Weltenlenker. Oder auch nicht. Oder doch? Er musste unbedingt einmal ausspannen. Sein Leben in den Griff bekommen. Demnächst. Zuerst galt es seine Aufgabe zu erfüllen. Ein Angriff auf die Struktur der Weltenlenker. Diese Ungeheuer, dachte er. Das half. Er war wieder bei seiner Mission.

»Renegade, do you copy?«

Jan-Uwe richtete das Zielfernrohr des Gewehrs auf die Wiese. Sofort registrierte er eine Bewegung. Inzwischen war es dunkel, und natürlich gab es an dieser Wiese, die weiter hinten an eine Autobahnzufahrt grenzte, keine Beleuchtung. Der Umstand sollte ihr Vorhaben eigentlich begünstigen. Wer hätte ahnen können, dass auf dieser Wiese an einem ganz gewöhnlichen Mittwoch ein Volksfest für Freaks stattfand?

Er befestigte den Nachtsichtvorsatz auf dem Fernrohr und brauchte einen Moment, um sich an die verdrehte Wahrnehmung zu gewöhnen. Dann entdeckte er das Ziel ihres Anschlags.

Weder hatten sie das Zielobjekt ein paar Tage lang beobachten noch den Ort auskundschaften können. Ihr ganzer Plan basierte ausschließlich auf den Angaben dieses seltsamen HeidEgg, der darauf bestanden hatte, dass das Attentat schnellstmöglich stattfand. Eigentlich ein Wahnsinn.

»Copy that, Eagle 1!«

Die Hündin lief entschlossen über den Rasen und steuerte auf einen ausgewählten Punkt zu. Dort ging sie in die Hocke und versprühte einen Strahl Urin auf das wild wuchernde Gras. Dabei bellte sie zweimal in den Abendhimmel. Ihre Augen leuchteten im Nachtsichtgerät weiß, was Jan-Uwe an Außerirdische in alten Science-Fiction-Filmen denken ließ. Nicht selten leuchteten Alienaugen genauso – kurz bevor sie tödliche Strahlen auf Menschen richteten oder wahlweise deren Gedanken manipulierten.

Gedankenmanipulation! Das war die widerwärtigste Waffe des Gegners. Jan-Uwe ermahnte sich, auf der Hut zu bleiben. Der Gegenseite war alles zuzutrauen. Genau deshalb waren sie schließlich hier: um dem Feind einen empfindlichen Schlag zu versetzen.

Ein Schlag direkt ins Zentrum der Macht.

Das Fell der Hündin glänzte. Gerade hatte ein leichter Nieselregen eingesetzt. In seinem Okular glich das Funkeln der Tropfen auf ihrem Fell winzigen Diamanten. Die Hündin war nicht geschoren und wirkte doch sehr gepflegt, genau wie ihr berühmter Bruder, der ein paar Tausend Meilen entfernt lebte. Ihr Name war Cloudy. Das wussten sie von HeidEgg.

Eine Bewegung am Rande seines Blickfelds lenkte ihn ab.

In geringer Entfernung löste sich eine menschliche Gestalt aus dem Schatten des Supermarktgebäudes. Ein helles Glühen erschien an der Stelle, wo das Gesicht sein sollte. Die Gestalt rauchte. Es war eine Frau. Die Hundehalterin, natürlich. Ihr Aussehen passte zur Beschreibung, die sie auf der russischen Website gefunden hatten. Sie zog erneut an ihrer Zigarette.

Warum macht sie das?, dachte er. Die Gefahren des Rauchens sind doch nun wirklich kein Geheimnis mehr.

Kurzzeitig empfand er eine Mischung aus Mitleid und Verachtung für sie. Ihre Anwesenheit war einkalkuliert und spielte für den Plan letztlich keine Rolle. Und trotzdem – wenn Cloudy seine Hündin wäre, er wollte sie nicht verlieren. Was für ein Tier, was für ein wunderschönes, anmutiges Geschöpf, das vor seinen Augen scheinbar ahnungslos über die Wiese tollte.

HeidEgg hatte ihnen alles erklärt.

Cloudys Bruder Bo, der Hund des Präsidenten der USA, sei zwar das augenfälligere Opfer, hatte er geschrieben – doch an ihn würden sie nicht herankommen. Trotzdem war es möglich, den Weltenlenkern einen empfindlichen Schlag zu versetzen. Dafür mussten sie die Hündin töten. So würden sie über die Schwester den Bruder und über den Bruder die Weltenlenker treffen. Mitten ins Herz! Ein Bombenanschlag im Pentagon könne kaum effektiver sein. Das hatte ihnen HeidEgg versichert. Und Jan-Uwe glaubte ihm.

Es gab nur einen Haken.

Er liebte Tiere! Seine Liebe zu ihnen war sein Halt, sein Hafen, in dem er in seinen dunkelsten Stunden ankern konnte. Nicht nur Haustiere, darum ging es nicht. Tiere an sich, ob wild oder domestiziert. Jan-Uwe liebte Tiere. Sogar mehr als Menschen, dachte er manchmal.

»Eagle 1 an Renegade, activate pointers on three.«

»Roger that, Eagle 1!«

Nun war es also soweit. Ein überdimensionaler Schatten fiel auf sein Herz und ließ es zu Eis gefrieren. Er richtete seine Waffe auf das Zielobjekt. Strahlenförmig breitete sich Kälte in ihm aus.

»One!«

»Two!«

Mit steifem Finger schaltete er den Laserpointer am Lauf des Gewehrs ein.

»Three!«

Auf dem Fell der Hündin erschienen zwei rote Punkte, die über ihren Körper zuckten. In seinem Nachtsichtgerät waren sie gleißend weiß.

Sein Magen klopfte an den Gaumen. So musste sich Matt Hooper gefühlt haben, bevor er beim Showdown von *Der weiße Hai* in den Käfig geklettert war.

Ein Schweißtropfen lief in sein linkes Auge.

Er kniff es zu und zielte mit dem rechten.

»Fire, I repeat: Fire!«

Jan-Uwe kämpfte gegen den Drang, absichtlich danebenzuschießen. Er wusste, dass er den Lauf nur ein paar Millimeter nach oben bewegen musste. Kurz überwältigten ihn seine Skrupel, dann fing er sich wieder und korrigierte die Schusslinie. Er durfte jetzt nicht nachgeben. Es stand zu viel auf dem Spiel. Zudem war Zarmo ein so miserabler Schütze, dass er das Tier maximal verletzen würde, falls er es überhaupt traf. Zu lange hatten sie auf eine solche Aktion hingearbeitet.

Er drückte ab. Dreimal kurz hintereinander.

Das leise Zischen aus den schallgedämpften Waffen und das dumpfe Eindringen der 12-mm-Projektile in den Hundekörper wurden untermalt vom überraschten Winseln der Kreatur. All das ergab eine Geräuschkulisse, die Jan-Uwe für sein weiteres Leben im Schlaf verfolgen würde. Er schloss die Augen, feuerte dann trotzdem zwei weitere Male in Richtung Zielobjekt.

Immerhin bekam er so nicht mit, wie die Hündin zu einem grotesken Tanz in die Luft abhob, sich einmal um die eigene Achse drehte und noch in der Bewegung erschlaffte.

Als der leblose Körper des Tieres auf dem Boden aufschlug, breitete sich über der Wiese eine gespenstische Stille aus.

24

Elsa stand mit der Kaffeetasse in der Hand in ihrer Küche und beobachtete nicht mehr ganz so gut gelaunt den Mann, der auf das Haus zukam. Ihr Schluckauf war verschwunden.

Karl Friedrich Spanger, dachte sie. Dieser Hurensohn! Das schlimme Wort verschaffte ihr eine gewisse Genugtuung.

Der Scirocco stand schräg über drei Parkplätze vor dem Haus.

»Diese verschissene, luftverpestende Rostlaube«, sagte sie laut. Und dann gleich hinterher: »Verdammter, spermatankender Schrotthaufen!«

In ihrer Küche brannte kein Licht, denn Elsa war sparsam. Außerdem liebte sie es, zu sehen, ohne gesehen zu werden.

»Hurensöhne!«

Das galt Spangers Kollegen, die sie weiter hinten beim Auto ausgemacht hatte. Spanger trug, wie Elsa angewidert feststellte, nur eine Jacke, Unterhose und Schuhe. Etwas dürftig für den Herbst. Elsa überlegte, ob sie ihn wegen Exhibitionismus anzeigen sollte. Polizeihauptmeister Senger hatte vorhin zwar etwas angespannt gewirkt, aber vielleicht würde ihn das ja auf Trab bringen. Wobei ... Exhibitionisten gegen einen Überfall? Elsa war Realistin. Für einen Nackten würde die Polizei heute nicht ausrücken.

Auf dem Arm trug Spanger einen Berg aus Jacken, Hosen und anderer Kleidung. Vielleicht hatte er irgendwo Wäsche gemacht? In der Waschküche des Hauses zeigte er sich jedenfalls nicht mehr, seit Elsa ihn mehrfach auf die nicht polierte Waschmaschine aufmerksam gemacht hatte. Ohne Ordnung ging nichts im Leben, und Ordnung schien für Spanger ein Fremdwort zu sein.

Ihr Nachbar verschwand im Haus, seine drei Kollegen folgten ihm in einigem Abstand. Bei deren Anblick sprangen Elsa fast die Augen aus dem Kopf. Die Männer waren komplett nackt! Einer von ihnen hatte eine durchweichte Papiertüte auf dem Kopf. Unterhalb davon war sein Körper mit Brei besudelt. Er wurde zudem von einem seiner Kollegen gestützt. Offenbar war er nicht mehr in der Lage, alleine zu laufen. Kein Brei, dachte Elsa. Kotze! Der dritte Mann trug einen Karton voller Flaschen im Arm, aus dem eine Stange Zigaretten schaute. Der Karton hatte wohl ebenfalls etwas Mageninhalt abbekommen, denn der Mann drückte ihn an sich und schien gleichzeitig bemüht, den Kopf so weit wie möglich von ihm wegzuhalten.

»Na, du Eimer Scheiße?«, sagte Elsa erfreut. »Der Geruch erinnert dich bestimmt an deine Geburt, du elender Wichser!«

Sie lächelte, weil sie ahnte, woher der Inhalt des Kartons stammte. Ihr Lächeln war finster.

»Na bitte! Jetzt krieg ich euch dran, ihr Zwergenpimmel.«

Sie ging zum Telefon, nahm den Hörer ab und drückte auf Wahlwiederholung. Als Rex Gildo zum zweiten Mal mit seinem »Hossa, Hossa« den Refrain ankündigte, legte sie auf und rief wieder an. Für die Musik ihres Lieblingssängers hatte sie jetzt kein Ohr.

»Geh ran, du Arschgeburt von einem Bullenschwein!«, zischte sie in den Hörer. Dann stutzte sie plötzlich.

Was war mit ihr los? So hatte sie bisher nie gesprochen. War ihr Hirn dabei, endgültig zu zerbröseln?

25

Nachdem er die freiwillige Feuerwehr angerufen und deren Einsatz im Supermarkt abgesagt hatte, durchstöberte Senger den einzigen Aktenschrank der Wache. Er fand die Liste auf Anhieb.

Viele Unterlagen gab es sowieso nicht im Revier – auch seine handgeschriebenen Notizen wurden umgehend digital archiviert. Die Liste, nach der er gesucht hatte, war zwar veraltet, aber glücklicherweise noch nicht entsorgt. Eine Polizeireserve gab es offiziell schon lange nicht mehr, aber vielleicht verfügten ja einige der damals Verpflichteten noch über ihre Waffen und Ausweise. Einen Versuch war es wert. Auf keinen Fall würde sich Senger ganz alleine vier bis fünf Schwerstkriminellen in den Weg stellen. Es war Zeit, die Hilfssheriffs zu aktivieren.

Ihm gefiel dieses Bild. Er betrachtete die Situation ganz nüchtern. Dass die Gangster während des Überfalls nackt gewesen waren, machte sie nicht ungefährlicher, ganz im Gegenteil. Es zeigte vielmehr, wie unberechenbar sie waren. Bei solchen Leuten musste man auf alles gefasst sein.

Senger studierte die Liste.

Es standen vier Namen darauf. Der erste war der Name einer Frau: Heike Muskowitsch. Sie war im letzten Jahr verstorben.

Senger wusste das, weil er sich erfolglos um ihre frei gewordene Wohnung bemüht hatte, die nicht weit von seiner entfernt lag. Ihr Sohn hatte dann Anspruch auf den Mietvertrag angemeldet und recht bekommen. Das Leben war nicht immer fair. Immerhin hatte Heikes Sohn kurz darauf massiven Ärger wegen eines defekten Rücklichts, das angeblich ohne sein Zutun, wie von Zauberhand, zerschlagen worden war.

Schmunzelnd strich Senger mit dem Kugelschreiber den Namen durch und widmete sich der Nummer zwei auf seiner Liste. Seltsamerweise war das der verrückte Millionär Felix Pathé. Senger war bisher gar nicht klar gewesen, dass Pathé ebenfalls zur freiwilligen Polizeireserve gehörte. Wahrscheinlich hatte er es auf diese Weise geschafft, unbürokratisch an einen Waffenschein zu gelangen. Eine taktische Liaison, die Männer auf dem Land gerne eingingen, das wusste Senger nur zu gut. Es war deutlich schwerer, einem Reservepolizisten die Waffe zu entziehen als einem Zivilisten. Da musste schon einiges passieren. Felix Pathé lebte allerdings nicht mehr in Scharnow. Soweit Senger wusste, war der exzentrische Mann, der einst ein Vermögen mit Tierexkrementen gemacht hatte, jetzt Zirkusdirektor in Nordamerika, also weit genug weg, um einen Strich durch seinen Namen zu ziehen.

Die zwei verbliebenen Namen dagegen mussten in Scharnow noch erreichbar sein. Beide über dieselbe Telefonnummer. Wenn sich nicht viel geändert hatte – aber wer konnte das in der heutigen Zeit schon sagen? –, wohnten die Brüder Weinbarth noch immer gemeinsam im Haus ihrer verstorbenen Mutter. Senger nahm den Hörer in die Hand und drückte fünf Tasten. Sofort nach dem ersten Klingeln ging jemand ran.

»Weinbarth, was is'?« Die heisere Stimme am anderen Ende der Leitung klang gleichzeitig aggressiv und traurig.

»Axel? Jason?«

»Axel! Wer will das wissen?«

»Axel, hier ist Dietmar Senger. Die Scharnower Polizei braucht euch.«

»J.!«, rief Axel, ohne die Sprechmuschel abzudecken. »Die Scharnower Polizei braucht uns! Stell dir das mal vor!«

Senger überging die ironische Spitze.

»Habt ihr noch eure Bereitschaftsausweise und eure Waffen?«

»Die Waffen habt ihr uns doch damals wegen der kleinen Sache im Wald abgenommen, weißt du noch? Die Ausweise haben wir. Aber ich dachte, es gibt keine Polizeireserve mehr.«

»Ich weiß, ich weiß, aber es handelt sich um einen Notfall. Ist Jason auch da?«

»Ja, ist aber etwas verkatert! Verträgt nichts mehr, das Weichei!«

Der letzte Satz war nicht für Senger bestimmt. Im Hintergrund hörte er jemanden protestieren.

»Dann mach ihm einen Kaffee. Ich hol euch in elf Minuten ab. Waffen bring ich mit.«

Senger legte auf und grübelte kurz. Hatte er eine Wahl?

»Was soll's?«, sagte er zu sich selbst, packte seine Ersatzpistole und einen an Silvester konfiszierten Gasrevolver nebst Munition ein. Er wollte gerade das Revier verlassen, als das Telefon erneut klingelte.

26

»Sagten Sie nackt?«
Senger traute seinen Ohren nicht.

»Ja, die sind gerade eben, so wie Gott sie geschnitzt hat, nach Hause gekommen. Einer hatte die Kiste mit der Beute im Arm, schätze ich. Da drüben ist übrigens schon wieder die Hölle los. Wenn Sie sich beeilen, ist noch was von den Beweisstücken da. Wann können Sie hier sein?«

Der Triumph, der aus Elsas Stimme herauszuhören war, wurmte Senger. Wurmte ihn gewaltig. Aber er war Polizist genug, um im Namen des Rechts sein Ego zurückzustellen. Im ruhigen Ton eines Mannes, der es gewohnt war, Situationen unter Kontrolle zu bekommen, sagte er zur Rentnerin: »Elsa, bitte schließen Sie Ihre Tür ab, und verlassen Sie die Wohnung nicht! Ich ... ich meine, *wir* sind gleich da.«

Elsa legte auf. So erregt war sie schon lange nicht mehr gewesen. Sie holte eine Leiter und ging zum Wohnzimmerschrank. Im obersten Regal musste die Kiste stehen, und da stand sie auch. Die VHS-Videokamera, die ihr Mann, Gott sei seiner Seele gnädig, sich Ende der Achtziger zugelegt hatte, war ein klobiges Monstrum, das in keinen Koffer passen wollte. Was genau er damit gefilmt hatte, hatte sich ihr nie erschlossen. Elsa war sich aber sicher, dass sie noch funktionierte. Ortwin war mit seinen technischen Geräten immer sehr penibel umgegangen. Soweit sie sich erinnerte, arbeitete diese Kamera mit einem Akku. Sie nahm das schwere, schwarze Ding heraus, das sie dafür hielt. Er schien noch intakt zu sein. Der Gebrauchsanweisung entnahm sie, wie sie ihn laden musste. In der Verpackung fand sie einen Ersatzakku. Sie probierte ihn aus. Tatsächlich, er hatte noch Saft. Genug, um die paar VHS-Kassetten zu sichten, die daneben lagen.

Sie spulte sich durch langweilige Aufnahmen. Ein Ausflug nach Berlin, aus dem fahrenden Auto gefilmt; diverse Hunde beim Pinkeln; eine sehr lange Einstellung auf ein Nashorn, an dem er augenscheinlich seinen Zoom ausprobiert hatte; und natürlich unvermeidlich: schwere Baufahrzeuge bei der Arbeit. Elsa erinnerte sich an viele trostlose Momente in ihrer Ehe mit Ortwin, in die sich jedoch eine gewisse Zufriedenheit mischte. Es beruhigte sie, dass sie nichts Überraschendes oder Kompromittierendes auf den Kassetten fand, sondern lediglich den Beleg dafür, dass ihr Mann der Langweiler blieb, der er in ihren Augen immer gewesen war.

Eine Ehe ohne Überraschungen. Dafür war sie ihm dankbar.

Nach dem kleinen Ausflug in die Vergangenheit konzentrierte sie sich wieder auf ihr eigentliches Vorhaben. Die Polizei würde für die Fahrt zu ihren Nachbarn nicht lange brauchen. Elsa ging davon aus, dass der Akku ausreichen würde, um die Verhaftung zu filmen. Ihre Enkelin war zwar heute nicht gekommen, aber vielleicht hatte sie sich auch den Tag ihres Besuchs falsch gemerkt. Jedenfalls hoffte sie, das Mädchen damit beeindrucken zu können. Benita kannte sich aus mit dem Internet und den sogenannten sozialen Medien, in denen die Jugendlichen heutzutage so viel Zeit verbrachten. Wer weiß, vielleicht konnte sie die Aufnahmen irgendwie verwenden?

Elsa lauschte an der Wand zur Nachbarwohnung. Sie hörte verzweifelte Todesschreie und Schüsse, begleitet von dramatischer Musik, Glasklirren und lautem Gejohle. Es war wirklich schlimm.

Es war wie immer.

27

Alles war so schnell gegangen. Cloudy hatte nicht einmal gebellt, als die Kugeln sie trafen. Die zischenden Geräusche schallgedämpfter Waffen. Ihre Hündin, grotesk in der Luft tanzend. Ein Zucken für jede Kugel. Sylvia starrte auf die Wiese. Auf ihrer Netzhaut spielte sich in einer Endlosschleife das ab, was soeben geschehen war. Sie war so überrascht gewesen, dass sie sich noch nicht einmal auf den Boden werfen oder Deckung hatte suchen können. Und nun stand sie da, starrte auf den leblosen Haufen auf der Wiese.

Ihre geliebte Hündin. Cloudy. Tot.

Auf die Überraschung folgte Entsetzen. Dann die Erkenntnis, dass Cloudy wirklich fort war. Und gleich darauf Unverständnis und Wut angesichts dieser sinnlosen Tat. Schließlich aber: Resignation.

Hatte es sie also wieder erwischt? Sylvia sollte einfach nicht glücklich sein. Davon war sie nun ein weiteres Mal vollkommen überzeugt.

28

Die Brüder Weinbarth warteten schon an der Straße, als der Polizeiwagen um die Ecke bog. Senger bremste scharf, stoppte direkt vor ihnen und ließ sie einsteigen. Axel setzte sich nach vorne, was Jason mit unverhohlenem Unmut hinnahm. Zwei unmodisch gekleidete Mittvierziger, die sich wie Zwillinge glichen, auch wenn Axel zwei Jahre älter als sein Bruder war.

Axel sprach als Erster.

»Was ist los, Dietmar? Wozu aktiviert ihr die Bereitschaft, und wo sind deine Kollegen?«

»Ja, wo sind die denn?«, meldete sich Jason von der Rückbank.

»Schnauze, J.«, fuhr Axel dazwischen. »Lass die Erwachsenen ihr Gespräch führen!«

Aus Jasons Augen schossen imaginäre Todesstrahlen auf den Hinterkopf des älteren Bruders. Senger erläuterte ihnen die Situation. Als er fertig war, schwiegen die Brüder beeindruckt, bevor Axel sich wieder zu Wort meldete.

»Raubüberfall, meine Fresse! Und das in unserem Kuhdorf? Ich sag's ja, die organisierte Kriminalität expandiert und kommt irgendwann auch zu uns. Da war doch schon dieser Mord im Silo. Todsicher Ausländer, wenn ihr mich fragt.«

Der Wagen fuhr los.

»Dietmar, mach mal Blaulicht an!«

»Schnauze, J.! Dietmar, haste Blaulicht an der Karre?«

»Kein Blaulicht!«, lautete die knappe Antwort. »Die Verdächtigen sind zu fünft, mindestens, und wir nur zu dritt. Ich will die nicht vorwarnen. Lasst mich mal machen. Ich bin geschult. Ihr sollt mir nur den Rücken freihalten!«

Senger hielt in seiner Antwort eine Kleinigkeit zurück: Mit dem neueren Dienstwagen waren seine Kollegen in Sahsenheim im Einsatz. Ihm war nur ein alter Ascona geblieben, der seinen Weg kurz nach dem Mauerfall in die ostdeutsche Provinz gefunden hatte, um hier seine letzten brauchbaren Jahre zu verbringen. Dass der Wagen noch fuhr, grenzte an ein Wunder und war überwiegend Senger zu verdanken, der sich mit großer Hingabe um die Wartung kümmerte. Der TÜV war seit mehr als vier Monaten ausstehend, was seiner Ansicht nach bei einem Dienstwagen der Polizei nicht unbedingt strafbar war. Und es gab in dem Fahrzeug weder Blaulicht noch ein funktionierendes Funkgerät.

»Axel, schreib mal bitte was für mich auf.«

Senger reichte ihm einen Notizblock.

»Ich muss das Ganze hier protokollarisch festhalten.«

Axel stutzte. Schreiben gehörte nicht zu seinen Stärken. Er griff in seine Brusttasche, wo er nichtsdestotrotz jederzeit zwei Kugelschreiber einstecken hatte. Zum einen, weil ihm das in seiner Vorstellung mehr Seriosität verlieh. Hauptsächlich aber dienten sie ihm zum Säubern seiner Ohren. Axel hatte in letzter Zeit ein erhöhtes Aufkommen an Ohrenschmalz bei sich festgestellt, das auf seine Schultern rieselte, wenn er seine Gehörgänge nicht permanent säuberte.

»J., mach du das, ich muss hier ein Auge offen halten.«

Er reichte seinem Bruder Kugelschreiber und Notizblock. Der murrte zwar, freute sich aber heimlich darüber, eine wichtige Aufgabe zugewiesen bekommen zu haben.

»Okay, Jason, schreib auf …«

Senger ließ Jason die Reihenfolge sowie den ungefähren Zeitpunkt der Anrufe notieren. Danach die Umstände, die zur Anstellung der Weinbarth-Brüder als Bereitschaftspolizisten geführt hatten.

»So. Jetzt seid ihr obendrein noch Zeugen in dem Fall!«

Senger wollte sich mit dem Protokoll absichern. Vielleicht war das ja alles nur ein groß angelegter Scherz auf seine Kosten? Dieser merkwürdige Überfall, und davor noch diese wilde Geschichte von Udo Spalier am Telefon. Gleich danach dann die ungewöhnlich vielen Anrufe auf der Wache. Durch das Hinzuziehen seiner beiden Hilfssheriffs wurde die Sache jedenfalls teuer. Wenn sich das Ganze als Streich herausstellen sollte, hätte auch Senger etwas zu lachen.

»War's das?«, fragte Jason von der Rückbank und kaute kurz auf dem Kugelschreiber herum. Ein bitterer Geschmack breitete sich sofort in seinem Mund aus, und er spürte kleine Krümel auf der Zunge. Er spuckte sie leise in seine Hand und untersuchte mit zusammengekniffenen Augen misstrauisch das Stiftende.

»Danke! Das Protokoll schreib ich nachher allein, ihr müsst nur als Zeugen unterschreiben. Das könnt ihr auch blanko machen.«

Jason gab Axel den Stift zurück. In seinem Mund war immer noch ein Rest dieses widerwärtigen Geschmacks. Argwöhnisch schaute er seinem Bruder auf den Hinterkopf. Er wollte ihn eben ansprechen, da fuhr Senger den Wagen an den Straßenrand und parkte.

»Wir sind da«, flüsterte der einzige echte Polizist unter ihnen. »In der Tüte sind eure Waffen!«

29

Jan-Uwe war verblüfft. Die Besitzerin der Hündin war während des Attentats wie angewurzelt am Rand der Wiese stehen geblieben und machte auch jetzt keine Anstalten, sich in Sicherheit zu bringen. Sie stand einfach nur da und starrte auf das tote Tier. Kurz fühlte er den Drang, den Kadaver mit irgendetwas – seiner Jacke vielleicht? – zuzudecken. Da meldete sich wieder sein Funkgerät.

»Eagle 1 an Renegade, leave the site ... quietly!«

Jan-Uwe entfernte sich rückwärts kriechend vom Gelände. Genau so, wie sie es trainiert hatten.

Er war als Erster am Fluchtwagen. Zum dritten Mal an diesem Tag musste Jan-Uwe gegen einen Anflug von Panik ankämpfen. Der Fiat Panda war leer, die Fahrertür stand offen. Zarmo hatte nun ebenfalls den Wagen erreicht und nickte Jan-Uwe mit glänzenden Augen zu. Der bedeutete ihm, still zu sein, und zeigte auf den leeren Fahrersitz. Der Glanz in Zarmos Augen erlosch.

Ein Geräusch ließ sie herumfahren.

Trönse trat aus dem Gebüsch und machte sich die Hose zu. Sein Gesicht lief rot an, als er in die versteinerten Mienen blickte.

»Ich musste mal. Sorry! Ist alles gutgegangen?«

Mehr als einen missbilligenden Blick bekam er nicht zur Antwort.

Lautlos verstauten die Männer ihre Waffen im Kofferraum und stiegen ein. Trönse startete den nachträglich eingebauten Elektromotor, der es ihnen erlaubte, sich vollkommen unbemerkt aus dem Staub zu machen.

»Die Tricks der skeptischen Bürger stehen denen der CIA in nichts nach«, hatte Trönse beim Einbau noch herumposaunt. Seine Kollegen mussten zugeben, dass die Idee so einfach wie genial war.

Sie wollten gerade losfahren, als Jan-Uwe die lederne Fliegerkappe auffiel, die Trönse auf dem Kopf trug.

»Die hing an 'nem Moped, das auf dem Parkplatz abgestellt war«. Trönse hatte Jan-Uwes skeptischen Blick bemerkt. »Stellt euch vor. So 'n Ding wollte ich schon immer haben. Das is 'n Original!«

»Mann, bist du ein Nacho?«, rief Zarmo wütend von der Rückbank. »Wenn das 'n Bulle bei dir findet, ist das der Beweis, dass wir hier waren!«

Auch Jan-Uwe schaltete sich ein.

»Und was, wenn der Besitzer zur Polizei geht? Hast du daran mal gedacht?«

Er riss Trönse die Kappe vom Kopf und verstaute sie in seiner Jacke. Die wollte er später sowieso entsorgen, genau wie alles andere, was er im Supermarkt getragen hatte. Trönse öffnete den Mund, um Einspruch zu erheben, aber Jan-Uwe kam ihm zuvor. »Los jetzt, wir können später darüber reden!«

Geräuschlos bewegte sich das Fahrzeug auf die Autobahnauffahrt zu. Jan-Uwe wagte einen letzten Blick auf die Frau am Rand der Wiese. Die Resignation in ihrer Haltung war unverkennbar, eine Melancholie, so tief wie der Marianengraben. Schuldgefühle krochen in ihm hoch, und ihre Krallen rissen winzig kleine Löcher in sein Herz. Schnell wandte er den Blick ab, und kurz darauf waren sie auf dem Beschleunigungsstreifen. Trönse schaltete das Licht ein, ignorierte das Hupen eines wütenden Lkw-Fahrers und trat aufs Gaspedal, um sich in den Verkehr einzufädeln.

30

Jason schüttete die Tüte neben sich aus. Auf der einen Seite trug sie das Logo des Billkauf-Supermarkts, auf der anderen prangte auf sattem Grün mit flirrend roter Schrift der Slogan: »Bei uns ist BILLIG immer auch GUT!«

Der Anblick der beiden Handfeuerwaffen auf der Rückbank wärmte sein Herz. Zum ersten Mal, seit er in den Wagen gestiegen war, lächelte er. Er wählte die bessere der beiden Pistolen für sich und reichte Axel die andere nach vorn.

Axel wiederum erkannte sofort, dass seine Waffe nur ein Gasrevolver war, und wollte dies nicht einfach kampflos hinnehmen.

»Hey J., ich nehme die andere! Gib her!«

»Fick dich, A.!«

Senger packte Axels Handgelenk.

»Die ist mit Leuchtspurmunition geladen, in einem geschlossenen Raum potenziell tödlicher als unsere herkömmlichen Dienstrevolver.«

»Potenziell tödlich« gefiel Axel. Er nickte als Zeichen der Zustimmung, trotzdem ließ der Druck von Sengers Hand an seinem Arm nicht nach.

»Ich will keine Schießerei da drinnen, ist das klar?«

Die Brüder wichen seinem Blick aus. Sie wussten, worauf er anspielte.

Als sie noch bei der Reserve gewesen waren, hatten sie illegalerweise ihre Ausweise und Waffen öfters bei sich getragen. Es gab immer mal ein paar Touristen unterwegs zur Brandenburgischen Seenplatte, die man damit hochnehmen konnte. So waren sie an eine Gruppe von Hippies geraten und hatten das Spiel, wie sie selbst zugeben mussten, ein bisschen übertrieben. Die Situation war eskaliert, Schüsse waren gefallen. Einer der Typen hatte sich vor Angst sogar in die Hose geschissen. Die Weinbarths waren trotzdem überrascht gewesen, dass ausgerechnet die Hippies sie angezeigt hatten. Dass die Brüder bei der Tat sturzbetrunken gewesen waren, hatte sie vor dem Schlimmsten gerettet, doch ihre Waffen waren sie ein für alle Mal los.

»Das hier ist eure Chance auf Rehabilitation. Ihr könnt Helden werden, wenn ihr tut, was ich euch sage. Und das bedeutet zuallererst: kein Herumballern! Die Täter sind bewaffnet, aber ziemlich sicher nicht mit Schusswaffen. Deshalb: Reißt euch am Riemen, seid professionell und überlegen. Ich zähle auf euch, capiche?«

Capiche kam wieder gut.

»Ja klar! Wir sind ganz cool. Eiskalt sozusagen, haha.«

Die Worte kamen Axel ein bisschen zu hastig über die Lippen. Ein Zeichen dafür, wie aufgeregt er war. Jason nickte lediglich zustimmend, während sich in seinem Mund wieder der ekelhafte Geschmack ausbreitete.

Sie sahen zu dem dreistöckigen Haus hinüber. Grauer Waschbeton. Ein typischer DDR-Zweckbau. Hinter drei Fenstern war Licht zu erkennen, in zwei Parterrewohnungen und in einer Wohnung im dritten Stock. Im Erdgeschoss links wohnten die Verdächtigen.

Schweigend, mit gezogenen, noch gesicherten Pistolen, ging das Trio auf das Gebäude zu. Aus der linken Wohnung schallte ihnen lautes Gejohle entgegen. Die Geräusche einer ausgelassenen Feier.

Die Haustür war nur angelehnt.

Senger hob für alle sichtbar den Arm und machte eine Faust. Er löste erst den Zeige-, dann den Mittelfinger und deutete auf den Eingang. Ein stummer Befehl, dass sie durch die Tür treten sollten. Das war auch vorher allen klar gewesen. Aber für Senger, als Chef seines eigenen Einsatzkommandos, gehörte diese abgegriffene und so oft in Actionfilmen gesehene Geste zum polizeilich-professionellen Ablauf dazu. Unter seiner Führung wurde das so gemacht. Basta!

Sie betraten das Gebäude und schalteten das Flurlicht bewusst nicht an. Axel bemerkte etwas Feuchtes am Boden. Er bedeutete seinem Bruder, die Sache zu überprüfen, während er ihm Deckung gab. Zögernd folgte Jason der Anweisung. Er tauchte zwei Finger in eine der kleinen, schlierigen Lachen am Boden und führte sie an die Nase. Sie rochen sauer und nach Alkohol. Es handelte sich eindeutig um das Erbrochene eines Menschen.

Axel schien dies bereits geahnt zu haben, denn er konnte sich ein fast lautloses Kichern nicht verkneifen.

Jason blitzte seinen Bruder wütend an und wischte die Hand mit angewidertem Blick an der Wand ab. Der Lärm aus der Wohnung nebenan holte ihn in die Realität ihrer Mission zurück. Er entsicherte seine Waffe. Axel tat es ihm nach.

Senger entsicherte ebenfalls. Er fühlte sich lebendig und gut. Das hier war echt. Er, Dietmar Senger, Polizist seit vierunddreißig Jahren, der seine Waffe noch nie im Dienst gezogen hatte, stand nun mit entsichertem Revolver kurz davor, vier bis fünf gemeingefährliche Räuber zu verhaften und ihrer gerechten Strafe zuzuführen. Wer hätte gedacht, dass sich ein solches Verbrecherpack mitten in Scharnow einnisten würde? Okay, Elsa Karpski hatte ihn ja recht häufig auf ihre viel zu lauten Nachbarn aufmerksam gemacht, aber er konnte nun wirklich nicht jeder Ruhestörung nachgehen. Wo käme man da hin? Egal, jetzt war nicht die Zeit, darüber nachzudenken.

Er war Seagal-Dudikoff-Ward-Norris-Van-Damme, und nur ein Verrückter würde sich ihm widersetzen. Sein Schritt wurde fester, er zog die Wangen ein und fingerte einen Zahnstocher aus der Brusttasche seiner Uniform.

Jeder Top-Bulle braucht seinen Tick.

Vor der Wohnung von Kalle Spanger und dessen Komplizen angekommen, lauschten sie für einen Moment dem Lärm, der durch die Tür drang. Senger atmete tief durch, bevor er den Befehl zum Zugriff gab.

»Bei drei!«, flüsterte er und hob wieder seine Faust.

Der Daumen: »Eins!«

Der Zeigefinger: »Zwei!«

An Sengers Schläfe trat eine Ader hervor.

Der Mittelfinger schälte sich aus der Faust, als sich mit einem leisen Knarren die Tür der Nachbarwohnung öffnete. Unwillkürlich drehten die drei Männer ihre Köpfe in Richtung des Geräuschs. Eine uralte und verhältnismäßig große Filmkamera schob sich durch den Spalt in den Hausflur. Senger erkannte dahinter Elsa Karpski. Was sollte das? Die alte Frau durfte jetzt nicht seine Show kaputt machen. Er schickte sich an, die Rentnerin wieder in ihre Wohnung zurückzuschieben, als sich plötzlich die Ereignisse überschlugen.

Was geschah, war Folgendes:

Während Senger seine volle Aufmerksamkeit Elsa Karpski zuwandte, warf Jason einen kurzen Blick auf seinen Bruder. Was er sah, ließ seinen Atem stocken. Und zwar vor Wut. Tödlicher Wut.

Axel Weinbarth nämlich bohrte mit dem Stift, den Jason eben noch zum Schreiben des Protokolls in der Hand gehalten und an dem er versehentlich gelutscht hatte, in seinem linken Ohr. Jason konnte deutlich gelbliche Bröckchen von Ohrenschmalz erkennen, die in erheblichem Maße auf Axels Schulter kullerten. Augenblicklich meldete sich der widerliche Geschmack auf seiner Zunge zurück.

»Du verdammtes Dreckschwein«, drückte er zischend zwischen den Zähnen hervor, hob die Hand mit Sengers alter Ersatzpistole, spannte den Hahn – klick! – und zielte auf Axels Kopf. Axel konnte in dem Zischen zwar kein klares Wort ausmachen, doch der Tonfall war Warnung genug. Reflexartig riss er ebenfalls seine Waffe hoch. Langsam zog er mit dem Daumen den Hahn des Gasrevolvers nach hinten. Klick! Mit zu Schlitzen verengten Augen starrten sich die Brüder an. Lange angestauter, mörderischer Hass überschwemmte den dunklen Hausflur in einer Welle, die allen Anwesenden den Atem nahm.

31

Nami war Hamid ins Lager gefolgt. Als sie nach ihm durch die Tür schlüpfte, erschrak er kurz und sah sie dann erfreut an. Erst jetzt bemerkte sie seine ungewöhnlich langen Wimpern, die sie für einen Moment aus dem Konzept brachten. Sie würde töten, um solche Wimpern zu besitzen.

»Ich wollte mich bei dir bedanken … Ich meine dafür, dass du mir vorhin beigestanden hast … als der Typ …«

Sie verlor den Faden und ging deshalb lieber gleich zum Wesentlichen über: »H-hast du ein Smartphone? Ich muss was auf YouTube checken.«

Ihr Stottern ärgerte sie. Nach dem, was sie gerade zusammen durchgemacht hatten, war ihre Verlegenheit völlig fehl am Platz.

»Wenn du kein Smartphone hast, ist es nicht schlimm.«

Verdammt! Warum hatte sie das nun wieder gesagt? Warum konnte sie sich nicht einfach anständig bei ihm bedanken oder sich mit ihm verabreden? Sie hatte das Gefühl, mit nur zwei Sätzen alles verdorben zu haben.

»Klar hab ich ein Smartphone. So was kriegen wir Asylbetrüger beim Meldeamt als Belohnung dafür, dass wir unseren Namen schreiben können.«

Kleine Pause.

»Nur ein Scherz. Aber ein Smartphone hab ich trotzdem.«

Er hielt ihr sein Telefon hin.

Nami brauchte einen Moment, um die Situation zu erfassen. Dieser wunderbare Junge hatte auch noch Humor! Während sie überlegte, was sie auf seinen Scherz antworten konnte, nahm sie das Gerät und öffnete im Internetbrowser ihren YouTube-Kanal. Eigentlich interessierten sie das Schicksal ihrer Filme gar nicht mehr. Doch dann entdeckte sie die Klicks und Kommentare unter den Beiträgen.

Erstaunlich viele Klicks und Kommentare.

Mit weit aufgerissenen Augen starrte sie erst aufs Display, dann zu Hamid. Der blickte verwundert zurück.

»Ist etwas nicht in Ordnung?«

Statt einer Antwort umarmte sie ihn und drückte ihm einen Kuss auf die Lippen.

Und Hamid erwiderte ihn.

32

Sylvia stand auf der Wiese und rauchte. Vor ihr lag das blutende Bündel, das von Cloudy übrig geblieben war. Sie zog den Rauch mit der kühlen Abendluft ein und versuchte ihre Gedanken zu ordnen. Die Polizei würde bald hier sein. Sylvia hatte nicht vor, ihnen vom Mord an ihrer Hündin zu erzählen. Zu wissen, wer für Cloudys Tod verantwortlich war, würde sie auch nicht wieder lebendig machen.

Mit Cloudy war ein weiteres Mal ein Teil von ihr gestorben. Für Sylvia bestand das Leben nun mal aus vielen kleinen Toden – damit hatte sie sich abzufinden. Ob als Turmspringerin, Milliardärsgattin oder Hundebesitzerin, jede hoffnungsvolle Phase ihres Lebens war abrupt zu Ende gegangen. Als Sportlerin war sie in ihrer Altersklasse ungeschlagen gewesen – und dann kam der Unfall. Ihr Mann hatte sie wegen seiner Hirngespinste von einem Tag auf den anderen verlassen. Und was war mit Cloudy? Ihrer geliebten Cloudy?

Zumindest würde Sylvia sie nicht altern sehen müssen. Es gab so viele entsetzliche Krankheiten, die kein Tierarzt behandeln konnte. Wie viel schlimmer als das, was eben passiert war, wäre ein Tod, dem Cloudy langsam entgegendämmerte? Stattdessen war sie auf ihrer Lieblingswiese umhertollend aus dem Leben gerissen worden.

Ein Blitzschlag wäre nicht gnädiger gewesen.

Sylvia ging in den Supermarkt zurück, wo die ehemaligen Geiseln auf das Eintreffen der Polizei warteten. Ihr fiel auf, dass der Boden noch nicht gewischt war. Sie sah sich nach Hamid um, konnte ihn aber nirgends entdecken. Sie würde sich gleich darum kümmern. Erst mal wollte sie eine Schaufel aus dem Lager holen. Um diese Jahreszeit war die Erde noch relativ locker und weich. Cloudy sollte auf der Wiese begraben werden, auf der sie so gerne gespielt hatte. Das erschien Sylvia in diesem Moment als das einzig Richtige.

Im Lager überraschte sie Hamid und die Göre mit dem Smartphone Händchen haltend hinter einem Stapel Kartons mit Mischgemüse. Als die beiden Sylvia bemerkten, ließen sie einander los. Hamid sprang auf und griff nach dem Wischeimer. Doch Sylvia verlor zu dem Vorfall vorerst kein Wort. Stattdessen ging sie zum Geräteschrank, nahm eine Schaufel und machte sich wieder auf den Weg nach draußen. Als sie an Hamid vorbeikam, raunte sie ihm nur ein Wort zu: »Weitermachen!«

33

Die beiden verfeindeten Brüder standen einander in einem Mexican Stand-off gegenüber. Ihre Waffen zielten auf den Kopf des jeweils anderen. Ein Schweißtropfen lief Jason von der Stirn ins Auge und ließ ihn blinzeln. Der Reflex des Augenlids schickte einen winzigen elektrischen Impuls durch seinen Arm in den Zeigefinger am Abzug der Waffe. Eine ungeheure Explosion, durch die kahlen, teils gekachelten Wände des Hausflurs um ein Vielfaches verstärkt, war die Folge. Psychisch wie physisch stellte sie einen Schock für alle Beteiligten dar. Eine Nanosekunde später, noch bevor die Kugel durch das linke Auge in Axels Kopf eintrat und beim Verlassen desselbigen ein großes Loch riss, durch das Blut und Hirnmasse auf die schmuddelig gelben Kacheln spritzten, drückte Axel ebenfalls ab und überbot die noch nachhallende Lautstärke mit der optischen Sensation der roten Leuchtspurmunition aus seinem Gasrevolver. Das mit Phosphor bestückte Projektil traf Jason am Hals, bohrte und brannte sich seinen Weg nach oben. Durch den zum Schrei geöffneten Mund illuminierte das Leuchten des Geschosses mit flackerndem Schein den weiterhin dunklen Flur. Es war ein grauenerregender, aber auf perfide Art auch ästhetischer Anblick.

Und Ortwin Karpskis einst so geliebte Videokamera fing alles ein. Seine Witwe hielt die Record-Taste fest gedrückt. Die Kamera stand sicher auf einem Tripod, sodass sich das Zittern von Elsas Händen kaum auf die Aufnahme übertrug. Wie ein ruhiger Fels in der Brandung spulte und spulte sich das Magnetband durch die Kassette.

Der Aufprall des Geschosses hatte Jason an die Wand geworfen. Er konnte nicht mehr schreien, denn seine Stimmbänder und seine Zunge waren in Sekundenbruchteilen verbrannt. Stattdessen zischte das schmorende Projektil in der Halswunde wie eine Zigarette, die in einem Wasserglas gelöscht wird. Nur deutlich länger. Immerhin war Jason den widerlichen Geschmack endgültig los. Das Letzte, was er in seinem Leben schmeckte, waren Phosphor und sein eigenes geröstetes Fleisch. Der Geruch von verkohltem menschlichem Gewebe füllte das Treppenhaus, während er mit geweiteten Augen, die selbst noch im Tod seinen Bruder hasserfüllt anzustarren schienen, an der Wand hinabrutschte.

Axel, dessen zerfetzter Hinterkopf keine andere Diagnose als den Tod zuließ, sackte erst auf die Knie, bevor er vornüber in den Schoß seines Bruders fiel.

In Laufe ihres Lebens waren die beiden Brüder nicht besonders gottesgläubig gewesen. Um ihr Karma hatten sie sich wenig Sorgen gemacht, und auch sonst waren sie keiner Religion gefolgt, nicht einmal der Satanismus hatte sie interessiert. Insofern war Jason mehr als verwirrt, als er sich in einer dunklen, diffus beleuchteten Welt wiederfand, die sich wie Unendlichkeit und gleichzeitig wie der engste Raum anfühlte, den er sich zu Lebzeiten hätte vorstellen können.

Und er war nicht allein. Sein Bruder – oder etwas, das Jason zweifelsfrei als seinen Bruder identifizierte – lag nur wenige Meter entfernt im farblosen Nichts.

Seine Gedanken verfinsterten sich.

Mochte ihr Leben auch beendet sein, ihren Hass hatten sie, wohin auch immer, mitgenommen. Ohne einen weiteren Gedanken an ihre neue Umgebung zu verschwenden, stürzten sie sich aufeinander und versuchten, jetzt ohne Waffen, einander die größtmöglichen Schmerzen zuzufügen.

34

Senger stand wie gelähmt da und starrte auf die grauenvoll zugerichteten Körper.

In seinen Ohren klirrte ein hoher Pfeifton, während alle anderen Geräusche dumpf, wie unter einer Bettdecke, zu ihm drangen. Vor seinen Augen tanzten schwarze Punkte. Sein Blickfeld war von einer Nebelwand umrahmt. Der Zahnstocher rutschte ihm aus dem offenstehenden Mund und fiel in Zeitlupe in eine Blutlache.

Mit einem Mal durchzuckte ihn ein stechender Schmerz. Etwas war ihm auf den Spann gefallen. Er hatte keinen Aufprall gehört.

»Verdammt, der scheiß Tinnitus geht nicht mehr weg!«, sagte er laut, doch er vernahm seine eigene Stimme wie durch eine Wand.

Er biss sich auf die Zähne und schaute hinunter. Neben seinem schmerzenden Fuß lag die klobige VHS-Videokamera, die samt Tripod umgefallen war. Einen halben Meter weiter lag Elsa Karpski mit geweiteten Augen. Der Schock hatte sie niedergestreckt. Er ging reflexartig in die Knie, um ihren Puls zu fühlen. Sie lebte. Senger musste einen Krankenwagen rufen. Senger musste vier Verbrecher verhaften. Senger musste dies, und

Senger musste das, dabei konnte er im Moment noch nicht einmal aufstehen. Plötzlich wurde das Pfeifen schwächer, Geräusche gewannen wieder an Höhen und Tiefen, und das Erste, was Polizeihauptmeister Dietmar Senger hörte, war eine Tür, die sich hinter ihm öffnete.

35

Auf der Fahrt sprachen die drei Männer kein einziges Wort. Ihr Schweigen hatte unterschiedliche Gründe.

Zarmo zum Beispiel genoss das Gefühl, ein echter Killer zu sein. Er war jetzt jemand! Einer, der etwas bewegen konnte. Der die Welt verändern würde. Zu ihrem Besseren!

Trönse konzentrierte sich auf den Verkehr und versuchte dabei bewusst, die Intervalle, in denen er den Rückspiegel nach der Polizei absuchte, stetig zu vergrößern; das tat er außerordentlich geschickt, denn am Steuer eines Fluchtfahrzeugs machte ihm keiner etwas vor.

Jan-Uwe wiederum kämpfte mit der Verzweiflung. Nie hätte er gedacht, dass der Mord an einem Tier ihm so zusetzen würde. Er bemühte sich nach Kräften, sein Unglück als das zu begreifen, was es ja vielleicht auch war: ein weiterer Trick der Weltenlenker. Immerhin waren sie in der Lage, Einfluss auf die Psyche der Menschen zu nehmen. Vielleicht sollte er seinen Kummer einfach als Wunde begreifen? Wunden konnten heilen. Man musste sie nur desinfizieren und verbinden. Diese Wendung in seinen Gedanken war tröstlich.

Wärme stieg in ihm auf, und er empfand zum ersten Mal an diesem Tag eine Verbundenheit mit seinen Mitverschwörern.

»Mach doch mal Musik an, Trönse!«

Zarmo sah Jan-Uwe verwundert an. Auch Jan-Uwe selbst wunderte sich. Soziale Aktivitäten wie gemeinsames Musikhören waren ihm immer suspekt gewesen.

Trönse schaltete das Radio ein und suchte einen Sender.

»Ich hab nur Radio im Auto, sorry. Irgendein bestimmter Sender?«

Jan-Uwe kam in dem Senderrauschen etwas bekannt vor.

»Das da! Mach mal lauter!«

Ein frenetisches »Hossa, Hossa« ertönte aus den billigen Lautsprechern.

»Das ist Rex Gildo, ihr Nachos, wie geil ist das bitte?!«

Zarmo stieß Jan-Uwe fröhlich den Ellbogen in die Rippen. Als die erste Strophe einsetzte, stimmten alle drei Männer lauthals mit ein.

»Fiesta, Fiesta Mexicana
Heut geb ich zum Abschied für alle ein Fest
Fiesta, Fiesta Mexicana
Es gibt viel Tequila, der glücklich sein lässt.«

Die Musik war so laut, dass die Karosserie von den Bässen vibrierte. Mit dem ausklingenden Lied lenkte Trönse den Wagen von der Straße in den industriellen Teil des Binnenhafens von Sahsenheim.

»Der Partyexpress verabschiedet sich von einem Passagier«, grölte er fröhlich, während Zarmo Jan-Uwe mit einem glucksenden »Hossa, Hossa, du Nacho« die Hand zum High Five hinhielt. Jan-Uwe nahm seine Tasche vom Rücksitz und klatschte die ihm angebotene Hand ab. Dann ließen ihn seine Kumpane in der Stille des Industriehafens zurück.

Zumindest hatte er Stille erwartet. Das Gegenteil war der Fall. Etwa dreihundert Meter über ihm kreiste ein Hubschrauber.

Hinter dem Wasserturm, in dessen nächtlichem Schatten Jan-Uwe abgesetzt worden war, flimmerten Lichter, und lautes Stimmengewirr schallte an sein Ohr. In ihrer Schlagerseligkeit hatten sie den Tumult, der hier herrschte, gar nicht bemerkt. Sein Wagen wartete ungefähr sechshundert Meter entfernt vor einem Lagerhaus, doch Jan-Uwe schaffte es gar nicht bis dorthin. Beim Wasserturm erhielt er die Erklärung für das Lichtgewitter, und der Anblick, der sich ihm bot, ließ sein Herz in die Hose rutschen.

Zwischen ihm und seinem Auto standen mehrere Streifenwagen mit Blaulicht und jeder Menge Polizisten drumherum. Die Beamten starrten in den Nachthimmel. Jan-Uwe sah ebenfalls hinauf, konnte aber nichts entdecken.

Und wo war überhaupt sein Wagen? Von seiner Position aus hätte Jan-Uwe ihn eigentlich sehen müssen. Es dauerte eine Weile, bis er den Passat in seinem neuen Zustand wiedererkannte. Das gepflegte Gefährt, Baujahr 1989, das er einst selbst in mühevoller Kleinstarbeit in einem Camouflage-Muster lackiert hatte, lag halb zertrümmert unter einem Haufen roten Mauerwerks begraben. Die Ziegel stammten offensichtlich von einem Fabrikschornstein, der in unmittelbarer Nähe in die Höhe ragte und einige sehr große Löcher aufwies.

»Was zum Teufel?«, entfuhr es Jan-Uwe.

Daraufhin entdeckten ihn zwei Polizisten und kamen auf ihn zu, Maschinenpistolen im Anschlag. Sie wirkten nervös. Als einer der beiden Jan-Uwes Gewehrtasche sah, machte er einen kleinen Satz rückwärts, umklammerte seine Maschinenpistole, eine MP5 SD von Heckler & Koch, noch fester und ließ den Zeigefinger, der zur Sicherheit seitlich über dem Abzug ruhte, minimal – gerade so, dass Jan-Uwe es sehen konnte – in Richtung Auslöser rutschen. Das Gewehr mit eingebautem Schalldämpfer war einige Klassen über dem normalen Polizeistandard. Der zweite Beamte blickte erstaunt auf seinen Kollegen, der mit dem Kinn auf die längliche Tasche deutete, die Jan-Uwe in der Hand hielt. Es war ziemlich offensichtlich, dass die Tasche eine Waffe enthielt oder zumindest enthalten könnte. Der zweite Beamte behielt die Ruhe. Sein Blick wanderte von der Gewehrtasche zu Jan-Uwes fast nackten Füßen, wo er einen Moment lang haften blieb. Dann lächelte er und machte seinen Kollegen auf Jan-Uwes Sandalen aufmerksam. Der lächelte nun ebenfalls. Ganz offensichtlich hatte er sich gerade von einer Bedrohung in einen harmlosen Hippie verwandelt. Der entspanntere der beiden Beamten sprach Jan-Uwe an.

»Entfernen Sie sich bitte umgehend und zu Ihrer eigenen Sicherheit!«

Er deutete zur Straße.

»Und was ist mit meinem Auto?«, erkundigte sich Jan-Uwe.

Der Polizist brauchte einen Moment, dann nickte er und wandte sich dem Wrack des Passat zu.

»Wir ... äh ... schreiben ein Protokoll! Melden Sie sich in ein paar Tagen bei uns, dann bekommen Sie die nötigen Papiere für Ihre Versicherung.«

Hinter den Beamten entstand plötzlich Unruhe. Anweisungen wurden gerufen, und die beiden marschierten zum Einsatzleiter. Der freundliche Polizist drehte sich ein letztes Mal um: »Gehen Sie! Und achten Sie auf herabfallende Steine!«

Was Jan-Uwe einigermaßen seltsam vorkam. Schließlich waren sie nicht im Gebirge, sondern im flachen Brandenburg.

Gehorsam bewegte er sich weg vom Industriegelände und in die Richtung, in der er die Innenstadt vermutete, als er hinter sich plötzlich ein Fahrzeug hörte. Kurz überlegte er, ob er es per Anhalter versuchen sollte, entschied sich aber dagegen, sprang beiseite und versteckte sich in dem Moment hinter einem Gebüsch, als ein Polizeiwagen mit Blaulicht und Sirene an ihm vorbeischoss. Ein Polizeihubschrauber folgte dem Wagen. Für

Jan-Uwes Geschmack war hier ein bisschen viel Polizei unterwegs, also beschloss er, seinen Weg abseits der Hauptstraßen fortzusetzen. Vorsichtig überquerte er ein im Dunkeln liegendes Feld. Am Rand der Grünfläche übersah er eine Kante, die zu einem Abgrund führte, und fiel zehn Meter in die Tiefe.

Die Zeit verlangsamte sich, blieb ganz stehen. Unter sich sah Jan-Uwe den asphaltierten Parkplatz einer stillgelegten Zaunfabrik. Mit erschütternder Klarheit erkannte er die Ironie seiner Situation. Eben noch hatte er auf einer Wiese hinter einem Parkplatz einem Tier das Leben genommen. Und nun sollte er sich also auf einem Parkplatz hinter einer anderen Wiese das Genick brechen?

Mit einem Mal wurde ihm bewusst, dass etwas nicht stimmte.

Er fiel, schlug aber nicht auf dem Boden auf. Und dann war es auch gar nicht mehr so, als würde er fallen. Im Gegenteil. Jemand – oder etwas – hatte ihn gepackt und trug ihn durch die Lüfte hoch über der Stadt, über Sahsenheim, bis zu einer weiteren Wiese, die neben einer ehemaligen, nur noch als Ruine vorhandenen mittelalterlichen Burg lag.

Der Ausblick war spektakulär. Jan-Uwe war sich nicht sicher, ob er nicht vielleicht ganz einfach tot war. Engel hatten ihn aufgefangen und zu dieser Wiese gebracht. Allerdings war es hier kalt. Und zunehmend nass im Gras. So hatte er sich das Paradies eher nicht vorgestellt.

36

Kalle, Sieben und Pit starrten in den Flur und versuchten die Situation zu erfassen. Ihre von Schnaps, Bier, Gore und den Erlebnissen des heutigen Tages angefüllten Gehirne hatten nur noch ein geringes Auffassungsvermögen. Mit dem Szenario vor ihrer Wohnungstür standen sie kurz vor der Überforderung.

Sie waren wieder halbwegs bekleidet – bis auf Sieben, der aber zumindest Unterwäsche und Socken trug.

Dietmar Senger, der neben der bewusstlosen Elsa hockte, fuhr mit einiger Mühe hoch und brachte seine Waffe in Anschlag.

»Keiner rührt sich! Waffen fallen lassen und alle an die Wand. Hände über den Kopf, auf die Knie und ...«

Er musste verschnaufen. Schwarze Punkte tanzten durch sein Sichtfeld. Er zielte auf die drei verschwommenen Gestalten in der Tür und rieb sich die tränenden Augen.

Einen Moment lang sagte niemand ein Wort. Dann brach Kalle das Schweigen.

»Was is 'n hier los? Sind Sie wegen uns hier oder wegen der Schießerei?«

Dass Letzteres eigentlich nicht möglich war – schließlich war der Schusswechsel gerade mal zwei Minuten her –, entging ihm in seinem alkoholisierten Zustand.

Senger schwankte. Dann ließ er den Arm mit der Waffe sinken. Es war alles zu viel. Erst der Tote im Silo, dann die beiden Brüder und jetzt noch die Rentnerin. Er spürte, wie sich in seinem Hals ein Kloß formte. Wellen schwappten von seinem Magen hoch. Als sie sein Herz passierten, liefen ihm die ersten Tränen die Wangen hinunter. Sekunden später weinte er hemmungslos. Wenn Kalle ihn nicht aufgefangen hätte, wäre er einfach im dunklen Flur neben den anderen Körpern zusammengebrochen.

Kalle nickte Pit zu, dann nahmen die beiden den Polizeihauptmeister in ihre Mitte und schleppten ihn in die Wohnung. Im Wohnzimmer wuchteten sie ihn aufs Sofa, direkt neben den komatösen Niels, der selig schnarchend den Lärm aus dem Hausflur verschlafen hatte. Sanft löste Pit die Waffe aus Sengers Händen, legte sie aber direkt vor ihm auf den Glastisch.

Kalle sprach ihn mit ruhiger Stimme an.

»Komm erst mal runter, Kollege Schnürschuh! Ich bin Kalle, das sind Pit und Sieben, und der Penner neben dir ist Niels.«

Sieben reichte ihm ein Glas mit Mische, das Senger in einem Zug leerte. Nach einem zweiten Glas konnte er wieder einigermaßen klar denken. Er sah seine Waffe vor sich auf dem Tisch liegen und verstand das als Zeichen dafür, dass diese Männer bereit waren zu verhandeln. Verbrecher, die sich nicht wie solche verhielten. Hoffte er zumindest. Er atmete tief durch. In seinem Magen fuhren gleich mehrere Teufel Karussell.

»Kann ich mal eure Toilette benutzen?«

Sieben schaute Kalle an. Kalle nickte, woraufhin Sieben Anstalten machte, dem Polizisten aufzuhelfen. Der winkte ab.

»Schaff ich schon.«

»Da, im Flur. Die Tür gleich beim Eingang.«

Senger wankte in die ihm gewiesene Richtung, vorbei an Patrick Swayze und Jennifer Grey. Er betrat das Bad, schloss ab, öffnete seine Hose, ließ sich auf den Toilettensitz sinken und begann umgehend sich zu erleichtern. Mit dem Inhalt seines Darmes fiel wieder etwas Stress von ihm ab. Es würde ihm nichts anderes übrig bleiben, als mit diesen seltsamen Vögeln ein Agreement auszuhandeln. Wie das aussehen könnte, würde sich zeigen. Der Große schien ihr Anführer zu sein und machte einen ganz vernünftigen Eindruck. An den würde er sich halten.

Nach ein paar Minuten war er fertig. Auf einem kleinen überquellenden Mülleimer lag eine Rolle billiges Kreppklopapier. Die Seife auf dem Waschbeckenrand sah aus wie ein Überbleibsel aus dem Zweiten Weltkrieg, aber Senger war zufrieden, dass es überhaupt welche gab. Er blickte sich nach einem Handtuch um, als ihm eine zerknüllte Verpackung auffiel, die aus dem Mülleimer lugte. Er nahm sie heraus. Sie gehörte zu einer Damenstrumpfhose in XXL. Es gab also mindestens eine Frau in diesem Haushalt. Das erhöhte seine Chancen, hier heil wieder herauszukommen. Er stopfte die Verpackung wieder in den Müll und ging immer noch zittrig ins Wohnzimmer zurück.

Die Männer starrten ihn an. Seine Pistole lag weiter an der Stelle, wo sie einer von ihnen hingelegt hatte. Er ließ sich wieder auf seinen Platz fallen.

»Also …«, begann er, doch mehr wollte ihm nicht einfallen. Er hatte den beschissensten Tag seines Lebens hinter sich, und der war noch nicht vorbei. Die Erkenntnis ließ wieder Panikwellen in ihm hochsteigen. Er griff nach dem frisch gefüllten Glas Mische, das vor ihm stand, nahm einen großen Schluck und sah sich hilfesuchend in dem Raum um. Da fiel sein Blick auf die drei Stapel mit Videokassetten. Zuoberst lag ein Film mit einem Cover, das ihm bekannt vorkam. Das war ja *Man-Eater*! Und auf VHS!

»Das gibt's doch nicht!«, entfuhr es ihm. »Kann ich mal sehen?«

Kalle beugte sich vor und reichte ihm die Hülle. Sie war leer.

»Die Kassette habt ihr aber noch, oder?«

Was war in ihn gefahren? Er hatte zwei Menschen sterben sehen. Eine alte Frau lag besinnungslos im Treppenhaus. Und er erkundigte sich nach einem Gore-Film?

Einem Gore-Film der Extraklasse allerdings.

»Ja, sicher. Steckt im Gerät! Wir wollten den Film gerade schauen. Magst du D'Amato?«

»Ob ich D'Amato mag?« Senger holte tief Luft. »Ein Meister! Der Letzte seiner Art! Auf VHS ein Meilenstein!«

Mehr musste Kalle nicht hören. Er drückte die Play-Taste auf der Fernbedienung, und die ersten Szenen des Films erschienen auf dem großen Screen. Senger seufzte zufrieden, spähte dann aber doch beunruhigt Richtung Flur. Pit fing den Blick auf und bedeutete ihm per Handzeichen, dass er sich um die indisponierte Nachbarin kümmern werde. Leise verließ er die Wohnung. Ihm war gerade eingefallen, dass er eigentlich noch verabredet war. Daraus würde erst einmal nichts werden.

Auf dem Bildschirm starben die ersten Menschen. Dass er mit seinem Kannibalenklassiker ganz nebenbei eine Therapie für Panikattacken geschaffen hatte, war Joe D'Amato beim Dreh sicher nicht bewusst gewesen. Die heilende Kraft des Gore. Sengers Miene hellte sich auf, seine Lebensgeister kehrten zurück. Kalle und Sieben führten dies aber nicht nur auf die kinematografische Urgewalt des Films zurück, sondern auch auf den gestohlenen Alkohol, den sie ihm verabreicht hatten.

Kalle verband damit durchaus einen Plan. Wenn der Polizeihauptmeister von ihrer Beute trank – wie könnte er sie dann noch festnehmen?

37

»Da hast du noch mal Glück gehabt, dass ich an einem Scheißtag wie diesem meine Manieren nicht vergessen habe.«

Der Mann stand vor ihm auf der Wiese, hinter ihm die Lichter von Sahsenheim. Jan-Uwe konnte gerade so viel von seiner Person ausmachen, um zu wissen, dass es sich nicht um einen Engel handelte.

»Du brauchst dich nicht zu bedanken. Das machen die wenigsten. Aber tu mir einen Gefallen, ja?«

Der Mann hockte sich hin, sah ihm in die Augen.

»Kein Wort zu niemandem!«

Pause.

»Sonst muss ich deine Rettung rückgängig machen.«

»Sie sind der Mann, den die suchen, ja?«, fragte Jan-Uwe.

Der Mann nickte.

»Keine Sorge, ich werde Sie nicht verpfeifen. Ich selbst habe auch kein Interesse, mit der Polizei zu sprechen.«

»Aha«, machte der Mann. »Und was hast du angestellt?«

Jan-Uwe stutzte und beschloss, mit einer Gegenfrage zu antworten.

»Haben Sie die Löcher in den Schornstein geschlagen?«

Der Mann schnaufte, und es klang irgendwie amüsiert.

»Nun ja. War ein Scheißtag, aber das sagte ich ja schon, oder? Manchmal muss man eben Dampf ablassen. Pffff …«

»Aber in zwanzig Metern Höhe?«, sagte Jan-Uwe. »Das ist schon ungewöhnlich.«

Mit einem Mal war ihm alles klar. Die Gestalt, die er von der Wiese aus durch die Luft hatte fliegen sehen. Die sich die Haare gerauft hatte. Die Polizei, die im Industriehafen stand und in den Himmel starrte. Die Tatsache, dass er eindeutig gefallen, aber nicht auf dem Boden aufgeprallt war. Der Mann vor ihm konnte fliegen, Menschen retten und Schornsteine zerschlagen. Und trotzdem hatte Jan-Uwe noch nie von ihm gehört. Wenn da nicht die Weltenlenker dahintersteckten, dann wusste er auch nicht. Er musste die Sache gleich hier und jetzt klären.

»Haben Sie absichtlich meinen Wagen zerstört?«, fragte er nun forscher, als ihm zumute war. »Haben Sie mich hierher gebracht, um mich einem Verhör zu unterziehen? Haben Sie den Auftrag, mich zu beseitigen?«

Der Mann vor ihm seufzte.

»Ganz ruhig, ja? Warum sollte ich dir das Leben retten, um dich dann zu beseitigen? Warum sollte überhaupt irgendjemand den Auftrag haben, dich zu beseitigen?«

Er hörte sich aufrichtig erstaunt an. Und seine Argumentation klang logisch, logisch genug jedenfalls für Jan-Uwe.

»Das weiß ich nicht. Ich weiß nicht, ob ich überhaupt etwas weiß. Eigentlich mag ich Hunde. Ich mag Hunde sogar sehr. Ich hatte doch selbst mal einen, bis zur Scheidung …«

Jan-Uwe merkte, dass er dabei war, unkontrolliert herumzufaseln, und verstummte abrupt.

Der Fremde betrachtete ihn nachdenklich und musterte die Gewehrtasche, die Jan-Uwe fest an sich gedrückt hielt. Mit einem Mal schien ihm ein Licht aufzugehen.

»Du hast vorhin in Scharnow einen Hund erschossen, nicht wahr?«

Jan-Uwe zuckte zusammen. »Woher wissen Sie das?«

»Ich kann fliegen. Ich weiß es eben. Du bist beim BsB und kämpfst gegen die Weltenlenker, richtig?«

Jan-Uwes Mund stand offen. Er war außerstande, auch nur einen Ton von sich zu geben.

Der Mann sah ihn an, schüttelte den Kopf.

»Was wisst ihr überhaupt über diese ominösen Weltenlenker?«

Jan-Uwe schluckte. »Wir wissen genug. Wir wissen, dass sie die Regierungen dieser Welt manipulieren.«

Der Mann nickte ihm aufmunternd zu.

»Sie kommunizieren über Tiere mit telepathischen Fähigkeiten«, fuhr Jan-Uwe fort. »Die Haustiere von Politikern zum Beispiel. Über sie manipulieren die Weltenlenker etliche Regierungen und wer weiß was sonst noch alles. Aber man kann sie treffen. Die Hündin heute war die Schwester von Barack Obamas Hund. Ihr Tod hallt durch ihren Bruder über Tausende Meilen mitten hinein in die Zentrale der Weltenlenker.«

»Von wem habt ihr denn diese Informationen?«, fragte der Mann, der seltsam befriedigt wirkte.

»Ich kenne ihn nicht«, sagte Jan-Uwe. »Ein Insider. Alles, was er uns bisher gesagt hat, haben wir bestätigt gefunden.«

»Im Internet, vermutlich ... Jede hirnrissige Theorie lässt sich dort bestätigen. Tiere mit telepathischen Fähigkeiten? So, so. Und was genau machen diese Weltenlenker? Was haben sie vor? Sind die Tiere selbst die Weltenlenker? Führen sie Kriege? Lassen sie Leute umbringen? Sind es Außerirdische?«

Der Fremde sprach nun in einem ironisch-herablassenden Ton, als wäre Jan-Uwe sein Sohn, dem er die Flausen austreiben wollte. Das provozierte Jan-Uwe und machte ihn rasend.

»Alles wissen wir noch nicht, okay? Keiner kennt die Weltenlenker, aber die Auswirkungen dessen, was sie anrichten, sind offensichtlich. Da muss man sich nur umschauen.«

Der Mann schaute sich um. Nichts als Dunkelheit. Dann lächelte er Jan-Uwe aufmunternd zu.

Jan-Uwe suchte nach Beispielen, und als Erstes fiel ihm wieder das Punkermädchen auf der Wiese beim Supermarkt ein.

»Nehmen Sie die vielen Obdachlosen«, rief er. »Es gibt immer mehr davon, und sie werden immer jünger! Aber keiner kennt die genauen Zahlen. Und warum? Weil sie verschwinden, darum. In diesem Land, auf dieser Welt musst du nur auf der Straße leben, um zu verschwinden. Puff, bist du einfach nicht mehr da. Erfasst werden allenfalls die, die straffällig werden oder sich um einen Platz in einer Notunterkunft bemühen. Aber dort ist ja eh kein Platz. Also verschwinden sie. Wer zu anständig zum Klauen ist oder zu schwach für den Kampf um einen Platz im Warmen, den gibt es nicht mehr, oder nur als unsichtbares Opfer der unmenschlichen Selektion unseres Sklavensystems. Und das, mein Freund, das machen die Weltenlenker!«

Jan-Uwe atmete schwer. Gleichzeitig fragte er sich, ob er gerade einen Riesenfehler begangen hatte. Falls ja, dann würde er umgehend die Quittung dafür bekommen. Doch der Fremde schaute ihn lediglich mit seinem seltsamen Lächeln an, bevor er wieder ins Dunkel blickte.

»Na. Ich weiß nicht. Vielleicht hat euch jemand ja einfach einen Floh ins Ohr gesetzt? Darf ich dich um einen Gefallen bitten?«

»Was für einen Gefallen kann ich jemandem wie dir tun?«, sagte Jan-Uwe zurückhaltend.

»Deine Jacke. Könntest du sie mir überlassen? Ich habe blöderweise einen Großteil meiner Sachen verloren und werde heute Nacht wohl im Freien übernachten. Ich habe kein Geld dabei, aber vielleicht gibst du sie mir trotzdem?«

Jan-Uwe überlegte, dass er die Jacke sowieso entsorgen wollte, also konnte er sie genauso gut weggeben. Er zog sie aus und reichte sie seinem Retter.

»Na klar, kein Problem. Ich schulde dir was.«

»Danke, das ist nett. Das mit dem Auto tut mir leid, aber wenn du hier runtergehst, dann kommst du an eine Haltestelle, wo in exakt dreizehn Minuten ein Bus Richtung Innenstadt abfährt.«

Er deutete auf die Straße hinter Jan-Uwe.

»Ich werd mich dann mal wieder ans Werk machen. Ans Unwerk, sozusagen.« Der Mann lachte über seine eigene Bemerkung. Dann seufzte er. »Wir sehen uns nicht mehr, fürchte ich.« Er zog die Jacke an, griff in die Tasche. »Oh, was ist das denn? Eine Lederkappe. Die kann ich gut gebrauchen.«

Jan-Uwe, der versucht hatte, den Weg zum Bus auszumachen, drehte sich um. »Was für eine Lederkappe?«

Doch der Fremde war schon weg.

In der Ferne, über den Dächern von Sahsenheim, konnte Jan-Uwe die Polizeihelikopter ausmachen. Plötzlich kam Bewegung in ihre Schar – beinahe, als würden Mücken mit einer Fliegenklatsche aufgescheucht, oder Bienen von der Pfote eines hungrigen Bären. Kurz darauf folgte das weit entfernte Geräusch einstürzenden Mauerwerks.

»Noch acht Minuten«, hörte er mit einem Mal eine Stimme. »Und der nächste Bus kommt erst in einer Stunde!«

Es war die zweite Stimme, die sich an diesem Tag ungebeten in seinem Kopf meldete. Anders als jene, die ihn auf der Wiese vor dem Attentat bedrängt hatte, war diese hier freundlich und warm.

Wer weiß, dachte Jan-Uwe. Vielleicht wird doch noch alles gut?

38

Achtlos neben der nach Erbrochenem stinkenden Kiste aus dem Billkauf lag das Buch und studierte abwechselnd die Abscheulichkeiten auf dem Bildschirm und die Männer, die sie sich zu Gemüte führten.

Sie wirkten glücklich. Mit dem Universum im Reinen. Also beschloss das Buch, sich ebenfalls zu entspannen. Wohlig und träge lag es da, wie eine Großkatze in der afrikanischen Savanne, die neben einer Herde Gnus döst.

Sieben war auf den Balkon gegangen und hatte in einem Eimer ein kleines Feuer gemacht, um darauf Marshmallows zu rösten. Neben seinem Talent zur Gewalt hatte er bisweilen durchaus brauchbare Ideen. Das Feuer flackerte wie ein einsames Fanal im Dunkel der Scharnower Nacht. Niels schnarchte auf dem Sofa weiter leise vor sich hin. Senger genoss den wärmenden Alkohol im Bauch und knabberte Paprikachips, während er George Eastman dabei zusah, wie dieser an seinen eigenen Eingeweiden herumknabberte. Er fühlte sich so glücklich wie lange nicht mehr.

Sieben kam zurück ins Zimmer, sah sich suchend um, entdeckte die Tüte Marshmallows, die er im Supermarkt zusammen mit anderem Süßkram eingesteckt hatte, und ging wieder auf den Balkon. Das Buch nahm er ebenfalls mit. Ohne darüber nachzudenken, warf er es als zusätzlichen Brennstoff in den Eimer.

»FEUER«, schoss es ihm durch den Kopf. Und während die roten Flammenzungen sein Antlitz erhellten, hallte in ihm ein verzweifelter, stimmloser Schrei.

»AAAAAAHH!«

Die weiteren Todesschreie des Buches vernahm er nicht.

Wie auch?

Sie waren nur noch geschrieben.

Zwischenspiel
Der Junge

»Ein entlaufener Mörder? Ernsthaft?«
»Hier im Wald?«

»Und die Polizei sucht ihn überall?«

Die Schüler trauen ihren Ohren nicht. Der Rektor lächelt vielsagend.

»So sind meine Informationen. Aber keine Sorge, die Nachtwanderung wird morgen wie geplant stattfinden. Wenn wir aufpassen und zusammenbleiben, wird uns nichts passieren. Und nun erst mal guten Appetit.«

Essen ist das Letzte, woran die Klasse 6c jetzt denken kann. Ein entlaufener Mörder, hier im Wald beim Schullandheim? Die Geschichte, die der Schulleiter vor dem Abendessen im Gemeinschaftsaal erzählt hat, ist nicht nur aufregend, sondern überhaupt das erste Aufregende, was auf dieser langweiligen Klassenfahrt passiert.

»Entschuldigung, Direx, gibt es auch eine Belohnung, wenn jemand den Mörder fängt und an die Bullen ausliefert?«

Der Rektor pflegt einen lockeren Umgang mit den Schülern, weshalb er sich auch nicht weiter an seinem Spitznamen stört.

»Wer weiß, Jörg. Esst jetzt erst mal! Bis morgen ist ja noch ein bisschen Zeit.«

Die Schüler der 6c reagieren unterschiedlich auf die Geschichte. Einige ängstigen sich, andere malen sich aus, wie der entlaufene Killer wohl aussieht und wie sie ihn gegebenenfalls überwältigen könnten. Wieder andere unterhalten sich lebhaft darüber, was sie mit einer Belohnung anstellen würden. Der Rektor selbst setzt sich lächelnd an den für die Lehrer bestimmten Tisch und zwinkert seinen Kollegen, Klassenlehrerin Roswitha Zuchonns und Sportlehrer Georg Wenker, vielsagend zu. Zuchonns ist eine junge engagierte Lehrerin, die ihren Schülern auf Augenhöhe zu begegnen versucht und sich im Übrigen der Wirkung ihrer sich deutlich unter dem Pullover abzeichnenden Brüste auf die männliche Schülerschaft nicht bewusst zu sein scheint. Wenker wiederum ist ein stets positiv gestimmter Zeitgenosse, der aber sein zur Schau getragenes Kumpeltum als pädagogisches Allheilmittel deutlich überschätzt. Außerdem unterschätzt Wenker fatalerweise die Englischkenntnisse seiner Schützlinge, besonders im Hinblick auf seinen Nachnamen.

Der Junge beobachtet den Schulleiter. Ihm ist klar, dass die Geschichte nur eine Finte ist, um die geplante Nachtwanderung attraktiver zu machen. Eine nachvollziehbare Mogelei des Pädagogen gegenüber seinen Schülern, aber eben auch eine Lüge, findet der Junge. Vor dem Sprechen wischt sich der Rektor jedes Mal umständlich mit der Serviette die Lippen ab. Er spricht viel. Seine Serviette ist in ständiger Aktion. Tanzt eine ganz eigene Choreografie. Plötzlich hält sie inne.

Der Schulleiter wirkt irritiert, als hätte er den Blick des Jungen gespürt. Er sieht sich nach dem Tisch um, an dem der Schüler normalerweise sitzt, doch der hat sich heute einen freien Platz dicht bei der Eingangstür gesichert, weil er nach dem Essen schnell in sein Zimmer zurückwill. Stirnrunzelnd sucht der Rektor den Speisesaal ab, bis er den Jungen entdeckt, der ihn gedankenverloren anstarrt. Er fixiert ihn, und der Junge schlägt erschrocken die Augen nieder.

Als er einige Sekunden später wieder aufschaut, ruht der Blick des Schulleiters noch immer auf ihm. Ein eigenartiges Lächeln umspielt dessen Mundpartie.

Der Junge senkt den Kopf und fängt hastig und unkonzentriert an zu essen. Plötzlich bekommt er einen Schlag auf den Hinterkopf. Er spuckt den Bissen, den er gerade in den Mund geschoben hat, wieder aus.

»Na, du Loser! Du würdest einen prima Köder für den Killer abgeben! Ey, das ist *die* Idee, wir binden den Spinner an einen Baum und brauchen bloß noch auf Norman Bates zu warten. Wenn er dich dann zufällig umbringen sollte, bezahlen wir dir von der Belohnung eine richtig schöne Beerdigung. Was sagst du dazu?«

Hinter dem Jungen hat sich Jörg Zankwart mit seiner Bande aufgebaut, die den Witz mit lautem Gejohle quittiert.

»Iiih, wie eklig, hat der eben wirklich auf seinen Teller gekotzt?«

Auch Tanja und Svane sind dabei. Warum, fragt sich der Junge, hängen Mädchen bloß mit Typen ab, die Dinge sagen wie: »Vielleicht erlöst uns der Mörder ja von dir, Arschloch!?«

Ein lautes Räuspern lässt die Runde aufschauen. Der Schuldirektor ist aufgestanden und sieht mit hochgezogenen Augenbrauen zu der Gruppe herüber.

Zankwart beugt sich zu dem Jungen.

»Also, schreib schon mal einen Abschiedsbrief an deine Mutter, Loser.«

Sein Flüstern klingt bedrohlich. Vermutlich imitiert er gerade einen Mafiaboss, den er in irgendeinem Film gesehen hat. Er nimmt sich die Apfelsine vom Essenstablett des Jungen und zerquetscht sie in seiner Hand. Dann richtet er sich auf, lässt sie auf den Teller des Jungen fallen, hebt seine Hände als Zeichen des

Friedens in Richtung Schulleiter und gibt seiner Entourage mit einem Nicken die Anweisung weiterzugehen.

Die Choreografie eines Geldeintreibers.

Bevor Zankwart sich endgültig abwendet, wischt er noch seine Hand an der Schulter des Jungen ab. Als Letzter der Gruppe verlässt der pummelige Ralf den Schauplatz. Er ist froh, nicht selbst Ziel des Klassenspottes zu sein. Der Junge und er teilen sich ein Zimmer, was Ralf aber nicht vom Versuch abhält, ihm ebenfalls einen Klaps auf den Hinterkopf zu geben. Mit einer schnellen Bewegung weicht der Junge dem Schlag aus und sieht Ralf drohend an. Der schaut verunsichert zu seiner Gang und ruft: »Hey, seht mal ... der guckt wieder so scheiße. Sollen wir uns den nicht doch noch vornehmen?«

Aber Zankwart und seine Clique sind schon mit dem nächsten Opfer zugange: einem stotternden Mädchen.

»Glück gehabt, Loser!«, zischt Ralf dem Jungen zu, bleibt dabei aber auf Sicherheitsabstand und beeilt sich dann, in den Schutz der Gruppe zurückzukehren. Der Junge nimmt sein Tablett, steht auf und trägt es, ohne den Rektor noch einmal anzuschauen, zur Geschirrabgabe.

Eine Klassenfahrt in die DDR hält der Junge von Anfang an für eine ausgemachte Schnapsidee. Der Arbeiter-und-Bauern-Staat hat vor ein paar Monaten überraschend die Grenzen geöffnet und eine Übergangsregierung gebildet. Seither zeigen sich allerorts graue oder pastellfarbene Trabis. Vor den Banken, in denen es einhundert Westmark als Begrüßungsgeld gibt, bilden sich lange Schlangen. Den Lehrern der 6c aus der JFK-Realschule Braunschweig/Nordstadt kommt der Einfall, die neue Reisefreiheit andersherum zu nutzen. Ein Vater ist dagegen, alle anderen Eltern sind einverstanden. Aktuelle Geschichte hautnah miterleben. Warum nicht?

Eine alleinerziehende Mutter kann das Geld für die Klassenfahrt nicht aufbringen. Der Vorschlag der Elternsprecher, für diese Mutter zusammenzulegen, findet keinen großen Anklang. Ihr Sohn verbringt deshalb die Zeit in einer Parallelklasse. Überraschenderweise hat der Schulleiter beschlossen, die Gruppe zu begleiten. Für den Jungen, der zu gerne auf die Fahrt verzichtet hätte, ist das anfangs ein kleiner Trost. Er hofft darauf, dass die Anwesenheit des Rektors den Sadismus der Bande um Jörg Zankwart, deren favorisiertes Opfer er seit einer Weile ist, in die Schranken weisen wird.

Scharnow heißt der Ort, an dessen Rand das Schullandheim liegt. Scharnow in Brandenburg, nahe Berlin. Seit sie dort angekommen sind, haben sich sämtliche Vorurteile des Jungen gegenüber der DDR bestätigt. Sie sind seit fünf Tagen hier, und er kann es kaum erwarten, wieder nach Hause zu kommen.

Nach dem Abendbrot.

Der Junge hat es sich in seinem Bett bequem gemacht und liest in einem Comicheft. Die Schüler sind in Zweibettzimmern untergebracht, die Zuteilung wurde schon in Braunschweig ausgemacht. Der Junge hat sofort und ohne Diskussion das untere Bett genommen, weil ihm die Sache eine Auseinandersetzung mit dem dicken Ralf nicht wert ist. Es ist halb zehn. Die Regeln besagen, dass um 22 Uhr das Licht gelöscht wird. Ralf befindet sich wahrscheinlich noch im Gemeinschaftsbad, um mittels Zigaretten einen höheren Platz in der Klassenhierarchie zu erkaufen. Sein Vater führt einen Tabakladen, Ralf sitzt also an der Quelle. Heimlich hat er ein paar Schachteln auf die Klassenfahrt mitgenommen und verschenkt sie jeden Abend einzeln in der hintersten Toilettenkabine, weil die als einzige über ein Fenster verfügt.

Dem Jungen ist das nur recht. Er ist gern allein.

Als sich die Zimmertür öffnet, kehrt der Junge ihr den Rücken zu und rührt sich nicht. Er hat nicht vor, Ralf irgendeine Aufmerksamkeit zuteilwerden zu lassen. Der Zimmergenosse stellt keine Gefahr dar. Im Grunde genommen ist er feige, deshalb erwartet der Junge von ihm auch keinen Angriff.

Und er hat ja zur Not auch noch sein Messer.

So ignoriert der Junge den Mitschüler, der mit schweren Schritten auf ihn zukommt. Die Schritte stoppen direkt vor dem Bett. Stille. Wahrscheinlich sieht Ralf gerade auf den Jungen hinunter und rechnet sich seine Chancen in einem Zweikampf aus. Oder er denkt über einen coolen Spruch nach. Aber cool, das weiß der Junge, ist ein Attribut, das nicht mal zu zehn Prozent auf Ralf zutrifft. Außerdem machen Schläge oder Sprüche ohne Zuschauer nicht wirklich Sinn. Und ohne den Beistand seiner Freunde ist es Ralf sicher zu riskant, den durchgeknallten Freak, für den die meisten Schüler den Jungen halten, anzugreifen.

»Leg dich hin! Das ist besser für uns beide«, sagt der Junge, ohne den anderen anzuschauen. Seine Stimme ist sehr ruhig. Eiskalt. Cool.

Mit drei schweren Tritten klettert Ralf die Etagenleiter hoch und rollt sich auf seine Matratze. Das gesamte Bett ächzt und wackelt unter dem Gewicht. Er atmet geräuschvoll aus und beginnt dann mit den Fingern einen Rhythmus auf das Bettgestell zu klopfen.

Tack-tacktack-tacktacktack-tack-ta-tack-ta-tack …

Der Junge sieht genervt zur durchhängenden Matratze über ihm.

»Hey, würdest du bitte aufhören damit?«

Das Klopfen stoppt. Dann fängt es wieder an.

Tack-tacktack-tacktacktack-tack-ta-tack-ta-tack …

Der Junge tritt nach oben gegen die Beule in der Matratze. Nicht zu fest. An einer Schlägerei ist ihm nicht gelegen.

Es fühlt sich an, als würde er gegen einen Stein treten.

Er hört einen tiefen Seufzer über sich. Plötzlich öffnet sich die Tür. Der Junge dreht sich verwundert um und sieht Ralf ins Zimmer treten, der wie angewurzelt stehen bleibt und entsetzt auf das Bett über dem Jungen starrt. Sein Bett. Dem Jungen stockt der Atem. Wer, verdammt nochmal, liegt da oben? Zu wem hat er gesprochen?

Zwei Männerbeine in orientalischen Hausschuhen schwingen sich über die Bettkante. Mit einem behänden Sprung landet der Rektor direkt vor Ralf.

»Hallo, Ralf ... du bist spät dran. Ich dachte, vielleicht stört dich etwas an deinem Bett. Aber es scheint alles in Ordnung zu sein. Oder doch nicht? Stört dich etwas? Zum Beispiel die Matratze? Hängt ein bisschen durch, findest du nicht?«

Ralf sieht den Schulleiter an und schüttelt stumm den Kopf. Er hält die Luft an, was natürlich völlig überflüssig ist, weil seine Sachen zehn Meilen gegen den Wind nach Zigarettenqualm stinken. Unten kleben die Blicke des Jungen am Rücken des Rektors. Er ist vor Schreck wie gelähmt.

»Nein? Na dann ab ins Bett. Und du ...«

Der Schulleiter wendet sich dem Jungen zu.

»Wie geht es dir? Du siehst etwas blass aus.«

Mit einer weiteren schwungvollen Bewegung setzt er sich auf die untere Bettkante und legt seine Hand auf die Stirn des Jungen, bevor dieser vor ihr zurückweichen kann. Die Hand ist weich, aber kalt.

»Was liest du da? Zeig mal her!«

Der Rektor pflückt geschickt den Comic aus den Händen des Jungen.

»Superhelden, was? Muskelmänner in hautengen Anzügen. Ich wusste nicht, dass du das magst. Mögt ihr so was heutzutage?«

Den letzten Satz spricht er etwas lauter aus. Er ist offensichtlich für beide Jungen bestimmt. Ralf, der inzwischen in sein Bett geklettert und vom Luftanhalten garantiert schon lila angelaufen ist, kann ein Japsen nicht unterdrücken. Das scheint den Schulleiter aus dem Konzept zu bringen. Seine Gesichtszüge sind für den Jungen kaum zu erkennen, weil er die Deckenlampe im Rücken hat. Doch der fiebrige Glanz in seinen Augen lässt sich gut ausmachen.

»Deck dich gut zu. Nicht, dass du dir eine Erkältung einfängst, hörst du!«

Bevor der Junge antworten kann, steht der Rektor auf und geht zur Tür.

»Okidoki! Gute Nacht. In zwanzig Minuten macht ihr das Licht aus! Bitte!«

Beim Schließen der Tür wirft der Schulleiter einen letzten, seltsamen Blick auf den Jungen. Dieser Blick, sehnsuchtsvoll und mit einer Ahnung von Dingen, die der Junge nicht entschlüsseln kann, brennt sich in seinem Gehirn fest und macht ihm furchtbare Angst. Lange kann er nicht einschlafen. Er tastet nach dem Messer, das er im Kissenbezug versteckt hält. Es beruhigt ihn, dass es da ist. Dass es ihm helfen wird, falls er sich wehren muss. Schließlich überwältigt ihn die Müdigkeit, und er fällt in einen unruhigen Schlaf.

Mitten in der Nacht wird der Junge aus dem Schlaf gerissen. Er hat Wadenkrämpfe. Seine Beine zucken unkontrolliert. Er kann nicht anders, als vor Schmerz und Hilflosigkeit zu schreien. Über ihm erwacht Ralf, stöhnt schlaftrunken und herrscht ihn an, er solle endlich Ruhe geben.

»Sonst setzt es was!«

Unvermittelt wird die Tür aufgestoßen, und der Rektor stürzt herein. Er trägt einen Bademantel über dem Schlafanzug. Ohne zu fragen, was los ist, setzt er sich auf das Bett des Jungen, schlägt die Decke beiseite, nimmt das zuckende Bein und streckt es, bis die Krämpfe abebben und der Schmerz nachlässt. Dabei drückt er mit einer Hand am Fuß und mit der anderen am Oberschenkel. Mit dem kleinen Finger berührt er wie zufällig das Geschlecht des Jungen, was dieser in seiner Panik zunächst kaum wahrnimmt. Doch als die Schmerzen abebben, der Wadenmuskel weniger pocht, die Hand des Erwachsenen dennoch an der intimen Stelle liegen bleibt, steigt eine unerträgliche Scham in ihm auf. Die Finger des Rektors bewegen sich jetzt in kleinen Kreisen. Sie scheinen ihn zu streicheln.

Der Junge sieht sich hilfesuchend im Zimmer um. Ihm ist klar, dass er den Augen des Schulleiters, der beruhigend auf ihn einredet, nicht ewig wird ausweichen können. Er wagt einen Blick, schaut aber sofort wieder weg. Er kann ihn nicht ansprechen, kann ihn nicht bitten, mit den Berührungen aufzuhören. Er will sich diesem Mann einfach nur entziehen, seinen Körper verlassen. Doch der zuckende Wadenmuskel lässt das nicht zu.

Der Junge denkt wieder an das Messer, das endlos weit weg scheint.

Und dann ist es vorbei. Sein Bein krampft nicht mehr. Die Berührungen enden, die Finger ziehen sich zurück, und der Schulleiter erhebt sich vom Bett. Im Kopf des Jungen erhebt sich ebenfalls etwas: ein brüllendes Geräusch, das ihn keinen klaren Gedanken fassen lässt. Der Rektor fragt den Jungen, ob er in einem Raum weiterschlafen möchte, der näher an den Zimmern der Lehrer liegt. Die Stimme klingt fremd, weit entfernt. Der Junge schafft es unter Anstrengung, den Kopf zu schütteln.

Der Schulleiter geht zur Tür, dreht sich noch einmal um, nickt dem Jungen lächelnd zu. Das Lächeln ist freundlich, mitfühlend, aber unverbindlich, als wäre nichts passiert. Ein Bild wie aus einer anderen Realität. Der Junge zweifelt für einen Moment an seinen Sinnen. Hat er sich das alles nur eingebildet?

»Krass, Alter! Ich dachte, der lässt dich nie wieder los. Hat dir wohl gefallen, du schwule Sau!«

Ralfs Spott macht dem Jungen klar, dass er sich das eben Erlebte nicht eingebildet hat. Er schließt die Augen, wird erneut überrollt von Scham, Angst, Verwirrung. Seine Lage, das weiß er, ist ausweglos. Er hat sich nicht gewehrt, also wird es weitere Übergriffe geben, da ist er sich sicher.

Aber warum hat er sich nicht gewehrt? Er weiß es nicht.

Er tastet nach dem Messer im Kissenbezug und hält es fest in der Hand, während er versucht, wieder einzuschlafen.

In der Nacht bekommt der Junge weitere Krämpfe. Er unterdrückt den Schmerz so gut es geht und streckt seine Beine aus, bis sich die krampfenden Waden beruhigen und der Schmerz abklingt. Danach wälzt er sich im Bett hin und her, bis das erste Vogelgezwitscher und ein schwacher Lichtschein den kommenden Tag ankündigen. Im Morgengrauen fühlt er sich sicher. Um diese Zeit wird der Rektor nicht mehr erscheinen. Prompt schläft er ein und wird eine Stunde später durch den Morgenappell geweckt.

Der Tag vergeht ohne besondere Vorkommnisse. Der Schulleiter erscheint weder zum Frühstück noch zum Mittagessen, was die Zankwart-Gang nutzt, um den Jungen weiter zu piesacken. Eine Mandarine und ein Joghurtbecher werden dafür zweckentfremdet. Warum erniedrigen sich Menschen gegenseitig so gerne mit Lebensmitteln?, fragt sich der Junge und lässt die Quälereien ohne Gegenwehr über sich ergehen.

Erst beim nachmittäglichen Fußballspiel erscheint der Rektor wieder und bietet sich als Schiedsrichter an. Der Junge, dessen fußballerische Qualitäten unterhalb von mittelmäßig rangieren, sitzt auf der Ersatzbank und kann sich erfolgreich vor einem Einsatz drücken. Einmal trifft sein Blick auf den des Schulleiters. Der gibt sich freundlich, desinteressiert.

Beim Abendessen läuft er in seiner Ansprache für die Nachtwanderung dann zur Höchstform auf.

»Ich habe heute noch einmal mit der Polizei telefoniert, und sie haben uns grünes Licht für unsere Nachtwanderung gegeben. Der Mörder ist zwar noch immer auf freiem Fuß und soll auch hier in der Gegend gesehen worden sein. Aber sie vermuten, dass er uns als Gruppe nicht angreifen wird. Wir sind ja auch in der Lage, uns zu wehren, oder?«

Als Antwort folgt vereinzeltes Johlen, doch er gibt sich damit noch nicht zufrieden.

»Gegen die 6c hat ein Mörder keine Chance, oder?«

Diesmal kommt das Johlen deutlich lauter.

»Ich kann euch nicht hören, Leute. Seid ihr wie ich der Meinung, dass wir den Killer heute schnappen werden?«

Die Stimmung explodiert nun förmlich, obwohl der letzte Satz des Rektors objektiv gesehen gar keinen Sinn ergibt.

Der Junge wandert am Wegrand mit etwas Abstand zu den anderen. Die Stimmung ist erwartungsgemäß aufgeladen, auch wenn sich bisher nichts Nennenswertes ereignet hat. Im Vorfeld sind ein paar Taschenlampen an die Schüler verteilt worden. Natürlich hat der Junge keine abbekommen, was ihn nicht weiter stört. Das Schauermärchen von dem entlaufenen Mörder hält er sowieso für albern. Als würden sie in ihrem Alter noch an Monster und herumstreunende Mörder glauben!

Der Schulleiter und Wenker marschieren vorneweg, während die Klassenlehrerin – schon ihr Vorname Roswitha ist sexy, findet der Junge – rauchend und eigenen Gedanken nachhängend die Nachhut bildet.

Der Junge tastet in der Jackentasche nach dem Klappmesser. Es ist eine Art Jagdmesser, vermutet er, genau weiß er das nicht. Er hat es damals ohne nachzudenken eingesteckt, als er es bei einem seiner seltenen Besuche in der Garage seines Onkels herumliegen sah. Seinem Onkel müsste der Verlust längst aufgefallen sein. Erwähnt hat er es nie.

Das Messer gehört jetzt ihm. Eigentlich hat es ihm schon immer gehört. Es wollte zu ihm, das hat er damals in der Garage gespürt, und ihre Beziehung ist seither intensiver geworden.

Kann ein Messer ein Vertrauter sein?

Dieses Messer schon. Es versteht ihn, es ist für ihn da. Es gibt ihm Halt und Sicherheit. Wenn er es ganz ausklappt, wird die Klinge fixiert, und der Junge weiß, dass solche Messer verboten sind. Er ahnt auch, warum das so ist, aber es ist ihm egal. Jetzt, in der Jackentasche, öffnet er das Messer einen Spalt weit und tastet vorsichtig nach der Schneide. Sie ist scharf. Sehr scharf. Gefährlich für andere, aber nicht für ihn. Ihm wird das Messer nichts antun.

Er hebt den Kopf, schaut sich um, auf seine Mitschüler, die sich mit albernen Späßen die Zeit vertreiben oder über die neuesten Helden aus den Musikmagazinen fachsimpeln. Niemand beachtet ihn. Mit einem Mal befällt ihn ein merkwürdiges Gefühl. Ihm wird klar, dass er selbst beobachtet wird. Vorsichtig späht er zur Seite und entdeckt den Schulleiter, der neben einem Baum kniet und sich den Schuh zubindet.

Zumindest sieht es so aus, als würde er deswegen dort kauern.

Der Junge weiß es besser. Der Blick des Rektors – durchdringend, emotionslos – gilt ihm, es ist der Blick eines Jägers auf seine Beute. Genau wie letzte Nacht. Es macht ihm Angst. Was immer dieser Mann vorhat, der Junge will damit nichts zu tun haben.

Er beschleunigt seinen Schritt, drängt sich Schutz suchend mitten in eine Gruppe Schüler, die sein plötzliches Auftauchen mit unsanftem Rempeln quittiert. Der dicke Ralf gehört ebenfalls dazu und nutzt gleich die Chance, sich vor den anderen zu profilieren, indem er dem Jungen mit der flachen Hand einen

Schlag auf den Hinterkopf verpasst. Der Lehrerin entgeht das nicht. Sie fährt dazwischen und weist den Jungen an, bei ihr zu bleiben. Eine Aufforderung, der dieser nur zu gerne nachkommt.

Peter Märse, ein neuer Mitschüler, beobachtet die Szene interessiert. In ihm regt sich schon länger Mitgefühl für den Außenseiter.

Die Wanderung setzt sich ohne weitere Vorkommnisse fort. Der Junge blickt immer wieder verstohlen nach hinten. Dorthin, wo er den Rektor vermutet. Inzwischen ist es dunkel. Diejenigen Schüler, die eine Taschenlampe abbekommen haben, schalten sie ein. Von der anfänglichen Euphorie ist nicht mehr viel zu spüren. Lustlos leuchten sie in den dichten Wald hinein. Einigen tun die Füße weh, andere sind müde oder klagen über Langeweile.

Das war absolut zu erwarten, denkt der Junge noch, als überraschend eine Gestalt aus dem Gebüsch hervorbricht, das Gesicht halb unter einer Kapuze verborgen und von unten mit einer Taschenlampe angestrahlt, was eine unheimliche, fast dämonische Wirkung hat. Der Vermummte brüllt und gibt unverständliche Laute von sich. Dem Jungen kommt die Stimme bekannt vor, doch bevor er weiter darüber nachdenken kann, bricht um ihn herum das Chaos aus.

Einige Schüler weichen zurück. Andere schreien. Zankwart schreit am lautesten. Bei ihm allerdings klingt es eher wie ein Schlachtruf.

»Wir machen dich fertig, du Mörderschwein!«

Sofort fallen andere in das Gegröle mit ein.

»Tötet die Sau!«

»Du kriegst auf die Fresse!«

»Auf ihn!«

Binnen Sekunden stürzen sich sechs Jungen auf den Mann und treten und schlagen auf ihn ein. Die Taschenlampe fällt ihm aus der Hand und rollt auf den Waldboden. Die Laute, die der Vermummte jetzt von sich gibt, klingen mehr nach Panik. Keiner der Jungen, die auf ihn eindreschen – inzwischen sind es schon acht –, kümmert sich darum.

»Ahhh … aufhören! Aufh…!«

Der Vermummte wehrt die Schläge ab, aber es sind zu viele, und sie kommen von überall.

Seltsamerweise lächelt die Lehrerin. Sie macht absolut keine Anstalten, in die Situation einzugreifen. Wenker, der etwas weiter weg steht, eilt zwar auf die Gruppe zu, wirkt aber ebenfalls eher amüsiert. Dem Jungen wird klar, wer da Prügel bezieht. Er fasst einen Entschluss. Energisch tritt er zu dem herumtobenden Pulk und kämpft sich zwischen die Sechstklässler, die wie von Sinnen weiter auf den Mann einschlagen. Einige Mädchen sind jetzt auch dabei. In der Hand verborgen hält der Junge sein Messer.

»Hört doch auf … bitte aufhören! Ich bin … aaaah!«

Jetzt!

Das Messer gleitet in etwas Festes. Kratzt an etwas Hartem vorbei. Der Mann hört plötzlich auf zu schreien. Er scheint verdutzt zu sein. Beim Rausziehen hakt es ein wenig. Irgendetwas reißt. Der zweite Stich geht ohne Probleme und deutlich tiefer. Dann fängt der Vermummte wieder an zu schreien, doch diesmal klingt es anders. Die Schüler lassen von ihm ab.

»Da ist Blut!«

»Der blutet. Der Typ blutet!«

Einer der Schüler sieht auf seine Hand, die eben noch auf den Mann eingeschlagen hat. Sie ist großflächig mit Blut besudelt. Das Lächeln der Lehrerin erstarrt. Dann fängt auch sie an zu schreien.

Der Junge lässt das Messer unter seinem Pullover verschwinden, geht rückwärts von dem Mann weg. In dem Durcheinander fällt das niemandem auf. Zankwart zieht dem vermeintlichen

Mörder die Kapuze vom Kopf, bevor Wenker ihn daran hindern kann.

»Es ist der Direx!«

Der Junge rennt und rennt, bis er nicht mehr kann und seine Lunge sich anfühlt, als müsste er sie jeden Moment auswürgen. An einer großen Eiche bleibt er stehen und versucht, an den Stamm gestützt, seinen Atem unter Kontrolle zu bringen.

Er ist sich sicher, dass niemand seine Tat mitbekommen hat. Er ist nur einer der Schüler, die auf den Trick des Schulleiters reingefallen sind, weiter nichts. Wer genau in dem ganzen Wirrwarr zugestochen hat, wird nicht auszumachen sein. Viele der Beteiligten sind mit Blut besudelt. Der Junge selbst hat im Vergleich zu den meisten anderen sogar recht wenig davon abbekommen.

Was wohl mit dem Rektor ist? Verletzt, denkt der Junge, tot wohl eher nicht, und er ist darüber so enttäuscht wie erleichtert.

Am besten wäre wohl, er würde sofort ins Schullandheim zurückkehren. Wenn er davor noch das Messer entsorgt, wird man ihm nichts nachweisen können. Bleibt er länger weg, wird ihn das wiederum verdächtig machen. Er beschließt, das Messer in den Wald zu werfen. Doch als er ausholt, merkt er, dass er die Waffe – spätestens jetzt ist es auch eine Waffe – nicht einfach irgendwohin schleudern will. Seine Verbindung zu dem Messer ist zu stark. Vielleicht noch stärker als zuvor. Er muss es loswerden, aber so, dass er es später wiederfinden kann.

Da entdeckt er ein Erdloch unter einem Ausläufer der Baumwurzeln. Er ritzt ein großes M in die Rinde der Eiche, legt das Messer in die Mulde und schaufelt mit seinen bloßen Händen Walderde darauf. Hier liegt es nun, sein Messer. Sein Vertrauter. Wenn Gras über die Sache gewachsen ist, wird er zurückkommen und es sich holen. Er hängt der Vorstellung noch nach, als ihm klar wird, dass er nicht allein ist.

»Wir wollen mit dir sprechen«, hört er eine warme, Respekt einflößende Stimme sagen.

Der Schulleiter ist nicht lebensgefährlich verletzt. Das wissen Roswitha Zuchonns und Georg Wenker allerdings noch nicht, als sie ihn zum Schullandheim zurückbringen. Seine Kleidung ist blutdurchtränkt, und er wirkt apathisch. Wenker hat die Polizei informiert, die einen Krankenwagen mit Notarzt vorbeischicken will. Einen in Ermittlungsfragen erfahrenen Beamten gibt es um diese Uhrzeit hier nicht. Wenker hat auch nur von einem Unfall gesprochen, und so kommt man überein, dass die Polizei erst am nächsten Morgen vorbeischauen wird. Als der Krankenwagen vorfährt und die Sanitäter sich des Rektors annehmen, versammeln die beiden Lehrer die sichtlich verstörten Schüler im Speisesaal. Einige Mädchen sind in Tränen aufgelöst, werden von Freundinnen flüsternd getröstet. Auch die Jungs unterhalten sich leise. Die Bande um Zankwart wirkt trotzig. Als der Rettungsarzt Wenker nach draußen bittet, scheint der Sportlehrer darüber beinahe erleichtert. Er nickt seiner Kollegin aufmunternd zu und steigt kurz in den Krankenwagen.

So bleibt es Roswitha Zuchonns überlassen, die Schüler weiter zu beruhigen. Besonders gut gelingt ihr das nicht, auch wenn sie inzwischen erfahren hat, dass der Schulleiter nicht in Lebensgefahr schwebt. Ihre Hände zittern. Am liebsten würde sie sich hinlegen und an nichts mehr denken. Ihr Blick fällt auf Peter Märse. Den Neuen. Sie kennt ihn noch nicht so gut. Man hat ihr erzählt, dass er in seiner alten Schule einem Mobbing ausgesetzt war, dem mit pädagogischen Mitteln nicht mehr beizukommen war. Nun geht er in ihre Klasse und wirkt in diesem Augenblick bemerkenswert ruhig. Das gefällt ihr. Er schaut sie an, als wüsste er genau, wie es um sie steht, und wünschte sich nichts mehr, als ihr zu helfen.

»Peter. Vielleicht könntest du die Liste hier übernehmen? Schau einfach nach, ob alle da sind. Ich muss mich um die Mädchen kümmern.«

»Natürlich«, bekommt sie zur Antwort. »Das mache ich gerne.«

Peter freut sich über die Aufgabe. Seit Frau Zuchonns seine Klassenlehrerin ist, schwärmt er für sie. Und für ihre Brüste. Außerdem ist er sich ziemlich sicher, wer für die Bluttat verantwortlich ist. Er wundert sich darüber, dass keinem anderen Mitschüler die heimlichen Blicke des Rektors aufgefallen sind, und wie dieser immer bemüht war, in der Nähe des Jungen zu sein. Er nimmt die Liste entgegen und macht hinter jedem Namen einen Haken. Der Junge ist nicht im Raum. Peter geht davon aus, dass es außer ihm niemandem auffallen wird. Gut so. Auch den Namen des Jungen hakt Peter ab und gibt die Liste an seine Lehrerin zurück.

»Alle da, Frau Zuchonns.«

* * *

Mandarius und Zoyxe – sie haben eigentlich keine Namen, sondern hören auf Kennlaute, die allerdings am ehesten mit Mandarius und Zoyxe zu übersetzen sind – leben jetzt schon eine ganze Weile zusammen. Sie ergänzen sich perfekt, man könnte sogar sagen, sie inspirieren einander. So auch beim Anlegen des Wintervorrates, denn gerne unterbricht das eine Eichhornmännchen sein Tun, um dem anderen hinterherzujagen und mit ihm herumzutollen. Doch allzu viele Unterbrechungen können sich die beiden im Moment nicht leisten. Ihr Nahrungsvorrat ist noch lange nicht ausreichend für den nahenden Winter, und zu dieser Jahreszeit werden sie schneller müde. Am Ende eines wenig ergiebigen Tages beschließt Zoyxe, seinen Freund zu einer

Eiche zu führen, von der ihm eine Dächsin erzählt hat. Mandarius sorgt sich deswegen. Er wurde einmal von einem Dachs angefallen und hält die Eiche für eine Falle. Zoyxe zerstreut die Befürchtungen, so gut er kann.

»Wir sind doch so viel schneller als alle anderen Tiere des Waldes. Die Dächsin ist alt und wirklich freundlich, und was sie von der Eiche erzählt hat, klingt fantastisch. Lass uns dort sammeln gehen, bevor eine Rotte Wildschweine uns zuvorkommt.«

Weil Mandarius weiß, wie hartnäckig sein Freund sein kann, willigt er ein. Beim Baum angekommen, müssen sie allerdings feststellen, dass die Eiche – ein riesiges Exemplar mit endlos vielen Früchten, insoweit stimmt die Information, die Zoyxe erhalten hat – besetzt ist.

Ein männliches Menschenwesen steht gekrümmt am Baumstamm und blickt zu Boden, auf eine Stelle neben der Eiche, wo sich etwas zu bewegen scheint. Ein Erdloch, das erkennen die Eichhörnchen sogleich, die sich mit Erdlöchern auskennen. Am Eingang erscheint die Dächsin. Zoyxe schaut seinen Freund triumphierend an.

Die Dächsin ist alt. Älter, als Mandarius sie sich vorgestellt hat. Sie blickt den Menschen an, als wolle sie ihm etwas sagen. Laute sind zu hören. Sie klingen wie Menschenlaute. Vom Menschen kommen sie allerdings nicht. Seine Lippen bewegen sich genauso wenig wie er selbst. Wer spricht hier?

Die Dächsin ist zweifelsohne dieselbe, die Zoyxe von der ergiebigen Eiche erzählt hat. Aber irgendetwas stimmt nicht mit ihr. Sie verhält sich seltsam. Sie zittert und bewegt ruckartig ihren Kopf hin und her, als wolle sie ein lästiges Insekt abschütteln. Mandarius fällt plötzlich auf, wie viele weitere Tiere sich rund um den Baum eingefunden haben. Ein Fuchs ist lautlos neben die Eichhörnchen getreten, achtet aber nur auf den Menschen. Ein Hase schaut hinter einem Busch hervor. Eine Eule landet auf dem Boden. Es wimmelt nur so von Waldbewohnern, die sich sonst nicht eben grün sind. Die beiden Eichhörnchen wagen es nicht, sich zu bewegen. Zwei Meter vor ihnen hebt eine Schlange den Kopf, sie züngelt in Richtung des Menschenwesens. Und mit jedem neuen Tier verstärkt sich die körperlose Stimme um sie herum. Was sagt sie?

»Wir wollen mit dir sprechen.«

»Das Glück der Welt hängt von dir ab.«

Warum das Glück der Welt von einem Menschenwesen abhängen sollte, wüssten die Eichhörnchen nicht zu sagen. Wären sie nicht so zerstreut, würden sie eher das Gegenteil vermuten. Die Stimme aber ist unzweifelhaft da. Inzwischen klingt sie wie ein Chor, der aus vielen Kehlen spricht. Was ein Chor ist, wissen Mandarius und Zoyxe selbstverständlich auch nicht.

Mit einem Mal und völlig ohne Vorwarnung fährt ein grelles Licht in den Menschen. Ein lebendiges Licht. Ein Lichttier vielleicht? Ein Tier aus Licht?

Es geschieht völlig geräuschlos. Das Licht scheint buchstäblich in dem Menschen stecken zu bleiben. Wie aufgespießt steht er da. Ein leises Stöhnen. Helle Strahlen schießen aus Mund und Augen. Der Anblick versetzt die beiden Eichhörnchen in Panik. Doch es will ihnen nicht gelingen, sich zu bewegen. Erst als das Licht sich genauso unvermittelt zurückzieht, wie es gekommen ist, löst sich ihre Trance auf. Das Menschenwesen bricht zusammen. Die Eichhörnchen flüchten auf den nächstgelegenen Baum.

Nicht die Eiche, die ist tabu. Auch die anderen Tiere fliehen. Wohin, interessiert die Eichhornmännchen nicht, deren Instinkte ganz auf sich gerichtet sind.

Schon bald wird die Erinnerung an den seltsamen Vorgang in ihren Gehirnen verblassen. Was bleibt, sind vage Andeutungen in ihrem Unterbewusstsein. Für den Rest ihrer Existenz werden sie sich allerdings keinem Menschenwesen mehr nähern, und große Eichen werden ihnen Respekt einflößen.

Und wären Mandarius und Zoyxe nicht homosexuell, sie würden diese Erfahrung mit ihrer DNA an all ihre Nachkommen weitergeben.

* * *

Der Junge erreicht das Schullandheim kurz vor 23 Uhr. Peter wartet in der Empfangshalle auf ihn. Der Junge lässt sich erschöpft auf einen Sessel fallen. Er ist so mitgenommen, dass er gar nicht reagiert, als Peter ihn an der Schulter berührt.

»Komm«, sagt Peter und führt den Jungen die Treppe hinauf in dessen Zimmer. Ralf hat, wie es scheint, Bettdecke und Kissen mitgenommen, um die Nacht rauchend mit seiner Clique zu verbringen. Peter hilft dem Jungen, den Schlafanzug anzuziehen. Dabei fällt ihm ein Geruch auf. Der Junge riecht nach Verbranntem – und noch nach etwas anderem. Etwas Chemisches vielleicht? Der Junge wirkt erschöpft, gleichzeitig strahlt er Kraft und Stärke aus. Woran das liegt, kann Peter nicht sagen.

Der Junge legt sich in sein Bett und schläft sofort ein. Peter setzt sich neben ihn auf den Boden, lehnt mit dem Rücken an der Wand und lauscht dessen ruhiger werdenden Atemzügen. Er hat das Bedürfnis, ihn zu bewachen. Gleichzeitig weiß er, dass diesen Jungen keiner mehr bewachen muss. Nicht wie in den Tagen zuvor, als die Bande um Zankwart ihn ständig malträtiert hat – und als der Rektor, dieser Drecksack, ihn dauernd zu beobachten schien. Mein Freund kann sich jetzt wehren, denkt Peter, obwohl sie streng genommen noch gar keine Freunde sind.

Am nächsten Morgen erfahren die Schüler beim Frühstück, dass ihre Eltern über den Vorfall informiert worden sind und im Laufe des Tages vorbeikommen werden, um sie abzuholen. Georg Wenker hat mit den Polizeibeamten vereinbart, dass alle weiteren Formalitäten auch in Braunschweig erledigt werden können – diverse Eltern haben bereits darauf hingewiesen, dass eine Befragung ihrer Kinder ohne ihre Anwesenheit nicht in Frage kommt. Lediglich bei zwei Schülern sind die Eltern nicht erreichbar: bei dem Jungen und Peter Märse.

Wenker fährt die beiden in seinem Privatauto nach Hause. Der Sportlehrer zeigt sich wortkarg, nicht zuletzt wegen des braun gebrannten Surfertyps, der die noch immer sehr mitgenommene Roswitha Zuchonns abgeholt hat. Im Wagen spricht Peter den Jungen vorsichtig an. Der reagiert zurückhaltend, im Laufe der Fahrt wird ihre Unterhaltung jedoch intensiver. Die Geschehnisse der vergangenen Nacht erwähnen beide mit keinem Wort.

Bei der Ankunft in Braunschweig hat sich ein Vertrauen zwischen ihnen eingestellt. Peter ist der Erste, den Wenker absetzt. Danach dreht sich der Sportlehrer zu dem Jungen um und sagt: »Na Trotsky, wo musst du hin?«

Scharnow
Erster Tag danach

1

9,2 Millionen Klicks!

Mehr als für die Aufnahmen des unscharfen Punktes, der angeblich ein fliegender Mann sein sollte. Er war am Vortag über der Kreisstadt gefilmt worden und sofort ein Riesenhit auf den meisten Videokanälen gewesen. Doch die Aufnahmen von dem Überfall auf den Supermarkt in Scharnow hatten den menschlichen Flugvogel auf der Beliebtheitsskala schnell überholt. Hamid saß am Tresen des Internetcafés, lümmelte mit dem Gewicht nach vorn auf dem Barstuhl und betrachtete erstaunt die Klickzahl unter Namis Handyaufnahmen. Die Rekordzahl von gestern Abend hatte sich noch einmal vervierfacht!

Der Anblick der Bilder löste widersprüchliche Gefühle in ihm aus. Ihm wurde wieder bewusst, dass die Räuber bis auf ihre Masken unbekleidet gewesen waren. Die Tatsache, dass er sich nackte Männer im Internet anschaute, erfüllte ihn mit Scham. Nicht wegen der Nacktheit an sich. Eine Schamkultur unter Männern gab es in dem Kulturkreis, aus dem er kam, eher weniger. In seiner Heimat hielten sich Männer beim Spazierengehen an den Händen, küssten sich und verbrachten gemeinsam Zeit im Hamam. Aber man filmte sich nicht dabei und stellte das auch noch in aller Öffentlichkeit zur Schau. Der Erfolg von Namis

Aufnahmen war ein trauriger Beweis für die seelische Leere und die Abwesenheit von Glauben im Leben der Menschen in der westlichen Welt.

Doch dann dachte er an die zarte Hand, die den Überfall gefilmt hatte, und das wiederum fühlte sich an, als würde sein Herz mit warmer Schokolade übergossen.

Hamid hatte so ein Mädchen noch nie gesehen. Ihre dunklen, stark geschminkten Augen erinnerten ihn an die Frauen in seiner Heimat. Es waren Augen, die ein tiefes Mitgefühl und Wärme ausstrahlten, die weisen, wissenden Augen einer alten Seele. Und dabei war Nami noch so jung! Mit diesem Mädchen könnte er weinen, und es würde sich wundervoll anfühlen. Ihre Haare waren schwarz wie Vinyl und ihre Haut so ebenmäßig und weiß, wie er sich Alabaster vorstellte. Sie war schön wie die Stille nach dem ersten Schnee.

Er blickte verstohlen zu Tisch Nr. 11, wo der momentan einzige Kunde saß. Sie!

Nami wirkte müde und hatte im Gegensatz zum Vortag deutlich weniger Make-up aufgelegt, was ihrer Schönheit jedoch keinen Abbruch tat. Sein Blick streifte die blassen, fein geschwungenen Lippen, die gestern auf den seinen gelegen hatten.

Der Kuss war spontan gewesen und hatte drei endlose Sekunden gedauert. Er war der Auftakt für längeres, gierigeres Küssen gewesen, bis seine Kollegin sie unterbrochen hatte. Danach war Nami im Supermarkt geblieben, während er den ganzen Boden wischte und als klar wurde, dass die Polizei nicht mehr erscheinen würde, hatte er sie auf seiner Schwalbe zu ihrer Großmutter gefahren.

Selbstverständlich hatte er ihr seinen Helm überlassen. Die Fliegerkappe aus Leder, die darin verstaut gewesen war, war verschwunden. Sie ersetzte zwar keinen Helm, ging aber von Weitem als einer durch, und es ärgerte ihn furchtbar, dass jemand sie hatte mitgehen lassen. So war er die kurze Strecke ohne Kopfschutz gefahren. Für dieses Mädchen lohnte sich die kleine Gesetzesmissachtung allemal.

Am Ziel angelangt, hatten sie gerade noch mitbekommen, wie Namis Omili – wie sie ihre Großmutter nannte – in einen Krankenwagen geschoben wurde. Was genau geschehen war, wusste Hamid nicht. Er hatte es vorgezogen, außerhalb des Blickfelds des einzigen anwesenden Polizisten zu warten. Er kannte den Beamten vom Sehen. Der schaute ihn ohnehin immer misstrauisch an, als mache die Tatsache, dass Hamid offensichtlich nicht aus Deutschland kam, ihn automatisch zum Kriminellen. Nami hatte kurz mit dem Mann gesprochen und sich dann sichtlich aufgewühlt mit dem Hinweis, sie müsse mit ins Krankenhaus, von Hamid verabschiedet. Durch die Fensterscheibe des Krankenwagens hatte sie ihm mit abgespreiztem Daumen und kleinem Finger zu verstehen gegeben, dass sie ihn anrufen werde. Dass beide vergessen hatten, ihre Telefonnummern auszutauschen, war in diesem Moment weder ihm noch ihr bewusst gewesen.

Und heute war sie einfach so ins Internetcafé spaziert, als wüsste sie über seinen Tagesplan genau Bescheid. Dabei war Hamid doch nur hier, weil der Supermarkt wegen des Überfalls bis nachmittags geschlossen hatte und er nicht wusste, wo er sonst hätte hingehen sollen. Sein Onkel hatte sie bedient und so den direkten Kontakt zwischen den beiden vorerst verhindert. Kurz darauf war der Alte dann auf ein paar Mocca ins Döner-Imperium gegangen. Allerdings traute sich Hamid nun plötzlich nicht mehr, sie einfach so anzusprechen, also versuchte er erst einmal Blickkontakt zu ihr aufzunehmen. Doch Nami benahm sich, als wäre sie lediglich eine ganz normale Kundin, als hätte es zwischen ihnen nie etwas gegeben. Nichts. Vielleicht hatte das, was geschehen war, für sie keine Bedeutung. Woher sollte Hamid wissen, wie Frauen in diesem Land solche Dinge sahen?

Also hatte er den Customer Check auf dem Hauptcomputer eingeschaltet und betrachtete nun unbemerkt die erstaunlichen Klickzahlen auf ihrem YouTube-Kanal, der unter »Marsupi-Nami« firmierte. Dabei überlegte er, wie er weiter vorgehen könnte. Sollte er sie vielleicht einfach fragen, wie es ihrer Großmutter ging? Das wäre anständig und höflich. Mit Anstand und Höflichkeit machte man in so ziemlich keinem Land der Erde etwas falsch. Nahm er zumindest an.

Gleich, dachte er. Fürs Erste blieb er auf seinem Hocker sitzen und genoss es, ihr hin und wieder zaghafte Blicke zuzuwerfen.

Nami konnte seine Blicke spüren. Doch sie wagte es nicht, sie zu erwidern. Sie hatte Angst, dass ihr das Herz stehen bleiben würde. So sehr hatte die Begegnung mit Hamid sie aus der Bahn geworfen.

Dass sie es überhaupt an eine Konsole geschafft hatte, war einzig und allein der Tatsache zu verdanken, dass der Besitzer des Ladens ebenfalls da gewesen war. Und nun beobachtete sie, wie die Zahlen unter ihrem Handyvideo anstiegen, und klickte sich durch die Kommentare, die sie gerade kein Stück interessierten.

Nervös tanzte ein goldener Filzmarker zwischen ihren Fingern hin und her. Eigentlich sollte sie krank vor Sorge um ihr Omili sein. Die Ärzte in der Klinik hatten von einem plötzlichen Schockzustand gesprochen, der, so mutmaßten die Mediziner, durch ein katastrophisches Ereignis ausgelöst worden war. Welches Ereignis? Katastrophen gab es in Scharnow grundsätzlich keine. Katastrophale Langeweile vielleicht, dachte Nami, obwohl sie zugeben musste, dass ihr, seit sie gestern hier angekommen war, alles andere als langweilig gewesen war. Die Ärzte hatten beschlossen, die alte Dame in ein künstliches Koma zu versetzen, und Nami nach Hause geschickt. Sie hatte ihre Nummer hinterlassen, für den Fall, dass eine Änderung eintrat. Als sie heute gegen Mittag angerufen hatte, wurde sie beruhigt. Sie solle am Abend wiederkommen, vorher könne sie nichts für ihre Großmutter tun.

Stattdessen saß sie jetzt hier und verschwendete ihre Zeit im Internet. Sie schämte sich deshalb ein bisschen. Denn wenn sie ganz ehrlich war, war es weniger die Besorgnis um ihr Omili, die ihre Gedanken gefangen hielt, sondern dieser Junge. Er hatte so viele Dinge richtig gemacht! Gestern war er für sie eingestanden wie ein Held, als es plötzlich gefährlich wurde. Und dann waren da seine Lippen gewesen. Küsse, die sich angefühlt hatten wie ein samtenes Kissen. Weich! Zärtlich! Beim Gedanken daran wurde Nami von einer warmen Welle des Glücks erfasst. Gleichzeitig war es ihr in diesem Moment unmöglich, auch nur zu ihm hinüberzusehen.

Also starrte sie auf den Bildschirm vor sich und versuchte, mit der unfassbar großen Resonanz auf ihre Clips klarzukommen. Sie war siebzehn Jahre alt. 9,2 – jetzt waren es schon 9,34 – Millionen Menschen, mehr als alle Einwohner der Städte Berlin, Hamburg und München zusammen, kannten allein den letzten Videobeitrag, in dem auch Hamid kurz zu sehen war. Bei der Vorstellung kribbelte es in ihrem Bauch, als würde ein ganzes Ameisenvolk eine Parade für seine Königin abhalten. Und das war alles andere als unangenehm. Überhaupt war ihr Körper dabei, sie mit allen möglichen Anzeichen von positivem Stress zu überfluten. In plötzlicher Euphorie betätigte sie den Like-Button unter dem Clip.

Sofort hatte sie wieder ein schlechtes Gewissen. Ihr Omili lag vielleicht im Sterben, und was machte sie? Konkret etwas tun konnte sie natürlich nicht, das hatten die Ärzte ihr klargemacht. Pflichtbewusst hatte sie am Vorabend noch mit ihrer Mutter telefoniert und ihr die Situation geschildert. Ihre Mutter wirkte erleichtert, als Nami von sich aus vorschlug, noch ein paar Tage in Scharnow zu bleiben und nach ihrem Omili zu schauen. Sie schien davon auszugehen, dass die alte Frau sich erholen würde. Zäh wie ein Ackergaul, so hatte sie sich ausgedrückt. Nami war ihre Großmutter nicht besonders zäh vorgekommen, als sie neben ihr im Krankenwagen gesessen hatte. Doch selbst in dieser Situation, durch die leeren Straßen rasend, mit den Sirenen, die während der Fahrt heulten, war in ihr kaum Platz für etwas anderes gewesen als den Gedanken an Hamid, Hamid, Hamid, der überall in ihr war, stand, saß.

Sie war im Supermarkt geblieben, nachdem die Kassiererin sie im Lagerraum überrascht hatte. Die Frau war sehr blass gewesen, deshalb hatte sich Hamid nach ihrem Befinden erkundigt. Sie sagte nur, dass jemand gerade ihren Hund erschossen habe. Beide hatten sofort ihre Hilfe angeboten, aber die Frau hatte sich einfach eine Schaufel genommen und war wortlos nach draußen verschwunden. Hamid hatte der Filialleiterin geholfen, die Namen aller Geiseln zu notieren, dann aber darauf beharrt, Nami mit seiner Schwalbe zu ihrer Großmutter zu fahren. Nami hatte dankend angenommen, weil sie so auch etwas länger mit ihm zusammen sein konnte. Er hatte ihr seinen Helm angeboten und darauf bestanden, dass sie ihn trug. Nami fand seine Sorge um ihre Sicherheit zu süß, um abzulehnen.

Erneut spürte sie einen schuldbewussten Stich. Hätte sie das, was dort vorgefallen war, verhindern können, wenn sie früher zu ihrem Omili gefahren wäre? Zum Glück hatten die Sanitäter ihr geglaubt, als sie sich als Enkelin vorstellte.

Nach der bangen Wartezeit im Krankenhaus hatte sie die Hausschlüssel ihrer Großmutter genommen und war zurück zur Wohnung gefahren. Wo hätte sie auch sonst hingehen sollen? Seltsamerweise stand der Streifenwagen noch immer vor dem Haus, als sie dort eintraf. Aus der Nachbarwohnung kamen laute

Geräusche: hysterische Todesschreie, mal spitz, mal dumpf, oft erbärmlich. Kettensägen und Klingen, die durch Fleisch fuhren, wie in einer Metzgerei. Untermalt von dramatischer, irgendwie altmodischer, elektronischer Musik. Ein Horrorfilm, dachte Nami. Ihr Omili hatte sich nicht selten über die neuen Nachbarn beschwert. Wenn das deren Art war, die Abende zu verbringen, dann konnte Nami ihre Großmutter verstehen. Doch als sie schließlich die Tür hinter sich zugemacht hatte, ging es einigermaßen.

Viel hatte sich in Omilis kleiner Wohnung nicht verändert. Einige Schranktüren standen offen, aber sonst war ihr nichts aufgefallen, was auf ungewöhnliche, geschweige denn katastrophische Vorgänge hingewiesen hätte. Sie hatte sich eine Tütensuppe gemacht. Fürs Essen schien die alte Frau sich nicht mehr besonders zu interessieren, seit Nami ausgezogen war. Das einzig Essbare in der Wohnung waren neben der Tütensuppe trockener Zwieback und Artischockensirup. Auf die zerbeulte Cremerolle, die noch in ihrer Tasche lag, hatte Nami keine Lust gehabt.

Sie hatte sich eine Decke geholt, aufs Sofa gelegt und war sofort, noch in ihren Klamotten, eingeschlafen. Erst die Herbstsonne des nächsten Tages hatte sie geweckt.

Ein schaler Geschmack lag auf ihrer Zunge. Gegen Mittag, beim Verlassen der Wohnung, hatte sie eine Tüte Erdnussflips und eine Flasche Fanta vor der Wohnungstür gefunden. Ihr fiel der Lärm aus der Nachbarwohnung wieder ein. Die Spende passte zu dem Horrorfilm-Abend, den sie dort vermutet hatte. Es rührte sie ein wenig, dass sich die Männer, über die sich ihr Omili immer so ausgiebig beschwerte, Gedanken über ihr Wohlbefinden gemacht hatten. Wie aber hatten sie bei dem ganzen Lärm überhaupt mitbekommen, dass sie in der Wohnung gewesen war? Die Stiefel! Natürlich. Sie hatte sie in alter Manier vor die Tür gestellt. Ihre Nachbarn waren laut, aber auch aufmerksam.

Keine schlechte Voraussetzung, wenn sie noch eine Weile hierbleiben sollte.

Sie war dann ohne ein wirkliches Ziel aufgebrochen, und erst als sie vor dem Internetcafé stand, wurde ihr klar, dass sie Hamid gesucht hatte. Er war tatsächlich da gewesen, aber mit der Kaffeemaschine beschäftigt. So hatte sie beim Ladenbesitzer vorerst ein Terminal für eine Stunde gebucht.

Ein Kaffee wäre jetzt perfekt, dachte Nami. Vorsichtig spähte sie über den Bildschirm. Hamid hatte ihr den Rücken zugewandt, was ihr ganz recht war. So konnte sie ihn wenigstens von hinten betrachten.

Als es den Anschein hatte, als würde er sich in ihre Richtung drehen, vergrub sich Nami in ihrem Stuhl und starrte konzentriert auf den Monitor. Auf ihrem YouTube-Kanal wechselte sie zu dem Video vom Anfang des Überfalls. Immerhin 2,5 Millionen Klicks. Man sah darauf die Nackten, die mit ihren Küchengeräten herumfuchtelten, und wie einige der Kunden ängstlich zurückwichen. Sie selbst war auch zu erkennen, wie sie mit einem fröhlichen Lächeln ein Daumen-hoch-Zeichen in die Kamera machte. Im Hintergrund saß die Kassiererin, die ihr missbilligend zuzuschauen schien.

Nami stoppte das Video, ging in den Vollbildmodus, beugte sich vor und betrachtete sie genauer. Es war dieselbe Frau, die sie später im Lagerraum gestört hatte und deren Hund erschossen worden war.

»Das ist Sylvia. Du kennst sie ja. Sie ist in Ordnung, auch wenn sie meistens ziemlich streng rüberkommt.«

Nami ließ den Marker fallen. Sie hatte nicht gemerkt, dass Hamid zu ihr herübergekommen war.

»Ich hoffe, ich habe dich nicht erschreckt.«

Er zog besorgt eine Augenbraue hoch, was sie sofort reizend fand.

»Die arme Sylvia. An dem Hund hat sie sehr gehangen, sie hatte ihn immer dabei, wenn sie zur Arbeit kam.«

Er stellte zwei randvolle Kaffeetassen auf den Tisch und streifte dabei versehentlich ihre Schulter, die sofort glühend heiß wurde. Dann sagte er entschuldigend: »Ich dachte, nach all dem hättest du bestimmt nichts gegen einen Kaffee. Er ist nicht besonders gut, aber wahrscheinlich der beste, den man in Scharnow kriegen kann. Schau, ich trinke ihn sogar selbst.«

Hamid lächelte sie an. Zum ersten Mal, seit sie im Internetcafé war, schaute Nami ihm direkt in die Augen. Kurz ging ihr durch den Kopf, wie es wohl wäre, wenn er sich zu ihr beugen, ihr die Haarsträhne aus dem Gesicht streichen und sie küssen würde.

Natürlich geschah nichts dergleichen. Er sah sie nur mit seinem freundlichen, etwas schüchternen Lächeln an. Seine Unsicherheit war hinreißend. Sie griff wie in Trance nach dem Kaffee.

»Na dann ... prost!«

Etwas Besseres fiel ihr auf die Schnelle nicht ein.

»Prost?«

Hamids Lächeln wurde zu einem Grinsen. Dann zu einem Lachen. Nami konnte nicht anders, als mitzulachen. Glucksend stießen sie ihre Tassen aneinander. Nami betrachtete ihn, während sie trank. Was für ein wunderbarer, besonderer Mensch. In diesem Moment wollte sie an keinem anderen Ort im Universum sein.

2

Sylvia verbot sich nach dem Überfall und dem Anschlag auf Cloudy, eine Auszeit zu nehmen. Sie hatte über die Jahre gelernt, ihr Schicksal zu tragen. Davon wollte sie auch heute nicht abrücken.

Der Überfall hatte sie in seinem Irrwitz eher amüsiert. Als sie dann aber nicht einmal eine Viertelstunde später ihre geliebte Hündin verlor, wurde ihr Gleichmut auf eine harte Probe gestellt. Trotzdem wusste sie sofort, dass sie am nächsten Tag wieder zur Arbeit gehen würde. Alles andere hätte bedeutet, den letzten Halt im Leben zu verlieren.

So saß sie nun in der Kreisstadt Sahsenheim in einem Geschäft namens Gentleman's Corner, wo sie wie jeden Donnerstag ihrem Zweitjob nachging. Im Gentleman's Corner hatte sie schon gearbeitet, bevor ihr Mann, immerhin ein Milliardär, sich mit dem ganzen Vermögen aus dem Staub gemacht hatte. Nach seinem Abgang reichte das Geld nicht, also nahm sie zusätzlich die Stelle im Scharnower Supermarkt an. Dass sie Cloudy zur Arbeit mitbringen durfte, hatte den Ausschlag gegeben, schließlich war sie das Einzige, was ihr aus ihrem alten Leben geblieben war. Und nun war auch Cloudy nicht mehr da.

Vorwärts schauen, sagte sie sich.

Kurz gelang es ihr, das Bild der toten Hündin zu verdrängen, das ihr seit dem Vorabend ständig vor Augen stand. Sie blätterte in einem Fotobuch über die ehemals schönste Frau der Welt, die Schauspielerin und Erfinderin Hedy Lamarr. Im Hintergrund lief Musik auf einem Klassik-Radiosender, Beethovens *Ode an die Freude*. Auch dieser Job war alles andere als gut bezahlt, aber Sylvia hatte sich hier immer wohlgefühlt, so ganz ohne Kollegen und allein in einem Laden, der edle Waren für den gut gefüllten Geldbeutel anbot. Die Herrenanzüge mit englischem Schnitt, die Schuhe, Schals und Westen waren für eine Klientel bestimmt, in deren Kreisen sie nicht mehr verkehrte. Doch sie empfand darüber keine Bitterkeit. Einige der Stoffe waren ihr regelrecht ans Herz gewachsen – Freunde, die nicht viel fragten, auf die jedoch Verlass war. Hin und wieder sprach sie sogar mit ihnen. Holte sich bei ihnen Trost und auch mal Zärtlichkeit, wenn sie sie faltete, bügelte oder auf ein Mannequin drapierte. Sie ließen sich gern anfassen. Sylvia tat ihnen und sich den Gefallen. Es war die vielleicht unschuldigste und zuverlässigste Beziehung in ihrem Leben. Erst recht seit heute, dem ersten Tag nach dem Tod ihrer Hündin.

Eine Welle von Traurigkeit überrollte sie mit der Wucht eines Räuberclans, der einen Sack über sie geworfen hatte, als die Klingel der Ladentür ertönte.

Der junge Mann sah gut aus. Etwas zu gut und zu sportlich für den Laden. Seine Anwesenheit in diesen Räumlichkeiten empfand Sylvia als beinahe unpassend. Seine Haare waren zu lang, seine Haut zu braun. Er war zu muskulös, und sein Lächeln, das locker über vierzig gebleichte Zähne zum Vorschein brachte, wirkte antrainiert. Sie schob diesen ersten Eindruck beiseite, stand auf und bot ihre Hilfe an.

Der junge Mann fragte ausgesucht höflich nach einem klassischen Smoking mit Weste und dazugehöriger Fliege. Sylvia suchte ihm das Passende in seiner Größe heraus, allerdings ein Auslaufmodell, das bereits für den Abverkauf vorgesehen war. Der seltsame Kunde bedankte sich etwas zu fröhlich und verschwand mit den Sachen in der einzigen Umkleidekabine. Sylvia widmete sich erneut Hedy Lamarrs Leben – Aufmachung und Objekt des Buches passten ganz wunderbar in dieses Geschäft, stellte sie fest –, blieb aber mit einem Teil ihrer Aufmerksamkeit bei der Kabine. Von dort kamen bald schon ungewöhnliche Geräusche.

Hatte sie ihm die falsche Größe herausgesucht? Quetschte er sich mit Gewalt in die enge Smokinghose? Waren seine Schultern zu breit für den Schnitt des Jacketts? Auf ihr Augenmaß hatte sie sich bisher immer verlassen können, aber vielleicht hatte sie der gestrige Tag mehr mitgenommen, als ihr bewusst war. Wie auch immer, sie musste handeln. Schäden, die während der Arbeitszeit an der Ware auftraten, wurden ihr teilweise vom Lohn abgezogen. Im Falle eines Diebstahls mussten die Verkäuferinnen sogar zwei Drittel des Einkaufspreises begleichen. Es waren harte Zeiten für Unternehmer, und die Angestellten trugen sie mit.

Die Geräusche in der Kabine wurden heftiger. Sylvia beschloss nachzusehen.

»Ist alles in Ordnung?«

»Jaja«, kam etwas abgehetzt die Antwort. »Ich bin gleich so weit.«

Klick.

Klick, klick.

Es klang wie eine Kamera. Machte der Typ etwa Fotos? War er vielleicht ein Schnittspion? Einer, der sich die teuren Anzüge bei einem Billigschneider in China nachmachen ließ? Sylvias Chef hatte von solchen Praktiken erzählt. Die Smokinghose hing über dem Gestänge des Vorhangs, der einen Spaltbreit offen stand. Sylvia spähte hinein. Drinnen war viel Bewegung und noch mehr nackte Haut zu sehen. Was hatte der Mann vor?

Sie fasste sich ein Herz, riss den Vorhang zur Seite und rief: »Was ist hier los?«

Das Bild, das sich ihr bot, ließ sie erst mal verstummen. Der Mann war halbnackt. Er trug keine Hose, sondern nur einen silbern glänzenden – so was gab es noch? – Stringtanga. Die Beine steckten in Cowboystiefeln. Über den Oberkörper hatte er Weste und Smokingjacke gestreift, beides offen und einseitig heruntergezogen, dazu die Fliege locker um den Hals gebunden. Kein Hemd. An der Brustwarze sah Sylvia ein silbernes Piercing, einen Ring mit einem baumelnden Jesuskreuz daran. Er hielt ein Smartphone in der Hand und versuchte gerade, sich in einer lasziven Pose selbst zu fotografieren.

»Ich brauch nur noch eins, für meinen Instagram-Account!«

Sylvia schüttelte den Kopf. Insta-was?

»Machst du das für mich?«

Der Anblick dieses Mannes in seiner aufreizenden Stellung, dachte Sylvia, war nicht für sie bestimmt. Die Zunge, die über seine Lippen leckte, würde ihr kaum zu nahe kommen. Sein Mund hatte keinen Kuss für sie eingeplant. Für wen aber dann? Die Fotos, die er hier machte, nutzte er vermutlich eher beruflich als privat. Was hatte er mit ihnen vor? An einem Tag wie diesem fehlte ihr ganz einfach die Kraft, sich damit auseinanderzusetzen. Sie beschloss, ihm den Gefallen zu tun und ihn dann sofort aus dem Geschäft zu komplimentieren.

»Ich mach eins, und dann gehen Sie, okay?«

Er nickte und lächelte. Das Lächeln war dankbar und eine Spur selbstzufrieden. Er hatte gewonnen, und es sah ganz so aus, als sei er das Gewinnen gewohnt.

Sie hielt die Hand hin, und er reichte ihr das Telefon, strich dabei mit den Fingerspitzen leicht über ihre Handfläche. Die Berührung war von einer sinnlichen Langsamkeit und seltsam tröstlich, dabei konnte er doch gar nicht wissen, dass sie ihren

Hund verloren hatte. Sylvia spürte, dass sie kurz davorstand, die Fassung zu verlieren.

Seine gezupften Augenbrauen zogen sich fragend nach oben. Sylvia sah hinab auf das Smartphone und erblickte sich plötzlich selbst im Display.

Klick.

Ihr Bild erstarrte und wurde gespeichert, dann ging die Kamera wieder in den Aufnahmemodus.

»O nein, wie stelle ich das um?«

Ihre Frage wurde lediglich mit einem Lächeln quittiert.

»Und wie lösche ich jetzt dieses Bild von mir?«

Das Lächeln bekam Zähne.

»Gar nicht«, sagte der Mann, entwand ihr das Telefon, packte sie, drehte sie in seinen Arm und machte blitzschnell zwei weitere Bilder. Diesmal von ihnen beiden. Sylvia, die selbst bei den Ereignissen des Vortages ihre Ruhe bewahrt hatte, geriet in Panik. Alles in ihr wollte fliehen, gleichzeitig war sie zu keiner Bewegung fähig. Der Mann schaute sie mit seinem Lächeln an, das plötzlich das Lächeln eines Raubtieres war.

»Küss mich!«, hauchte er, und es klang in ihren Ohren wie ein Knurren. Ohne auf ihre Antwort zu warten, drückte er seinen Mund auf den ihren.

Klick.

Das Geräusch löste Sylvias Erstarrung. Sie packte einen Schirm, der zu Dekozwecken neben der Kabine hing – als Accessoire passte er perfekt zu englischen Anzügen –, und zog ihn dem verdutzten Zudringling über den Schädel.

»Auuuuuuh!«

Sein Schrei klang überraschend hoch und irgendwie herzerweichend. Er hatte sie losgelassen und hielt sich jetzt den Kopf. Plötzlich wirkte er beinahe zerbrechlich.

»Aau, auuu, auuuuuuh! Was soll das?«

Sylvia war verwirrt. Was war das für eine Frage? Der Typ hatte sich an ihr vergriffen. Sie fast vergewaltigt – nun ja. Kurz vor »fast« war es schon wieder vorbei gewesen, aber ein korrektes Verhalten sah definitiv anders aus. Sie bedrohte den Mann weiter mit dem Schirm und griff mit der freien Hand zum Telefon, das sie ebenfalls drohend hochhielt, während sie mit lauter Stimme sagte: »Verlassen Sie sofort den Laden, oder ich rufe die Polizei!«

»Ich blute! Verdammt, ich blute!«, heulte der Mann. »Gibt das 'ne Narbe? Schau dir das mal an! Habt ihr ein Pflaster hier?«

Sylvia merkte, wie sie unerwartet Mitleid mit diesem Häufchen Elend bekam. Deutlich ruhiger sagte sie: »Ich sehe mal nach, aber dann verlassen Sie sofort den Laden. Wenn nicht, wird das für Sie Konsequenzen ...«

»Ich bin Dave«, unterbrach er sie. »Eigentlich Peter, aber alle sagen Dave. Passt besser zu mir, oder? Gibst du mir deine Nummer? Bitte! Ich muss dich wiedersehen!«

Er schaute sie bei diesen Worten auf eine Art an, die der Duden als »Hundeblick« bezeichnet. Nur mit dem linken Auge blinzelte er ein bisschen, weil ihm ein bindfadenschmaler Blutstreifen über das Lid rann.

Sylvia war nun wirklich verblüfft. Ein unauffälliger Blick in den Spiegel der Umkleidekabine bestätigte ihr, was sie längst wusste. Sie war eine Frau jenseits der Fünfzig mit krummem Rücken, Schmerbauch und viel zu breiten Schenkeln. In ihrem Gesicht führten weiterhin Krähenfüße ein Regiment über mehr Sorgen- als Lachfalten, und auf ihrem Kopf hatte das Grau den Kampf gegen ihr Aschblond aufgenommen und war dabei zu gewinnen.

Sie richtete ihre Aufmerksamkeit wieder auf das halbnackte Elend in seinen Cowboystiefeln. Der athletische, braun gebrannte Mann war bei näherem Hinsehen etwa Mitte dreißig und investierte offensichtlich viel Mühe und Ehrgeiz in sein Äußeres.

Die Gesichtszüge waren nicht klassisch schön aber ebenmäßig, der Bartschatten perfekt getrimmt. Er hatte ein Sixpack und Brustmuskeln wie Tarzan. Wieder fragte sie sich, womit er wohl sein Geld verdiente. Als Model vielleicht? Wohl kaum. Als Stripper für Damenpartys? Das schon eher.

Und dieser Kerl wollte also ihre Telefonnummer? Hatte er etwa vor, sich mit ihr zu verabreden? Sylvia sah sich unauffällig um. Vielleicht war das hier ja *Die versteckte Kamera*, *Comedy Street* oder ein weiteres Auslaufformat des fossilen Fernsehens. Oder aber der Typ versuchte auf besonders raffinierte Art, etwas mitgehen zu lassen. Andererseits, was hatte sie schon zu verlieren? Sollte er sich als Stalker herausstellen, würde sie einfach nicht mehr ans Telefon gehen.

»Okay. Wenn du danach wirklich gehst« – sie war zum Du übergegangen, den Grund dafür wusste sie selbst nicht – »und die Fotos löschst! Dann bekommst du meine Nummer.«

Er zeigte ihr die Bilder auf seinem Display – Sylvia musste schlucken, als sie sie sah – und löschte sie vor ihren Augen.

Sylvia ging zum Verkaufstresen und schrieb Namen und Mobilnummer auf einen alten Kassenbon. Ihre richtige Nummer – das wurde ihr erst klar, als sie ihm den Zettel schon gereicht hatte. Er bemerkte ihre Verunsicherung, denn er sagte: »Bitte denk nicht schlecht von mir! Ich bin sonst nicht so!«

Er schlüpfte in seine Kleider, schaute auf den Zettel und ließ dann seine Finger auf dem Smartphone tanzen.

»Wie schön. Sylvia ist so ein starker, bedeutungsvoller Name!«

Bedeutungsvoll? Wie kam er darauf? Ihr Telefon, das auf lautlos eingestellt war, begann zu vibrieren.

»So, jetzt hast du auch meine Nummer«, sagte er und legte eine Kreditkarte auf den Tisch.

»Den Smoking nehme ich natürlich auch!«

Schon wieder hatte er sie überrascht. Zu ihrer eigenen Verblüffung merkte sie, wie sie anfing, ihn ein ganz klein wenig zu mögen.

3

»Wuff, wuff!«

Jason Weinbarths Seele war so eifrig damit befasst, der Seele seines Bruders Axel das linke Ohr abzureißen – oder das, was er dafür hielt –, während Axel wiederum mit Vehemenz und unter Zuhilfenahme der Zähne an Jasons Genitalien zerrte – jedenfalls ging er davon aus, dass es die Genitalien waren –, dass beide das Gebell im ersten Moment gar nicht hörten.

Erst als Axel eine Bewegung am Rande seines Gesichtsfeldes wahrnahm, stieß er seinen Bruder von sich. Dabei verlor er sein imaginäres Ohr, was ihm allerdings auch nur einen imaginären Schmerz bereitete.

»Wuff, wuff!«

Nun bemerkte auch Jason den seltsamen Hund, der mit heraushängender Zunge und wedelndem Schwanz im Nichts um sie herumsprang und dabei fröhlich bellte.

»Wo kommt der denn her?«

Es war das erste Mal in ihrem eine gefühlte Ewigkeit anhaltenden Kampf, dass einer von beiden sprach. Natürlich klang die Stimme nicht wie eine Stimme. Nicht im herkömmlichen Sinne jedenfalls. Vielleicht konnte man es mit einer Muschel vergleichen, die man sich ans Ohr hielt und in der sich das Rauschen des Blutes mit den Sprechtönen vermengte. Inhalt und Emotion des Gesprochenen waren absolut klar, aber die Wörter schienen nach dem Senden lose in der Luft zu hängen und dann vom Empfänger angesaugt zu werden.

»Das ist ein portugiesischer Wasserhund, du Flachpfeife. Die Obamas haben auch so einen. So was weißt du natürlich nicht. Ist ja klar!«

Axel kannte sich mit den Obamas nicht aus. Für Menschen, die so hießen, hatte er nur abfällige Worte parat, selbst wenn sie Präsident und First Lady der verdammten USA waren. Ganz bestimmt interessierte er sich auch nicht für deren Haustiere. Erneut keimte Wut in ihm auf, und er machte sich bereit für einen nächsten Angriff auf seinen Bruder, als der Hund plötzlich zu ihm lief und ihm die Hand, oder was er für eine Hand hielt, abschleckte.

Es war die erste liebevolle Berührung, die ihm seit seinem dritten Lebensjahr widerfuhr. Damals hatte ihm eine Verkäuferin den Kopf getätschelt, nachdem sie ihm einen Lutscher geschenkt hatte. Der Lutscher, der erste seines Lebens, war ihm gleich darauf von seinem Bruder weggenommen worden, aber die warme, wunderbar duftende Hand auf seinen Haaren und das freundliche Lächeln in ihrem Gesicht hatte er nie vergessen. Er erinnerte sich noch genau an das Gefühl von Stolz, von Wahrgenommenwerden, von Gemochtwerden, obwohl die Frau ihn doch gar nicht kannte.

Und nun wurde seine Hand von der Zunge eines Tieres liebkost. Einfach so. Ohne eine Gegenleistung zu erwarten. Bedingungslos. Beinahe real, selbst wenn auch diese Berührung unkörperlich war.

Musste er also sterben, um echtes Glück zu erfahren?, fragte eine Stimme aus den Tiefen von Axels Seele. Doch bevor er antworten konnte, griff sein Bruder ihn wieder an.

Walther Pfannschmidt war vierundachtzig Jahre alt und saß wie immer vor dem Fernseher, wo in ohrenbetäubender Lautstärke eine nachmittägliche Gerichtsshow lief, bei der sich gecastete Laiendarsteller mit viel Inbrunst während einer gestellten Verhandlung beschimpften und die Richter, mehr Detektive als Juristen, aus der Vielfalt der Aussagen den Schuldigen zu ermitteln versuchten.

Doch das, was auf dem Bildschirm geschah, nahm der alte Herr ohnehin nicht wahr.

Sein Zustand glich dem eines Menschen im Koma – mit dem einzigen Unterschied, dass er sehr wohl imstande war, allein zum Kühlschrank oder zur Toilette zu gehen. Andererseits war er hilflos genug, dass ihm an fünf Tagen die Woche das Essen geliefert wurde. Am Wochenende sah eine Betreuungsperson nach ihm. Er sprach wenig mit seinen Pflegekräften, und wenn, dann erzählte er teils mit verstellter Stimme wirre Geschichten, die wirkten, als kämen sie aus dem Leben ganz unterschiedlicher Personen. Bei einer Routineuntersuchung hatte ihm ein Arzt deshalb eine multiple Persönlichkeitsstörung attestiert. Aufgrund seines Alters und seiner mangelhaften Versicherung wurde keine weitere Behandlung angesetzt.

Verena Aslan, die junge Einser-Abiturientin aus Sahsenheim, die ihn einmal in der Woche für einen Ausgang abholte, störten seine Geschichten nicht weiter. Sie verbrachte ihr freiwilliges soziales Jahr in erster Linie auf WhatsApp, und während der alte Knacker vor sich hin plapperte, gab sie allenfalls darauf acht, dass er nicht hinfiel oder beim Spazieren irgendwo gegenlief.

Ansonsten saß Walther Pfannschmidt vor der Glotze, aß, schiss, schlief und wartete auf den Tod. So sah es jedenfalls von außen aus. Tatsächlich führte der alte Mann ein weit aufregenderes Leben, als seine Umwelt ahnte.

Schon seit fünf Jahren war Walther Pfannschmidt ein Seelenparkplatz – eine sehr lange Zeit angesichts der Belastungen, der

Menschen in dieser Funktion ausgesetzt waren. Er hatte viele Begegnungen mit vielen unterschiedlichen Menschen. Diese Begegnungen fanden alle am selben Ort statt. An einem Ort in seinem Geiste. Seine Besucher waren für niemanden sonst sichtbar.

Seelenparkplätze hatte es immer schon gegeben. Denn wenn das Angebot an neuem Leben, das die Seelen der Verstorbenen aufnehmen konnte, nicht mit den Todesfällen Schritt halten konnte, dann galt es, diese Seelen zwischenzuparken. Als »Parkplätze« fungierten dabei oftmals ruhige, lethargische Personen. Die meisten davon befanden sich selbst an der Schwelle des Todes. Sie lebten vornehmlich in ungefährlichen Regionen, in Ländern mit niedriger Sterberate und einer hohen Anzahl an alten Menschen. Es dürfte niemanden verwundern, dass Deutschland eine der höchsten Parkplatzdichten der Welt besaß. Maximal drei Seelen warteten auf einem solchen Parkplatz auf ihre Reinkarnation, die in der Regel auch zügig erfolgte. Der körperliche Stress war für den Seelenwirt trotzdem sehr groß. Walther Pfannschmidt gehörte zu denen, die ihr Los besser ertrugen als andere.

Bis zu diesem Tag.

Er war schon eine Weile leer gewesen und erholte sich vor dem Fernseher, als sich plötzlich die Seele einer Hündin bei ihm einfand. Tiere landeten selten auf Seelenparkplätzen, denn ihre Reinkarnation war weit unkomplizierter als diejenige von Menschen. Walther Pfannschmidt jedenfalls hatte das bisher noch nie erlebt. Als Wirt verspürte er ein gewisses Unbehagen, das sich in Form von Aufstoßen und Blähungen äußerte, und binnen kürzester Zeit roch sein Wohnzimmer wie eine Rasthoftoilette. Das Tier wiederum schien nicht vorzuhaben, ihn besonders zu beanspruchen, denn kurz nach seinem Aufschlag verfiel es in einen Warteschlaf. Doch dann gesellten sich zwei weitere Seelen hinzu. Diesmal waren es die Seelen zweier Männer, und sie waren verantwortlich für den Tod des jeweils anderen. Walther Pfannschmidt wusste weder, woher er dieses Wissen bezog, noch ob es irgendeine Rolle spielte. Er hätte auch niemanden fragen können. Und wenn es ihm doch gelungen wäre, die Frage zu stellen – wer hätte sie beantwortet? Die Wahrheit war, dass er sich seiner Aufgabe mit großer Aufmerksamkeit und Hingabe widmete. Doch als die beiden Männerseelen anfingen, miteinander zu kämpfen, und dabei die Hundeseele aus ihrer Wartestarre holten, gelangte seine Fürsorge an ihre Grenzen. Die kämpfenden Männerseelen und die aufgeregt bellende Hundeseele störten ihn beim Einschlafen, und er brauchte seinen Schlaf. Doch die Unruhe nahm nicht einen Moment ab und setzte sich bis weit in den nächsten Tag fort. Am Ende dieses Tages hatte Pfannschmidt als Wirt rapide abgebaut.

Er war nun selbst reif für eine Seelenwanderung.

4

Trotsky stand vor der Eiche und schaute auf den Boden, wie er es zum ersten Mal vor fast genau fünfundzwanzig Jahren getan hatte. Die lederne Kappe aus der Jacke des Fremden hielt er in der rechten Hand. Wie ein Trauernder, der an einem Grab Abschied von einem Toten nimmt.

Seit jenem Tag war er sehr oft hier gewesen. Doch diesmal war alles anders. Zum ersten Mal hatten auch gewöhnliche Menschen seine übermenschlichen Fähigkeiten wahrgenommen. Man hatte ihn fliegen sehen. Er hatte einen Fabrikschornstein zerlegt und war daraufhin von Polizisten gejagt worden. Deutlich Spektakuläreres war in der Vergangenheit völlig unbemerkt geblieben. Im Augenblick selbst hatte er nicht darüber nachdenken können. Das kam jetzt. Einen Tag danach. An diesem Baum, dem Ort seiner Initiierung.

Warum hatten sich plötzlich die Spielregeln geändert? Waren ihm die Weltenlenker auf die Schliche gekommen?

Waren sie seiner vielleicht überdrüssig?

Oder hatte der verdammte Krebs damit zu tun? Denn auch das hatte sich geändert: Er war, was er nie für möglich gehalten hätte, als Sterbender hier. Seine Zeit auf Erden war befristet. Daran gab es wohl keinen Zweifel.

Und doch kam es ihm vor, als hätte er zum ersten Mal in seinem Leben richtig Zeit.

Trotsky kniete sich hin und griff in die Erde, die Mulde unter der Wurzel. Da lag es, in ein Wachstuch gewickelt. Das Messer, mit dem damals alles begonnen hatte. Ein paar rostbraune Flecken klebten an ihm, Reste vom Blut des Schuldirektors, das er damals nicht hatte abwischen können, nicht hatte abwischen wollen.

Er setzte sich, lehnte sich mit dem Rücken gegen den Stamm und ließ seine Gedanken fließen. Wie Tentakel griffen sie nach einzelnen Bildern aus seiner Vergangenheit und zerrten sie an die Oberfläche. Er dachte an jene Nacht im Schullandheim. An die Tage und Wochen nach seiner Tat.

Der Schuldirektor hatte nur leichte Verletzungen davongetragen – darüber war Trotsky dann doch froh gewesen – und sich gleich nach seiner Genesung an eine andere Schule versetzen lassen. Vielleicht aus Scham, vielleicht aus Angst. Wer wusste das schon? Trotsky erinnerte sich nur, dass er sich erleichtert gefühlt hatte.

Seine Mutter war ihm keine Hilfe gewesen. Ihr hätte er sich anvertrauen wollen, aber seit der Trennung von seinem Vater war sie wenig empfänglich für seine Probleme. In dieser Zeit blieb ihm nichts anderes übrig, als alleine zurechtzukommen. Er erinnerte sich daran, wie ihm allmählich klar wurde, dass sein Körper sich verändert hatte. Sein Gehör registrierte Geräusche von Ereignissen am anderen Ende der Stadt. Auch seine Sehfähigkeit hatte exorbitant zugenommen: Durch die Fenster einer hoch am Himmel fliegenden Passagiermaschine konnte er die Augenfarbe verschiedener Fluggäste erkennen und sogar von ihren Lippen die Bestellungen ablesen, die sie bei der Stewardess aufgaben. Dem Zuwachs an körperlicher Kraft fiel eine ganze

Reihe von Haushaltsgegenständen zum Opfer, bis er lernte, damit umzugehen.

Erst hatte er sich bemüht, seine »Veränderung« vor der Öffentlichkeit geheim zu halten, besonders auch vor seiner Mutter. Dann stellte er fest, dass er vor ihren Augen im Wohnzimmer einen Sessel mit einer Hand hochheben konnte, ohne dass sie etwas dazu sagte, als hätte sie sein kleines Kunststück gar nicht gesehen. Bis dahin hatte ihn seine Veränderung nur verwirrt, doch irgendwann wurde ihm die Sache unheimlich, und das Verlangen erfasste ihn, mit jemandem über das zu reden, was gerade mit ihm geschah.

Nur, mit wem? Seine Probleme trug er mit sich selbst aus, enge Freunde hatte er keine, und seitdem er zur Zielscheibe der Gang um Zankwart geworden war, mieden ihn auch diejenigen Schüler, mit denen er sich früher einigermaßen verstanden hatte.

Bis auf Peter.

Natürlich. Peter!

Er hatte sich in jener Nacht um Trotsky gekümmert, er hatte dafür gesorgt, dass niemand gemerkt hatte, dass er fehlte. Also erzählte er Peter von dem, was im Wald geschehen war. Es tat gut, darüber zu reden, unendlich gut.

Doch Peter schien ihm nicht zu glauben, selbst dann nicht, als Trotsky ihm die neu entdeckten Flugkünste vorführte. In seiner Verzweiflung hatte er Peter gepackt und ihn ein paar Meter durch die Luft getragen. »Siehst du nun«, sagte er danach zu seinem Mitschüler. Doch der starrte ihn nur besorgt an. Das Ganze hatte sich angefühlt, erinnerte sich Trotsky, als wäre er in einem Traum gefangen gewesen. Einem Traum, in dem ihm umso weniger geglaubt wurde, je mehr Beweise er vorbringen konnte.

Frustriert gab Trotsky daraufhin sein Versteckspiel auf. Er beschloss, seine neuen Kräfte ganz offen einzusetzen. Irgendjemand würde diesen merkwürdigen Superjungen doch zur Kenntnis nehmen müssen? Und wenn es einer tat, dann würden die anderen zweifellos nachziehen.

Er begann sich mit denjenigen anzulegen, die bisher den Schulhof mit roher Gewalt terrorisiert hatten. Er verprügelte sie. Einem Grobian brach er sogar den Arm. Gleich danach flog er mit dem wimmernden Haufen Elend ins nächste Krankenhaus und lieferte ihn bei der Notaufnahme ab. Obwohl er direkt neben zwei Pflegern landete, schien sich niemand darum zu scheren. Selbst das Opfer wusste nur, dass Trotsky ihn bedroht hatte, mehr nicht. Immerhin handelte er sich den Ruf eines unberechenbaren Freaks ein, und damit kam eine andere Art von Aufmerksamkeit.

Schüler, die ihn früher gequält hatten, gingen ihm jetzt ängstlich aus dem Weg. Jörg Zankwart und seine Gang zogen es vor, sich andere Opfer zu suchen. Ralf versuchte sich mit Zigaretten und Süßigkeiten Schutz vor ihm zu erkaufen, was Trotsky erst amüsierte, dann nicht weiter interessierte. Tanja und Svane betrachteten ihn mit einer Mischung aus Abscheu und Faszination, wofür er sich am Ende auch nichts kaufen konnte. Angesichts der Angst, die er anderen einflößte, war ihm klar, dass er nun selbst Anführer einer Clique werden und die Form von Erniedrigung ausüben könnte, die ihm vor seiner Veränderung so zugesetzt hatte.

Das allerdings wollte er nicht. Das zuallerletzt!

Sein Ruf wurde ihm schließlich zum Verhängnis. Die Mutter des Schlägers mit dem gebrochenen Arm erstattete Anzeige gegen ihn, obwohl es niemanden gab, der seine Tat bezeugen konnte. Weitere Vorfälle folgten. Andere Eltern zogen nach. Schließlich wurde er von der Schule verwiesen. Es gab zu viele Kinder – selbst solche, denen er nie etwas angetan hätte –, die sich vor ihm fürchteten.

Seine Mutter war außer sich. Auf Anraten des neuen Rektors beschloss sie, ihren Sohn auf eine Schule für verhaltensauffällige Jugendliche zu schicken. Dort ging es ihm zwar nicht besser, aber auch nicht wirklich schlechter als in der Regelschule. Der Ruf, den er mitgebracht hatte, sorgte dafür, dass er in Ruhe gelassen wurde. Am Ende gelang es ihm, zumindest halbwegs wieder in seine ursprüngliche Unscheinbarkeit zurückzufinden. Er setzte seine neuen Kräfte nur noch im äußersten Notfall ein. Wenn niemand seine Übermenschlichkeit wahrhaben wollte, was brachte sie ihm dann ein?

Nicht einmal fliegen wollte er mehr.

Er legte einen halbwegs passablen Schulabschluss hin. Seiner Mutter zuliebe absolvierte er sogar eine Lehre als Elektriker. Er zog in eine kleine Wohnung in einer anderen Stadt, zu weit entfernt, um sich bei der Mutter noch regelmäßig zu melden, und versuchte, seine absonderlichen Kräfte so gut wie möglich zu vergessen.

Doch dann war Tormentor aufgetaucht.

Trotsky bückte sich und rieb sich das linke Knie. Jenes Knie, welches Tormentor einst mit einem Morgenstern komplett zertrümmert hatte. Wofür diesem von Trotsky dann im Gegenzug der Kopf zermalmt worden war.

Und Tormentor war erst der Anfang gewesen. In immer kürzeren Abständen waren ihm andere Supermenschen begegnet, die den Kampf mit ihm suchten und augenscheinlich genauso wenig von ihrer Umwelt wahrgenommen wurden. Anfangs gefiel Trotsky sein neues Doppelleben. Es gefiel ihm sogar sehr, war es doch immerhin der Beweis dafür, dass er nicht verrückt und seine Kräfte real waren. Real waren allerdings auch die Wunden, die er von den Kämpfen davontrug. Zwar heilten sie mit der übernatürlichen Geschwindigkeit, die seine körperlichen Fähigkeiten auch sonst kennzeichnete, aber nicht schnell genug, dass er irgendeiner regulären Arbeit hätte nachgehen können. Bald fehlte er so oft, dass er erst den Job und dann auch seine Wohnung verlor. Seine Kopfschmerzen waren chronisch. Er litt unter Wahrnehmungsverschiebungen, die er weder ignorieren noch behandeln lassen konnte. Und natürlich war er auch nicht mehr versichert. Das wenige Geld, das er noch hatte, reichte gerade für das Zimmer in einer billigen Pension. Seine Kräfte waren erneut zu einer Last geworden. Er wäre gerne in sein altes Leben zurückgekehrt, doch wie sollte er den Kämpfen aus dem Weg gehen?

Über Nacht beschloss er, sich ins Ausland abzusetzen, an einen Ort, wo ihn die Gegner hoffentlich nicht aufspüren würden. Es gelang ihm, in Italien unterzutauchen. Im Moloch Neapel lebte er zunächst auf der Straße, dann stellte man ihn trotz fehlender Sprachkenntnisse auf einer Mülldeponie ein. Er fühlte sich wohl zwischen dem Unrat und den Ratten. Den Gestank ertrug er gerne für den Luxus der Ruhe. Fünf Jahre blieb er in Neapel, bis ihm klar wurde, dass er herausfinden musste, was wirklich mit ihm geschehen war. Also kehrte er nach Deutschland zurück.

Als Erstes suchte er seine Mutter auf, die in Braunschweig immer noch in derselben Wohnung lebte, in der er aufgewachsen war. Sie hatte immer noch denselben Arbeitsplatz und würde wohl bis zur Rente dort beschäftigt bleiben. Sein Auftauchen war für sie ein Schock. Sie hatte ihn für tot gehalten, und ihre Freude über seine Wiederkehr wirkte echt. Mit Vorwürfen hielt er sich zurück, als er merkte, welche Schuldgefühle sie quälten. Stattdessen machte er einen Schritt auf sie zu. Entdeckte, dass eine Beziehung doch noch möglich war. Die Depressionen, von denen sie über Jahre immer wieder befallen wurde, hatte er als Jugendlicher nicht erkennen können. Und selbst wenn – er hätte sie aus diesen Zuständen nicht befreien können. Erst als der Sohn plötzlich verschwunden war, hatte sie sich in Behandlung begeben. Die Medikamente halfen ihr, nach Jahrzehnten wieder klarzusehen. Was sie da sah, erfüllte sie mit Reue und Bedauern. Vor allem, wenn es um ihn ging.

Nachdem sie einmal alles ausgesprochen hatten, stellte sich eine Vertrautheit zwischen ihnen ein, die beiden guttat. Er zog wieder bei ihr ein und arbeitete als Handlanger, nie in Festanstellung, verdingte sich beim Paketdienst, war Putzmann oder parkte Autos für das einzige Casino der Stadt. An Firmen, die einen Arbeiter ohne soziale Absicherungen einstellen wollten, gab es keinen Mangel. So verdiente er genug Geld, um seinen bescheidenen Lebensunterhalt abzudecken.

In der Freizeit fing er an, Nachforschungen anzustellen.

Seine Mutter besaß keinen Computer, also ging er in Internetcafés, nie mehr als zwei- oder dreimal in dasselbe, damit man ihm nicht auf die Spur kam. Er hatte noch immer keine Ahnung, mit wem oder was er es eigentlich zu tun hatte. Im Netz suchte er nach Einträgen über Menschen mit übernatürlichen Fähigkeiten oder Kräften, Menschen wie ihn. Und es war seltsam. Kaum hatte er eine Seite entdeckt, die ihm weiterhalf, war sie schon wieder verschwunden. Manchmal war sie am nächsten Tag nicht mehr da, manchmal schon nach einer Stunde. Es hatte fast den Anschein, als würde ihn jemand beobachten, als wollte jemand ihn daran hindern herauszufinden, was mit ihm los war. Jemand. Oder eine Organisation? Das Wort »Weltenlenker« tauchte immer mal wieder auf. Er verfluchte seine Unfähigkeit, russische oder chinesische Texte zu lesen. Sein Englisch ging einigermaßen. Am Ende gelang es ihm, im Darknet lange genug auf einer recht informativen kanadischen Website zu bleiben, bis er zumindest die Eckdaten einer Verschwörung erfasst hatte, die nicht nur ihn, sondern sämtliche Lebewesen auf Erden zu betreffen schien. Menschen. Tiere. Alles.

In ihrem Zentrum standen die Weltenlenker. Von »telepathischen Tieren« war auf der Seite die Rede, die ihre Halter beeinflussten. War einmal eine Verbindung hergestellt, machten die Weltenlenker über die Tiere dann mit diesen Personen, was sie wollten! Trotsky ahnte, dass diese Website die Antworten auf all seine Fragen enthielt. Ein Zirkusdirektor hatte sie erstellt, der schon seit einer Weile der Spur der telepathischen Tiere folgte. Trotsky beschloss, es ihm gleichzutun.

Dann starb überraschend seine Mutter.

Ein Blutgerinnsel im Gehirn nahm sie ihm schnell und schmerzlos – ausgerechnet jetzt, wo er zum ersten Mal in seinem Leben ein entspanntes Verhältnis zu ihr hatte. Mit den nötigen Formalitäten um ihren Tod gab er seine Anonymität auf, und nach der Beerdigung seiner Mutter beschloss er, Braunschweig umgehend zu verlassen, bevor seine ehemaligen Gegner ihn aufspürten. Nur wohin?

Einer Eingebung folgend, tippte er den Namen seines ehemaligen Mitschülers Peter Märse in die Suchmaschine eines Computers ein. Er wurde gleich zweimal fündig. Der eine, ein Dr. med. in Bad Neustadt, war dem Foto nach mindestens zehn Jahre älter als Trotsky. Der andere wohnte in Sahsenheim. Und freute sich aufrichtig, als Trotsky sich bei ihm meldete.

Peter schien ehrlich erschüttert über den Zustand seines alten Freundes. Er nahm Trotsky ohne zu zögern bei sich auf. Ihm selbst schien es blendend zu gehen. Der einst so dürre Junge hatte mächtig zugelegt. Sein im Fitnessstudio gestählter Körper brachte ihm als Erotiktänzer und Sexdarsteller augenscheinlich viel Geld ein. Die Einrichtung seiner geräumigen Wohnung war, soweit Trotsky das beurteilen konnte, teuer und erlesen. Ganz offensichtlich Designerzeug. Namen wie Bang & Olufsen, de Sede oder Poggenpohl sagten ihm zwar nichts, doch egal ob nun die Fernbedienung der Stereoanlage oder dieser Stuhl mit den Proportionen eines Sessels, der wie ein von Leder zusammengehaltenes Gestell aussah: Die Sachen wirkten kompliziert und dekorativ, aber wenig funktional.

Peter fuhr einen protzigen japanischen Geländewagen und trug legere Kleidung von Kenzo, Alexander McQueen und Hilfiger – Modemarken, die selbst Trotsky kannte.

Und er war privat versichert.

Beim Gedanken an den Freund, der ihm so großzügig Quartier gegeben hatte, fiel Trotsky die Versicherungskarte ein, die Peter ihm gestern früh geliehen hatte. Sie lag in seiner Brieftasche zusammen mit seiner Kleidung an der Bushaltestelle.

Verdammt.

Er hoffte inständig, dass seine Unachtsamkeit dem Schulfreund keinen Ärger einbrachte. Allein bei der Vorstellung bekam Trotsky einen Kloß im Hals. Er musste sich unbedingt aus dem Verkehr ziehen, das war für alle das Beste. Ihm fiel die Unterhaltung vom Vortag mit dem skeptischen Bürger, dem Hundemörder, wieder ein. Was hatte der Mann gesagt?

»In diesem Land, auf dieser Welt musst du nur auf der Straße leben, um zu verschwinden. Puff, bist du einfach nicht mehr da.«

Da war was dran. Trotsky hatte schon in Neapel auf der Straße gelebt, und niemand hatte sich um ihn geschert. Jetzt starrte er auf das Messer und fragte sich, warum er heute hergekommen war. Hatte er vielleicht vorgehabt, dem Ganzen ein Ende zu setzen? Ohne sich darüber im Klaren zu sein? Schon möglich. Die beste Lösung war das nicht. Es gab noch andere Arten, sich aus dem Verkehr zu ziehen. Und das würde er tun. Natürlich nicht hier am Baum. Aber doch an dem Ort, wo alles angefangen hatte.

In Scharnow. Dort war das Schullandheim gewesen, dort hatte der Rektor ihn angefasst, dorthin war er als ein Anderer zurückgekehrt. Und dort würde er jetzt eben noch einmal ein Anderer werden. Einen Versuch war es wert.

5

Niels wachte nach den Geschehnissen der Nacht als Erster wieder auf. Das geschah oft, denn schließlich schlief er auch regelmäßig als Erster ein. Er war in vielen Dingen der Erste: Der Erste, der besoffen war, der Erste, der kotzte, der Erste, der einen Blackout bekam, und der Erste, der morgens Kaffee machte.

Niels schaute sich um. Wie so oft hatte keiner daran gedacht, das Deckenlicht auszumachen. Er selbst lag noch an der Stelle, wo er vor ein paar Stunden – wie spät war es eigentlich gewesen? – mit einem Glas Mische in der Hand während des Finales von D'Amatos *Sado – Stoß das Tor zur Hölle auf* das Bewusstsein verloren hatte. Jemand hatte eine Decke über ihm ausgebreitet und ein Glas Wasser auf die sauber gewischte Glasplatte des Tischmonstrums gestellt. Außerdem trug er ein anderes T-Shirt, also hatte er sich wohl übergeben.

Die Art der Fürsorge trug eindeutig Pits Handschrift. Kalle und Sieben wären allenfalls auf die Idee gekommen, einen Mann zu entkleiden, wenn der von einer Granate schwer verletzt worden wäre und dringend behandelt werden müsste. Niels hatte Erinnerungslücken an den vorigen Abend, war sich aber sicher, dass der Pakt in keine Kriegshandlungen verwickelt gewesen war. Wobei auch Kalle ihn zugedeckt haben könnte, denn er achtete stets darauf, dass sich die Mitglieder des Paktes nicht erkälteten. Medikamente waren teuer.

Niels' Durst war an diesem Morgen groß genug, um das Glas Wasser in einem Zug zu leeren, aber einen wirklichen Kater hatte er nicht. Den hatte er schon seit Jahren nicht mehr, oder vielmehr gehörte ein Kater zu seinem Normalzustand. Er war Alkoholiker, das wusste er. In der Welt, aus der er kam, waren alle Alkoholiker. Da Niels eigentlich keinen Alkohol mochte, war es umso tragischer, dass ausgerechnet dieses Zeug der essenzielle Bestandteil ihres Unterwegsseins war, ihr Treibstoff sozusagen. Der Jetlag nach einem Interkontinentalflug hielt auch niemanden vom Reisen ab. Wozu also sich gegen das wehren, was vom Schicksal vorherbestimmt war?

Zudem hatte er einen Filmriss, was den Vortag anging. Seine Erinnerungen reichten gerade mal bis zum Überfall und verschwanden dann ganz nach Verlassen des Supermarkts. Er erinnerte sich nur noch daran, wie er im Wohnzimmer aufgewacht war und das Gemetzel auf dem Bildschirm gesehen hatte. Alles klar. Er hatte sein Glas Mische genommen und den anderen zugeprostet. Erst beim Trinken war ihm bewusst geworden, dass er alleine war. Bevor er weiter darüber hatte nachdenken können, hatte der hochprozentige Mix seine Wirkung entfaltet und ihn erneut in den Tiefschlaf versetzt.

Niels stand auf, streckte sich und gähnte laut. Hinter dem Sofa hörte er ein vertrautes Geräusch. Jemand schnarchte. Laut! Sehr laut!

Sieben lag auf dem Fußboden, ein Kissen unter dem Kopf, zugedeckt mit dem Lederblouson, auf den er so stolz war. Kalle und Pit waren demnach im Schlafzimmer, dem einzigen anderen Raum in der Wohnung. Niels stand auf, merkte, dass er pinkeln musste, und schnappte sich auf dem Weg zum Klo die Kaffeekanne von der behelfsmäßigen Kochstelle, die sie sich nach der

Notvermauerung der Küche eingerichtet hatten. Sie bestand lediglich aus einer Kühltasche, einer Kaffeemaschine und einer elektrischen Pfanne. Das reichte absolut. Küchen passten nicht wirklich zum Lebensentwurf des Paktes. Auf der Toilette bereitete ihm die Absonderung seines Urins ein körperliches Vergnügen, das er mit einem brachialen Furz zum Ausdruck brachte. Ein beeindruckend fauliger Gestank machte sich breit. Während er im Stehen in die Schüssel urinierte, ließ er am Waschbecken Wasser in die Kaffeekanne laufen. Als die Kanne voll war, war sein Strahl noch immer konstant stark. Er war froh, dass er sich im Schlaf nicht in die Hose gemacht hatte, und sah sich um. Neben dem Klo stand der Putzeimer, über dessen Rand mehrere Lappen hingen. Alle waren rostbraun verfärbt. Seltsam. Hatte Pit in dieser Nacht noch einen Großputz veranstaltet? Soweit sich Niels erinnern konnte, war die Wohnung nicht in einem Zustand gewesen, der eine solche Maßnahme erfordert hätte. Sein Strahl wurde schwächer und versiegte schließlich. Er schüttelte die letzten Tropfen ab, schwemmte, da die Spülung schon länger kaputt war, den Urin mit der Hälfte des Wassers aus der Kaffeekanne fort und wusch sich danach ausgiebig die Hände. Schließlich würde er Kaffee für alle machen, den wollte er nicht kontaminieren.

Der faulige Gestank der Blähung lag noch in der Luft. Im Bad gab es kein funktionierendes Fenster, also öffnete Niels die direkt daneben liegende Wohnungstür, um die üblen Gase wenigstens ins Treppenhaus abziehen zu lassen. Auf diese Weise konnte er auch gleich nachschauen, ob es noch Nacht oder schon Tag war. Bevor er einen Blick in den Flur wagte, betrachtete Niels kurz sein Spiegelbild im Glas des gerahmten Manifests neben der Wohnungstür. Eigentlich sah er gar nicht so mitgenommen aus, wie man es nach den Saufexzessen der Nacht hätte annehmen können. Der Flur war vom Tageslicht erleuchtet. Das freute ihn. Jeder neue Tag war ein neuer Anfang. Er genoss immer wieder das Gefühl der Hoffnung, welches damit einherging. Der zweite Genussmoment würde dann mit dem ersten Schluck Kaffee kommen, aber dafür musste er ihn erst mal kochen.

Der Flur strahlte geradezu, wenigstens kam es ihm so vor. Lag das an der Sonne? Er konzentrierte sich auf den Anblick vor ihm. Erstaunlich, dachte er dann. Der Hausflur war gründlich geputzt worden, selbst die Kacheln an der Wand waren nicht gelblich wie sonst, sondern blendend weiß. Der Linoleumboden war staubfrei und glänzte an ein paar Stellen sogar, als wäre er gebohnert worden. Die Vorstellung war absurd. Er schüttelte den Kopf, um diese Halluzination zu vertreiben, doch sie blieb hartnäckig bestehen. Welcher Putzteufel hatte hier sein Unwesen getrieben? Die alte Karpski von gegenüber wohl kaum. Die hätte sich doch lieber ihre Ohren abgerissen und sie paniert, gebraten und verspeist, als einen Wohnbereich sauber zu machen, der noch von anderen Hausbewohnern mitbenutzt wurde. Der alte Pfannschmidt von oben vielleicht? Oder gar dieses pickelige Mädchen, das sich hin und wieder um den alten Knacker kümmerte?

Niels stützte sich aufs Treppengeländer und schaute nach oben. Dort war alles wie immer, schmuddelig und vergilbt. Seine Verwunderung wuchs. Was war hier los? Ein weißer Tiger im Flur hätte ihn weniger überrascht als diese plötzliche Sauberkeit. Ihm fielen die Putzlappen auf dem Klo ein. Es schien nicht ausgeschlossen, dass der Pakt etwas mit der Sache zu tun hatte. Aber was? Und warum? Hatte er sich letzte Nacht vielleicht vor der Wohnung übergeben, und den anderen war das peinlich gewesen? Oder hatte die Putzaktion mit dem Überfall zu tun? Hatten seine Freunde vielleicht Spuren beseitigen wollen? Hatten sie womöglich eine Geisel genommen, die im Hausflur verblutet war? An eine Geisel konnte er sich nicht erinnern, andererseits konnte er sich streng genommen an gar nichts erinnern, was nach dem Überfall geschehen war.

Langsam bekam er nun doch Kopfschmerzen. Der Kick des neuen Tages war vorbei. Er sehnte sich nach einem Kaffee. Danach würde er klarer sehen. Er warf einen letzten Blick in den Flur und entdeckte vor der Wohnungstür gegenüber eine leere Fantaflasche. In ihrem Hals steckte wie die geheime Nachricht in einem Kinderfilm ein eingerolltes Stück Plastikfolie. Sehr leise schlich er sich an Elsa Karpskis Tür heran. Ein Treffen mit dem alten Drachen konnte er jetzt nicht gebrauchen, aber die Sache machte ihn doch neugierig. Vielleicht enthielt das Stück Plastik ja die Antwort auf das Rätsel um den geputzten Flur?

Er zupfte die Folie aus der Flasche und entrollte sie. Es handelte sich um eine leere Erdnussflipstüte der preiswerten Marke, die er selbst gerne aß. Jemand hatte mit einem goldenen Filzschreiber und in schön geschwungener Schrift etwas draufgeschrieben. Er kniff die Augen zusammen, um besser lesen zu können.

»Danke!«, stand da. Mehr nicht.

Seine Kopfschmerzen nahmen schlagartig zu.

Scheiß auf Kaffee, ein Bier ... sofort, dachte Niels und kehrte mit Flasche und Flipstüte in die eigene Wohnung zurück.

6

Die graue, neblige Umgebung des Seelenparkplatzes nahm ihnen schließlich jede Lust am Kampf. Welchen Sinn hatte es, seinen Hass mit körperlicher Gewalt auszuleben, wenn man dem anderen keinen Schmerz zufügen konnte? Die Seele, die einmal Cloudy gewesen war, hatte sich ebenfalls wieder beruhigt und lag dösend neben den Brüdern im Nichts. Die Weinbarths hätten auch gerne gedöst, doch ihre Wut hielt sie wach.

Wie lange waren sie schon hier? Ihr Zeitempfinden funktionierte nicht mehr, und irgendwann – wann genau, hätten sie unmöglich sagen können – war ihnen bewusst geworden, dass sie neben Hass auch Langeweile verspüren konnten. Das wiederum hatte ihre Wut erneut aufflammen lassen.

Da tat sich plötzlich etwas.

Unter ihnen tauchte ein Strudel auf. Beide Brüder dachten unwillkürlich an die Spülung einer Toilette. Ein anderes Bild fiel ihnen nicht ein, dafür fehlte ihnen die Fantasie. Im Übrigen war das Bild nicht ganz verkehrt, denn es fühlte sich an, als würde ein Sog von unten an ihnen ziehen.

Tatsächlich spürten sie natürlich überhaupt nichts, weil sie ja gar keine Körper mehr hatten, die noch etwas hätten spüren können. Von Fakten hatten sich Jason und Axel allerdings noch nie beirren lassen, und sie hatten auch nicht vor, nach ihrem Tod noch damit anzufangen. Der Strudel zog sie also durch eine Art Nadelöhr in ein schwarzes Loch. Im einen Moment waren sie noch da, im nächsten bereits von Walther Pfannschmidts Seelenparkplatz verschwunden. Cloudy, indessen aufgewacht, bellte ihnen fröhlich hinterher. Zumindest war ihr, als würde sie bellen.

In ihrem Leben waren die Brüder Weinbarth nie besonders gläubig gewesen. Man stelle sich also ihre Überraschung vor, als sie sich einige tausend Meilen entfernt, in Malaysia genau genommen, in einer Platymma tweediei, einer frisch geborenen Feuerschnecke, wiederfanden. In ein und demselben Tier wiedergeboren. Für einen furchtbaren, höchstens zwei Millisekunden dauernden Moment wurden sich die Brüder ihrer neuen Gestalt noch bewusst. Mit einer Einigkeit, die ihnen in ihrem früheren Leben nie vergönnt gewesen war, dachten sie beide gleichzeitig: »Scheiße!«

Dann ergaben sich ihre Seelen vollkommen in ihr neues Dasein. Was auch immer von ihnen noch da war, würde jetzt ein Schneckenleben lang Zeit haben, an der gemeinsamen Beziehung zu arbeiten – und das mit einer Langsamkeit, an der jeder Therapeut seine Freude gehabt hätte.

Walther Pfannschmidt stöhnte erleichtert auf und rekelte sich in seinem Fernsehsessel. Dieses Rekeln war in seiner Vorstellung groß und behaglich. Tatsächlich war davon nicht mehr als ein leises Zucken zu sehen. Außenstehende hätten womöglich gar nichts wahrgenommen. Es gab aber keine Außenstehenden. Es gab nur den alten Mann in seinem Fernsehsessel. Und dem war das, was andere dachten, herzlich egal.

Die bin ich los!, seufzte er innerlich und spürte dabei, wie seine Lebensgeister langsam schwanden, mit einer Endgültigkeit, die sich großartig anfühlte. Es war Zeit, seine Aufgabe abzugeben. Wer sie übernehmen würde, interessierte ihn nicht. Er konnte ja kaum noch sein eigenes Leben bewältigen. Sollten sich diejenigen darum kümmern, die ihn vor fast fünf Jahren dafür auserwählt hatten.

Er hoffte nur, dass er fort sein würde, bevor diese pickelige, ignorante Göre vorbeikam, die andauernd auf ihr Mobiltelefon starrte. Aber bis zu ihrem Eintreffen würde es noch etwas dauern. Pfannschmidt spürte, wie der Tod auf ihn zukam. Er schloss seine Augen, ganz fest, in der irrealen Hoffnung, so die Ankunft beschleunigen zu können.

Da nahm er die Bewegung wahr. Der Hund!

Zum ersten Mal seit Tagen öffnete Walther Pfannschmidt den Mund und sprach. Er sagte nur ein Wort. Mehr brachte er nicht über die Lippen, und mehr brauchte es auch nicht.

»Hilfe!«

Sofort überkam ihn eine Leichtigkeit, wie er sie immer dann verspürte, wenn eine Seele ihn verließ. Fantastisch. Der Hund war nun also auch untergekommen. Der alte Mann rutschte noch tiefer in seinen Sessel und schloss wieder die Augen.

Und dann hieß er den Tod willkommen.

Vierzehn Kilometer entfernt, auf der Intensivstation des Bezirkskrankenhauses, erwachte Elsa Karpski aus ihrem Koma. Da ihre Vitaldaten elektronisch weitergeleitet wurden, ging im Schwesternzimmer ein Alarm los. Die diensthabende Schwester Elisabeth Gartrand rief über Intercom einen Arzt, und gemeinsam mit einem weiteren Krankenpfleger eilten sie in Elsas Zimmer. Elsa sah die Menschen, die hereingestürmt kamen, lächelte sie an, sagte aber nichts.

Worte, Sätze, Fragen tauchten in ihrem Inneren auf.

Bestimmung.

Sie hatte ihre Bestimmung gefunden.

Welche Bestimmung?

Woraus bestand sie?

Der Arzt sprach sie an und überprüfte dabei ihre Pupillenreflexe mit einer kleinen Stablampe. Eine Krankenschwester nestelte an ihrem Arm. Elsa lächelte weiter. Warum sie hier war, wusste sie nicht. Etwas war geschehen. Etwas Beängstigendes. Ihr blieb weniger eine Erinnerung daran als ein beklemmendes Gefühl. Doch diese Beklemmung wurde bald schon von ihrer neu gefundenen Euphorie verschluckt.

Während der Arzt und der Krankenpfleger sich weiter um die alte Dame kümmerten, gab Schwester Elisabeth die freudigen Nachrichten an die Enkelin weiter. Elsa ließ alles mit sich geschehen. Sie sah einfach nur aus dem Fenster, betrachtete die Lichter, die durch die Luft flitzten, und sprach völlig unvermittelt ihre ersten Worte seit dem Koma.

»Die Seelen sind unterwegs.«

Es waren Worte, die eine Reihe von Menschen noch eine ganze Weile beschäftigen sollten.

7

Jan-Uwe fühlte sich elend. Er hatte sich auf der Arbeit zwar krankgemeldet, aber sein Unwohlsein war nicht in erster Linie körperlicher Natur. Seine Seele war es, die sich schlecht fühlte.

Am Vortag war er mit seinen Mitverschwörern nach Scharnow gefahren und hatte einen Hund getötet. Und warum? Weil der Bund skeptischer Bürger dieses Tier für ein zentrales Glied im Rahmen einer Weltverschwörung hielt. Ein unschuldiges Wesen hatte sein Leben lassen müssen, nur weil eine Handvoll erwachsener Menschen einer hirnrissigen Theorie aus dem Internet Glauben schenkte, dem anonymen Hinweis eines Informanten, der sich auch noch HeidEgg nannte. Das war doch Wahnsinn!

Jan-Uwe war sich der intellektuellen Defizite der Anhänger des BsB sehr wohl bewusst. Warum also hatte er mitgemacht? Und schlimmer noch, den tödlichen Schuss höchstpersönlich abgefeuert? Als er seinen lädierten Wagen gesehen hatte, war ihm das wie die gerechte Strafe für seine Tat erschienen. Vielleicht lag es am Schock über das Wrack, dass er sich an das, was danach geschah, kaum noch erinnern konnte. Da war Polizei gewesen, und ein seltsamer Mann. Ein seltsamer, fliegender Mann. Oder doch nicht? Der Mann hatte ihn gerettet. Stimmte das? Jedenfalls war er, Jan-Uwe, mit einem Mal hoch oben in der Luft über das Industriegebiet getragen worden.

Quatsch. Es gab keine fliegenden Menschen. Und schon gar keine, die stark genug gewesen wären, einen ausgewachsenen Mann durch die Luft zu befördern.

Fakt war aber, dass er irgendwann mit einem Mann auf einer Wiese gesessen und sich mit ihm unterhalten hatte. Worüber, das wusste er nicht mehr so genau. Er erinnerte sich nur daran, dass ihm dieser Mensch traurig vorgekommen war. Irgendwie gebrochen. Und das entsprach in seiner Vorstellung ganz und gar nicht dem Profil eines Menschen, der übernatürliche Kräfte besaß.

Vor allem, weil es solche Menschen nun mal nicht gab.

Er stand immer noch vollkommen neben sich und hatte keine Ahnung, wo er einen Halt finden sollte. Bei sich selbst zuallerletzt, das wurde ihm gerade bewusst. Doch zumindest das konnte er ändern. Statt aus einer wahnwitzigen Idee heraus ein wunderschönes Tier zu erschießen, sollte er seine Energien lieber darauf verwenden, sein Privatleben in Ordnung zu bringen. Seine Frau hatte ihn verlassen. Den Hund hatte sie mitgenommen. Das Besuchsrecht bei der Tochter hatte er ebenfalls verloren. Seine durchaus legale Waffensammlung hatte bei dem Sorgerechtsstreit zweifellos eine Rolle gespielt.

Er sehnte sich nach Normalität. Nach positiven Gedanken und Erlebnissen. Nach seiner Familie. Er würde alles für eine zweite Chance geben. Er wollte ab jetzt ein guter Vater sein und kein anonymer Kämpfer gegen ein Hirngespinst. Mehr waren sie doch nicht, diese angeblichen Weltenlenker. Eine Einbildung. Ein Internetgerücht. Wie hatte er diesem Schwachsinn auch nur für eine Minute Glauben schenken können?

Wenn er Glück hatte, würde er für seine Tat nicht zur Verantwortung gezogen werden. Sie waren vorsichtig gewesen, hatten keine Spuren hinterlassen. Das Opfer war, so sehr die Schuldgefühle an ihm nagten, letztendlich doch nur ein Tier gewesen.

»Nur ein Tier.« Glaubte er das im Ernst?

Die Gesellschaft sah das so. Und dieser Gesellschaft wollte er sich von nun an unterordnen. Um nicht verrückt zu werden! In ein paar Wochen, vielleicht sogar schon in ein paar Tagen, würde er sich mit seiner Tat arrangiert haben. Er würde wieder ruhig schlafen können. Doch um dies zu erreichen, musste er sich definitiv von seinen Waffen trennen. So etwas wie gestern durfte schlicht nicht mehr vorkommen. Auch von den Idioten vom BsB galt es sich zu distanzieren. Um da einen Schlussstrich zu ziehen, brauchte er allerdings einen Verbündeten. Jemand, der zur Gruppe gehörte und Auskunft erteilen konnte, wenn die Rede auf ihn kam. Der die anderen, falls nötig, auch beruhigen konnte. Immerhin handelte es sich beim BsB um ausgemachte Paranoiker, und er wollte auf keinen Fall, dass die sich in den Kopf setzten, er sei der Feind.

Nur: Wer könnte das sein? Jemand, der etwas wollte, das Jan-Uwe ihm geben konnte. Und der für dieses Etwas alles tun würde. Allzu intelligent durfte er nicht sein. Es gab nur einen Menschen, auf den das alles zutraf. Jan-Uwe suchte einen Namen aus dem internen Speicher seines Telefons heraus und drückte die Wähltaste. Es klingelte zweimal, dann ging jemand ran.

»Zarm?«

»Ich bin's. Jan-Uwe!«

»Paslička, du Nacho, bist du verrückt geworden, bei mir anzurufen?«

»Mach dir nicht ins Hemd, Zarmo. Dass wir uns kennen, ist kein Geheimnis, und unsere Telefone werden nicht abgehört. Glaub mir!«

»Noch nicht ...«

Jan-Uwe ignorierte Zarmos Unmut und kam zur Sache.

»Sag mal, bist du immer noch heiß auf Carla?«

Stille am anderen Ende der Leitung. Er wurde konkreter.

»Wir haben doch neulich drüber gesprochen. Und ich hab's mir überlegt. Du kannst sie haben!«

Totenstille. Zarmo schien nicht einmal mehr zu atmen. Die nächsten Worte stieß er in einem zischenden Flüstern aus.

»Paslička, wenn du mich verarschen willst …«

»Ich verarsch dich nicht, Hans!«

Jan-Uwe konnte hören, wie es in Zarmo arbeitete.

»Was willst du für sie haben?«

Die letzten Worte hatte er sehr schnell ausgesprochen. Neben Misstrauen schwang jetzt auch Gier in seiner Stimme mit.

»Nichts, Zarmo! Du kannst sie haben. Du musst mir nur helfen, bei den Bürgern auszusteigen.«

Wieder herrschte ein paar Sekunden Stille.

»Du meinst jetzt gleich? Alter, nach gestern kannst du doch unmöglich aussteigen wollen?«

»Doch, gerade wegen gestern. Weißt du, ich liebe Hunde. Ich liebe alle Tiere, Hans. Wenn ich ehrlich bin, weiß ich nicht mehr, warum ich bei diesem Schwachsinn überhaupt mitgemacht habe.«

Das war nicht perfekt, aber zumindest nicht gelogen. Jan-Uwe entschloss sich, noch einen draufzusetzen. »Offen gestanden, ich halte auch den ganzen Druck einfach nicht mehr aus.«

So. Das sollte genügen. Bisher war Jan-Uwe – wenn auch nicht offiziell – der Starke, der Überlegene gewesen und Zarmo immer an zweiter Stelle. Dieser Satz würde ihm nun klarmachen, dass sich das Verhältnis geändert hatte. Die Freude darüber würde ihn zweifellos daran hindern, weiter über den Kollegen nachzudenken. Und wenn er dann noch das beste Mädel vom ganzen Puff in die Finger bekam …

»Willst du sie jetzt oder nicht?«

»Ja doch, ja doch. Umsonst, meintest du?«

»Wie gesagt, halt mir bei den Bürgern den Rücken frei, mehr will ich nicht von dir.«

Vor lauter Verlangen überschlug sich Zarmos Stimme.

»Ich bin dabei!«

»Okay. Ich mach sie für dich fertig. Morgen?«

»Morgen schon! Bringst du sie zu mir?«

»Nein, komm du zu mir. Ich hab keinen Wagen mehr.«

Bevor Zarmo fragen konnte, was mit seinem Wagen war, legte Jan-Uwe auf. Der Typ war aber auch langsam. Jan-Uwe hatte direkt Kopfschmerzen nach dem Gespräch.

Er sah auf das Präzisionsgewehr, das vor ihm auf dem Tisch lag. Carla war hübsch. Carla war in jeder Hinsicht Zucker. Carla musste dringend weg. Er begann die Waffe auseinanderzuschrauben. Fort mit ihr, so schnell wie möglich, sagte er sich. Zarmo war scharf auf sie, und Jan-Uwe wusste jetzt, dass er ohne sie leben konnte. Hatte er das nicht schon einmal geschafft, damals, als die erste Carla ihm den Laufpass gegeben hatte? Wie alt war er gewesen? Zwanzig. Sie war damals siebenundzwanzig und in vielerlei Hinsicht seine große Liebe geblieben.

Wie nachhaltig diese Liebe weiter in ihm wirkte, war ihm erst klar geworden, als er, ohne großartig darüber nachzudenken, seinem Lieblingsgewehr ihren Namen gegeben hatte.

8

Nami und Hamid fuhren auf der Schwalbe Richtung Krankenhaus. Der Anruf von der Intensivstation war gekommen, als sie noch kichernd zusammen im Internetcafé gesessen hatten. Es war kein anderer Kunde da gewesen, also hatte Hamid beschlossen, den Laden zuzumachen und Nami zu ihrer Großmutter zu bringen. Sie trug wieder seinen Helm. Das geboten die Gesetze der Ritterlichkeit.

Nami war leicht ums Herz. Das schlechte Gewissen, das sie gequält hatte, weil Hamid kaum noch einen anderen Gedanken in ihr zuließ, konnte sie wieder ablegen. Mit ihrem Omili ging es bergauf! Und nun saß sie ganz dicht an Hamid gedrückt, atmete seinen Geruch ein und hoffte, die Fahrt würde ewig dauern.

Hamids Herz war ebenfalls leicht, so leicht wie seit seiner Flucht nicht mehr. Er war auf der Landstraße unterwegs, spürte den frischen, herbstlichen Fahrtwind auf seiner Haut, und hinter ihm saß dieses umwerfende Mädchen, dieses Wahnsinnsgeschöpf, und hielt ihn umschlungen. Ihn, Hamid, der es bisher kaum gewagt hatte, ein Mädchen auch nur anzuschauen! Zum ersten Mal, seit er hier war, hatte er das wunderbare Gefühl, angekommen zu sein. Die Luft schmeckte nach einem neuen, aufregenden Zuhause.

Die Schwalbe fuhr nicht schnell. Der Motor war mit dem Gewicht zweier Personen mächtig am Anschlag, aber sie schafften die Strecke bis zum Langenfeld-Hospital dann doch in etwas mehr als vierzig Minuten. Vor dem Krankenhaus sprang Nami vom Moped, nahm den Helm ab und bedeutete Hamid, sitzen zu bleiben. Sie legte ihm zwei Finger auf die Lippen.

»Geh nicht weg, ja?«

Mehr fiel ihr nicht ein, aber der kurze Satz schien perfekt.

Dann war sie fort, und Hamid starrte dorthin, wo sie eben noch gestanden hatte. Kein Zweifel, er war bis über beide Ohren verliebt. Sie ist schön, dachte er. Wunderschön.

Schön wie die Stille nach dem ersten Schnee ...

9

Er rief noch am selben Abend an. Sylvia ließ es viermal klingeln, bevor sie abnahm.

»Pathe!«

»Hallo, Sylvia. Hier spricht Dave.«

Sie wusste natürlich, dass er es war, sie hatte schließlich seine Nummer gespeichert. Außerdem erhielt sie Anrufe sonst nur von Arbeitgebern oder ihren Kollegen, um Schichten und Arbeitszeiten abzusprechen. Nach den gestrigen Vorfällen hatte sich keiner von ihnen gemeldet, auch nicht, um nachzufragen, wie es ihr ging. Lediglich Marlies Henkel hatte mit barscher Stimme eine Nachricht auf Band hinterlassen, dass sie erst am Montag wieder zur Arbeit erscheinen müsse. Vielleicht war das ihre Art, Mitgefühl auszudrücken, dachte Sylvia. Besonders mitfühlend hatte es sich nicht angehört.

Seit ihr Mann verschwunden war, rief auch ihre Mutter kaum noch an. Sie hatte Felix sehr gemocht und machte Sylvia für die Trennung verantwortlich. Sie hatte sich einen reichen Mann für ihre Tochter gewünscht und meinte es vermutlich gut, aber dass Felix nun weg war, hatte Sylvia sich schließlich nicht ausgesucht. Von ihr aus konnte er bleiben, wo er war. Sie kam gut allein zurecht. Sie hatte ja Cloudy.

Gehabt!

»Sylvia?«

»Hallo, Dave. Wie geht's?«

Sie blieb unverbindlich, hielt ihn auf Distanz – sie hatte nicht vergessen, wie er sie in der Garderobe einfach gepackt und geküsst hatte. Wenn man das einen Kuss nennen konnte.

Umgekehrt konnte sie nicht behaupten, dass es sie nicht freute, eine menschliche Stimme zu hören. Und die Art, wie er gerade »Sylvia« gesagt hatte. So hatte schon sehr lange niemand mehr ihren Namen ausgesprochen.

»Mir geht es gut«, kam von Dave aus dem Hörer. »Heute bin ich dir begegnet, da kann es mir nur gut gehen.«

Ganz schön dick aufgetragen, dachte Sylvia. Er war flirty unterwegs, hätten sie und ihre Freundinnen früher gesagt. Sagte man das heute noch? War die Frage wichtig?

»Wie geht es dir?«, fuhr seine körperlose Stimme fort. »Hast du noch mehr Männer kennengelernt?«

»Ähm, nein. Du warst heute mein einziger Kunde. Was macht der Anzug?«

Sie wusste selbst nicht, warum sie das fragte. Wollte sie das wirklich wissen? Oder einfach nur das Gespräch verlängern, das sie zumindest daran hinderte, die Stille in der Wohnung wahrzunehmen, die Cloudys Tod hinterlassen hatte?

»Liegt noch in der Tüte. Sehen wir uns? Morgen? Soll ich ihn für dich anziehen?«

Das war allerdings sehr direkt. Sie holte scharf Luft, um ihn zu fragen, ob er noch ganz richtig tickte. Andererseits hatte sie im Laden ja bereits erlebt, wie schnell seine Fassade des Verführers einstürzen konnte. Was dahinter zum Vorschein kam, war nicht unsympathisch. Und da sie am Samstag frei hatte ... Sie überlegte noch, wie sie am besten antworten sollte, da legte er nach.

»Sylvia, ich würde dich so wahnsinnig gern wiedersehen! Sag mir, wo du wohnst, ich hole dich ab.«

Bevor ihr bewusst war, was sie da tat, hatte sie ihm ihre Adresse gegeben. »Und du willst wirklich den Smoking anziehen?«, fragte sie, um etwas von ihrer Überlegenheit zurückzugewinnen.

»Ja, klar! Eine Frau wie du hat bestimmt etwas im Schrank, was dazu passt, oder? Überrasch mich! Ich bin morgen um sieben bei dir!«

»Gut. Bis dann«, sagte sie und legte auf.

Die Stille, die sie danach umfing, fühlte sich an wie Watte. Ihre Blase holte sie in die Realität zurück. Sie ging zur Toilette und pinkelte. Da entdeckte sie in ihrer Unterhose einen dunklen Fleck. Es schien eine halbe Ewigkeit her, seit ihr Körper solche Meldungen an sie gesandt hatte, doch sie wusste gleich, was los war.

Weniger klar war, was sie – ausgerechnet jetzt in tiefer Trauer um den einzigen Gefährten, der ihr in den letzten Jahren geblieben war – von der Sache halten sollte.

Das Telefonat mit diesem zudringlichen Kerl, diesem Dave, hatte sie ganz offensichtlich erregt.

Zwischenspiel
Der telepathische Zirkus

»Geld stinkt nicht!«, diesen Spruch hatte Felix Pathé einst gern und bei jeder denkbaren Gelegenheit benutzt. Und wenn er einmal starb, so hatte er es bei seinem Anwalt hinterlegt, sollte genau dieser Satz auf seinem Grabstein stehen. Das war lange her, vor der Sache mit den telepathischen Tieren, die sein Leben auf den Kopf gestellt hatte.

Vom Wesen her war Pathé ein eher ernster, in sich gekehrter Mensch. Der Spruch mit dem Geld und dem Stinken war der einzige Hinweis darauf, dass er zumindest einen Funken Humor besaß, denn er bezog sich auf die Art, wie er reich geworden war. Felix Pathé war reich, unfassbar reich, und diesen Reichtum verdankte er dem Gestank.

Felix Pathé war Güllemilliardär.

Als Erbe einer mittelgroßen Rinder- und Schweinezuchtfarm hatten ihn die enormen Mengen von Kot und Urin, die jeden Tag anfielen, zunächst zum Landwirt werden lassen, denn die Entsorgung von überschüssigen Tierexkrementen war teuer. Sehr teuer. Noch sein Vater hatte den stinkenden Abfall, der nicht für die Felder genutzt wurde, einfach in einem Tümpel am Rande des Dorfes entsorgt. Bis zum Ende der DDR hatte das keinen interessiert. Nach der Wiedervereinigung änderte sich dann aber vieles. Es traten Umweltgesetze in Kraft, die derlei Praktiken mit drakonischen Strafen belegten. Gleichzeitig zwang das neue Wirtschaftssystem Bauern wie Pathés Vater dazu, die Produktion bei sinkenden Preisen immens zu erhöhen. Eine gesteigerte Produktion bedeutete wieder mehr Tiere. Mehr Tiere produzierten mehr Kot. Die neue Zeit hatte den alten Mann schließlich ins Grab gebracht.

Sein einziger Sohn, Felix Pathé junior, sah sich gezwungen, sein BWL-Studium abzubrechen und den Hof am Rande von Scharnow zu übernehmen. Er ging die Situation pragmatischer an und begann Mais, Gerste und Tomaten anzubauen. Missernten und ein verregneter Sommer brachten ihn beinahe um die Existenz, doch solange seine kranke Mutter noch lebte, wollte er den Hof nicht verkaufen. Also suchte er nach einem Ausweg und fand ihn schließlich auch.

Die einzige Konstante in seinem Leben, überlegte er sich, war Scheiße. Einem Bauern, der Hühner hatte und mit deren Festmist nur einen Teil seiner Felder düngen konnte, bot er versuchshalber die Gülle für einen Spottpreis an. Das war der Grundstein für sein bald schon florierendes Geschäft.

Seine Gülle wirkte Wunder. Der Hühnerbauer bestellte nach. Da dieser sich weder synthetischen noch teuren natürlichen Dünger anderer Hersteller leisten konnte, stundete Pathé ihm die Schulden, bis der Bauer genug eingenommen hatte, um alles mit Zinsen zurückzuzahlen. Auch mit anderen Bauern machte Pathé das so. Bald schon war er der einzige Lieferant im Umkreis von fünfzig Kilometern. Seine Fairness den Kunden gegenüber sprach sich herum. Die Bauern kamen von immer weiter her, um sein Produkt zu kaufen.

Pathé lieferte Dick- und Dünngülle. Er erweiterte sein Angebot um Schwemmmist und Flüssigmist. Nach dem Tod seiner Mutter gab er die Korn- und Gemüsefelder auf und ließ Silos darauf errichten. Viele Silos. Und seine Rinder ließ er dazwischen weiden.

Das wachsende Umweltbewusstsein und der Aufstieg der Grünen machten Gülle bei den Bauern immer beliebter – vor allem, da synthetischer Dünger vom Umweltministerium jetzt hart besteuert wurde. Pathé experimentierte also mit der Ernährung seiner Tiere und verbesserte stetig die Qualität seiner Scheiße. Der Bedarf an Gülle war bald so groß, dass er anfing, anderen Tierzüchtern deren Dung abzukaufen. Damit baute er einen Großvertrieb für Naturdünger auf, der schließlich auch ins Ausland lieferte. Stets darauf bedacht, möglichst autark zu bleiben, schaffte sich Pathé Lastwagen an, stieg so auch ins Transportwesen ein und wurde zum Güllespediteur.

Der angekaufte Dünger hatte bei Weitem nicht die Qualität seiner eigenen Ware. Pathé reagierte darauf mit der Einführung verschiedener Güteklassen, die er zu unterschiedlichen Preisen verkaufte. Dazu gehörten Piggy firstclass very fine full grow, Bullshit 3000 medium grow, Thickshit 1 full grow, Mixshit 2.0 medium grow, Happy Crap Universal und außerdem seine Hausmarken Avalon grob, Avalon medium und Avalon dünn premium.

Erfolgreich war Felix Pathé aber auch deshalb, weil er seiner Konkurrenz stets um eine Nasenlänge voraus war. Als sich etwa die erste Energiekrise im wiedervereinten Deutschland ankündigte, stieg er auf Biogas um, das er in eigenen Anlagen herstellte und in all seinen Betrieben einsetzte. Die eingesparten Stromkosten wiederum halfen ihm über die Anlaufzeit hinweg, die sein neu geschaffenes Feld der Gülleverwertung brauchte, um Gewinn abzuwerfen. Und bald fand auch Pathés Biogas reißenden Absatz. Innerhalb von drei Jahren verdreifachte sich sein Vermögen. An den Güllebanken und Güllebörsen wurde Pathé zum gefeierten Star. Dort handelte er sich auch den Spitznamen »Der

Gülliardär« ein, den er später sogar auf seine Visitenkarten drucken ließ.

Sein Geschäftssinn war berüchtigt. Neue Gesetze oder Regulierungen verstand er zuverlässig zu seinem Vorteil umzumünzen. So durfte beispielsweise ab 2010 keine ausländische Gülle mehr importiert werden, die nicht drucksterilisiert war. Kurz darauf galt das auch für Exporte. Pathé schaffte sich also eine gigantische Drucksterilisationsanlage an und entkeimte fortan seinen Exportdünger – genauso wie den halblegal eingeführten Dünger für Spediteure, die seine Ware ins europäische Ausland brachten. Natürlich belastete der immer umfassendere Düngerbetrieb das Grundwasser vor Ort. Staatliche Sanktionen umging Pathé durch die Einfuhr von gutem, zertifiziertem Grundwasser aus der Lüneburger Heide, das er seiner Gemeinde umsonst lieferte. Gelagert wurde das Trinkwasser in riesigen unterirdischen Tanks, von denen jeder einzelne den Durchmesser eines Fußballfeldes besaß. Die Gemeinde musste nur für den Transport durch seine Lastwagen bezahlen. Und da er nun schon bei der Wasserförderung angelangt war, stieg er gleich auch mit einer eigenen Marke ins Mineralwassergeschäft ein. »Felix« in den Sorten Still, Medium, Natur und Höllensprudel wurde am Herkunftsort abgefüllt und vorerst nur in seiner eigenen Gemeinde verkauft. Bald aber florierte auch im weiteren Umkreis der Mineralwasserverkauf.

So war Pathé innerhalb von nur elf Jahren zu einem der größten Arbeitgeber und Steuerzahler Brandenburgs geworden. Trotzdem hatte er in seinem Umfeld kaum Freunde, weder in Scharnow noch in den vielen anderen Dörfern, die sich in der Nähe seiner Güllewiesen und Anlagen befanden.

Dafür gab es Gründe.

Auf dem Land ist man immer wieder temporären Geruchsbelästigungen ausgesetzt, das gehört dort zum Leben dazu.

Doch wenn das Leitungswasser im Sommer wie im Winter mieft, dann ist das etwas anderes – und das Leitungswasser in Scharnow und Umgebung miefte. Es miefte sogar erheblich. Pathés viele Quadratkilometer umfassende Anlagen erzeugten zudem einen anhaltenden Gestank, der bei starkem Wind sogar in den Vororten von Berlin wahrzunehmen war und sich zu keiner Jahreszeit, bei keinem Wetter abmilderte. Bei den Anwohnern hatte sich der Unternehmer deshalb den Spitznamen »Stinke-Felix« eingehandelt. Das war durchaus auch auf seine Person gemünzt, denn Pathé roch genauso streng.

Tatsächlich konnte Pathés Körpergeruch Blumen zum Welken bringen. Über die Jahre hatte er sich so intensiv mit Exkrementen beschäftigt, war so vielen Formen von Kot und Urin nahegekommen, dass deren Geruch auf ihn übergegangen war. Egal, was er unternahm, er wurde ihn nicht los. Er badete oft und ausgiebig. Er duschte mehrmals am Tag. Er entwickelte einen regelrechten Waschzwang, was ihm aber nichts weiter als einige hartnäckige Flechten bescherte. Er trug enorme Mengen von Eau de Toilette und Parfüm auf. Sobald aber die Duftstoffe auf seinen Körper trafen, schien sich sein Eigengeruch nur noch zu verstärken. Irgendwann gab er auf und vermied fortan, soweit es ging, den Kontakt mit anderen Menschen. Seine Geschäftsbücher und sein Computer waren seine einzigen Freunde – bis zu dem Tag, als er Sylvia Petersen kennenlernte und sich in sie verliebte.

Sylvia war die bodenständige Tochter eines Lehrers der Hatschepsut-Gesamtschule, die im Niemandsland zwischen Scharnow und Birkenau erbaut und der Gemeinde von Pathé gestiftet worden war. Er begegnete ihr bei der Grundsteinlegung für eine neue Turnhalle, der sie als Vertreterin des Deutschen Sportbundes beiwohnte. Etliche Jahre zuvor hatte ein Unfall ihre Karriere als Turmspringerin beendet. Trotzdem wurde sie in der

Gemeinde, auch wegen der Nominierung für das deutsche Olympia-Team kurz vor ihrem Unfall, weiterhin sehr geschätzt.

Pathé, der den Termin nur auf Wunsch eines für ihn wichtigen Landespolitikers wahrgenommen hatte, war von Sylvia sofort fasziniert.

Er hatte kaum Erfahrungen mit dem anderen Geschlecht. Alles, was er in dieser Hinsicht vorweisen konnte, waren einige wenige, betrunkene sexuelle Kontakte in der Universität, an der er studiert hatte, bevor sein Vater starb. Nun aber wurde er von Gefühlen überwältigt, von denen er nicht geahnt hatte, dass es sie gab. Er war zwar pragmatisch genug, sich nicht allzu viele Hoffnungen zu machen. Umgekehrt schien es aber doch so, als würde Sylvia ihn mögen. Auch sein Geruch machte ihr nichts aus, jedenfalls ließ sie sich nichts anmerken. Dreimal gingen sie miteinander aus, dann machte er ihr spontan einen Heiratsantrag, den sie zu seiner Überraschung annahm. Nach einer Kreuzfahrt, auf der er ihr eine Welt zeigte, die er selbst noch nicht kannte, kamen sie zurück nach Scharnow, und der Alltag hielt in ihrem Leben Einzug.

Pathé hatte mit seinen Güllehöfen zu tun. Sylvia vertrieb sich die Zeit im Haus oder mit langen Spaziergängen im Wald. Auch war sie eine hervorragende Köchin, ein Umstand, der ihren Mann jeden Tag pünktlich und mit Freuden nach Hause eilen ließ. Ihr Sexleben war intakt, und als Pathé ihr gestand, dass er keine Kinder wolle, nahm Sylvia dies gleichmütig hin und sprach ihn nicht mehr darauf an.

Nachdem Sylvias Vater gestorben war, bekam das Ehepaar häufig Besuch von ihrer Mutter. Doch irgendwann wurden diese Besuche seltener, denn Sylvias Mutter nahm kein Blatt vor den Mund, wenn es um den Geruch im Haus ging. Sie machte dafür die Tochter verantwortlich, die nicht mit dem nötigen Enthusiasmus putzen würde, ungeachtet der Tatsache, dass die Pathés eine Putzfrau beschäftigten. Der Bruch kam, als sie anbot, zu ihnen zu ziehen und selbst das Putzen zu übernehmen – ein Angebot, das beide wie aus einem Mund dankend ablehnten. Fortan stellte Sylvias Mutter ihre Besuche ein. Pathé war froh darüber, auch wenn er dies vor seiner Frau verbarg.

Seine Zweifel begannen im neunten Jahr ihrer Ehe. Er mochte Sylvia sehr, auch wenn er vielleicht nicht mehr ganz so verliebt war wie noch in den ersten Jahren. Dass sie jedoch absolut keinen Anstoß an seinem Geruch nahm, irritierte ihn plötzlich. Eines Tages hatte er eine defekte Filteranlage zu untersuchen, was unter anderem bedeutete, in die Maschine selbst hineinzuklettern. Hinterher wechselte er aus einer Eingebung heraus weder seine Kleidung, noch nahm er eine Dusche in den Hygieneräumen der Anlage. Auf dem Heimweg legte er nicht wie üblich ein Handtuch auf seinen Sitz und ließ während der Fahrt die Wagenfenster geschlossen. Zu Hause angekommen, umarmte er Sylvia, die in der Küche stand, herzlicher als sonst, behielt sie dabei aber genau im Auge.

»Entschuldige, Schatz, ich muss fürchterlich stinken. Ich nehme schnell ein Bad.«

Sie zuckte keinen Millimeter vor der Umarmung zurück.

»Halb so schlimm, Liebling. Gib mir deine Sachen, ich steck sie in die Waschmaschine.«

Er wusste, dass er nach einer Hochzeitsnacht von Puma und Iltis roch. Jeder normale Mensch hätte zumindest die Luft anhalten müssen, wenn er in seine Nähe kam, um dann beim ersten Atemzug in Ohnmacht zu fallen.

Nicht so seine Frau.

Eine weitere Prüfung hatte er für sie noch parat.

»Schatz, ich habe den Wagen unter dem Baum abgestellt. Würdest du ihn für mich in die Garage fahren? Sonst kacken die Vögel drauf, und das Zeug verätzt den Lack.«

»Aber gerne. Leg du dich ruhig in die Badewanne, das Abendessen ist erst in einer halben Stunde fertig.«

Sie ging nach draußen. Vom Fenster aus beobachtete er, wie sie ins Auto stieg, sich hinters Steuer setzte und zur Garage fuhr. Sie öffnete dabei kein Fenster und verzog auch, soweit er das ausmachen konnte, keine Miene. Dabei wusste er genau, wie schlimm es in dem Wagen roch. Warum bemerkte seine Frau das nicht? Nahm sie den Geruch wirklich nicht wahr? Oder tat sie nur so?

Er legte sich in die Badewanne und dachte nach. Eigentlich sollte er glücklich sein. Sie kochte gut, sie schlief mit ihm, wann immer er Lust danach hatte, sie ließ ihm so viel Freiraum, wie er wollte. Es gab nichts, worüber er sich hätte beschweren können. Trotzdem nagte das Misstrauen an ihm wie ein Eichhörnchen an einem verblichenen Kuhschädel. Noch bevor er zum Abendessen erschien, hatte er einen Plan gefasst.

Er beschloss, ihr Blumen mitzubringen. Das hatte er noch nie gemacht, er war im Umgang mit Frauen eher unbeholfen. Selbst den Brautstrauß für Sylvia hatte damals sein Sekretär besorgt. Doch nun fuhr er gleich am nächsten Tag nach der Arbeit zu einem Floristen und fragte die Verkäuferin nach den Blumen mit dem stärksten Duft. Sie bot ihm unglaublich teure orientalische Hyazinthen an. Der Geruch war überwältigend. Er kaufte ihr alle ab.

Zu Hause überreichte er Sylvia die Blumen, und sie nahm sie überrascht an. »Liebling, das ist aber schön!« Dann vergrub sie ihre Nase in dem üppigen Strauß. »Die duften ja ganz wunderbar.« Sie strahlte ihn an, er lächelte zurück und ließ sich nichts anmerken.

Am nächsten Tag brachte er ihr wieder Blumen mit. Diesmal waren es Petunien, die deutlich dezenter rochen. Und wieder vergrub sie die Nase darin und ergötzte sich an ihrem Duft. Er kaufte ihr ein Eau de Toilette. Sie war entzückt. Am Tag darauf kam er mit einem sündhaft teuren Parfüm an. Sie liebte es. Was ihn nun nicht mehr überraschte, denn längst war ihm klar geworden, dass sie ihn anlog. Vielleicht hatte sie ihn schon immer angelogen. Seine Zweifel waren Gewissheit geworden, und ihre Ehe zerbrach.

Zumindest war die Ehe in seinen Augen tot. Gut möglich, dass sie davon nichts ahnte, denn er stellte sie nicht zur Rede. Er hatte keine Lust auf etwaige Ausflüchte. Zudem wollte er den möglichen Vorsprung, den seine Erkenntnisse ihm verschafften, nicht verspielen.

Äußerlich ging also alles weiter wie bisher. Und wenn Pathé vor einem Teller Schweinekoteletts mit Minzsoße und Sylvias speziellen Speckknödeln saß, seinem Lieblingsgericht, gelang es ihm sogar, den Bruch in seiner Ehe komplett zu vergessen. Vielleicht war es ja möglich, so weiterzuleben, dachte er. Vielleicht sollte er ihre Täuschungen einfach ignorieren. Nur den ehelichen Pflichten im Bett war er nicht mehr gewachsen. Die Gewissheit, mit einer derart vollendeten Lügnerin zusammenzuleben, hatte eine verheerende Wirkung auf seine Libido. Er fing an, die Nächte vor dem Computer zu verbringen. Sylvia hatte verschiedene Kurse an einer Modeschule in Sahsenheim belegt und lag abends meist schon um zehn Uhr todmüde im Bett. In den Nachtstunden verlor Pathé sich immer mehr im Internet. Er wurde süchtig nach digitalen Nachrichten. Er richtete sich Accounts in fast allen sozialen Netzwerken ein, verbrachte viel Zeit in Chatrooms und fand den Weg zu einer Handvoll abseitiger Foren, die sich über Verschwörungstheorien austauschten. Anfangs belustigten ihn die Diskussionen über Außerirdische und deren geheime Allianzen mit dem Pentagon oder dem Kreml. Er kam sich vor wie ein Spion in einem paranoiden Irrenhaus. Doch bald schon begannen selbst die hanebüchensten Ideen sich in seinem

Kopf in etwas Mögliches, Denkbares und sogar Wahres zu verwandeln.

Und so stieß er schließlich auf die Weltenlenker.

Laut den spärlichen Informationen, die über sie zu finden waren, handelte es sich bei den Weltenlenkern um eine geheimnisvolle Instanz. Waren es Außerirdische? Die Nachfahren antiker Götter? Die Mutmaßungen dazu gingen weit auseinander. Klar war nur, dass sie im Schatten der existierenden Welt eine weitere Realität aufgebaut hatte, in der Naturgesetze und menschliche Errungenschaften nichts mehr galten. Es gab Hinweise darauf, dass die Weltenlenker aus diesem Schatten heraus Regierungen manipulierten, Naturkatastrophen und Kriege auslösten und ganz allgemein versuchten, die Welt der Menschen ins Chaos zu stürzen.

Die Verbündeten dieses brutalen Vorhabens, hieß es, waren unter anderem einflussreiche Ex-Politiker und Wirtschaftsbosse im Ruhestand. Um sie zu steuern, setzten die Weltenlenker »telepathische Tiere« ein. Der Chihuahua, die Perserkatze, das Zwergschwein, die angeblich so treuherzig das Leben der Superreichen und Supermächtigen teilten, waren also in Wirklichkeit alles Agenten dieser Instanz, die so in größter Ruhe, beinahe lustvoll, wie es schien, den Untergang der realen Welt plante.

Die Theorie war absurd. Voller logischer Löcher. Hanebüchen. Vollkommen durchgedreht.

Pathé sprang voll auf sie an.

Der Grund dafür war möglicherweise, dass Tiere in ihr eine zentrale Rolle spielten. Denn Pathé hasste Tiere.

Natürlich waren Rinder, Schweine und Hühner letztendlich für seinen Reichtum verantwortlich, hatten ihn zum Milliardär gemacht. Trotzdem konnte er sie nicht ausstehen. Ihre Scheiße war schließlich der Grund, warum er sein Studium hatte abbrechen müssen. Tierexkremente hatten seinen Vater in den Tod getrieben, so sah er das zumindest. Und der Geruch, der seit seinem Aufstieg zum Gülliardär an ihm haftete, hatte ihn von den Menschen entfremdet. Nur eine Person war bereit gewesen, sich auf ihn einzulassen: seine Frau. Doch gerade von ihr wusste er nun, dass sie ihm lediglich etwas vorspielte, immer schon vorgespielt hatte. Tiere waren nur noch Abschaum für ihn.

Reichte es nicht, dass sie mit ihren ballistischen Arschlöchern die Erde mit Kot und Urin kontaminierten? Mussten sie nun auch noch im Dienste fremder Mächte das Ende der Welt herbeiführen?

Was schließlich das Fass zum Überlaufen brachte, war die Sache mit dem Hund.

Als Pathé eines Tages von der Arbeit nach Hause kam, hielt Sylvia ihn davon ab, gleich in sein Arbeitszimmer an den Bildschirm zu eilen, indem sie sich ihm in den Weg stellte. Irgendetwas schien sie mit ihm besprechen zu wollen, doch es fiel ihr offensichtlich schwer, mit der Sprache herauszurücken. Sie druckste herum. Hatte sie sich vielleicht endlich dazu entschlossen, ihm zu gestehen, dass sie seinen Geruch sehr wohl wahrnahm, immer schon wahrgenommen hatte, und ihn dafür hasste?

Adrenalin schoss ihm in die Blutbahnen, und seine Hände wurden feucht. Es war seit Langem der erste wirklich spannende Moment zwischen ihm und seiner Frau.

Plötzlich hörte er hinter der geschlossenen Küchentür ein seltsames Schaben und Winseln. Er ging hin und öffnete sie. Ein großer schwarzer Hund mit kurzem, glattem Fell sprang auf ihn zu und drückte ihm hechelnd und schwanzwedelnd den Kopf an die Hüfte. Das Tier hatte einen weißen Bauch und drei weiße Pfoten. Es erinnerte ihn an etwas, nur woran?

Sylvia lächelte.

»Ich wusste nicht, wie ich es dir sagen sollte. Aber jetzt hat sie sich ja selbst vorgestellt. Das ist Cloudy.«

Pathé war entgeistert. Ein Hund, in seinen eigenen vier Wänden! Inzwischen war er einer der führenden Köpfe der Bewegung gegen die Weltenlenker geworden. Er war derjenige, an den sich andere wandten, wenn sie Informationen zu dieser apokalyptischen Organisation haben wollten. Er koordinierte den Widerstand. Er war ein Undercover-Agent im Kampf gegen das Böse. Im Netz operierte er neuerdings unter dem Pseudonym »Der General«. Seine persönlichen Daten hielt er geschickt verborgen. Konnte es sein, dass seine Tarnung aufgeflogen war?

»Sie ist ein portugiesischer Wasserhund, die haaren nicht, weißt du? Also auch für Allergiker gut geeignet, und sie sind sehr selten. In Deutschland gibt es gerade mal hundertfünfzig von ihnen. Und weißt du was?«

Sylvia schien seine Entgeisterung ganz falsch zu verstehen.

»Sie stammt von derselben Mutter ab wie Bo, der Hund von den Obamas!«

Natürlich. Jetzt wusste er, warum ihm der Hund bekannt vorkam. Auf den Seiten der Gruppen, die sich gegen die Weltenlenker zusammengeschlossen hatten, kursierten gleich dutzendweise Bilder von dem berühmten Hund, der einst der Präsidentenfamilie bei einem Deutschlandbesuch geschenkt worden war. Bo galt als Paradebeispiel eines telepathischen Tieres, eines bestialischen Flüsterkanals aus den geheimnisvollen Sphären der Weltenlenker, und vor ihm stand nun eine Hündin aus dem gleichen Wurf. Das konnte nur eins bedeuten. Man war ihm auf den Fersen.

Mit Cloudy war der Feind in sein Haus eingezogen.

Doch die Hündin wieder wegzugeben war keine Option. Sylvia liebte das Tier ganz offensichtlich heiß und innig. Und es gab ja immer noch die Möglichkeit, dass sie selbst im Dienst der

Weltenlenker stand. Warum nicht? Pathé traute seiner Frau inzwischen einiges zu.

Fortan nahm er den Computer mit ins Büro und fuhr für seine nächtlichen Recherchen auch dorthin zurück. Er machte sich nicht vor, dass ihn diese Vorsichtsmaßnahme vor der Aufmerksamkeit der Weltenlenker schützen könnte. Er würde nicht den Fehler begehen, das Ausmaß ihrer Macht zu unterschätzen – wo er doch nun einmal in ihren Fokus gerückt war. Er könnte die Sache aber mit etwas Geschick auch umdrehen. Er würde jetzt einfach selbst ihren tierischen Spitzel, den Agent Provocateur im Hundepelz, studieren und analysieren. Es war davon auszugehen, dass die Weltenlenker nicht ahnten, dass er wusste, dass sie wussten, wer er war und woran er arbeitete. Damit dies so blieb, wollte er die Kommunikation im Internet fortan lieber außerhalb seines Hauses betreiben.

Sylvia nahm seine Abwesenheit hin, so wie sie alles hinnahm, was ihn betraf. Zumindest beschwerte sie sich nicht darüber. Ihre Modedesignkurse hatte sie allerdings aufgegeben. Cloudy nahm ihre ganze Zeit in Anspruch, und hätte es Pathé nicht besser gewusst, er hätte beinahe meinen können, der Hund sorge dafür, dass seine Frau besser aussah als je zuvor.

Eines Abends erzählte Sylvia ihrem Mann von einer Stelle in einer Boutique in Sahsenheim, die man ihr angeboten hatte. Sie wollte dort zwei Tage die Woche arbeiten. Cloudy könnte sie mitnehmen, der Besitzer war der Ansicht, dass das Tier die Verkäufe nur fördern würde. Er hatte doch nichts dagegen?

Pathé hatte absolut nichts dagegen. Er knurrte sein Einverständnis und fuhr wieder ins Büro. Insgeheim betrachtete er diesen ersten Schritt seiner Frau in die Selbstständigkeit als Geschenk. Ihm blieb dadurch noch mehr Zeit, sich seinem Kampf zu widmen. Inzwischen hatte er Kontakt mit Freiheitskämpfern in den USA und Kanada aufgenommen. Ehemalige, hochrangige

Politiker und Wirtschaftsgrößen mit edlen Haustieren gab es in Nordamerika jede Menge, mehr als vielleicht in allen anderen Ländern der Welt. Und er dachte nun ganz konkret über die Voraussetzungen für einen effektiven Widerstand gegen die Machenschaften der Weltenlenker nach. Es galt, mobil zu bleiben. Außerdem brauchte es einen Ort, wo sich Freiheitskämpfer aus aller Welt treffen und koordinieren konnten – am besten einen, der nach außen hin wirkte, als wäre er das Gegenteil. Einen konspirativen Treffpunkt im öffentlichen Raum.

Und so kam es, dass Felix Pathé, Gülliardär aus Brandenburg, sich in Kanada einen Zirkus kaufte. Kurz darauf verschwand er aus Scharnow und auch aus dem Leben seiner Frau.

Der Zeitpunkt seines Verschwindens war mit Bedacht gewählt. Sylvia sollte in ihrem Modegeschäft drei Tage lang bei der Inventur mithelfen. Pathé schlug vor, für sie und Cloudy ein Zimmer in einer kleinen Pension zu buchen. Sylvia fuhr nicht gerne Auto, schon gar nicht nachts, deshalb war sie sofort einverstanden. In ihrer Abwesenheit überwies Pathé nicht nur sein gesamtes Vermögen an die Privatbank eines Gesinnungsgenossen in Kanada, sondern verkaufte auch sein ganzes Eigentum, einschließlich der Firma und des Hauses. Am Ende dieser drei Tage war nicht nur Scharnows wohlhabendster Bürger, sondern so gut wie alles, was er und seine Frau besessen hatten, wie vom Erdboden verschluckt. Als Sylvia am Samstagnachmittag zurückkam, waren Möbelpacker bereits dabei, die Einrichtung auseinanderzuschrauben. Eine Postkarte, die irgendwann in der Boutique in Sahsenheim eintrudelte, war das einzige Lebenszeichen, das sie nach seinem Abgang von ihrem Mann erhielt.

In Kanada begann Pathé sofort nach Tieren zu suchen, die dem Profil der Weltenlenker entsprachen: den Haustieren einflussreicher Menschen. Erstaunlich viele, stellte er fest, waren nicht nur auffindbar, sondern wurden ihm auch bereitwillig zum Kauf angeboten. Es schien, dass auch die Kinder der Reichen gerne mal ihr Interesse an den kuscheligen Freunden verloren, sobald die Geschlechtsorgane das Kommando übernahmen. Das zumindest war die offizielle Erklärung, wenn ihm wieder ein Hund, eine Katze, eine Handvoll Mäuse, ein Kanarienvogel oder gar ein Pony übergeben wurde.

Irgendwann wurde er dann doch misstrauisch. Es lief alles viel zu glatt, viel zu einfach. Steckten die Weltenlenker auch hinter diesem Zustrom an Tieren? Wollten sie a) die Tiere loswerden oder hatten ihnen b) den Auftrag erteilt, Pathés Zirkus auszuspionieren?

Für den zweiten Fall hatte er glücklicherweise einen Spezialisten ausfindig machen und auf seine Seite ziehen können, der die Tiere mittels Hypnose von ihrer telepathischen Fernsteuerung befreite. Solchermaßen abgesichert, zog der Zirkusbetrieb durch kanadische Kleinstädte und Dörfer, überquerte hin und wieder auch die Grenze zu den USA, und sein Direktor stellte mit Befriedigung fest, dass immer mehr Menschen die Strukturen anzweifelten, die sie umgaben, eine totalitäre Schattenwelt hinter der realen Welt vermuteten – kurzum: dabei waren, den Weltenlenkern, selbst wenn sie das Wort noch nie gehört hatten, auf die Schliche zu kommen. Jeder, der zweifelte, war als potenzieller Gefährte im finalen Kampf zu sehen. Wann und wie dieser Kampf stattfinden würde, wusste Pathé nicht – er wusste nur, dass es ihn geben würde.

Wenn es dann endlich so weit war, würde Pathé eine schlagkräftige Armee von Gleichgesinnten hinter sich wissen. Bis dahin müsste sein Team zweifellos auch in der Lage sein, die Tiere so zu programmieren, dass sie als Waffe gegen ihre einstigen Ausbeuter eingesetzt werden konnten. Was solche strategischen

Überlegungen anging, kannte Pathés Fantasie keine Grenzen. An seine Frau dagegen dachte er nur noch ein einziges Mal. Das war, als er in einem Chatroom einem deutschen Aktivisten von Cloudy berichtete und ihn mit der Organisation ihrer Liquidierung betraute.

Nebenbei lag Pathé das Metier des Zirkusdirektors deutlich weniger als sein Vorberuf als Gülleverkäufer. Die Nummern in seiner Show waren dilettantisch oder schlicht langweilig. Das Aufgebot setzte sich hauptsächlich aus abgelegten Haustieren zusammen, und es gab nun mal nur soundso viele Nummern mit Hunden, Katzen und Kanarienvögeln, die in der Lage waren, ein Publikum zu begeistern. Dazu kamen unlustige Clowns, genervte Dompteure und wirklich ungeschickte Artisten, die sich natürlich alle aus Eingeweihten rekrutierten, die nur zur Tarnung im Zirkus untergeschlüpft waren.

Der Spannung am Abend half das nicht. Pathés Zirkus war ein regelrechtes Trauerspiel. Es kamen immer weniger Zuschauer, und an den Orten, wo er schon einmal gewesen war, blieben sie ganz weg. Die fehlenden Einnahmen vermisste allerdings niemand, denn Pathés stinkendes Vorleben hatte ein Polster abgeworfen, von dem er und seine Mitverschwörer noch jahrelang würden zehren können. Das Einzige, worauf es jetzt ankam, war, bis zu dem Zeitpunkt auszuharren, an dem das manipulative Joch der Weltenlenker im letzten großen Gefecht abgestreift werden konnte. Felix Pathé wartete geduldig.

Und während er wartete, träumte er manchmal von Koteletts in Minzsoße mit Speckknödeln.

Scharnow
Zweiter und dritter Tag danach

1

Es war nun schon der zweite Tag, an dem dieser Polizeihauptmeister Senger mehr oder weniger ständig beim Pakt rumhing, und Sieben war davon schwer genervt. Deswegen hatte er, als eine weitere Fahrt zum Supermarkt anstand, überraschenderweise angeboten, zu Hause zu bleiben und die Wohnung zu putzen. Den anderen kam das nicht ungelegen. Siebens legendäre Unbeherrschtheit war in diesen Tagen, in denen der Pakt sich so unauffällig wie nur irgend möglich verhalten wollte, ein Risiko, dem man sich in der Öffentlichkeit lieber nicht aussetzte.

Folglich stand Sieben nun also auf der Toilettenschüssel und blickte durch das kleine Fenster dem Streifenwagen hinterher, der vom Parkplatz fuhr. Hören konnte er ihn nicht, aber die Klapperkiste wirkte zumindest so, als würde sie quietschen wie eine Dampflok bei einer Vollbremsung.

Ein alter Ascona.

Als Sieben noch Vollzeit-Hooligan gewesen war, fuhren einige seiner Freunde diesen Wagen. Es war ein ehrliches und für die damalige Zeit relativ schnelles, weil gut zu tunendes Auto. Die letzten Exemplare dürften Ende der Achtzigerjahre vom Band gerollt sein, bevor das Modell dann vom Opel Vectra abgelöst wurde. Für einen Dienstwagen der Polizei, selbst die größere

Coupé-Klasse, war er demnach sehr alt. Andererseits, was wusste Sieben schon? Er hatte ja nicht einmal mehr seinen Führerschein.

Sieben dachte wieder über Senger nach. Ihm gefiel nicht, dass der Kerl dem Pakt so nahekam. Sie brauchten die Außenwelt nicht. Und dann ausgerechnet ein Polizist? So kurz nach ihrem Überfall auf den Billkauf? Kalle hatte das so entschieden. Er war in diesen Dingen cleverer und hatte definitiv eine bessere Übersicht. Wenn er also sagte, Senger sei nicht nur okay, sondern auch gut für den Pakt, dann würde Sieben den Teufel tun zu widersprechen.

Er stieg von der Kloschüssel, ging ins Wohnzimmer und sah auf die Uhr an der Wand. Ein weiteres obskures Möbelstück, das sie bei einer Räumungsaktion in einem Kfz-Betrieb mitgenommen hatten. Das Zifferblatt war auf einem Bild angebracht, das einen wirklich erbärmlich aussehenden Suzuki-Kleinwagen zeigte, unter dem in fetten Lettern »Auto des Jahres 1997« stand. Es war kurz nach zehn, ungewöhnlich früh für den Pakt. Allerdings waren auch alle ziemlich ausgeschlafen gewesen. Am Vorabend, dem Abend nach der Nacht, in der Senger vor ihrer Tür zusammengebrochen und von ihnen mit Mische und Gore getröstet worden war, hatten sie nur moderat gesoffen. Vielleicht hätten sie sogar überhaupt nichts getrunken, wenn der Polizist nicht überraschend wieder vor ihrer Tür gestanden hätte, mit zwei Flaschen Raki und einigen Dönertaschen im Gepäck.

Wollte der sich einschleimen? Mit Alkohol ging beim Pakt eigentlich immer eine Tür auf. Der Schnaps war dann allerdings größtenteils von Senger selbst – mit Niels' kräftiger Beihilfe – geleert worden. Nach den Ereignissen der letzten Tage stand an diesem Abend niemandem der Sinn nach Gemetzel aus dem VHS-Gerät. Für die Onanie-Rituale während eines Pornofilms kannten sie Senger noch nicht gut genug. Also spielten sie Malefiz, bis wirklich niemand mehr konnte. Das war ihr Ausgleich nach besonders heftigen Nächten im Rausch von Alkohol, Gewalt und Pornografie. Nur der Pakt spielte Malefiz richtig, und zwar nach seinen eigenen Regeln. Zuerst galt es die Figurenrollen zu verteilen, die auf der Packung abgebildet waren. Senger wählte schon ziemlich angeschickert den Cowboy, was Sieben gar nicht schmeckte, weil diese Figur sonst immer für ihn reserviert war. Andererseits war Senger ihr Gast und der Pakt nun mal gastfreundlich. Immerhin konnte Sieben Niels dazu überreden, die laszive Bardame zu nehmen, sodass für ihn die elegante Frau mit dem hochgeschlossenen Kleid übrig blieb. Kalle war natürlich wie immer der alte Professor mit gezwirbeltem Schnurrbart und Monokel. Die Rolle stand ihm einfach zu. Warum aber Sieben die hochgeschlossene Frau lieber als die Bardame spielen wollte, hätte er auch nicht erklären können.

In ihren Charakteren spielten sie dann Runde um Runde. Senger entspannte sich zusehends und machte sich auch gar nicht schlecht, was Sieben zur Weißglut trieb, weil er selbst ständig verlor. Nur einmal nicht, als er wegen eines Spielfehlers von Niels Vorletzter wurde. Am Ende war es so spät geworden und Senger so betrunken gewesen, dass er lallend darum bat, die Nacht bei ihnen verbringen zu dürfen. Kalle hatte sofort und ohne mit dem Pakt Rücksprache zu halten zugesagt.

Wenn es nach Sieben gegangen wäre, hätte Senger in Pits Bett genächtigt, schließlich hatte der die Gruppe schon am frühen Nachmittag verlassen, um nach seiner Mutter zu schauen. Doch Kalle nahm Senger überraschend mit in sein Zimmer, was Sieben nach einigem Nachdenken schließlich als Sicherheitsmaßnahme ausmachte – nicht, dass der besoffene Ordnungshüter nachts aufwachte und ihren Müll nach Spuren durchsuchte! Einmal mehr rang ihm Kalles Weitsicht großen Respekt ab. Genau deswegen war er ihr inoffizieller Anführer, weil er eben immer noch am besten wusste, was für den Pakt gut war.

Als Kalle an diesem Morgen aufgewacht war, hatte er festgestellt, dass Senger schnarchend in seinen Armen lag. Sanft weckte er ihn, und der Polizist wirkte über die Nähe zu seinem neuen Bekannten zwar ein bisschen verlegen, mehr aber auch nicht. Das wiederum gefiel Kalle. Allerdings hatte Senger, der solche Mengen Alkohol offenbar nicht gewohnt war, einen grauenvollen Kater. Kopfschmerztabletten gab es in ihrem Haushalt keine. Medikamente waren teuer, und der Pakt verstand den Kater nach dem Rausch ohnehin als Teil des großen Ganzen: etwas, das es zu zelebrieren und nicht zu unterdrücken galt.

Irgendwann würde Senger das auch noch lernen. Im Moment aber brauchte der Mann ein paar Aspirin und viel Wasser. Das war natürlich das zweite Problem. Das Leitungswasser im Ort war nicht jedermanns Sache, denn es stank erbärmlich. Und trinkbar war es nur bedingt. Dem Pakt machte das nichts aus, die Männer tranken außer morgens beim Kaffee ohnehin kaum Wasser, und zum Waschen ging es gerade noch. Kalle bot Senger an, ihn mit dessen Ascona nach Hause zu fahren. Im eigenen Auto wollte er so kurz nach dem Überfall lieber nicht auf die Straße, und was war unverdächtiger, als im Streifenwagen der Ortspolizei unterwegs zu sein? Er beschloss, Niels mitzunehmen, der noch immer reichlich verwirrt schien. Dass Sieben zurückbleiben und aufräumen wollte, war Kalle mehr als recht, denn es war wichtig, jeden Ärger zu vermeiden – und Ärger, das war nun mal so, wurde von Sieben angezogen wie Katzen vom Atem eines neugeborenen Kindes. Dabei rechnete Kalle nicht damit, die Wohnung in dem sauber aufgeräumten Zustand anzutreffen, in den Pit sie üblicherweise mit seinen Putzaktionen versetzte. Sieben hatte nicht das Talent, ein Zuhause in einen behaglichen Ort zu verwandeln. Aber Gläser abwaschen und Müll beseitigen würde er wohl noch hinkriegen, und dafür wahrscheinlich so lange brauchen, bis Kalle und Niels wieder zurück waren.

Senger nahm Kalles Angebot gerne an. Auf dem Weg hielten sie beim Billkauf und kauften mit seiner EC-Karte Aspirin, Alkohol, Snacks und Fanta. Die Käse- und Fleischabteilung mieden sie sicherheitshalber. An der Kasse saß die ungesund aussehende Filialleiterin, die ihm zum Glück aber keine weitere Beachtung schenkte.

Für Kalle war es ein fast unwirkliches Gefühl, an der Kasse zu stehen und nicht rechnen zu müssen. Sie nahmen sogar zwei Sechserträger eines teuren Biers aus der Kühlung mit. Kurz sah er zum Zeitschriftenregal hinüber. Das Buch fiel ihm wieder ein. Ein Schmerz durchzuckte ihn. Vielleicht hätte er es aus dem Feuer retten können? Warum er das nicht getan hatte, war ihm im Nachhinein ein Rätsel. War er zu betrunken gewesen, oder hatte das pornografische Meisterwerk des guten alten Joe D'Amato ihn zu sehr abgelenkt?

Mit einem Seufzer schob er den Gedanken an das Buch beiseite. Heute war ein zu schöner Tag, um sich weiter mit seinem Verlust zu beschäftigen. Er würde gleich, auf dem langen Fußweg nach Hause, ein kaltes Bier trinken. Vielleicht sogar zwei. Da konnte er über alles Weitere nachgrübeln. Es gab nichts, was dem Nachdenken dienlicher war als ein Spaziergang mit einem Bier in der Hand. Vielleicht fiel ihm dabei auch endlich eine Lösung für die zwei Leichen im Keller ein, die Pit dort auf fünf Kompostsäcke verteilt in einer kühlen, trockenen Ecke deponiert hatte. Und er müsste noch Niels und Sieben einweihen, was nicht ging, solange Senger dabei war. Alles zu seiner Zeit, dachte er. Ja, ein langer Spaziergang mit einem Bier in der Hand war sicher eine gute Idee.

Sieben hatte schnell den Müll eingesammelt, in eine Tüte gestopft und in den Keller getragen. Zurück in der Wohnung hatte er die Gläser des Vorabends ausgespült und zum Trocknen auf den muffigen Läufer vor der Dusche gestellt. Zuvor aber hatte er die Alkoholreste in ein Glas zusammengeschüttet. Dann war er zum Sofa gegangen und hatte an der Rückseite ganz vorsichtig etwas aus einem kleinen Riss im Futter gezogen. Eine VHS-Kassette. Es war die Kassette aus der klobigen Kamera, die an jenem Abend vor zwei Tagen im Eingangsbereich der Wohnung von Frau Karpski gelegen hatte. Pit war auf einen Wink von Kalle rausgegangen, um nach der alten Dame zu schauen. Nach einer Weile hatte er Sieben dazugeholt, damit der auf sie aufpasste, während er im Flur saubermachte, bevor der Krankenwagen kam. Sieben war das recht gewesen. Die Alte lag auf der Auslegeware in ihrem Wohnzimmer und schien tot zu sein. Aus Langeweile hatte er die Kamera geöffnet und erstaunt festgestellt, dass darin eine VHS-Kassette steckte. Ob die normal abspielbar war? Der Akku der Kamera war leer gewesen. Also hatte er die Kassette mitgenommen und später in der Wohnung des Paktes ins Futter der Sofarückseite geschoben. Den anderen, die ganz in *Man-Eater* vertieft gewesen waren, war das nicht aufgefallen. Warum er die Kassette versteckt hatte, wusste Sieben selbst nicht genau. Kalle hatte ihn genervt. Im Suff war Sieben eben ein bisschen empfindlich.

Nun legte er die Kassette in den Player, nahm sich das Glas mit den Alkoholresten, drückte auf Play und trank einen großen Schluck von dem brennenden Gebräu, das ihm sofort zu Kopf stieg. Auf dem Bildschirm erschienen Senger und zwei Männer. Hinter ihnen sah man die Wohnungstür des Paktes. Senger drehte sich um, schaute direkt in die Kamera und versuchte offenbar die Filmaufnahmen zu unterbinden, doch Karpski, die geniale alte Kuh, hielt die Kamera stoisch auf das Szenario im Flur. Sieben drehte den Ton lauter, ganz offensichtlich war etwas

Ungewöhnliches im Gange. Er wollte keine Sekunde davon verpassen.

Er sah die beiden Männer sich einander zudrehen. Sah ihren Hass, sah, wie sie aufeinander zielten. Sah, wie sich das Auge des einen in einen Krater verwandelte, während sein Todesschrei jäh abbrach und hinter ihm Blut und Hirnmasse explosionsartig an die Wand klatschten. Dann ein geradezu perfekter Reißschwenk auf den anderen Mann, wie ihn kein Hollywood-Kameramann besser hinbekommen hätte. Kurz dachte er an Pit, der den Flur geputzt hatte. Die Männer waren nicht mehr dort gewesen. Diese Aufnahme hier zeigte eindeutig, dass zumindest einer der beiden diesen Showdown nicht überlebt hatte.

Siebens Kehle brannte von der teuflischen Mischung in seinem Glas. Trotzdem lief ihm das Wasser im Mund zusammen. Mit angehaltenem Atem betrachtete er den zweiten Mann, aus dessen Rachen es zischte und rot leuchtete. Die Einschussstelle befand sich am Hals, wo ein großes Loch klaffte. Der Mann lag offensichtlich ebenfalls im Sterben. Sieben stellte sich vor, wie die Leuchtpatrone Gaumen, Sehnen und Fleisch verbrannte. Und die zischenden, gurgelnden Geräusche halfen der Fantasie nach.

Er kippte den Rest der Höllenmischung in sich hinein, behielt die ätzende Flüssigkeit ein paar Sekunden im Mund und versuchte nachzufühlen, was der Mann auf dem Bildschirm in diesem Moment durchmachte. Als das Brennen unerträglich wurde, schluckte Sieben das Zeug hinunter. Obwohl der Geschmack ekelhafter war als alles, was er je getrunken hatte, lächelte er.

Der Film endete damit, dass die Kamera auf den Boden fiel. Das Bild wurde schwarz, dann krisselig, dann kamen ungeordnete Aufnahmen von Tieren aller Art, die Sieben erst nicht wahrnahm, weil ihn das davor Gesehene noch in seinem Bann hielt.

Er stoppte das Video, nahm die Kassette aus dem Player, versteckte sie wieder sorgsam im Futter des Sofas, setzte sich und atmete laut aus. Das Herz schlug ihm bis zum Hals. Er hatte gerade seinen ersten Snuff-Film gesehen, und ihm war jetzt schon klar, dass er danach süchtig war.

2

Susanne saß an diesem Abend in ihrem Lieblingscafé »Cheng Luigi's« an ihrem gewohnten Platz und blätterte in einer Ausgabe des Society-Magazins *Red Carpet*, das in einem Schutzumschlag steckte, auf dem das Logo von *Psychologie heute* prangte. Vor ihr stand ein halb geleerter Manhattan, ihr zweiter. Das Cheng nannte sich zwar Café, hatte aber auch eine ganz ansehnliche Cocktailkarte, was nicht unwesentlich zu seiner Popularität beitrug – hier genehmigten sich nicht wenige Kunden schon nachmittags ihren ersten Drink. Ein buntes Getränk mit einer Früchtegarnitur, egal wie hochprozentig, passte wunderbar zu einem Stück Torte.

Susanne war mit ihrer besten Freundin verabredet und hatte beim Reinkommen bereits zwei Cocktails – ohne Kuchen – bestellt, als die Textnachricht kam. Patty würde sich verspäten. Wieder mal! Susanne beschloss, die beiden Manhattan erst mal selbst zu trinken.

Sie hatte das Verlangen nach einem amtlichen Schwips. Den Tod ihres Nachbarn und alles, was danach geschehen war, sah sie als beunruhigenden Angriff auf die bürgerliche Fassade, die sie für sich und Dalida an ihrem neuen Wohnort doch hatte aufbauen wollen.

Sie betrachtete ihre Beine, die unter dem kurzen Rock hervorlugten. Durch die Strumpfhose konnte sie die Kratzer an den Knien und ein paar blaue Flecken erkennen. Sicherlich war sie hier im Café nicht die einzige Frau mit derlei Vergnügungsspuren. Nur dass Susanne diese Trophäen bei der Arbeit davontrug. Eine Arbeit, deren Ergebnis ja durchaus für eine interessierte Öffentlichkeit zu sehen war, die sie aber gleichzeitig so gut es ging vor ihrem näheren Umfeld verbarg. Dieser Widerspruch zerrte manchmal gehörig an ihren Nerven. Das Ganze wurmte sie umso mehr, als gegenwärtig einige ehemalige Pornostars im Fokus der Medien standen und als Schauspieler oder TV-Stars Karriere machten. Es schien, als würde eine allgemeine Akzeptanz dieser Unterhaltungssparte einsetzen, von der Susanne als alleinerziehende Mutter aber nicht profitieren konnte. Oder wollte. Das Glück ihrer Tochter rechtfertigte dieses Versteckspiel, das war es ihr wert.

Doch heute wollte sie weder an die Arbeit noch an die Vorfälle der letzten Tage denken, sondern ein paar unbeschwerte Stunden mit der Person verbringen, die ihr von allen die liebste und deren einzig unangenehme Eigenschaft ihr ständiges Zuspätkommen war.

»Es gibt Schlimmeres«, sagte Susanne leise zu sich selbst. Sie prostete dem leeren Stuhl zu, kippte den Rest des zweiten Manhattan auf ex hinunter, fischte die Cocktailkirsche aus dem leeren Glas und biss in die alkoholisierte Frucht. Dabei sah sie sich suchend nach der Bedienung um. Die junge Frau saß am Tresen und schaute hochkonzentriert auf ihr Mobiltelefon, von dem eine Schlaufe mit bunten Glasperlen herunterhing. Susanne hatte sie hier noch nie gesehen und beschloss, sie vorerst in Ruhe zu lassen. Schließlich wollten sie noch einige Stunden hierbleiben. Vielleicht sogar bis Ladenschluss. Patty würde die unaufmerksame Kellnerin schon einnorden. Es wäre nicht das erste Mal. Schmunzelnd zerkaute sie den Rest der Maraschino-Kirsche.

Das Publikum im Cheng Luigi's bestand überwiegend aus Studenten. Selbst wenn es darunter irgendwelche Pornofans gab, die Susanne erkennen könnten, würden sie das hier wohl kaum kundtun. Sie hatte sich überdies beim Schminken und mit der Kleidung bewusst zurückgehalten, ganz anders als ihr Pornofilm-Alter-Ego Eve Everdear. Und wenn Patty gleich auftauchte, hätten sowieso alle nur noch Augen für sie.

Susanne schmunzelte beim Gedanken an Patty, als ein seltsames Gefühl sie aufmerken ließ. Sie schaute sich unauffällig um, bis sie den Grund dafür entdeckte.

Am Tisch neben der Tür saßen eine Frau und ein Mann, die einem Paar aus ihrem Haus zum Verwechseln ähnlich sahen. Die Brahms aus dem elften Stock – was eigentlich nicht sein konnte. Leute aus dem Scharnower Silo fuhren nicht mal eben an einem Freitagabend etliche Kilometer in die Kreisstadt, um in einem Hipster-Café mit mehrheitlich linkspolitischer Klientel Cocktails zu trinken. Der Gedanke war absurd. Solche Leute tranken Bier in der Eckkneipe. Und jeder im Silo wusste, wes Geistes Kind die Brahms waren. Es war ein offenes Geheimnis, dass sie Kundgebungen der Sahgida in Sahsenheim besuchten und einen Ableger davon für Scharnow planten. Der Flurfunk, in Person von Agnes Petri, sprach auch von ominösen Heimatabenden, die das Ehepaar angeblich organisierte, auf denen aber natürlich keiner je gewesen war. In dem tristen Wohnblock stieß all das im Übrigen auf wenig Empörung. Am meisten Mitleid hatte Susanne mit Suske, die von der Ideologie ihrer Eltern regelrecht vergiftet wurde. Dalida war mit dem Mädchen befreundet. Über ihre Tochter bekam Susanne mit, wie genervt und verzweifelt Suske oft über ihre Eltern war. Susanne schüttelte es beim Gedanken an ihre Nazi-Nachbarn. Da sah sie, wie die Bedienung von ihrem

Telefon aufschaute, und nutzte die Gelegenheit, zwei weitere Manhattan zu ordern.

Du beeilst dich mal besser, Patty-Schatz, schickte Susanne einen Gedanken an ihre Freundin. Wenn Patty nicht bald auftauchte, würde sie Susanne nach Hause tragen müssen. Kräftig genug dafür war sie immerhin.

Die Kellnerin begab sich hinter den Tresen, um die Cocktails zu mixen. Susanne blickte noch einmal zu den Doppelgängern ihrer Nachbarn hinüber. Nein, das waren sie einfach nicht, beschloss sie und griff nach ihrer Illustrierten.

Deborah und Thies Brahms hatten ihre Nachbarin ebenfalls erkannt, sich aber nichts anmerken lassen. Sie waren inkognito unterwegs, und das nicht zum ersten Mal. Sie wollten sich, ohne sich zu verstellen, einfach mal wieder amüsieren. Und ausgerechnet in diesem alternativen Laden saß nun eine Nachbarin aus dem Silo? Wer hätte das ahnen können?

Das Doppelleben der Brahms hatte begonnen, als Suske noch ein kleines Mädchen gewesen war, unmittelbar nach einem Gespräch mit einer Freundin von Deborah, einer Jugendtrauma-Expertin. Es ging darin um die Pubertät und die dazugehörige Rebellion von Teenagern gegen ihre Eltern. Was wäre denn, überlegten Deborah und Thies hinterher, wenn sie diesen rebellischen Impuls, der gewissermaßen vor ihrer elterlichen Tür stand, zu ihren Gunsten nutzten, indem sie selbst vorgaben, das zu sein, was sie am meisten verachteten? Rassisten. Fremdenfeinde. Rechtsextreme. Nazis.

Die Idee nahm Form an und wurde zum Plan.

Allerdings gestaltete sich die Angelegenheit nach einer Weile komplizierter, als sie vorausgesehen hatten. Schließlich mussten sie, um glaubwürdig zu bleiben, auch außerhalb der eigenen vier Wände zu ihrer angeblichen Gesinnung stehen. Also gingen sie mit ihrer Tochter zu den fremdenfeindlichen Demonstrationen der Sahgida und registrierten mit heimlicher Freude das Unwohlsein des Mädchens. Den Preis, mit hasserfüllten Menschenfeinden auf der Straße zu marschieren, zahlten die Brahms zähneknirschend, aber entschlossen. Bei einer dieser Demonstrationen lernte Suske einen gleichaltrigen Jungen kennen. Auch er war mit seinen Eltern dort, und auch er wirkte wenig begeistert. Den Brahms wiederum wurde, als sie sich mit dessen Eltern unterhielten, mit einem Mal klar, dass diese mit ihrem Jungen genau dasselbe Spiel trieben wie sie. Mehr noch – außer ihnen waren noch eine ganze Reihe weiterer Eltern bei den Protestzügen, die ihren Rassismus nur vortäuschten, um ihren Nachwuchs in die richtigen Bahnen zu lenken. War die Pubertät der Kinder erst mal überstanden, würden die meisten von ihnen wieder in ihr politisch korrektes Leben zurückkehren. Dann galt es zwar, die von ihnen abgewandten Nachkommen von jener Läuterung zu überzeugen, doch die würden hinter dem Gesinnungswandel ihren eigenen Einfluss vermuten, und irgendwann würden die Familienbande gefestigter sein denn je. Zumindest in der Theorie.

Bis es aber so weit war, kostete diese Maskerade viel Kraft und eine Menge Willensstärke. Da war es, fand das Ehepaar Brahms, nur recht und billig, wenn sie sich zwischendurch mal einen Ausflug in ihr altes Leben genehmigten. Der jetzige allerdings war ihnen durch die unerwartete Anwesenheit der Nachbarin gründlich verdorben worden. Sie standen auf, bezahlten und verließen eilig das Café, ohne Susanne eines Blickes zu würdigen.

Susanne blätterte unterdessen weiter in der *Red Carpet.* »Cate Blanchetts Psychotricks bei Liebeskummer«, lautete die verheißungsvolle Überschrift eines Artikels. Genau die richtige Lektüre, dachte sie, um sich weitere Manhattan einzuverleiben, falls Patty nicht bald aufkreuzte.

Ihr Telefon summte. Die SMS war von Dalida.

3

Sylvia war schon seit einer Weile bereit für ihr Date, doch als es an der Tür klingelte, wurde sie ein wenig nervös. Ihre letzte Verabredung war Ewigkeiten her.

Sie atmete tief durch und drückte den Knopf an der Gegensprechanlage.

»Ich bin es, Dave. Bin ich zu früh?«

»Nein, nein, ich komme runter.«

Kurz lauschte sie noch den Geräuschen, die aus der Gegensprechanlage kamen, bevor diese sich nach exakt vier Sekunden selbst ausschaltete.

»Na dann«, sagte sie zu sich selbst und verließ die Wohnung.

Als sie aus dem Fahrstuhl trat, konnte sie Dave durch die Scheibe der Haustür sehen. Er war tatsächlich in seinem neuen Smoking erschienen. Und diesmal trug er ein Hemd darunter. Die obersten Knöpfe waren so weit geöffnet, dass der Ansatz gut trainierter Brustmuskeln gerade noch erkennbar war. Die Fliege hatte er sich um den nackten Hals gebunden, was dem eleganten Aufzug wohl einen frechen Sex-Appeal geben sollte. Sylvia schmunzelte. Dieser Mann war sich seiner Reize bewusst und trug sie offenbar gerne zur Schau. Aber er konnte doch nicht ernsthaft annehmen, dass sie so was anmachen würde? Obwohl ... irgendwie, stellte sie mit leisem Erstaunen fest, gefiel ihr sein Aufzug doch ein bisschen.

Und er hatte Blumen dabei.

»Die schönsten Blumen und doch nur Unkraut gegen dich.«

Ach herrje, trägt der dick auf, dachte Sylvia. Es fiel ihr schwer, nicht laut loszulachen. Sie riss sich zusammen und schaffte ein verbindliches Lächeln, als sie die Blumen entgegennahm. Es war ein farbenfroher, geschmackvoller Herbststrauß, der nicht nach Tankstelle aussah.

Dave reichte ihr dazu eine Packung Pralinen. Damit konnte sie zwar weniger anfangen, da sie mit dem heutigen Tag beschlossen hatte, wieder mehr auf ihre Figur zu achten, aber das war schließlich nicht sein Problem.

»Mein Vater sagte immer: Frauen lieben Blumen und Konfekt. Wer das leugnet, hat nichts, aber auch gar nichts von Frauen verstanden! Und ich möchte noch hinzufügen: Je schöner die Frau, desto schöner die Blumen und süßer die Pralinen.«

Das wurde ja immer besser. Sylvia betrachtete ihn mit dem amüsierten Fatalismus, mit dem sie zuweilen kitschige Fernsehfilme schaute. Das hier hatte einen höheren Unterhaltungswert als eine TV-Schmonzette. Das hier war real.

Und es tat auch gut. Sie merkte, wie ihr leichter ums Herz wurde. Plötzlich war sie froh, dass sie sich auf dieses Date eingelassen hatte.

Sie hatte sich ebenfalls Mühe gegeben und die Haare nach dem Waschen gewellt. Sie war dezent geschminkt und trug eine elegante Kombination aus Bluse und Rock in rot-grauen Tönen. Rot stand ihr gut, das wusste sie, obwohl sie die Farbe selten trug. Er wollte sie in ein angesagtes Café ausführen. Sie willigte ein, brachte zuvor aber noch seine Geschenke in die Wohnung. Sein Wagen war ein glänzender SUV asiatischer Bauart. In Scharnow sah man diese Art Fahrzeug so gut wie nie. Sylvia versuchte nicht auf die Fenster der Siedlung zu achten. Der Gedanke, dass ihre Nachbarn sie dabei beobachteten, wie sie mit einem mindestens fünfzehn Jahre jüngeren Mann in ein so protziges Auto stieg, war ihr unangenehm.

Sieben Minuten später lag Scharnow hinter ihnen.

Dave fuhr schnell, aber nicht aggressiv. Er hielt an Zebrastreifen und beschleunigte nicht übermäßig, wenn eine Ampel auf Gelb schaltete. Sie fuhren nach Sahsenheim.

Wohin auch sonst?, dachte Sylvia.

Nachdem sie in der Innenstadt einen Parkplatz gefunden hatten, eilte er ums Auto, um ihr die Tür zu öffnen und ihr beim Aussteigen zu helfen. Auch dieses Verhalten wäre ihr normalerweise eher affig vorgekommen. Da sie sich aber nun auf dieses Abenteuer eingelassen hatte, beschloss sie, die Dinge nicht kritisch zu hinterfragen, solange sie ihren Spaß dabei hatte. Außerdem trug sie seit Ewigkeiten wieder mal Schuhe mit hohem Absatz, da hatte sie nichts gegen ein wenig Unterstützung einzuwenden. Er bot ihr den Arm an, und sie hakte sich ein. Wie lange war es her, seitdem sie das letzte Mal so mit einem Mann spazieren gegangen war? Bei Felix, ihrem Noch-Ehemann, hatte sie sich auch hin und wieder untergehakt, er war aber immer so schnell gelaufen, dass er ihr einige Male beinahe den Arm ausgerissen hätte. Dave dagegen flanierte entspannt mit ihr an Schaufenstern vorbei und plauderte charmant über dies und das. In der Auslage einer Fotogalerie entdeckte er ein Bild von Hedy Lamarr und zeigte darauf.

»Du liest doch gerade ein Buch über sie?«

Sie war beeindruckt, dass er sich das gemerkt hatte.

»Da vorne ist es, das Cheng Luigi's. Ich bin gespannt, wie es dir dort gefällt.«

Sylvia betrachtete den knallroten, von einem Halogenspot beleuchteten Namenszug, der aus zwei unterschiedlichen Schrifttypen zusammengesetzt war. Sie kannte sich in Sahsenheims

Nachtleben nicht wirklich aus, aber die äußere Erscheinung war für die Kreisstadt schon relativ großstädtisch, fand sie. Dave warf einen Blick durch das Fenster. Plötzlich zuckte er zusammen und machte einen halben Schritt zurück. Die Tür öffnete sich. Ein Mann und eine Frau traten ins Freie. Sylvia hörte die sanften Klänge elektronischer Musik. Sie spürte ein nervöses Kribbeln im Magen. Auf einen juvenilen, angesagten Laden hatte sie eigentlich keine Lust. In sogenannten Szenekneipen hatte sie sich noch nie wohlgefühlt. Unauffällig studierte sie das Paar, das sich langsam entfernte. Die beiden waren nicht besonders herausgeputzt. Das beruhigte sie etwas.

»Sylvia, da drin ist alles voll«, sagte Dave. »Da bekommen wir keinen Platz mehr. Lass uns etwas anderes suchen.«

Überrascht sah Sylvia ihn an.

»Da sind doch eben zwei Leute rausgekommen, die haben bestimmt einen Tisch freigemacht ...«

Dave wirkte verunsichert, und da ihr an dem Laden nicht wirklich etwas lag, lenkte sie ein.

»Okay, suchen wir etwas anderes.«

Ein bisschen zu energisch führte Dave sie am Arm zurück zum Auto. Sylvia fragte sich, was mit ihm los war, als aus einer Seitenstraße unvermittelt eine Gestalt auftauchte und sie fast überrannte.

»Entschuldigung«, sagte die Person mit rauchiger Stimme.

Ihre Erscheinung war beeindruckend. Der voluminöse Körper steckte in einem Stretchkleid in hellen Pastelltönen. Am Hals hing eine auffällige Kette, deren Perlen viel zu groß waren, um echt zu sein. Die platinblonde Haarmähne war wild toupiert, und aus dem grell geschminkten Gesicht stachen falsche Wimpern wie eine Batterie orientalischer Krummdolche hervor.

»Nichts passiert«, sagte Sylvia und lächelte. Die imposante Frau stöckelte in ihren riesigen, hochhackigen Pumps weiter.

Trotz ihrer enormen Körpermaße hatte sie einen außerordentlich lasziven Hüftschwung. Sylvia konnte gerade noch sehen, wie sie im Cheng Luigi's verschwand, da zog Dave sie auch schon weiter.

Er hatte ihr etwas bieten wollen. Ein paar Drinks in einem angesagten Laden. Danach Sushi und ein Spaziergang durch die herbstliche Nacht. Er wollte diese ihm kaum bekannte Frau glücklich machen, ihr einen unvergesslichen Abend schenken und sich an ihrer Freude darüber ergötzen. So sein Plan.

Doch der war erst mal durchkreuzt worden. Als er durch die Scheibe des Cheng Luigi's gespäht hatte, war ihm sofort die gut gebaute rothaarige Frau aufgefallen, die allein an einem Tisch saß. Er kannte lediglich ihren Künstlernamen. In ihrer Branche wurde man nur persönlich, wenn man ernsthafte Absichten hegte. Dave hatte von Paaren aus der Pornoindustrie gehört, die den Nachnamen ihres Partners angeblich erst auf dem Standesamt erfahren hatten. Der Name, den er kannte, war Eve Everdear. Kein Superstar, aber immerhin eine vielgebuchte Darstellerin für Erotikfilme. Er hatte bei einer der drei Pornoproduktionen, für die er engagiert worden war, mit ihr zu tun gehabt. Das musste vor einem Jahr gewesen sein, als das Geld, das er als Tänzer und Gigolo verdiente, nicht ausreichte.

Sie hatten sich damals am Set recht gut verstanden.

Die Frau am Tisch war zwar zurückhaltend geschminkt und gekleidet, die Haare waren geglättet, trotzdem erkannte er sie sofort. Sie hatte zwei leere Gläser vor sich auf dem Tisch. Sie war also nicht alleine da. Es war eher unwahrscheinlich, dass sie sich darüber freuen würde, einen ihrer Filmpartner während eines Dates zu treffen. Die Sache könnte für ihn, aber auch für sie peinlich werden. Und was war mit ihrer jeweiligen Begleitung? Dave konnte sich nicht vorstellen, wie er sich mit Sylvia entspannen sollte, wenn irgendwo im Raum Eve Everdear saß.

»Lass uns etwas anderes suchen«, hatte er zu Sylvia gesagt und gespürt, wie sie aufbegehren wollte. Von daher war er der Transe dankbar, die aus heiterem Himmel aufgetaucht war. Unauffällig sah er zu Sylvia. War ihr klar, dass die aufgetakelte Dame gar keine Dame war? Offenbar nicht. Das nahm ihn weiter für sie ein, und übermütig beschloss er die Drinks auszulassen und gleich zum Sushi überzugehen.

»Magst du rohen Fisch?«, fragte er.

Als sie lachte, wurde ihm mit einem Mal klar, wie sehr er sie mochte. Damit hatte er nicht gerechnet. Das war mehr, als ihm an Abenden dieser Art sonst widerfuhr.

4

»Ich bin noch bei Suske. Wir spielen mit ihren Eltern Monopoly.«

Dalida war zwar in der Pubertät, machte aber wenig Ärger, was Susanne in diesem Moment, unterstützt durch die berauschende Kraft zweier Manhattan, plötzlich verdächtig vorkam. Was, wenn Dalida ihr etwas vorspielte? Die SMS fand Susanne angesichts der politischen Gesinnung der Brahms nicht gerade beruhigend, doch ging sie davon aus, dass beim Monopoly-Spielen nicht allzu viel verheerendes politisches Gedankengut verschoben werden konnte. Oder doch?

Immerhin ergab sich aus Dalidas Nachricht, dass die beiden von vorhin keinesfalls Suskes Eltern gewesen sein konnten. Grübelnd studierte Susanne das Display ihres Telefons, als ihr bewusst wurde, dass sich jemand direkt vor ihr aufgebaut hatte. Sie blickte auf. Eine hochgewachsene Gestalt stand an ihrem Tisch. Das hautenge Stretchkleid, die wallende Platinperücke, der grellrot geschminkte Mund zu einem strahlenden, einmaligen Lächeln verzogen, das so nur einer Person auf diesem Planeten gehören konnte. Die aufgetakelte Lady deutete auf die beiden leeren Cocktailgläser auf dem Tisch.

»Hat Madame schon genug?«

Susanne tat betont cool. »Die nächste Runde geht auf dich, das ist dir hoffentlich klar«, sagte sie streng. Dann sprang sie auf und fiel ihrer Freundin um den Hals. »Patty-Love, der Drink des Abends ist Manhattan! Das ist dir doch recht?«

Patty erwiderte die Umarmung, sah sich dann kurz im Lokal um, entdeckte an den anderen Tischen ein paar bekannte Gesichter und winkte ihnen mit affektiert-damenhafter Geste zu. Hinter dem Tresen stand die Kellnerin mit offenem Mund, das Smartphone in der Hand, vor sich zwei fertig gemixte Manhattan. Patty schaute erneut auf die leeren Gläser vor Susanne, dann wieder zum Tresen und zählte eins und eins zusammen.

»Schätzchen, bring uns doch mal die Drinks. Und in zehn Minuten dann gleich noch eine Runde. Kriegst du das hin?«

Die Kellnerin zögerte, griff dann aber nach dem Tablett und trug wie ferngesteuert die Gläser an den Tisch, immer mit Blick auf Patty. Die kümmerte sich nicht weiter darum und nahm mit einer ausladenden Bewegung Susanne gegenüber Platz, griff sich ein Glas, trank es in einem Zug leer und tat dasselbe mit Susannes Manhattan, bevor diese ihn anrühren konnte. Dann lächelte sie ihrer Freundin zu.

»Ah, jetzt sind wir quitt. Wie ist es dir ergangen, Baby? Bei mir war gerade die Hölle los …«

Ihr Satz wurde vom Summton einer weiteren eingehenden Textnachricht auf Susannes Telefon unterbrochen. Susanne entschuldigte sich und las.

»Ich hab dich auch lieb! Bis morgen! D.«

»Du guckst so komisch. Was Wichtiges?«

Pattys Frage war aufrichtig gemeint, das wusste Susanne, die ihre Fürsorge schätzte. Trotzdem fiel es ihr nicht leicht zu antworten. Sie war in dieses Provinznest gezogen, um unerkannt zu bleiben, und jetzt kam Dalida vielleicht unter die Räder, nur damit sich die Identität ihrer Mutter nicht herumsprach. Dabei hatte es noch nicht mal etwas genützt, wo sie doch vor Kurzem erst ihr eigenes Stöhnen durch die Tür der Nachbarwohnung gehört hatte. Und dann war der Nachbar auch noch tot, die Polizei recherchierte – und was, wenn sie dabei herausfand, dass die Darstellerin aus dem Pornofilm, der bei ihm gelaufen war, gleich nebenan wohnte?

Mit einem Mal brach alles aus ihr heraus. Es tat gut, ihre Sorgen mit Patty zu teilen, der Freundin alles zu erzählen, was ihr durch den Kopf ging. Patty hörte aufmerksam zu, während sie an einer Cocktailkirsche lutschte, und meinte schließlich mit einem entschlossenen Lächeln: »Ich schätze, das ist es, was uns verbindet: Wir werden uns beide outen müssen.«

Susanne stutzte kurz, dann lachte sie laut los. »Um Gottes willen, eine Freakshow in Scharnow. Ob dieser Ort das verkraftet?«, gluckste sie. Ihre gute Laune war wieder vollends hergestellt. Patty drehte sich zum Tresen.

»Und schon sind die zehn Minuten um, Süße. Das ist dir hoffentlich klar?!«

Tatsächlich hatte die Kellnerin bereits zwei weitere Manhattan fertig und brachte sie rasch an den Tisch.

»Braves Mädchen!« Patty blickte auf ihr Namensschild. »Für die nächsten kannst du dir Zeit lassen, Carina!«, schnurrte sie dann. »Und Schätzchen … Carina ist ein sehr schöner Name!«

Die Wangen der Kellnerin bekamen einen zarten Rotstich. Ohne zu antworten, eilte sie zum Tresen zurück. Susanne schnappte sich eins der Gläser und blickte gut gelaunt zu ihrer Busenfreundin. Genauso hatte sie sich den Abend vorgestellt.

»Also, Patty«, sagte sie. »Erzähl doch mal! Ist seit dem letzten Mal irgendwas Aufregendes passiert?«

»Könnte schon sein«, antwortete Patty und beugte sich über den Tisch. Ihr Gesichtsausdruck wurde ernst. Etwas leiser fuhr sie fort: »Hast du von dem Überfall auf den Supermarkt gehört?«

»Meine Nachbarin, die Haustratsche, hat mir davon erzählt. Stimmt es, dass die Räuber nackt waren?« Susanne kicherte. Patty blieb ernst.

»Ja, das stimmt. Rate mal, warum ich das so genau weiß.«

»Du kennst meine Nachbarin?«

»Leider ja, aber das ist nicht der Grund.«

»Jetzt spann mich doch nicht auf die Folter!« Susanne nahm einen Schluck aus ihrem Glas. Wurden die Manhattans besser, oder machte das der zunehmende Rausch?

»Ich weiß es deshalb, weil, nun ja … ich war dabei!«

Susanne sah Patty entgeistert an. Dann prustete sie los.

»Du warst im Billkauf? Waren die Typen wenigstens halbwegs ansehnlich? Hatten sie große Schwänze, oder eher so Stummel? O Gott, ich fass es nicht.« Susanne gluckste vor Begeisterung.

»Du verstehst mich nicht, Susanne!«

Pattys Stimme war nur noch ein Flüstern.

»Ich war selbst einer der Männer!«

Susanne starrte sie mit offenem Mund an.

»Und du glaubst nicht, was an dem Abend noch passiert ist.«

5

Trotsky beobachtete schon seit einer Weile das Haus von Peter Märse. Er hatte sich auf dem Balkon einer zwei Blocks entfernten Wohnung niedergelassen und wartete.

Es war unsinnig, richtiggehend kindisch gewesen, sich seiner Kleider zu entledigen, bevor er ins Industriegebiet geflogen war, um Dampf abzulassen. Vollends idiotisch war es gewesen, die Brieftasche ebenfalls auf den Haufen zu legen. Trotsky konnte seine Beweggründe dafür beim besten Willen nicht mehr nachvollziehen. Zumal Peters Krankenkassenkarte in der Brieftasche steckte. Was, wenn nun ein ehrlicher Finder die Brieftasche an sich genommen und zur Polizei gebracht hatte? Und was, wenn dieser ehrliche Finder Trotsky sogar hatte fliegen sehen? Schließlich konnte er nicht mit Gewissheit sagen, ab wann seine Kräfte für alle Welt sichtbar geworden waren. Er hielt es zwar für eher unwahrscheinlich, dass jemand die Brieftasche abgegeben hatte – ehrliche Finder waren in seinen Augen ein Mythos –, aber falls doch … Nicht auszuschließen, dass Peter bereits von der Polizei observiert wurde. Und um das herauszufinden, war es besser, erst mal aus sicherer Entfernung die Lage zu sondieren.

Trotsky kratzte sich am unrasierten Kinn. Er hatte in den vergangenen Nächten im Wald geschlafen, es zumindest versucht, und war froh gewesen, dass der Mann mit dem Gewehr ihm die Jacke überlassen hatte.

Die Zeit im Wald hatte Trotsky zum Nachdenken genutzt. Er wusste nun, dass er, wenn es so weit war, seinem Ende selbstbestimmt entgegentreten wollte. Dafür musste der fliegende Mann verschwinden. Das kopflose Randalieren vor zwei Tagen hatte ihn in den Fokus der Öffentlichkeit gerückt. Er wurde polizeilich gesucht. Sicher waren ihm auch die Weltenlenker bereits auf der Spur. Zeit also, unterzutauchen. Zeit, wieder unsichtbar zu werden. Trotsky dachte an den Moment bei der alten Eiche, als alles begonnen hatte. Wäre er damals nicht den Weltenlenkern in die Hände gefallen, was hätte aus ihm werden können?

Sein Blick fiel auf einen Kastenwagen direkt vor dem Haus, in dem ein Mann saß, ohne sich zu rühren. Ein Agent der Weltenlenker vielleicht? Er sah genauer hin. Der Mann war untersetzt und wirkte harmlos. Eine Frau kam aus dem Haus gelaufen. Der Mann ließ den Wagen an, noch bevor sie eingestiegen war. Gemeinsam fuhren sie weg, dann war es wieder ruhig. Trotskys Gedanken schweiften in seine Schulzeit zurück, die Zeit nach seiner Veränderung. Er erinnerte sich an die Lehrer, die damals dabei gewesen waren. Roswitha Zuchonns. Sie war immer nett zu ihm gewesen. Nicht lange nach dem Vorfall hatte sie den Lehrberuf ganz aufgegeben. Saß der Schock jener Nacht zu tief? Wenn dem so war, dann tat ihm das leid.

Wenker wiederum lebte nicht mehr. Er war einige Jahre nach der Klassenfahrt in die DDR auf ziemlich spektakuläre Weise abgetreten. Bei einem Schulausflug an die Ostsee war der berufsjugendliche Sportlehrer auf einen Felsen geklettert und hatte einen Salto ins Wasser probiert. Dummerweise fuhren unter ihm ein paar Schüler in einem kleinen Motorboot herum, um ihn anzufeuern. Wenker landete mitten auf dem Boot und brach sich vor den entsetzten Augen der Schüler das Genick. Keine schöne

Erfahrung für die Augenzeugen – Trotsky war sich sicher, dass Wenker wenigstens glücklich gestorben war.

Ein Geländewagen kam die Straße entlang. Trotsky erkannte Peters SUV, der langsam vorfuhr und wie im Film in eine leere Parklücke direkt vor dem Haus glitt. Offensichtlich hatte Peter seine Nobelkarosse waschen lassen – vor drei Tagen war sie noch ziemlich verschmutzt gewesen. Trotsky sah, wie Peter zur Beifahrerseite eilte und die Tür öffnete. Trug er wirklich einen Smoking? Trotsky kniff die Augen zusammen. Eine ältere Frau stieg aus dem Wagen. Dem Verhalten seines Freundes nach zu schließen handelte es sich entweder um eine Vorgesetzte oder eine Geschäftspartnerin. Oder aber, die dritte Möglichkeit: Peter war ein Gigolo und bot seine Dienste für Geld an.

Bei der Vorstellung verzog Trotsky den Mund, doch dann ermahnte er sich. Peter hatte ihn vor zwei Monaten aufgenommen und seitdem durchgefüttert. Er hatte ihm Kleidung gegeben und mit seiner Versicherungskarte zum Arzt geschickt. Trotsky stand es nicht zu, über das Leben seines Freundes zu urteilen. Und er hatte auch kein Recht, sich in dessen Privatleben einzumischen. Zwar hatte Trotsky seit Tagen kaum geschlafen und sehnte sich nach einem Bett, doch wenn er jetzt in der Wohnung auftauchte, würde Peter sich ohne Zweifel um ihn kümmern wollen. Wozu dessen Hilfsbereitschaft weiter strapazieren? Gegen den Monsterkrebs und die Metastasen konnte auch Peter nichts tun. Vielleicht war es das Beste, ihn von der Last zu befreien, die Trotsky zweifellos für ihn darstellte.

»Mach's gut, mein Freund, ich danke dir! Meine Sachen kannst du behalten oder verschenken, dir wird schon was einfallen. Leb wohl!«

Er murmelte die Worte in die Stille des Abends, dann setzte er sich die Fliegerhaube aus Leder auf und atmete tief durch. Die Kappe gefiel ihm wirklich gut, dachte er noch, bevor er abhob.

Beim Blick auf das hell erleuchtete Sahsenheim überkam ihn mit einem Mal eine wohltuende Ruhe. In einiger Entfernung konnte er die deutlich schwächeren Lichter eines Dorfes erkennen, aus dessen Mitte ein schwarzer Turm ragte.

Scharnow!

Er bog ab und flog in Richtung des Turms, der ihn magisch anzuziehen schien.

6

Dave fuhr langsam, er suchte einen Parkplatz.

»Das Rumble Fish ist da vorn. Es wird dir gefallen. Die haben ein paar sehr spezielle Gerichte und fünfzehn verschiedene Sorten Sake …«

»Dave?«, unterbrach ihn Sylvia leicht genervt. Der Abend drohte ein Reinfall zu werden. »Was hältst du davon, wenn wir zu dir fahren? Vielleicht kann man sich das Essen auch mitgeben lassen?« Sylvia ließ sich so gut wie nie etwas nach Hause liefern und hatte keine Ahnung, wie es um die Bringdienst-Situation in Sahsenheim bestellt war. In Scharnow und Umgebung gab es nur das Döner-Imperium, und das lag so nah an der Plattenbausiedlung, dass sie das Essen ebenso gut selbst abholen konnte, wenn sie mal Lust auf das überwürzte Hammelfleisch verspürte, das dort als Spezialität angeboten wurde.

Dave stoppte den Wagen und drehte sich zu ihr. Sollte ihr Vorschlag ihn aus dem Konzept gebracht haben, so ließ er sich das nicht anmerken.

»Oder wie wäre es mit Pizza? Es gibt da einen Laden, der macht die beste Frutti di Mare der Stadt, auf Wunsch mit Dinkelteig. Und ich habe noch einen mehr als passablen Weißwein im Kühlschrank.«

Sylvia war das nur recht, sie hatte keine Lust mehr auf rohen Fisch. Trotzdem wollte sie ihn noch etwas schmoren lassen.

»Gibt es vielleicht einen Vietnamesen in der Nähe? Ich liebe gebratene Reisbandnudeln!«

An seinem panischen Gesichtsausdruck erkannte sie, dass es keinen Vietnamesen gab. Sie wartete kurz, dann erlöste sie ihn.

»Pizza ist auch gut.«

Sie fuhren ohne ein weiteres Wort zu ihm.

Er wohnte im vierten Stock eines unscheinbaren grauen Hauses. Als sie durch die Wohnungstür traten, war Sylvia überrascht. Vor ihr lag ein sehr großer Raum, an dessen Kopfseite auf einer Art Podium ein gigantisches Bett thronte. Dave griente sie an.

»Willkommen in meinem Loft. Das einzige andere Zimmer ist das Bad, und ein Bad ist ja streng genommen kein Zimmer«, witzelte er, während er ihr aus dem Mantel half. »Na ja, außerhalb der Wohnung gibt es noch so halb legal ein kleines Gästezimmer. Dort wohnt im Moment ein Freund, aber der ist irgendwo unterwegs.« Dave hängte ihren Mantel an die Garderobe neben der Tür. »Mach's dir gemütlich, ich hole uns ein Glas Weißwein. Das haben wir uns jetzt verdient.«

Er ging zum Kühlschrank, während Sylvia sich umsah. Das Apartment – oder das Loft, wie Dave es nannte – war geschmackvoll und teuer eingerichtet. Sylvias Ex-Mann hatte eine Zeit lang Designermöbel als Geldanlage gesammelt, daher kannte sie sich in dem Bereich etwas aus. Sie entdeckte den unvermeidlichen Corbusier-Sessel, hütete sich aber, auf dem sperrigen Ungetüm Platz zu nehmen. Wenn man den Fehler beging und sich hineinfallen ließ, entkam man ihm nur noch mit peinlichen akrobatischen Verrenkungen. Da gefielen ihr die Art-déco-Vasen, der Jugendstil-Spiegel von Tiffany und der abstrakte Lüster von Swarovski schon deutlich besser. Entweder hatte er wirklich Geschmack oder genug Geld für einen guten Inneneinrichter.

Dave kam mit zwei Gläsern Wein und reichte ihr eins. Ohne mit ihm anzustoßen, nahm sie sofort einen großen Schluck.

Normalerweise rührte sie keinen Alkohol an. Doch jetzt konnte sie etwas zu trinken gebrauchen. Dave machte sich inzwischen daran, beim Lieferservice anzurufen und zwei Frutti di Mare plus Tiramisu zu bestellen. Er legte auf und sah sie zufrieden an.

»Dauert eine Dreiviertelstunde. Soll ich dir unterdessen ein bisschen was zeigen? Ich habe ein Faible für Design, weißt du?«

Ach, dachte sie und runzelte amüsiert die Stirn.

»Hier gibt es ein paar außergewöhnliche Möbelstücke, falls dich so etwas interessiert.«

Sie stellte ihr Glas auf den edlen Vinyl-Couchrundtisch von Cattelan, blickte ihn herausfordernd an und sagte einen Satz, den sie einmal in einer Biografie von Mae West gelesen hatte. Der leichte Kick, der nach den ersten Schlucken Wein einsetzte, gab ihr den Mut dazu.

»Fürs Erste würde mich nur das Bett interessieren.«

Als der Pizzabote nach exakt fünfundvierzig Minuten an der Tür klingelte, machten sie nicht auf.

Sie konnten nicht aufmachen.

Dave hatte Sylvia geschickt ausgezogen und dabei darauf geachtet, selbst jeweils ein Kleidungsstück zu verlieren, wenn er wieder etwas Haut von ihr freigelegt hatte. Der Anblick seines durchtrainierten, makellosen, leicht überbräunten Körpers gab ihr kurz das Gefühl, sie würde mit einer übergroßen Ken-Puppe aus dem Barbieland ins Bett steigen. Und wenn schon. Es gelang ihm schnell, ihre Zweifel zu zerstreuen. Er küsste sie an allen richtigen Stellen, zärtlich und gierig zugleich. Er verlangsamte oder erhöhte das Tempo seiner Zuwendungen, als könne er ihre Gedanken lesen. Es widerstrebte ihr, die Kontrolle aufzugeben. Andererseits hatte sie lange keinen Sex mehr gehabt. Und Dave war gut. Er war sehr gut.

Dave genoss die Lust, die Sylvia ganz offensichtlich immer bereitwilliger zuließ. Was ihm selbst die größte Wonne bereitete, war die Dankbarkeit seiner Gespielinnen. Frauen umfassend zu befriedigen erregte ihn so sehr, dass er mitten im Liebesakt schon mal an Pizza denken musste, um nicht vorzeitig zu ejakulieren. Er befolgte damit den einzigen Ratschlag seines Vaters, der ihn jemals weitergebracht hatte.

Pizza gehörte nicht zu Aphrodites Repertoire.

Eine Psychologin, mit der Dave verkehrte, hatte bei ihm einen narzisstischen Jesuskomplex diagnostiziert. Gemeint war damit der Umstand, dass ihn nicht sein Körper an sich interessierte, sondern dessen Wirkung auf Frauen. Je weniger sie sich seiner Meinung nach vorstellen konnten, dass jemand mit einem solchen Körper mit ihnen intim werden würde, desto erregter wurde er beim Gedanken, ihnen genau das zu ermöglichen. Er wollte der Glücksfall im Leben dieser Frauen sein. Die Ausnahme. Der Sechser im Lotto. An ihren Augen las er ab, wie sehr seine Zärtlichkeiten, seine erotischen Aufmerksamkeiten sie überraschten, bis er und seine Partnerin schließlich einen Zustand der Entrückung erlangten, der sie gemeinsam mit höchster Virtuosität durch die Untiefen der Ekstase steuerte.

Und je weiter sie sich auf diesem Weg vorwagten, desto fantastischere Pizzakreationen musste er sich ausdenken. Timing war alles.

Mit dieser Frau allerdings, dieser Verkäuferin aus dem Herrenladen, widerfuhr ihm etwas, was er so nicht kannte oder schon lange nicht mehr erlebt hatte. Er spürte, dass er dabei war, sich selbst zu verlieren.

Sylvia hatte spätestens nach dem kurzen Schreckmoment durch das Klingeln des Bringdienstes alle Hemmungen fallen lassen. Sie ließ sich zu Dingen inspirieren, die sie noch nie im Leben versucht hatte, von denen sie teilweise noch nicht einmal wusste, dass es sie gab. Und sie lernte Regionen des männlichen Körpers kennen, die in ihrem bisherigen Sexleben tabu gewesen waren. Worum es sich bei einem Analbleaching handelte, war ihr zum Beispiel nicht klar gewesen. Doch sein Intimbereich wirkte appetitlich hell, und sie genoss es sogar, seine Prostata wie ein Eis zu schlecken, während er mit der Zunge leidenschaftlich ihren gesamten Unterleib bearbeitete. Sie registrierte, dass sein Penis seltsam aussah. Er war groß, ab der Mitte allerdings anders gefärbt. Doch er wusste damit umzugehen, und nur darauf kam es an. Ihr Bäuchlein und die Zellulite an den Oberschenkeln waren ihr nicht mehr peinlich, sie waren ihr ganz einfach egal. Sylvia hatte drei Orgasmen, bevor er das erste Mal abspritzte. Und er ruhte sich nicht aus, wie sie es von anderen Männern kannte, sondern bespielte sie weiter. Schon bald spürte sie erneut seine harte Erektion an ihrem Oberschenkel. Sie kam ein viertes Mal. Auch er erlaubte sich einen weiteren Höhepunkt, bevor sie voneinander abließen und sich schwer atmend auf den Rücken rollten.

Er sah sie mit seinem perfekten, glücklichen Lächeln an – ein Lächeln, das viel zu wundervoll war, um dessen Aufrichtigkeit in Zweifel zu ziehen. Warum, verdammt nochmal, sollte sie das, was hier gerade geschehen war, nicht einfach genießen? Er nahm eine Schachtel Zigaretten aus der Brusttasche seines Hemds, das am Boden lag, und bot ihr eine an. Obwohl Sylvia seit Cloudys tragischem Tod nicht mehr geraucht hatte, beschloss sie in diesem Moment den aufregendsten und überraschendsten Sex ihres Lebens mit einem so ausgelutschten Klischee wie der Zigarette danach abzurunden.

»Hinterm Bett ist der Balkon, aber ich bin jetzt zu faul, um aufzustehen. Stört es dich, wenn wir im Bett rauchen?«

Sylvia richtete sich langsam auf, sah zur Balkontür und schüttelte mit einem Lächeln den Kopf.

Er zündete beide Zigaretten an und küsste sie noch einmal, bevor er ihr eine davon zwischen die Lippen steckte. Sie atmete den Rauch ein. Husten musste sie nicht, aber ihr wurde sofort ein bisschen schwindlig. Auch das war ein schönes Gefühl.

Und nun, wunderbar träge und ermattet vom Sex, in der Vertrautheit, die zwischen ihnen entstanden war, erzählte er ihr von sich. Offen, uneitel. Als er sie schließlich bat, ihn bei seinem richtigen Namen zu nennen, wurde ihr klar, dass auch er dabei war, eine Grenze zu überschreiten, dass sie ihm etwas bedeutete – mehr zumindest, als er es selbst vielleicht erwartet hatte.

Für sie war er jetzt Peter. Dave war sein Name, wenn er für seine Kundinnen tanzte – und vermutlich hin und wieder noch mehr. Dave war der Name des Mannes, der sie im Laden erschreckt hatte. Doch es war Peter, der nun seine letzte Kippe in die Wasserflasche am Boden steckte, sich an sie schmiegte und die Augen schloss. Als Sylvia erste, zarte Schnarchgeräusche vernahm, fischte sie sich eine weitere Zigarette aus der Packung und genoss den Moment, der ganz allein ihr gehörte, egal, was die Zukunft bringen mochte.

Sie lehnte sich ans Kopfende des Bettes. Wie seltsam, dachte sie. Cloudys Tod schien ewig weit weg zu sein, und doch waren seither erst zwei Tage vergangen. Sie fühlte sich ein wenig schuldig deswegen, doch kam es ihr vor, als wäre sie noch nie in ihrem Leben so entspannt, ja, sogar glücklich gewesen.

7

Eine Gestalt hoch oben am Himmel, unterwegs von Sahsenheim nach Scharnow. Kurz bevor sie den schwarzen Turm erreicht, biegt sie ab, schießt steil nach oben in den Abendhimmel und verschwindet dann hinter einigen kleinen Wolken, die tief über der brandenburgischen Landschaft hängen.

Durch das Küchenfenster erhaschte Nami einen kurzen Blick auf den seltsamen Vogel, während sie für ihre Großmutter eine Dosensuppe zubereitete. Sie war leicht irritiert. Der Vogel war erheblich größer als normal, doch wieder nicht so ungewöhnlich groß, dass sie ihr Omili am Küchentisch auf die Suppe warten lassen wollte. Nami brachte ihr einen vollen Teller, half ihr beim Essen und ließ sie zwischendurch mit einem Strohhalm etwas Artischocken-Tee aus einem Glas saugen.

Die alte Dame hatte noch nicht wieder gesprochen, seitdem sie aus dem Koma erwacht war. Sie war an diesem Tag aus dem Krankenhaus entlassen worden. Hamid hatte Nami auf seiner Schwalbe zur Wohnung gefahren. Bis zur Ankunft des Krankenwagens hatten sie aufgeräumt und gemeinsam Artischocken-Tee getrunken. Er schmeckte scheußlich. Aber mit Hamid hätte Nami auch die Brühe aus einer Kloake in sich hineingeschüttet. Seine Nähe machte alles schöner, selbst Artischocken-Tee.

Am späten Nachmittag – von nebenan schallten wieder Todesschreie durch die Wand – war ihr Omili zu Hause eingetroffen. Sie saß zwar im Rollstuhl, war aber zu Namis Erleichterung nicht ganz hilflos. Als Nami jetzt beim Essen nicht schnell genug den nächsten Löffel Suppe zur Hand hatte, riss sie ihn ihr weg und löffelte selbst weiter. Nach der Mahlzeit wehrte sie sich auch gegen Beistand beim Umziehen, nur im Bad nahm sie die Hilfe ihrer Enkelin in Anspruch, während Hamid zum Döner-Imperium fuhr, um für sich und Nami eine Alternative zu den Dosensuppen zu besorgen. Es war das erste Mal, seit sie sich kannten, dachte Nami, als sie ihm an der Tür hinterhersah, dass Hamid beim Mopedfahren einen Helm trug.

Als er wiederkam, schlief ihr Omili bereits, und gemeinsam ließen sie sich die Dönertaschen schmecken, während ihr Hamid von seinem Leben in Syrien erzählte. Sie hielten sich dabei weder an den Händen, noch wagten sie es, sich anderweitig zu berühren, obwohl zumindest Nami ständig daran dachte. Erst weit nach Mitternacht erhob er sich, um zu gehen. Nami verabschiedete sich zuerst im Sitzen, sprang dann aber auf und lief ihm nach. An der Wohnungstür holte sie ihn ein, er drehte sich zu ihr um, und sie gaben sich einen langen, zärtlichen Kuss.

Kurz darauf hörte sie seine Schwalbe wegknattern.

Ihr Herz pochte laut im Zweitakt des Motors. Sie hatte das Gefühl, Bäume ausreißen zu können!

Sie war verliebt.

Als am frühen Nachmittag plötzlich das Punkmädchen aus dem Supermarkt mit diesem arabischen Kassierer aufgetaucht war, hatte Sieben erst die irrationale Befürchtung, die beiden wären dem Pakt auf die Schliche gekommen. Als sie aber in der

Nachbarswohnung verschwanden, fiel ihm ein, dass die alte Karpski eine Enkelin hatte. Einige Stunden später erschien ein Krankenwagen, der die greise Nebelkrähe höchstselbst nach Hause brachte. Der Pakt war da gerade mitten im ersten Film und noch mit der ersten Flasche Schnaps zugange, und Sieben bekam kurz Muffensausen, weil er davon ausgegangen war, dass die Alte den erlittenen Schock nicht überleben würde. Was, wenn sie sich jetzt an die Videokassette erinnerte? Nachdem er den Gedanken aber einige Male hin und her gewälzt hatte, kam er zu dem Schluss, dass sie annehmen musste, die Kassette wäre von der Polizei beschlagnahmt worden. Falls sie sich überhaupt noch an etwas erinnerte. Sonderlich wach wirkte sie nicht, soweit er das durch das kleine Toilettenfenster hatte erkennen können. Sieben beschloss, sich erst mal keine Sorgen mehr zu machen.

Im Übrigen war der Tag für den Pakt ebenso typisch wie angenehm verlaufen. Kalle und Niels waren ohne den Polizisten, dafür mit zwei Einkaufstüten randvoll mit Alkohol und Chipstüten zurückgekommen. Sie hatten Bier – gutes Bier – und später auch Mische getrunken und sich zwei Videoklassiker der Güteklasse A, *Das Engelsgesicht* und *Bloodsucking Freaks*, angeschaut. Bei gesteigertem, aber nicht wirklich extremem Pegel hatten sie dann den Abend mit einer Runde Malefiz ausklingen lassen, und Sieben durfte auch endlich wieder die Rolle des schwarzen Cowboys übernehmen. Sehr spät in der Nacht blieb er noch eine Weile alleine im Wohnzimmer sitzen. Pit war wieder zu seiner Mutter gefahren und Niels und Kalle schon schlafen gegangen.

Sieben strich mit der Hand an der Rückseite des Sofas über die Stelle, wo sein Schatz versteckt war, versuchte, das harte Plastik der VHS-Kassette zu erfühlen. Eine Welle der Zufriedenheit überkam ihn. Vor dem Haus knatterte das Moped des Araberjungen, doch Sieben widerstand dem Drang nachzusehen.

Lieber genoss er noch die warmen Empfindungen des Glücks. Gewöhnlich machten ihm solche Gefühle Angst. Doch diesmal gelang es ihm, sie ohne Anstrengung anzunehmen. Er lehnte sich zurück und schloss die Augen. War er überhaupt schon einmal in seinem Leben so entspannt und glücklich gewesen?

Plötzlich schnellte er hoch. Was war los? War er eingenickt? Er brauchte einen Moment, um zu sich zu kommen.

Da hörte er die Geräusche. An der Tür.

Patty hatte Susanne die Autoschlüssel abgenommen. Sie vertrug um einiges mehr als ihre Freundin. Die beiden waren zum Silo gefahren, wo sie noch eine ganze Weile Händchen haltend im Wagen sitzen geblieben waren, sich unterhalten und zwischendurch gegackert hatten wie eine Horde Teenager in den Anfangsminuten eines Splatterfilms. Das hatten sie dringend gebraucht. Beim Abschied hatten sie sich geküsst, sich versichert, dass sie sich bald wiedersehen würden, und sich noch einmal ausgiebig umarmt. Danach war Patty in Susannes Wagen mit einem Lied auf den Lippen und in leichten Schlangenlinien zum Haus ihrer Mutter gefahren.

Unterwegs war ihr nur ein einsamer Roller begegnet, den sie erst sehr spät gesehen und dem sie nur knapp hatte ausweichen können. Oder war er ihr ausgewichen? Als sie am Hause ausstieg, hatte sie gehörig Schlagseite. Sie war doch betrunkener, als sie dachte.

Patty stand vor dem Eingang und musste ein Auge zukneifen, um den Schlüssel ins Schloss zu bekommen. Es dauerte eine kleine Ewigkeit, bis die Tür aufging. Sie wankte in den Flur und blieb verwundert stehen. Irgendetwas war anders. Im Dunkel kam ihr eine große Gestalt entgegen. Ihre Mutter konnte das nicht sein, die schaffte es kaum aus dem Bett. Wieso stand sie überhaupt in einem Flur? So etwas gab es im Bauernhaus ihrer

Mutter doch gar nicht. Panisch suchte sie nach dem Lichtschalter, der nicht dort war, wo er sein sollte.

Was war hier los?

Endlich fand sie den Schalter.

Und drückte ihn.

8

Trotsky war nach seinem Flug durch die Nacht wieder über Scharnow angelangt. Um diese Zeit war in dem Ort selbst in der Nacht von Freitag auf Samstag nichts mehr los. Er nahm ein vereinzeltes Auto wahr, das leichte Schlangenlinien fuhr. Ein betrunkener Nachtschwärmer vielleicht oder der Zeitungsbote, der sich auf der leeren Straße austobte. Es war ihm egal. Er drehte sich auf den Rücken und schaute nach oben. Der Himmel war jetzt sternenklar. Ein wunderschöner Anblick.

Viel zu selten hatte er seine übernatürlichen Fähigkeiten für etwas Schönes genutzt, zum Beispiel für einen ausgedehnten Flug wie den, den er gerade hinter sich hatte. Die Einsicht schmerzte ihn. Er hatte nicht vor, für dieses spät erkannte Vergnügen von seinem Plan abzuweichen. Und zum Plan gehörte es nun einmal, so gut es ging auf seine übernatürlichen Kräfte zu verzichten.

Er drehte eine weitere Runde über dem Gebäude, das aus der Ferne wie ein schwarzer Turm aussah, sich aus der Nähe aber als ganz normales, eher hässliches Hochhaus entpuppte. Ein Hochhaus, das er vor kurzem schon einmal umrundet hatte. In einer Wohnung im dritten Stock brannte noch Licht, sonst war alles dunkel.

Und ruhig. Trotsky genoss die Stille. Eine Runde wollte er noch drehen, dann sollte Schluss sein mit allem. Er wollte Abschied nehmen von den Fähigkeiten, die sein Leben so lange bestimmt hatten. Ausgelassen flog er in einer Spirale nach oben und ließ sich dann unvermittelt im Sturzflug Richtung Hochhausdach fallen. Auf einen Schlag hörten seine Kopfschmerzen auf. Er hatte sich so sehr daran gewöhnt, dass ihn das plötzliche Ausbleiben völlig aus der Bahn warf.

Fast wäre er gegen einen Balkon geprallt, konnte aber seine Flugbahn eben noch korrigieren. Er stieg wieder aufwärts. Viel zu hoch. Der plötzliche Kontrollverlust hatte ihn wütend gemacht. Trotsky lauerte auf das Wiedereinsetzen des Schmerzes. Stattdessen befiel ihn plötzlich ein ungeheurer Schwindel, der um ein Vielfaches stärker war als die bisherigen Anfälle. Augenblicklich verlor er die Orientierung und trudelte auf den Boden zu.

Mit einem Mal war er sich sicher, dass er sterben würde. Sterben konnte! Ein friedvolles Gefühl stieg in ihm auf. Der Wind in seinen Ohren machte kein Geräusch mehr. Alles verlangsamte sich. Wie in Zeitlupe segelte er auf die Erde zu. Trotsky lächelte. Er war bereit, sein Ende zu empfangen. Sein Leben hatte ein solches Maß an Komplexität erreicht, dass ihm der Tod, dieser alte Gleichmacher, als wunderbare Lösung all seiner Probleme erschien. Er breitete die Arme aus, schloss die Augen und überließ sich ohne Gegenwehr dem Gesetz der Schwerkraft.

Er fiel.

Und fiel.

Plötzlich prallte von unten etwas gegen ihn. Gleich darauf drang ein unerträgliches Quieken an seine hypersensiblen Ohren.

Trotsky öffnete wieder die Augen.

Er hatte eine Fledermaus erwischt, die nun versuchte, sich von ihm zu lösen, und sich dabei immer weiter in seiner flatternden Jacke verfing. Trotsky fasste nach dem Tier. Beide fielen jedoch so schnell, und die Fledermaus war so panisch, dass er

Angst hatte, sie zu verletzen, wenn er sie aus der Jacke zog. Sterben würde sie allerdings auch, wenn er nicht …

Mit einer ungeheuren Kraftanstrengung versuchte er, seinen Sturz abzubremsen. Einfach war das nicht, schließlich raste er mit mindestens dreihundert Stundenkilometern auf die Erde zu. Und dann war da auf einmal ein unglaubliches Ohrensausen, das ihn zusätzlich durcheinanderbrachte. Trotsky biss die Zähne zusammen, schüttelte den Kopf und steckte seine ganze Energie in die Bemühung, das Unausweichliche doch noch zu vermeiden. Im allerletzten Augenblick – er befand sich nur noch einen halben Meter über dem Boden – gelang es ihm, seinen Fall um 90 Grad nach vorn und gleich darauf um weitere 90 Grad nach oben zu korrigieren. Wieder himmelwärts fliegend, bremste er seine Geschwindigkeit langsam ab, stoppte nach zwanzig Metern und befreite die verängstigte Fledermaus aus seiner Jacke. Sie war so klein, dass sie in der Kuhle zwischen seinen beiden Händen fast verschwand. Er schaute das Tier an. Es starrte wie gelähmt zurück.

»Ist ja gerade noch mal gutgegangen, was?«

Trotsky lächelte und empfand eine große Dankbarkeit. Ein Gefühl von Mut durchströmte ihn, eine Ahnung von Glück. Er musste an ein Buch denken, das sein Freund Peter ihm als Teenager geliehen und das genau dieselben Gefühle in ihm ausgelöst hatte. Darin wurde die Geschichte von einem Mädchen erzählt, das einem Hasen in ein Wunderland folgt und dort feststellt, dass alles im Leben möglich ist, wenn man es nur will.

»Ich werde dich Alice nennen, auch wenn wir uns kaum wiedersehen werden.«

Er warf die Fledermaus in die Luft. Der kleine Nachtjäger flatterte eilig davon.

»Mach's gut, kleine Alice«, rief Trotsky ihr hinterher.

Sein Ohrensausen hatte sich gelegt, doch nun setzten die Kopfschmerzen in pochenden Intervallen wieder ein. »Alles beim Alten, Chance vertan«, sagte Trotsky leise zum Tod, der vermutlich noch irgendwo in der Nähe war. Er hoffte, dass der alte Schnitter sich genauso ärgerte wie er selbst.

Er blickte nach unten. In der Nähe des Hochhauses gab es eine Unterführung, daneben lag eine kleine Wiese. Der Platz war so gut wie jeder andere.

Hier würde er landen.

Erst jetzt, beim Hinunterschweben, fiel ihm der hohe Pfeifton in seinen Ohren auf – ein Tinnitus, der vielleicht durch den Stress des schnellen Fallens ausgelöst worden war. Er fragte sich, ob dieser Tinnitus von alleine weggehen oder bleiben würde, wie sein verdammter Tumor. Das irritierende Pfeifen nahm seine ganze Aufmerksamkeit in Anspruch, sodass er das Knattern des Zweitaktmotorrades überhörte, das gerade aus der Unterführung schoss. Er sah erschrockene Augen durch das Visier des Helms, konnte aber nicht mehr ausweichen. Der Fahrer prallte mit dem Oberkörper gegen Trotsky und wurde von seinem Sitz gerissen, als wäre er gegen eine Wand gerast. Das Moped rollte noch ein paar Meter weiter, bis ein Baum es stoppte und es auf die Seite fiel. Der Motor ging sofort aus.

Der Hinterreifen des Mopeds drehte sich noch in der Luft, als Trotsky sich über den Fahrer, einen dunkelhäutigen Jungen beugte. Der blickte einen Moment lang orientierungslos um sich und sah dann direkt in Trotskys Gesicht.

»Entschuldigung, ich hab Sie nicht gesehen«, stammelte er. »Hier ist sonst nachts nie jemand.«

»Und ich hab dich nicht gehört«, antwortete Trotsky. Sein Kopf fühlte sich an, als wäre er mit Schlamm gefüllt. »Geht's dir gut? Ist dir nichts passiert?«

Der junge Mann stand vorsichtig auf, schaute an sich herunter, streckte seine Arme aus und schüttelte die Beine. Dann nahm er den Helm ab und ließ den Kopf einmal von links nach rechts kreisen. Trotsky erkannte ihn. Es war der neugierige Angestellte aus dem Internetcafé.

»Scheint alles in Ordnung zu sein«, sagte Hamid mit zitternder Stimme. Dann schwankte er.

»Nicht umfallen, setz dich erst mal!«, befahl Trotsky.

Hamid hockte sich wieder hin. Trotsky ging zur Schwalbe, hob das Zweirad auf und besah sich den Schaden. Mit seinem Körper die Sicht auf die Schwalbe abschirmend, begradigte er geschickt die ziemlich verbogene Felge.

»Deinem Moped ist nicht viel passiert. Das Vorderrad braucht vielleicht neue Speichen, aber wenn du an den Zündkerzen das übergeschwappte Benzin wegwischst, kommst du damit noch nach Hause.«

Natürlich hätte er den Jungen mitsamt Moped nach Hause fliegen können, doch das Risiko, entdeckt zu werden, wollte er nicht eingehen. Er drehte sich zu Hamid um, der wieder auf den Beinen stand und ihn verwundert anstarrte.

»Entschuldigen Sie, aber ... die Kappe, wo haben Sie die her?«

Trotsky nahm die Fliegerkappe vom Kopf und betrachtete sie.

»Die hat mir jemand geschenkt, warum?«

»Verzeihung, aber sie sieht aus wie eine Kappe, die ich seit zwei Tagen vermisse.«

Trotsky dachte nach. Vor zwei Tagen hatte er sich mit dem Hundemörder unterhalten. War es möglich, dass auch dieser junge Mensch mit den Verschwörungstheoretikern zu tun hatte? »Weißt du was«, sagte er schnell, »bevor wir hier lange rumrätseln, schenke ich sie dir, okay? Ich schenke sie dir zurück, wenn du so willst.« Er hielt dem Jungen die Kappe hin. »Ich habe dich von deinem Moped geholt. Das ist das Mindeste, was ich für dich tun kann. Na, nimm schon!«

Hamid machte einen Schritt auf ihn zu, griff nach der Kappe und inspizierte sie. An seinem Gesichtsausdruck war nicht zu erkennen, ob es wirklich diejenige war, die er vermisste. Dann sah er zu Trotsky hoch.

»Danke! Ich versuche mal weiterzufahren.«

»Vergiss nicht die Zündkerzen zu reinigen!«

Hamid kramte ein zerfleddertes Papiertaschentuch aus der Hosentasche und ging zu seinem Moped. Nach zwei Minuten war er fertig, stieg auf und betätigte den Kickstarter. Beim zweiten Tritt sprang die Schwalbe bereits an. Er drehte sich noch einmal zu Trotsky, der ihm stumm zugeschaut hatte.

»Also dann. Gute Nacht.«

Trotsky hob zum Gruß die Hand. Bei sich dachte er, dass das die sympathischste Begegnung seit Langem war. »Gute Nacht.«

Hamid stopfte die Lederkappe in seine Jacke, setzte seinen Helm auf und fuhr knatternd in Richtung des Hochhauses. Als er um die Ecke verschwunden war, öffnete jemand hoch oben ein Fenster und schrie: »Ruhe da unten, hier sind Leute, die schlafen wollen.«

Trotskys Pfeifen im Ohr hatte sich verflüchtigt. Das merkte er auch daran, dass er das Fensteröffnen und den Schreihals aus mehr als sechshundert Metern Entfernung hören konnte. Hoffentlich sind die hier nicht alle so, dachte er und setzte sich auf die Wiese neben der Unterführung. Er hatte beschlossen, genau hier seinen Plan umzusetzen – zumindest, bis der Tod einen neuen Versuch unternahm, ihn zu holen.

9

Sieben richtete seine ganze Konzentration auf die Geräusche, die der Schlüssel im Schloss machte.

Wer konnte das sein? Es war bestimmt schon halb zwei.

Pit, wer sonst!

Aber Pit war bei seiner Mutter. Er musste sich natürlich nicht anmelden, er konnte kommen und gehen, wie er wollte. Aber würde er seine Mutter mitten in der Nacht verlassen?

Vielleicht war Pit überfallen worden, und nun hatte jemand anders den Schlüssel und wollte sie bestehlen.

Aber was gab es hier schon zu holen?

Sieben schaute zum Sofa.

Die Videokassette!

Verfluchter Mist!

Er schlich sich in den kleinen Flur und starrte die Tür an. Wer auch immer dahinter stand, brauchte verdammt lange, um sie aufzuschließen.

Vielleicht hatte diese Person ja gar keinen Schlüssel.

Vielleicht waren das die Geräusche eines Dietrichs.

In Sieben arbeitete es.

War das die Polizei? Das wäre eine Möglichkeit. Senger hatte vielleicht einen Nachschlüssel machen lassen. Gelegenheit dazu hätte er gehabt, er war seit zwei Tagen fast ununterbrochen hier gewesen. War er auf Anhaltspunkte gestoßen, die die Beteiligung des Paktes am Supermarktüberfall beweisen konnten?

Oder war Senger hinter der Videokassette her?

Scheiße verdammt, natürlich! Das musste es sein! Schließlich hatten sich die beiden Männer ja tatsächlich vor der Wohnungstür des Paktes gegenseitig umgebracht, das war auf der Kassette deutlich zu sehen. Senger hatte, wie auch immer, die Leichen verschwinden lassen und wollte nun an das Beweismaterial ran, um es zu vernichten. Danach würde er zweifellos versuchen, dem Pakt die Morde in die Schuhe zu schieben. Lief das nicht immer so? Cops war einfach nicht zu trauen. Im Actionfilm wie im echten Leben.

Sieben atmete tief ein und machte sich auf einen Kampf gefasst. Wenn seine Überlegungen zutrafen, dann war die Aktion da draußen vor der Tür ebenfalls illegal. Und er würde sich ja wohl noch gegen einen Eindringling wehren dürfen, oder etwa nicht? Vorfreude stieg in ihm hoch, so wie immer, wenn es zur Sache ging.

Als Sieben noch Hooligan gewesen war, hatte Hacken, sein Idol und Anführer, zu ihm gesagt: »Kämpfe mit Wut! Kämpfe skrupellos! Kämpfe mit Niedertracht! Schlage, trete, beiße und kneife auch, wenn es sein muss, und zwar dorthin, wo der Widerstand am wenigsten zu spüren ist, wo es am meisten wehtut, wo du ein Andenken hinterlassen kannst!«

Sieben war kein Hüne und nicht sonderlich muskulös, aber er hatte die Wut eines tasmanischen Teufels in sich, und wenn es drauf ankam, konnte er so skrupellos sein wie ein Versicherungsmakler im Altersheim.

»Dein Gegner muss dir egal sein, weil du ihm egal bist! Mach, dass du ihm nicht mehr egal bist!«

Manchmal vermisste Sieben die Abende am Lagerfeuer mit seinen Schlägerfreunden, an denen Hacken immer neue Lehren verkündete, die alle inspirierten. Doch auch bei den Hooligans gab es Rangordnungen, und innerhalb dieser Hierarchie war er nicht mehr gewesen als ein unbedeutender Teil der Masse. Beim Pakt hingegen wurde er als Individuum respektiert und geachtet. Er war das gleichberechtigte Mitglied eines ganz besonderen Lebensentwurfes, dem er heute all seine Kräfte widmete, genauso wie die anderen auch.

Ein lautes Knacken riss ihn aus seinen Gedanken.

Die Tür öffnete sich mit einem Ruck. Sie war seit einer Weile ziemlich verzogen. Sieben hatte die Scharniere längst nachziehen wollen. Knarrend schwang sie auf.

Eine große Gestalt stand schwer atmend im Türrahmen. Im Treppenhaus hinter ihr brannte Licht, deswegen sah Sieben nur eine schwarze Silhouette. Doch er konnte zumindest erkennen, dass es sich um eine ziemlich große Frau handelte, die da schwankend auf ihren hohen Absätzen die Wohnung betrat. Ihre weißblonden Locken schimmerten. Sie hatte eine riesige Handtasche dabei.

Sieben kam sie wie ein aus der Form geratener Engel vor. Sein Kampfmodus stellte sich auf »Hold«.

Die Hand des Wesens tastete nach dem Lichtschalter. Als die nackte Glühbirne an der Decke plötzlich anging, kniffen Sieben und die Frau beide erst die Augen zusammen, bevor sie sich ansahen. »Scheiße nochmal!«, entfuhr es Sieben.

»Scheiße nochmal!«, sagte Pit.

10

Sylvia schreckte hoch. Wo war sie? Sie schaute auf den schlafenden Mann neben sich. Peter. Bei seinem Anblick durchfuhr sie ein angenehmer Schauer. Sie dachte an seine warme Stimme. Und an den Sex.

Da hörte sie es wieder.

Was war das für ein Geräusch?

Çem Schmöller war so richtig geladen. Die letzten Tage waren unfassbar anstrengend gewesen. Erst hatte es da dieses völlig bescheuerte Deeskalationstraining gegeben, »für die sanfte Überwältigung von Opfern von Drogenmissbrauch«, an dem er teilnehmen musste. Schon allein das Wort »Opfer« brachte ihn auf die Palme. Soweit er wusste, wurden die allerwenigsten Junkies, Speedfreaks oder Kiffer dazu gezwungen, ihre Körper mit diesem Dreck vollzupumpen.

Im Mittelpunkt des Trainings stand die Erkenntnis, dass Drogeneinfluss Menschen körperlich wie geistig hypersensibel machte. In dem Kurs sollten die Beamten darauf geschult werden, die individuelle Droge zu erkennen, die die Verdächtigen eingenommen hatten, um dann die entsprechenden Methoden zur Überwältigung der Person wählen zu können. Zu den

Methoden gehörte auch, die richtigen Worte zu finden. Kiffer zum Beispiel reagierten sehr stark auf Humor. Den Beamten wurde daher ein kleines Buch mit Witzen ausgehändigt, auf die Menschen unter Einfluss von THC angeblich besonders gut ansprachen. Menschen, die Aufputschdrogen genommen hatten, was meist deutlich gewalttätiger ablief, konnte man mit sanftem Streicheln oder profanem Kitzeln, gepaart mit Schmeicheleien, beikommen. Çem war klar, dass sich Süchtige mit Anschreien und körperlicher Gewalt nicht immer ruhigstellen ließen, aber streicheln? Ernsthaft? Und worin lag da die Abschreckung? Was für eine gequirlte Scheiße!

Es gab weitere Empfehlungen für die unterschiedlichsten Arten von Drogen, deren ausführliche Beschreibung bei Çem nur Unverständnis und Ekel auslöste. Insgesamt stand dieser Weichspülerscheiß absolut nicht für das, was Çem damals dazu bewogen hatte, Polizist zu werden. Nach dem Kursus bekämpfte er seinen Frust mit Burgern und Milkshakes, was wiederum dazu führte, dass er einige Extraeinheiten im Trainingsraum einlegen musste, denn Çem war übergewichtig. Die Dosis Steroide, die er sich regelmäßig spritzte, hatte er vor Kurzem erhöht, und seine Laune war davon nicht besser geworden. Die Muskeln wuchsen zwar, aber er bekam auch jede Menge kleine, weiße Pickel, und sein Bauchumfang hatte bisher noch kein bisschen abgenommen.

Und als wäre die Woche nicht schon beschissen genug gewesen, hatte es vor drei Tagen noch diesen Großeinsatz in Sahsenheim gegeben, bei dem ein fliegender Mann den halben Industriehafen auseinandergenommen hatte. Ein fliegender Mann! Çem wurde schlecht, wenn er nur daran dachte.

Erst hatte er an eine Ente geglaubt, doch dann hatte er den Kerl selbst gesehen, schemenhaft zumindest, als Gestalt, die durch den Himmel tobte und wahllos Gebäude zertrümmerte.

Der Typ war so schnell gewesen, dass Çem nicht mal hätte sagen können, in was für einem Kostüm er seinem Zerstörungstrieb nachkam. Er und seine Kollegen hatten alle Hände voll zu tun gehabt, Deckung zu suchen – eine Situation, in der sein Übergewicht sich einmal mehr als Handicap erwies.

Çem hasste seinen Körper.

Seine gesamte schlechte Laune projizierte er seither auf den fliegenden Mann, der zweihundert Polizisten zum Narren gehalten und in Lebensgefahr gebracht hatte. Entkommen würde der Kerl trotzdem nicht. Sie hatten seine Spur sehr schnell gefunden. An einer Bushaltestelle, wo Augenzeugen ihn kurz vor seinem Zerstörungsrausch hatten davonfliegen sehen, war seine Versicherungskarte in einer Brieftasche auf einem Kleiderhaufen gefunden worden.

Und nun also stand Çem mit seinen Kollegen vor der Wohnungstür dieses Arschlochs, und sie hatten nicht vor, ihn zu streicheln oder ihm Witze zu erzählen.

Sylvia hielt die Augen geschlossen und lauschte auf die Bewegungen hinter der Wohnungstür. Handelte es sich um einen Nachbarn auf dem Weg nach Hause? Wenn dem so wäre, müssten die Geräusche doch längst verklungen sein?

Da! Ein Flüstern! Mindestens zwei Personen standen dort draußen auf dem Flur und tuschelten miteinander. Wie spät war es eigentlich? Auf der Replik eines goldfarbenen Nachttisches mit Vogelbeinen von Meret Oppenheim zeigte der Digitalwecker von Neff 3:15 Uhr. Um die Zeit schliefen die meisten Leute.

Einbrecher natürlich nicht. Standen wirklich Einbrecher vor der Tür?

Sylvia öffnete die Augen und blickte auf Peter, der in Embryonalhaltung an sie gekuschelt lag. Ganz friedlich. Sie wollte ihn wegen ein paar seltsamer Geräusche nicht wecken. Vorsichtig zog sie den Arm unter ihm hervor, schwang die Beine über die Bettkante, stand auf und schlich zur Wohnungstür. Unterwegs hob sie sein Hemd vom Boden auf und zog es sich über. Kurz bevor sie bei der Tür ankam, entfuhr ihr ein leiser Furz. In der Stille kam es ihr vor wie eine Detonation. Sie blieb stehen und hielt die Luft an.

Wer auch immer sich hinter der Tür aufhielt, gab nun ebenfalls keinen Laut mehr von sich. Sie schlich auf Zehenspitzen weiter und legte das Ohr an die Tür.

Nichts.

Sie schaute durch den Türspion.

Das Treppenhaus war dunkel, doch links von ihrem Sichtfeld war ein Schatten, ein Umriss zu erkennen. Da war jemand, eindeutig.

Plötzlich raschelte es am anderen Ende des Raumes. Kurz schaute sie zum Bett hinüber. Sollte sie Peter wecken? Nicht nötig, stellte sie fest, er war in diesem Moment aufgewacht und blickte sie verschlafen und fragend an.

»Was ist denn los?«

Hinter ihm! Auf dem Balkon!

Eine Gestalt!

Sylvia öffnete den Mund, um Peter zu warnen – da explodierte in ihrem Rücken mit ohrenbetäubendem Knall die Wohnungstür. Mit Wucht wurde sie ins Rauminnere geschleudert. Sie blieb benommen auf dem Eichenparkett liegen, als direkt vor ihren Augen ein faustgroßes, rauchendes Objekt landete. Unmittelbar darauf war der ganze Raum in Nebel getaucht. Glassplitter von der Balkontür regneten auf ihren Kopf. Schwarze Stiefel landeten knallend vor ihr auf dem Boden. Der Raum füllte sich mit einem immer dichter werdenden akustischen Chaos. Ihre Sinne weigerten sich, das Geschehen zu begreifen. Männer schrien durcheinander. Aufforderungen. Befehle. Jemand sollte die Hände hochheben!

Sylvia?

Peter?

Peter!

Sie stützte sich auf den Ellbogen, hob den Kopf und blinzelte durch die Rauchschwaden. Neben dem Bett stand Peter – und ein bisschen wieder Dave, wie sie absurderweise in diesem Moment feststellte – in all seiner Pracht, wie eine griechische Statue. Brustmuskeln wie ein Comic-Superheld. Darunter das einzige Sixpack, das sie in ihrem Leben je berührt hatte. Er sah ebenfalls verwirrt, aber hellwach auf die schwarzen, schreienden Gestalten vor ihm, die durch alle Öffnungen der Wohnung zu kommen schienen. Um ihn herum war Gewusel und Geschrei, er dagegen schien sich in Zeitlupe zu bewegen. Oder lag das an den grellen Lichtern, die von allen Seiten auf ihn gerichtet waren?

Eine nackte Göttererscheinung inmitten von Chaos und Gewalt.

Çem Schmöller sah auf den durchtrainierten Mann, der vor ihm stand. In Schmöllers Welt war eine solche Erscheinung der Inbegriff von Männlichkeit. Brustmuskeln wie ein Marvel-Superheld. Ein Sixpack, von dem Çem schon so oft geträumt hatte. Der Anblick wirkte wie eine ganze Packung Grillanzünder auf seine Wut.

Der Mann hob die Hände und lächelte. Ein Lächeln, das mit seinen perfekt gebleichten Zähnen zu besagen schien, es sei alles ein Irrtum, er sei nicht der Mann, für den sie ihn hielten, wie komme denn einer wie er dazu, eine ganze Polizeieinheit auslöschen zu wollen?

Es war dieses Lächeln, das für Çem das Fass endgültig zum Überlaufen brachte. Zwar rief er dem Adonis noch eine

Warnung zu – so professionell war er immerhin –, doch sein Zeigefinger war bereits dabei, den Abzug der Maschinenpistole zu betätigen.

11

Samstagmittag. Zarmo saß in seiner Küche, dem einzigen Raum der kleinen Zweizimmerwohnung, in dem er Ordnung hielt, und betrachtete seine neuen Schätze. Am Vortag hatte er sie bei Jan-Uwe abgeholt, und gleich nach seiner Rückkehr den Küchentisch für seine persönliche Waffenshow präpariert, indem er die braungraue Baumwolldecke, die er ausschließlich zu diesem Zweck besaß, darauf ausbreitete und dann sorgfältig die Waffen darauf drapierte.

Und dort lagen sie nun schon seit ungefähr zwanzig Stunden. In der vergangenen Nacht war ihm das Schlafen schwergefallen. Eigentlich hatte Paslička ihm ja nur sein Präzisionsgewehr namens Carla vermachen wollen, aber dann hatte der alte Nacho einfach so noch seine drei Pistolen dazugelegt: einen .357er Magnum-Revolver – Männersache –, eine Makarow aus alten NVA-Beständen in der PB-Version mit eingebautem Schalldämpfer für Exekutionen und einen Ruger LCR .38 Special – Damensache, ein Handtaschenrevolver.

Der Kerl musste verrückt geworden sein. Andererseits war er schon immer ein ziemliches Weichei gewesen, was man ja auch an seinem Geschwafel über Tierliebe ablesen konnte. Viel zu verkopft. Und dieses Herumlaufen in Sandalen ohne Socken? Zarmo hatte von Anfang an den Verdacht gehabt, dass Pasličk ein Hippie war. Ein komischer Naturfreak war er auf jeden Fall, und damit ganz falsch beim BsB, wo es Männer brauchte, echte Männer im Kampf gegen das Schweinesystem.

Egal. Ihm sollte es recht sein.

Zarmo strich ein paar Falten aus der Baumwolldecke und ging ins Schlafzimmer. Kurz darauf kam er mit Carla zurück, die die Nacht als Einzige nicht auf dem Küchentisch, sondern an seiner Seite verbracht hatte. Er schob die drei Pistolen an den Rand der Decke und bettete das Gewehr sorgsam, fast zärtlich, auf die speckige Baumwolle. Die Schönheit der Waffe raubte ihm den Atem. Sanft fuhr er mit der rechten Hand über den kalten Stahl. Vom Lauf bis zu dem rauen Kunststoffschaft kam sie ihm einfach nur hinreißend vor. Dies war mit Sicherheit das perfekteste Exemplar eines Gewehrs, das er je zu Gesicht bekommen hatte.

Zarmo nahm sich eine Dose Whiskey-Cola aus dem Kühlschrank, öffnete sie, wobei er peinlich darauf achtete, keine Flüssigkeit auf Carla zu verschütten, und prostete ihr zu.

»Schön, dass wir endlich zusammen sind, Baby.«

Der Drink war gut. Und kalt. Eisig rann es ihm die Kehle hinunter.

Er war nun mit Abstand das am besten bewaffnete Mitglied des BsB, stellte Zarmo zufrieden fest, und ihn überkam ein Stolz, als wäre er zum General befördert worden. Er, Hans Zarm, war der General des Widerstandes gegen das verdammte Sklavensystem. Ein Fall für die Geschichtsbücher. Wenn es endlich vorbei war mit dieser Diktatur der Gutmenschen und Weltenlenker, würde er als Kämpfer für dieses Land Lohn und Würden erhalten!

Sein Telefon klingelte.

Er ließ es klingeln. Es klingelte weiter.

Er hatte keinen Anrufbeantworter, und der Anrufer schien ihn unbedingt erreichen zu wollen. Zarmo seufzte und hob ab, ohne seine Augen von der Wunderwaffe zu nehmen.

»Ja?«

»Zarmo, alter Killer, ich bin's, Trönse.«

»Trönse, bist du irre, hier anzurufen, wir wollten doch ...«

»Alles gut, Alterchen, für unser Attentat interessiert sich keiner. Die Spackos, die da nackt in den Supermarkt rein sind, die hat irgendwer gefilmt, die sind ein richtiger Hit, sag ich dir. Und die Polizei kümmert sich nur um den fliegenden Mann.«

»Ein fliegender Mann? Wa... was redest du da für einen Müll?«

»Kein Wunder, dass du das noch nicht mitgekriegt hast, es kam bisher nur über Polizeifunk. Die Bullen reden von nix anderem mehr. Im Netz kursiert so 'n Film, der ihn angeblich beim Rumfliegen zeigt. Die scheiß Lügenmedien haben noch nichts dazu gebracht ... na logo, die halten das erst mal zurück, oder was meinst du?«

»Ich meine gar nichts, Trönse. Und wenn du nur tratschen willst, such dir 'nen anderen. Ich hab keine Zeit. Wiederhören.«

»Halt, warte, Zarmo, warte! Deshalb ruf ich nicht an. Es geht um eine neue Aktion. Ein Tier! Ich hab schon versucht, Jan-Uwe zu erreichen.«

»Paslička ist raus. Ich erklär's dir später. Und du hättest sowieso zuerst mich anrufen müssen, wie oft soll ich dir das eigentlich noch sagen?«

»Wir reden doch jetzt miteinander, oder?«

Trönse klang entnervt. Bei nächster Gelegenheit, dachte Zarmo, musste er den Nacho mal auf den Topf setzen. Er wurde langsam frech, und außerdem hatte er mitten im Einsatz zum Pinkeln seinen Posten verlassen, dafür würde Zarmo ihm sowieso noch einen einschenken müssen.

»Um was für ein Tier handelt es sich denn, Trönse?«

»Um eine Katze.«

»Hat HeidEgg euch das gesagt? Wieso nimmt der so kurz nach unserer Aktion Kontakt zu uns auf?«

»Die Info kommt nicht von HeidEgg. Der hat seit Mittwoch nichts mehr von sich hören lassen. Schmitzi hat das rausgefunden. Im Darknet. Im Tierheim in Kreisau gibt's eine Katze ...«

»Im Tierheim?«, unterbrach ihn Zarmo, allein schon deshalb, weil Trönse ihn vorher unterbrochen hatte. Er hasste es, wenn ihm das Wort abgeschnitten wurde. Erst recht von einem Nacho wie Trönse. »Warum sollte ein von den Weltenlenkern eingesetztes Tier im Heim sein? Das ergibt doch keinen Sinn, du Nacho.«

»Fand ich auch komisch, aber Schmitzi sagt, das Vieh hat mal Gregor Gysi gehört, dieser linken Bazille. Zarmo, wenn wir die Miezekatze ins Visier nehmen, dann könnten wir hier direkt vor Ort, in unserem eigenen Land etwas bewirken.«

»Hmm, ist alles ein bisschen kurzfristig, oder? Wann sollen wir denn deiner Meinung nach losschlagen?«

»So schnell wie möglich. Die Muschi ist schließlich im Tierheim. Und wenn jemand kommt und sie mitnimmt, wird's gleich wieder kompliziert.«

»Trönse, das ist doch ganz einfach: Einer von uns könnte sie da abholen, wie irgendein stinknormaler Tierfreund. Mutzi, Mutzi, und dann ertränken wir sie im Teich. Dabei sparen wir auch noch Munition. Easy peasy, aus die Maus.«

»Wenn du ein Tier aus dem Tierheim holst, musst du deine Personalien angeben, und später kommen die Mitarbeiter dann zur Kontrolle bei dir zu Hause vorbei. Das machen die, weil die verkackten Pharma-Multis sich früher ihre Labortiere dort geholt haben.«

Zarmo wurde es langsam zu bunt. Auf jede Frage hatte dieser Trönse eine Antwort. Er dachte nach.

»Pass auf, ich sag dir, wie wir's machen. Wir treffen uns morgen im Clubhaus – ach Scheiße, morgen kann ich nicht, da hab ich diesen Fernrohrworkshop von der Jägervereinigung. Den darf ich nicht schwänzen. Wir treffen uns also am Montag – nee, da hab ich auch schon was. Wir treffen uns Dienstag! Dienstagabend ist gut. Um acht in der Garage, da gibt's WLAN. Dann besprechen wir alles. So lange wird's ja wohl noch Zeit haben. Kannst du das Schmitzi bitte auch gleich ausrichten?«

»Zarmo, ich weiß nicht. Sollen wir das nicht noch mal mit Jan-Uwe besprechen?«

»Trönse, du Nacho, bist du taub? Paslička ist raus. Alles Weitere am Dienstag. Tschüss.«

Zarmo legte auf. Es war höchste Zeit, den Jungs ein bisschen Disziplin beizubringen, dachte er. Jetzt, wo Paslička nicht mehr dabei war, würde er andere Saiten aufziehen. Er prostete noch einmal Carla zu und trank von seiner Whiskey-Cola. Zufrieden schaute er auf die stählerne Schönheit. Ihr Anblick ließ seine Augen glasig werden.

Er schüttelte sich. Dann fing er an zu grinsen.

Sein Grinsen wurde immer breiter.

»Schon mal 'ne Katze abgeknallt, Baby?«

12

Nachdem sie ihre Großmutter versorgt hatte, schob Nami die alte Frau im Rollstuhl ans Wohnzimmerfenster, damit sie die Mittagssonne genießen konnte.

»Ruh dich ein bisschen aus, okay, Omili?«

Nami hockte sich neben den Rollstuhl und positionierte eine kleine Tischglocke in Griffweite ihrer Großmutter.

»Ich hab ein paar Dinge mit Hamid zu besprechen, aber wenn du was brauchst, musst du nur klingeln, dann bin ich gleich da, ja?«

Elsa Karpski bekam ein knappes, aber erkennbares Nicken hin. Es würde noch eine Weile dauern, bis sie wieder die Alte war.

»Gut«, sagte Nami zufrieden. Sie ging zur Kompaktanlage hinüber, einem grauen Plastikblock, der Plattenspieler, CD- und Kassettenplayer zugleich war. Sie drückte ein paar Knöpfe, und kurz darauf ertönte Rex Gildos »Hossa« aus den Lautsprechern. Nami verdrehte die Augen. Sie liebte ihr Omili abgöttisch, auch weil sie sich in so vielem einig waren. Ihr Musikgeschmack gehörte eindeutig nicht dazu. Sie warf ihrer Großmutter noch einen aufmunternden Blick zu und ging dann zu Hamid, der auf dem Sofa saß und interessiert in einer Informationsbroschüre über die richtige Hilfe bei Notdurft und Stuhlgang von hilfsbedürftigen Menschen blätterte. Als er Nami vor sich entdeckte, deutete er auf die Lektüre und sah sie fragend an. Nami zuckte mit den Schultern.

»Hab ich alles vorhin schon mit dem Typen vom Pflegedienst besprochen. Das wird kein Problem, glaub mir«, flüsterte sie. »Danke, dass du dir heute freigenommen hast.«

»Ich hab einfach gesagt, ich bin krank, keine große Sache«, meinte er verlegen. »Nami, mir ist gestern Nacht etwas wirklich Seltsames passiert. Ein Mann ist in meinen Roller reingerannt, das heißt, eigentlich ist er gar nicht gerannt. Er war eigentlich gar nicht da. Und dann war er doch da, aber von oben, weißt du? Als wäre er vom Himmel …«

Nami unterbrach ihn erschrocken.

»Bist du verletzt?«

»Nein.«

»Hat der Mann oder die Schwalbe etwas abbekommen?«

»Nein, nicht wirklich, aber …«

Nami wirkte erleichtert. Dann lächelte sie.

»Erzähl's mir nebenan, was hältst du davon?«

Sie griff nach seiner Hand und führte ihn in den Nebenraum, das Schlafzimmer ihrer Großmutter. In der vergangenen Nacht hatte sie viel über Hamid nachgedacht. Sie wollte ihn, jetzt. Sie wollte nicht mehr warten, das war ihr nun klargeworden. Nami schloss die Tür hinter sich und blickte ihn auffordernd an.

»Küss mich!«, sagte sie leise.

Hamid machte einen Schritt auf sie zu. Nami schlang die Arme um ihn, und ihre Lippen trafen sich mit einer Heftigkeit, über die beide lachen mussten.

Ineinander verschlungen ließen sie sich aufs Bett fallen und begannen sich erst zärtlich, dann immer wilder zu küssen. Nami strich mit der Hand über Hamids Rücken und ließ sie unter sein T-Shirt rutschen, wo sie eine Weile liegen blieb. Dann nahm sie seine Hand und führte sie zu ihrer Brust. Ihre Brustwarzen waren hart. Sie spürte, wie er erschauerte, als er sie berührte, spürte, wie ihr ganzer Körper anfing zu zittern, und betastete vorsichtig, zögernd, unsicher, was nun geschehen würde, die Wölbung an seiner Hose. Als er kurz seufzte, wurde sie mutiger, öffnete seinen Reißverschluss und schob ihre Hand in die warme Enge seiner Jeans.

Die beiden waren so sehr voneinander gefangen, dass sie das Klingeln aus dem Wohnzimmer vollkommen überhörten.

Elsa war bei klarem Verstand. Es fiel ihr lediglich schwer, mit ihrer Umwelt zu kommunizieren. Was sie noch mehr verunsicherte, war diese Landschaft, die sie seit ihrem Erwachen vor ihrem inneren Auge sah. Eine Landschaft mit vereinzelt herumschwebenden ... Seelen? Um die sie sich auch noch kümmern sollte? Das alles machte sie ganz schwummerig im Kopf. Sie musste sich jemandem mitteilen. Am besten Nami. Aber so sehr sich Elsa auch anstrengte, sie bekam kein Wort über die Lippen. Ihre Stimme wollte ihr einfach nicht gehorchen. Vielleicht, wenn Nami ihr einen Block und einen Stift bringen würde?

Einen Versuch war es wert.

Mit Mühe griff sie nach der Glocke und bemerkte erfreut, dass ihr das Klingeln leichtfiel. Sogar sehr leicht. Nur zeigte sich ihre Enkelin nicht, obwohl das Geräusch mühelos Rex Gildo übertönte, dessen Best-of-CD Nami gerade für sie eingelegt hatte. Sie klingelte wieder.

Nichts.

Elsa klingelte noch rabiater. Dann ließ sie die Glocke in den Schoß fallen und versuchte, den Rollstuhl zu bewegen. Es gelang ihr, ihn zu drehen, indem sie sich vom Fensterbrett wegdrückte. Sie griff nach den Rädern, und nach einer kleinen Ewigkeit setzte sich der Stuhl knarzend in Bewegung. Sie rollte in den winzigen

Flur und stoppte vor ihrer Schlafzimmertür. Schwer atmend, beugte sie sich vor und stützte sich mit der Hand an der Tür ab. Aus dem Zimmer vernahm sie leise Geräusche. Erst wollte sie klopfen, doch dann kam ihr das absurd vor. Das wäre ja noch schöner. Schließlich war das hier ihre Wohnung. Sie tastete nach der Türklinke. Die ersten beiden Versuche, sie herunterzudrücken, schlugen fehl. Mit letzter Kraft schaffte sie es schließlich, die Klinke zu betätigen.

Langsam schwang die Tür auf.

Es war dunkel im Zimmer. Kein Wunder, die Vorhänge waren zugezogen. Aber auf dem Bett war jemand. Als ihre Augen sich an die Dunkelheit gewöhnt hatten, machte sie zwei ineinander verschlungene Gestalten aus, die sich rhythmisch bewegten. In ihrem Hals sammelte sich etwas Flüssigkeit, und plötzlich kamen Laute aus ihrer Kehle. Artikulierte Laute!

Worte!

»VERFICKTE HURENKACKE NOCHMAL, MÜSST IHR EURE BEPISSTEN FICKSPIELE UNBEDINGT IN MEINEM SCHEISSBETT VERANSTALTEN?«

Die Körper erstarrten. Elsas Organ erstarb in einem letzten Krächzen. Aus dem Dunkel des Raumes vernahm sie Namis zitternde Stimme.

»Omili, du kannst ja wieder sprechen?«

Scharnow
14 Tage später

1

»Nun schau dir mal den Penner an! Darf der hier einfach so seine Papphütte aufstellen, und wir müssen drum rumlaufen, oder was?«

Die drei Jugendlichen umringten die auf dem Boden hockende Gestalt, die sich aus einigen Pappkartons eine Art Lager direkt an der Unterführung zwischen Dorfstraße und Plattenbausiedlung gebaut hatte.

»Kann ja sein, dass ich mich irre, und das hier is 'ne ganz normale Wohnung, ein richtiges Luxusapartment? Und ich begehe gerade Hausfriedensbruch?«

Um seinen Worten Nachdruck zu verleihen, trat der Wortführer der drei – ein bulliger, aschblonder Junge in einer weißen, löchrigen Röhrenjeans, grauer Windjacke und einem schwarzen T-Shirt, auf dem in fetten Lettern »FUCK YOU, I HAVE ENOUGH FRIENDS« stand – auf eine neben dem Lager liegende, noch ungeöffnete Tüte Erdnussflips, die sofort zerplatzte und ihren wurmartigen Inhalt auf den Asphalt ausspie.

»Ey, du Arschloch! Ich rede mit dir! Ob anständige Bürger hier drum rumgehen sollen, hab ich gefragt?«

Die Stimme des Jungen bebte und überschlug sich fast vor Wut. Der Angesprochene zeigte keinerlei Regung.

So wie der Mann auf seinem aufgefalteten Karton hockte, die Arme um die Knie geschlungen, hätte er auch ein in Meditation versunkener Yogi sein können. Um ihn herum lagen eine Plastiktüte, aus der Lumpen quollen, zwei olivbraune Decken und die mit Wasser gefüllte Pet-Flasche eines Brauseherstellers, dessen Werbeanzeigen Lebensfreude anpriesen und den Geschmack der Zukunft versprachen. Von Lebensfreude oder irgendeiner Zukunft war an diesem Platz nichts zu spüren. Neben der zertrampelten Flipstüte lag eine noch ungeöffnete Flasche Fanta. Am Kopfende der Pappkartonbehausung waren ausgerissene alte Zeitungsartikel befestigt. Außer dem Obdachlosen und den drei Halbstarken befand sich niemand auf der Straße.

Der Anführer des Trios war der siebzehnjährige Skippy Maiser, der von allen ausschließlich Sechs genannt wurde. Er hasste seinen Vornamen, den er der Vorliebe seiner Mutter für Australien, Koalas und Kängurus zu verdanken hatte. Niemand außer ihr durfte ihn so nennen. Seine Kumpane waren Egmont Dulk, fünfzehn, Klassenkamerad und ehemaliges Opfer von Sechs, der sich erst seit Kurzem zu seinen Freunden zählen durfte, und Tasso Schmidt, der Sechs schon seit dem Kindergarten kannte. Tasso hatte sich stets gefragt, warum die Mutter von Sechs ein Land und dessen Tierwelt so sehr liebte, dass sie ihrem Sohn einen derart schrecklichen Namen gab. Seines Wissens war sie selbst noch nie in Australien gewesen. Er dachte über so etwas nicht laut nach. Die Mutter von Sechs war tabu. Wenn einem das eigene Leben lieb war, erwähnte man sie am besten gar nicht.

Missmutig beobachtete Tasso seinen Freund, der ganz offensichtlich kurz davorstand, die Beherrschung zu verlieren. Dann blickte er sich um, ob irgendjemand ihre Aktion mitbekam. Oben an der Bushaltestelle befand sich eine alte Frau im Rollstuhl und starrte auf sie hinunter. Zwei weitere Personen standen hinter ihr und unterhielten sich. Der Bus musste jeden Moment kommen.

Gut. Zeugen konnten er und seine Kumpels hier gerade gar nicht gebrauchen.

Sechs war einzig auf den Obdachlosen konzentriert. Er stand breitbeinig, mit einer Bierflasche und einer selbstgedrehten Zigarette in der linken Hand, vor dem Mann, der eine komplett verdreckte Jacke trug, und deutete mit dem Zeigefinger auf sein Opfer.

»Schaut euch den doch nur mal an, Leute! Da kommt einem ja das Essen wieder hoch.«

Seine Freunde kannten Sechs gut genug, um zu wissen, wann er wirklich wütend war und wann er nur Lust auf Stress hatte. Stress gab es zum Beispiel, wenn er jemandem seine Hand hinhielt und fragte, wie viele Finger zu sehen waren. Er hatte sich den Trick schon in der fünften Klasse ausgedacht und ihn zu seinem Markenzeichen gemacht. Deshalb nannten ihn alle Sechs – weil er darauf bestand, dass sich sechs statt fünf Finger an seiner Hand befanden. Regelmäßig verprügelte er jeden, der das Gegenteil behauptete. Der Ordnung halber sei gesagt, dass Sechs natürlich nur fünf Finger besaß, aber nicht selten mit dem Zählen durcheinanderkam und manchmal selbst nicht genau wusste, wie viele Finger sich tatsächlich an seiner Hand befanden.

Doch hier und heute ging es nicht um ein bisschen Stress, das konnten Tasso und Egmont klar erkennen. Sechs steigerte sich mehr und mehr in seine Wut, die zweifellos durch die Tatsache befeuert wurde, dass Suske aus dem Nachbarhaus ihm gerade mitgeteilt hatte, dass ihre Freundin Dalida sich nicht für ihn interessierte. Deshalb wollte er heute nicht nur Dampf ablassen. Heute sollte Blut fließen.

»Es ist zum Kotzen mit euch Pack. Keiner tut was dagegen. Wenn ich 'nen Typen falsch angucke, krieg ich sofort 'ne Anzeige, muss aber um so was wie dich 'nen Bogen machen. Ist das vielleicht gerecht?« Seine Stimme wurde leiser. Die nächsten Worte kamen beinahe zischend. »Wenn ich jetzt aber gar keinen Bock darauf habe, um irgendjemand 'nen Bogen zu machen, was dann? Das ist mein Land, hörst du? Nicht deins! Hier herrscht Sauberkeit, und Typen wie du gehören auf den Müll.«

Obwohl es noch früher Nachmittag war, ging die Lampe über der Unterführung plötzlich an und begann zu flackern. Sechs ließ sich davon nicht beirren.

»Ey, du Saftsack, pack deinen Scheiß zusammen und verpiss dich in die Kanalisation, wo du hingehörst, hast du verstanden? Du bist eine Schande für Deutschland! Geh ins Gas, du Abschaum, und verpeste hier nicht die Luft mit deinem Gestank.«

Sechs berauschte sich mehr und mehr an der eigenen Schimpftirade, gleichzeitig frustrierte ihn die fehlende Reaktion seines Gegenübers. Der Mann hatte sich kein Stück bewegt, er starrte weiter mit stumpfsinnigem Blick auf den Boden. Tasso wiederum war klar, dass hier gleich mehr passieren würde, als er mittragen wollte. Als sollten seine Befürchtungen bestätigt werden, holte Sechs unvermittelt eine kleine Dose Feuerzeugbenzin aus seiner Jacke und begann, die brennbare Flüssigkeit auf die Gestalt vor ihm zu verspritzen. Tasso versuchte ihn aufzuhalten.

»Ey, Sechs, lass den doch. Du willst dir an so einem doch nicht die Finger schmutzig machen?«

Er sah Hilfe suchend zu Egmont.

»Oder, Egmont? Der isses doch nicht wert!«

Egmont hatte seine Hände tief in den Taschen seines Bundeswehrparkas vergraben und kickte mit seinem Stiefel gegen einen Stein, ließ dabei aber Sechs und die Gestalt am Boden nicht aus den Augen.

»Kann mir doch egal sein!«, brummte er in Tassos Richtung.

Tasso konnte verstehen, dass sein Freund mehr Interesse daran hatte, Ärger mit Sechs zu vermeiden, als diesem Penner beizustehen. Schließlich war Egmont erst vor Kurzem zu einem

Günstling von Sechs aufgestiegen. Die Markenturnschuhe, die Sechs heute trug, das wusste jeder, hatten einmal Egmont gehört. Sie waren eines der seltenen Geschenke von seinem Vater gewesen, der sich nur noch sporadisch bei ihm blicken ließ, seitdem er in die Schweiz gezogen war.

»Du hältst die Schnauze, Tasso!«

Sechs leerte seine Bierflasche und warf sie wütend an die Wand hinter dem Mann, wo sie laut klirrend zerschellte. Nicht die kleinste Regung verriet, ob der Obdachlose etwas von der Situation mitbekam.

»Kannst dich ja gleich zu dem legen, wenn du solche Pennerzecken plötzlich so lieb hast. Zerleg ich eben euch beide.«

Er wandte sich wieder dem Mann zu.

»Hast du gehört, du Pennersau? Ich fackel dich jetzt ab und deck deine Asche danach mit meinem toten Kumpel zu!«

In seinen Augen loderte der Hass. Er schnippte seine brennende Zigarette direkt auf den benzingetränkten Mann. Funken stoben auf, als sie ihn traf, doch das Benzin auf der Kleidung entzündete sich nicht. Tasso fiel ein Stein vom Herzen. Er versuchte, Sechs zu beruhigen.

»Hey, Sechs … war doch nicht so gemeint. Ich dachte nur …«

»Hör auf zu denken und check mal die Gegend, ob du die Bullen hier irgendwo siehst. Und du, Egmont, mach dein Handy scharf! Gleich gibt's hier die Mega-Action.«

Tasso fiel die alte Frau an der Bushaltestelle wieder ein. Sie war nicht mehr da. Vermutlich war sie von ihrer Begleitung in den Bus befördert worden und hatte nichts mitbekommen. Oder sie hatte beschlossen, sich rauszuhalten, wie es die meisten Menschen taten.

Sechs zog ein Butterflymesser aus der Hosentasche und vollführte mit der rechten Hand eine viele Male geübte Choreografie, die jedoch angesichts der reglos vor ihm sitzenden Gestalt eher lächerlich wirkte. Immerhin war niemand vor Ort, der sich getraut hätte, darüber zu lachen.

»Wir machen jetzt ein kleines Filmchen, und du Stück Scheiße spielst darin die Hauptrolle.«

Sechs grinste teuflisch. Sein Körper entspannte sich. Ganz das Klischee eines B-Movie-Schurken, machte er sich mit der Messerspitze einen Fingernagel sauber. Da seine Nägel allerdings allesamt bis zum Nagelbett abgekaut waren, wirkte auch diese Geste eher deplatziert. Dem Obdachlosen war weiterhin nicht anzumerken, ob ihm der Ernst seiner Lage bewusst war. Sechs beugte sich vor und tippte mit der Messerspitze auf die Nase seines Opfers.

»Mit deinem hässlichen Kolben hier fang ich an!«

Die direkte Berührung schien etwas auszulösen, denn plötzlich regte sich der Mann. Sehr langsam hob er seinen Kopf und sah Sechs direkt ins Gesicht. Fast unmerklich spannte sich sein Oberkörper, während er den Kopf wieder etwas senkte, ohne dabei aber den Blickkontakt zu dem Jungen vor ihm zu verlieren. Sechs geriet aus dem Konzept. Er starrte auf sein Gegenüber und wich dann plötzlich erschrocken zurück.

Tief in den Augen des Mannes meinte er ein Leuchten zu erkennen, eine Art Flamme, die sehr langsam auf ihn zukam.

2

Sieben wusch sich die Hände. Das Werk war getan. Die anderen waren, wie üblich an einem Mittwoch, zum Einkaufen gefahren. Mal wieder ohne ihn, aber das war durchaus in seinem Sinne. Er hatte sich auf ein Mammut-Projekt eingelassen, an dem er in jedem unbeobachteten Moment wie besessen gearbeitet hatte. Fünf schwarze, prall gefüllte Plastiksäcke im Flur zeugten vom Umfang seines Unterfangens. Gerade war er damit fertig geworden. Zudem hatte er die Wohnung – inzwischen schon zum zweiten Mal an einem Mittwoch – in einen blitzsauberen Zustand versetzt. In Sachen Reinemachen konnte er es inzwischen mit Pit zu dessen besten Zeiten aufnehmen.

Oder zu ihren besten Zeiten?

Pit war jetzt Patty. Meistens jedenfalls. Und Patty war eine Dame. Unzweifelhaft! Eine Dame kümmerte sich nicht um den Haushalt, dafür waren andere zuständig. Ihre Diener? Verehrer? Liebhaber? Sieben gehörte jedenfalls dazu. Ob als Diener, Verehrer oder vielleicht sogar als Liebhaber, wusste er selbst noch nicht so genau.

Als er Patty vor ungefähr zwei Wochen das erste Mal in vollem Ornat gesehen hatte, in jener Nacht, als sie voll wie ein Amtmann zur Wohnung des Paktes statt zu ihrer Mutter gefahren war, war etwas Seltsames mit Sieben geschehen. Erst hatte er sich über Pits Aufzug erschrocken, doch gleichzeitig schien es, als wäre ihm nun einiges an Pit, das ihm bisher verdächtig vorgekommen war, klarer geworden. Und der Anblick selbst war kein bisschen abstoßend. Im Gegenteil!

Pit/Patty war selbst ziemlich durcheinander gewesen und hatte sich erst einmal setzen müssen. Sieben hatte Kaffee gekocht, sich zu seinem Freund gesetzt, und zum ersten Mal, seit sie sich kannten, sprachen sie etwas eingehender miteinander. Es war überwiegend Pit, der sprach. Noch immer ziemlich angesäuselt, erzählte er Sieben von seinen Gefühlen und der wunderbaren Energie, die ihn durchströmte, wenn er Frauenkleider trug. Er sei nicht schwul, versicherte er, was Sieben zuerst gar nicht glauben konnte. Oder er sei nicht *nur* schwul. Sieben verwirrte diese Aussage, aber er beschloss, wie so oft, nicht weiter darüber nachzudenken. Er bereitete noch zwei Gläser Mische zu, dann schauten sie ein paar Minuten gemeinsam einen Porno – einen Ron-Jeremy-Klassiker aus den 1970ern – und fingen an, sich wie schon so oft zuvor, gegenseitig zu masturbieren. Wessen Hand ihn massierte, war Sieben bisher egal gewesen. Bei Patty war das nicht mehr so, und er hatte sich dabei erwischt, wie er immer wieder zu der grell geschminkten Gestalt neben ihm hinsah.

Sieben seufzte und schüttelte den Gedanken an Patty ab. Er brachte die schwarzen Plastikbeutel in den Keller, wo er sie neben die Mülltonnen stellte. Dafür musste er ganze viermal laufen. Als er fertig war, warf er kurz einen Blick auf die Bauschuttsäcke, die in einem trockenen, kalten, unbenutzten Nebenraum ganz hinten in der Ecke standen. Eine Schicht altes Laub bedeckte den Inhalt. Aus den Säcken roch es streng und leicht süßlich. Noch hielt sich der Gestank in Grenzen.

Nach der Schießerei im Flur vor ihrer Wohnungstür, hatte Pit die beiden toten Männer ganz alleine hierher getragen, bevor der

Krankenwagen kam. Später hatten er und Kalle die Leichen auf die fünf Plastiksäcke verteilt. Wie genau, das wusste Sieben nicht, weil er sich an dem Abend um Senger kümmern musste. Er und Niels wurden erst einige Tage später in die Sache eingeweiht. Ein Vertrauensentzug, der Sieben anfangs schwer genervt hatte. Umgekehrt behielt er ja den Fund der VHS-Kassette auch für sich.

Die Videokassette. Sein Schatz steckte weiterhin im Futter der Sofarückwand. Und jetzt hatte er Zeit. Sein Werk war vollbracht. Warum sollte er sich nicht dafür belohnen?

Er legte die Kassette in den Player. Die Röhren des Fernsehers wurden warm, brummten, und langsam erschien auch das Bild. Sieben schmatzte vor Vorfreude. Er drückte auf Play und sah Senger, der auf die Person hinter der Kamera einredete. Er sah die Weinbarth-Brüder, in ihren Händen die Waffen, mit denen sie sich gleich vernichten würden. Sieben lief das Wasser im Mund zusammen. Er schaute das Video inzwischen zum vierten Mal. Als einer der Brüder plötzlich auf den anderen blickte und zischend »Du verdammtes Dreckschwein« ausstieß, formten Siebens Lippen die Worte stumm mit. Er wusste inzwischen von Pit und Kalle, wie die Brüder hießen. Der hier musste Jason sein.

»Gleich«, dachte Sieben, »gleich seid ihr tot.«

Er leckte sich die Lippen, rieb seine Fingerspitzen aneinander. In diesem Moment drehte sich ein Schlüssel im Schloss der Wohnungstür. Sieben zuckte zusammen, stoppte das Abspielgerät und schaltete den Fernseher aus. Er legte die Fernbedienungen auf die Sofalehne und drehte sich mit einem unschuldigen Lächeln zur Tür. Noch war er nicht bereit, seinen Schatz mit den anderen zu teilen.

Die Tür ging auf, und Susanne und Patty stolperten kichernd in die Wohnung. Von Sieben nahmen sie erst mal keine Notiz.

Dann bemerkte ihn Susanne und stieß Patty an. Die drückte ihm sofort ihre Einkaufstüten in die Hand.

»Sieben, Schatz, sei so gut und bring das Gemüse in die Küche, ja? Ich muss mal ganz dringend für kleine Mädchen.«

Sieben sah sie fragend an. Patty hielt sich in gespielter Verlegenheit die Hand vor dem Mund.

»Ach, ich Dummerchen. Wir haben ja gar keine Küche.«

Siebens fragende Miene verzog sich zu einem Grinsen. Patty stutzte.

»Wir haben doch keine Küche, richtig?«, fragte sie und drehte sich zur zugemauerten Tür.

Die! Nicht! Mehr! Zugemauert! War!

»Neeeee ... Sieben, das ist jetzt nicht wahr, oder?«

Mit einem ohrenbetäubenden Jubel riss Patty die Tür auf, an deren Rahmen noch Fetzen von *Dirty Dancing* hingen. Sieben beobachtete seinen wunderbar weiblichen Freund dabei, wie er alles in der kleinen Küche inspizierte, Schubladen und den Kühlschrank aufriss und auch an der einen oder anderen Ecke schnüffelte.

»Ich kann von hier aus den Parkplatz sehen. Whoohooo!«

Patty war wirklich ganz anders als der introvertierte Pit. Und Sieben gefiel das. Es gefiel ihm sogar sehr. Er warf einen Blick in die beiden Papiertüten, die Patty ihm in die Hand gedrückt hatte, und stellte erstaunt fest, dass sie fast ausschließlich mit Gemüse und Obst gefüllt waren. Er runzelte die Stirn.

»Wir waren auf dem Markt«, meinte Susanne erklärend.

Inzwischen gehörte auch sie schon beinahe zum Pakt – und nicht nur deswegen, weil sie über den Inhalt der Säcke im Keller Bescheid wusste und damit bewundernswert souverän umging.

Patty hatte sich an dem Abend im Cheng Luigi's verplappert, und es war Susanne gewesen, die dazu geraten hatte, die Leichen samt etwas Löschkalk in größere Bauschuttsäcke zu legen und mit genügend Schutt und Müll aufzufüllen. Eine Frau mit einem derart kühlen, rationalen Verstand flößte ihm Respekt ein. Außerdem hatte Susanne natürlich eine ganze Palette an derben Sprüchen und Witzen parat, was beim Pakt gut ankam.

»Vitamine sind gesund«, fuhr Susanne fort. »Übrigens … hallo, Sieben.«

»Hey, Sue!«, antwortete er.

Susanne warf ihm einen belustigten Blick zu, als sie seine neueste Version ihres Namens hörte. Sie reichte ihm ebenfalls ihre Papiertüte, aus der ein halbes Dutzend Porree-Stangen lugten. Sieben begutachtete das Gemüse misstrauisch.

»Was genau habt ihr damit vor?«

»Wir machen heute mal einen gesunden Eintopf für alle. Kalle und Niels besorgen den Rest im Supermarkt«, trällerte Patty gut gelaunt, während sie den summenden Kühlschrank tätschelte.

»Wenn man vom Teufel spricht …«

Die Wohnungstür öffnete sich. Kalle und Niels betraten schnaufend die Wohnung. In den Armen balancierten sie mühsam einen ganzen Schwung Lebensmittel, den sie krachend auf die massive Glasplatte des Wohnzimmertisches fallen ließen. Sieben sah abgepackten Speck, Gemüsebrühe, Brot und allerlei Konserven. Keine Erdnussflips oder Snacks. Und nicht die Spur von Alkohol.

»Wir hatten kein Geld mehr für eine Tüte, verdammte Kacke. Seit wann muss man für so was überhaupt bezahlen?«, polterte Kalle.

»Auf die Hand ging's doch auch«, beschwichtigte ihn Niels, während er die Waren auf dem Tisch wie gewohnt in ordentliche Reihen sortierte. Dann schlug er sich mit der flachen Hand auf die Stirn.

»Ach Scheiße, ich hab was vergessen. Ich muss noch mal zurück zum Wagen.«

Kaum war er aus der Tür, kam ein Schrei aus der Küche. Kalle. Er brüllte: »Mösen und Granaten, hab ich Halluzinationen?« Dann stürzte er zurück ins Wohnzimmer und starrte Sieben an.

»Warst du das etwa, du Eisvogel?«

Sieben nickte und versuchte, bescheiden zu schauen. Kalle schüttelte bewundernd den Kopf. Dann stutzte er.

»Und der ganze Schutt, den du da rausgetragen hast, die Ziegelsteine und so, wo sind die?«

»In Plastiksäcken neben den Mülltonnen«, meinte Sieben leicht irritiert. »Der Müll wird aber erst in fünf Tagen abgeholt.«

»Nimm die da gleich wieder weg«, strahlte Kalle. »Das kommt alles in die Säcke im Nebenraum. Wetten, es verwest sich hervorragend unter unseren ehemaligen Barrikadiersteinen?«

Und damit packte er Sieben an den Schultern, hob ihn ein paar Zentimeter in die Höhe und gab ihm einen nassen, geräuschvollen Kuss auf den Mund.

3

Sechs schaute immer noch auf den Obdachlosen vor sich. Hatte er richtig gesehen? Der Mann hielt seinen Blick noch einen Moment lang, seufzte dann und schloss wieder die Augen. Das Leuchten, oder was immer es gewesen war, verschwand. Sechs holte tief Luft und machte mit leicht zitternder Stimme weiter.

»Du verdammte Missgeburt …«

Eine Hand legte sich auf seine Schulter. Sechs erstarrte.

Der Fremde war völlig unbemerkt an die Gruppe herangetreten. Er war ganz in Schwarz gekleidet, auf dem Kopf trug er eine unbedruckte, schwarze Baseballkappe und auf der Nase eine verspiegelte Pilotensonnenbrille. Die nackten Füße steckten in Sandalen. Seine Aura war dunkel, seine Stimme leise, der Befehlston unmissverständlich.

»Ich glaube, ihr verschwindet jetzt besser!«

Der Fremde überragte die drei Teenager nur um einen halben Kopf, wirkte aber kräftig und hatte die Ausstrahlung eines erfahrenen Kämpfers. Tasso und Egmont starrten ihn erschrocken an. Sechs dagegen wirkte plötzlich ganz ruhig. Angst inspirierte ihn. Das hier war seine Show. Er fegte die Hand des Störenfrieds von seiner Schulter, drehte sich zu ihm um und musterte ihn abschätzig. Provozierend langsam klatschte er ein paarmal in die Hände. Das Messer hielt er dabei fest zwischen Zeigefinger und Daumen.

»Eieiei, was haben wir denn da? Einen ganz leichtsinnigen Gutmenschen, der sich mal nicht hinter den Bullen versteckt, was? Dafür hat er sich Applaus verdient, Jungs!«

Er warf Egmont und Tasso einen auffordernden Blick zu, die daraufhin ein paar halbherzige Klatscher zustande brachten.

»Und zählen kannst du auch nicht, oder ist dir entgangen, dass wir zu dritt sind und du ganz allein?«

Sechs funkelte den dunklen Mann an, bevor er explodierte.

»Soll das eine beschissene Vorstellung von beschissener Zivilcourage sein, oder bist du lebensmüde? Glaubst du echt, du kannst hier die Fresse aufreißen? Ich sag dir mal was: Du hast dir den schlechtesten Moment für eine Mutprobe ausgesucht.«

Sechs leckte sich über die Lippen und wurde wieder ruhig. Es war so weit.

»Wollen wir mal sehen, ob du zählen kannst.«

Er hob die linke Hand.

»Wie viele Finger siehst du, Max Musterarsch?«

Der Mann nahm langsam seine Sonnenbrille ab und fixierte Sechs aus stahlgrauen Augen. Der Hand vor sich schenkte er keinerlei Beachtung. Ohne den Blick abzuwenden, stellte er seinen schwarzen, länglichen Koffer neben sich ab und öffnete mit einer kleinen, eleganten Bewegung sein Jackett. Nur ein bisschen, gerade genug, um den hölzernen Knauf freizulegen, der aus dem Bund seiner Hose ragte. Tasso und Egmont verschluckten sich gleichzeitig, während Sechs entgeistert und schon ein bisschen weniger souverän auf die Waffe starrte. In der rechten Hand hielt er noch immer sein Messer. Er tippte mit dem Zeigefinger nervös auf die Klinge und versuchte, seine Chancen abzuschätzen. Bevor er zu einer Entscheidung kam, begann sein Gegenüber zu sprechen.

»Glaubst du, es sind so viele Finger, wie ich Kugeln in meinem Revolver habe?«

Der Blick des Mannes war eiskalt. Sechs überkam etwas, das er seit langer Zeit nicht mehr gefühlt hatte: Hilflosigkeit. Sein Mund fühlte sich wie ausgetrocknet an.

Tasso wandte sich vorsichtig an seinen Freund.

»Ey, Sechs … vielleicht sollten wir …«

Eine Handbewegung brachte ihn zum Schweigen. Sechs zog Rotze aus den Nasennebenhöhlen in den Rachen, schluckte sie aber hinunter, statt sie auszuspucken. Er spürte ein Ziehen an seinem Schließmuskel. Sein Magen verkrampfte sich. Klein beigeben wollte er nicht. Er zog die einzige Trumpfkarte, die ihm noch blieb.

»Damit kommen Sie nicht durch! Wir sind minderjährig!«

Er hatte die Kinderkarte gespielt. Tiefer konnte man in seinen Augen nicht sinken, aber hier ging es ums Überleben.

Der Mann zog seinen linken Mundwinkel fast unmerklich nach oben. Wenn Tasso und Egmont das Grinsen ihres Anführers noch vor Kurzem als teuflisch eingestuft hatten, so war das Mikro-Lächeln dieses Fremden um ein Vielfaches furchteinflößender als alles, was Sechs je zustande bringen würde. Die nächsten Worte erstickten jeden letzten Hoffnungsfunken in Sechs, hier noch als Sieger vom Platz zu gehen.

»Minderjährig. Nun. Damit befasse ich mich, wenn das hier vorbei ist! Doch dann …«, er atmete scharf ein und flüsterte die letzten Worte: »… wird es euch nicht mehr geben.«

Die Drohung löste bei den drei Jungen einen sofortigen Panikanfall aus. Das Butterflymesser glitt Sechs aus der Hand und landete zwischen den Erdnussflips auf dem Asphalt. Egmont stöhnte laut auf, drehte sich um und rannte hysterisch schreiend davon. Weglaufen war auch Tassos erster Impuls. Doch er riss sich zusammen und versuchte, zitternd vor Angst, seinen Freund Sechs in einem letzten Akt der Loyalität an den Schultern mit sich zu ziehen. Dessen weiße Jeans hatte sich zwischen den Beinen verdunkelt. Sämtliche Reflexe des sonst so selbstsicheren Straßenkämpfers waren außer Gefecht gesetzt. Wie zum Beweis verbreitete sich über dem Szenario der beißende Geruch von menschlichen Ausscheidungen. Ohne Gegenwehr ließ sich Sechs von seinem Freund wegführen.

Der dunkle Mann blickte ihnen eine Weile nach, dann drehte er sich zu dem Penner am Boden, der dem Geschehen keinerlei Beachtung geschenkt hatte.

»Den dreien hab ich wohl gerade das Leben gerettet, was?«, sagte Jan-Uwe, während er die Pilotenbrille wieder aufsetzte. »Wenn die wüssten, wen sie hier aufs Korn genommen haben. Die haben echt keine Ahnung, welcher Gefahr sie entronnen sind. Was hättest du mit ihnen angestellt? Hättest du sie zehn Kilometer hoch in die Atmosphäre gezerrt, bis ihnen Eiszapfen an den Eiern gewachsen wären? Und dann die ganze Strecke wieder fallen lassen? Platsch! Püree auf Beton?«

Er schmunzelte.

»Hast du einen Hitzeblick, wie dieser Typ in den Comics? Oder Superpuste? Ich wette, du hättest es schnell gemacht. Du bist kein Sadist. Eher ein Romantiker. Wie ich sehe, trägst du die Jacke noch.«

Keine Reaktion von der Gestalt am Boden. Jan-Uwe seufzte und griff dann nach seinem Koffer. Da fielen ihm die Zeitungsausschnitte an der Wand der Papphütte ins Auge. Er beugte sich vor, um sie zu studieren. Ein Artikel war schon ziemlich verwittert, aber die Überschrift war noch gut zu lesen. In gefetteten Großbuchstaben stand da:

»FLIEGENDER MANN BEI VERHAFTUNG ERSCHOSSEN!«

Jan-Uwe runzelte die Stirn.

»Ich habe das geglaubt, weißt du?«, sagte er nachdenklich. »Dieses Foto in der Zeitung sah dir eigentlich gar nicht ähnlich, aber ich war mir auch nicht sicher. Es war dunkel damals, und ich war so aufgeregt. Ich wollte das einfach glauben, schätze ich.« Er sprach eher zu sich, aber laut genug für den Mann am Boden. »Einen Typen, der mit mir in den Nachthimmel fliegt, der einen erwachsenen Mann mit einer Hand auffangen kann, den erschießt man doch nicht so einfach.« Er warf dem anderen einen schnellen, freundschaftlichen Blick zu. »Die Leute sehen, was sie sehen wollen, das ist der Fehler, den jeder begeht. Ich hab mich jedenfalls nach unserer Begegnung aus der Weltverschwörungsszene zurückgezogen, wenn du verstehst, was ich meine. Und du bist auch ausgestiegen, wie es aussieht. Ich hätte wirklich nicht gedacht, dass ich dich je wiedersehen würde.«

Wieder seufzte er. Ihm fiel der Termin ein, zu dem er eigentlich unterwegs war. »Wie dem auch sei …«, Jan-Uwe fischte einen Zwanzig-Euro-Schein aus der Hosentasche, legte ihn vor dem einstigen Supermenschen auf den Boden und beschwerte ihn mit der Fantaflasche. »Hier. Vielleicht hilft dir das. Ich denke, damit sind wir quitt!«

Ohne eine Antwort abzuwarten, ging er festen Schrittes in Richtung der Plattenbausiedlung.

4

»Wir haben ihn gefunden, Captain.«

»Wo?«

»Erde, 2014, Planquadrant 12**17A, ein Ort namens Scharnow.«

»Dann holen wir ihn da ab.«

»Unverzüglich?«

»Natürlich unverzüglich! Wir suchen ihn seit fünfzehn Jahren, das ist ungefähr die doppelte Anzahl an Muzalkien. Wir holen ihn sofort.«

»Aye, Captain. Was, wenn er Widerstand leistet?«

»Er wird keinen Widerstand leisten. Wenn er merkt, dass wir ihn gefunden haben, weiß er, dass es kein Entkommen gibt.«

»Er soll die letzten Jahre sehr viel Treibstoff getrunken haben.«

»Ja, ich hörte davon.«

»Captain, entschuldigen Sie die Störung, aber wir sind angekommen. 2014, Planquadrant 12**17A.«

»Sehr gut. Schickt Pöhn! Die beiden kennen sich.«

»Wird gemacht, Captain.«

»Und Pöhn soll sich unauffällig kleiden!«

»Natürlich, Captain.«

»Gut. Ich werde in meiner Kabine das Reiseprotokoll aufsetzen. Wir parken das Schiff parallel Klapp Osem Shen. Wenn es etwas Neues gibt, ruft ihr mich!«

»Aye, Captain!«

5

Hamids Rücken schmerzte, doch er schob ohne zu klagen den Rollstuhl, während Nami nebenhertänzelte und ihr Omili so gut es ging unterhielt. Sie hatte sich dabei in die Rolle des quirligen Mangamädchens versetzt, wie sie es sich letztes Jahr in Berlin angewöhnt hatte. Auf Hamid wirkte das eine Spur künstlich. Umso mehr dagegen gefiel ihm, wie liebevoll Nami zu ihrer Großmutter war.

Sie kamen von einem Besuch bei Dr. Wannep, der keine Veränderung in der Sprachfähigkeit, aber doch eine Verbesserung der Reflexe der alten Dame festgestellt hatte. Ihren Gesamtzustand führte er auf eine beginnende Altersdemenz zurück, war ansonsten aber weitgehend zufrieden. Nami hatte das beruhigt. Ihre Herbstferien näherten sich dem Ende. Sie würde nicht mehr lange in Scharnow bleiben können.

Das war auch Hamid schmerzhaft bewusst, der umso mehr jede Minute mit ihr genoss. Ihr bei der Pflege der Großmutter zu helfen, war für ihn nicht nur selbstverständlich, sondern auch ein Ausdruck seiner Liebe zu ihr. Ihre Probleme waren nun auch seine. Ihre Familie ging ihn etwas an. Ohnehin hätte Nami ihre Großmutter niemals alleine zum Arzt bringen können. Hamid hatte sich zwar verhoben, als die alte Dame samt Rollstuhl in den

Bus gehievt werden musste, aber für Nami nahm er auch das gerne in Kauf.

Ihre Mutter hatte er inzwischen auch kennengelernt. Sie war nach Scharnow gekommen, um sich einen Überblick über die Situation zu verschaffen. Eine nette, aber nervöse Frau. Sie blieb einen halben Tag, organisierte eine Betreuung für die alte Dame, mit der verabredet wurde, dass sie fürs Erste nur eine Stunde vormittags vorbeikommen würde. Nami hatte darum gebeten, sich um den Rest selbst kümmern zu dürfen. Zumindest, bis ihre Herbstferien vorbei waren. Namis Mutter wirkte froh über den Vorschlag. Mit Hamid hatte sie sich freundlich unterhalten und ihm Komplimente zu seinem guten Deutsch gemacht. Wenn sie von den weiteren Motiven ihrer Tochter, in Scharnow zu bleiben, etwas ahnte, ließ sie sich das jedenfalls nicht anmerken.

Hamid fand es seltsam, dass die alte Frau Karpski seit ihrem Wutausbruch vor zwei Wochen kein Wort mehr gesprochen hatte, war aber natürlich auch froh darüber. Namis Mutter wäre sicher nicht so leichten Herzens abgereist, wenn die Großmutter ihr hätte berichten können, was sie in ihrem Schlafzimmer gesehen hatte. Erst recht bei der Ausdrucksweise, die sie dafür benutzt hätte.

Seit jenem Abend saß die alte Frau nur noch stumm lächelnd in ihrem Stuhl. Hamid hatte trotzdem einige Tage gebraucht, bis er sich in ihrer Gegenwart wieder entspannen konnte.

Der Rollstuhl stockte plötzlich. Eine Baumwurzel hatte die Gehwegplatte angehoben. Hamid drückte die Räder über das Hindernis und hielt dann jäh. Mitten auf dem Weg, wie aus dem Nichts aufgetaucht, stand ein Mann. Er ging auch nicht zur Seite, als Hamid mit dem Rollstuhl einen Bogen um ihn fuhr. Stattdessen legte er die Hand auf Hamids Schulter und befühlte sie, als wollte er sie kaufen. Hamid wich zurück. Nami hatte aufgehört zu plappern und starrte auf den Fremden. Selbst Elsa Karpski betrachtete ihn ohne ihr übliches Lächeln.

Er war eine Definition des Wortes »unauffällig«. Sein Haar war hell und auf seltsame Art farblos. Seine Gesichtszüge ebenmäßig, ohne irgendwelche Besonderheiten vorzuweisen. Seine Kleidung war ausnahmslos beige. Obwohl sie direkt vor ihm standen, hatte Hamid das merkwürdige Gefühl, der Mann könnte verschwinden, wenn sie nur kurz wegsahen, wie ein weit entfernter Punkt, den man in einem Fernglas entdeckt und nicht wiederfindet, wenn man ihn aus den Augen verliert.

»Hey, Leute. Schön, euch zu treffen.«

Niels stand mit einem Mal direkt neben ihnen.

»Wir kochen gleich bei uns, und ihr seid eingeladen. Klingt das cool für euch?«

Niels war fröhlich, eigentlich wie immer, seit Nami und Hamid ihn kennengelernt hatten. Das war kurz nach der Rückkehr von Namis Omili aus dem Krankenhaus gewesen. Sie waren ihm und Kalle, dem ältesten Mann in der WG, vor der Haustür begegnet. Die beiden hatten ihnen geholfen, die Großmutter samt Rollstuhl die fünf Stufen hoch bis in den Flur zu schaffen. Kurz darauf hatte Nami festgestellt, dass in der Wohnung das Klopapier aufgebraucht war. Als sie deswegen bei den Nachbarn klingelte, boten diese gleich an, für sie auch Besorgungen zu übernehmen. Inzwischen war Nami froh über die Hilfe, die die Männer ihr angedeihen ließen, vor allem dann, wenn Hamid noch bei der Arbeit war und sie mit dem Rollstuhl alleine klarkommen musste. Abends war es zwar weiterhin laut in der Nachbarswohnung, und die Geräusche waren gewohnt verstörend. Doch tagsüber kam es durchaus vor, dass einer der Männer von sich aus bei ihr klingelte, um zu schauen, ob sie irgendetwas brauchte. Vor allem der Typ, der gerne Frauenkleider trug, kümmerte sich auf eine wunderbar unverkrampfte Weise um sie.

»Den Müll stellst du einfach vor die Tür, Kindchen, einer von uns trägt ihn dann runter!«

Nami fand das großartig. Gab es etwas Öderes, als Müllsäcke in einen dunklen Keller tragen zu müssen?

»Ihr kocht? Echt?«, sagte sie jetzt zu Niels. »Hast du das gehört, Omili? Deine Nachbarn laden uns zum Essen ein.«

Ihre Großmutter taxierte Niels mit trüben Augen und bewegte dabei fast unmerklich die Lippen. Nur ein sehr gut geschulter Lippenleser hätte die folgenden Worte erkennen können: »Euren Dreck würde ich nicht mal fressen, wenn es Pimmelsuppe von afrikanischen Gewichthebern geben würde.«

Nami tauschte einen Blick mit Hamid. »Ich glaube, meine Oma ist da raus«, sagte sie dann. »Wir kommen gerade vom Arzt, und jetzt sollte sie sich eher ausruhen.«

Niels hob die Augenbrauen.

»Ihr wart bei Doktor Wannep? Das ist 'ne ganze Ecke. Einer von uns hätte euch doch fahren können! Senger wollte ohnehin zum Billkauf.«

»Ach«, winkte Nami ab, »kein Problem. Ich hatte sie ja gefragt, ob ich bei euch klingeln soll … sie versteht mich, auch wenn sie nicht spricht. Aber sie wollte partout nicht. Sie will euch wohl nicht zur Last fallen. Na ja, da haben wir den Bus genommen, der fährt ja immerhin viermal am Tag.« Dann beugte sie sich vor und senkte die Stimme. »Stell dir vor, Niels. Ich glaube, Omili hat ein Auge auf diesen Penner geworfen, der sich bei der Unterführung eingerichtet hat. Wir haben sie auf dem Weg zur Haltestelle kaum da weggekriegt und hätten beinahe den Bus verpasst. Sie hat die Räder festgehalten und wie hypnotisiert auf ihn runtergestarrt.«

Hamid lächelte gequält und rieb sich den Rücken.

Nami wechselte wieder einen Blick mit ihm und fuhr fort: »Hamid und ich sind dabei. Wenn es auch etwas Vegetarisches gibt.«

Niels zeigte mit dem Daumen nach oben.

»Komm, wir bringen Omili in die Wohnung«, meinte Nami dann zu Hamid. »Ich mach ihr was zu essen, und du hilfst unseren Nachbarn beim Kochen.«

»Könnt ihr mich denn brauchen?«, fragte Hamid.

»Aber immer«, sagte Niels. »Wir sehen uns gleich. Ich hab im Auto was vergessen.«

Er ging aber nicht zum Auto, sondern wartete, bis die drei im Haus verschwunden waren. Dann wandte er sich dem beigen Mann zu, der, die Unauffälligkeit selbst, nur wenige Schritte entfernt stand.

»Hallo, Pöhn«, sagte Niels. »Es ist so weit, was?«

Der beige Mann antwortete: »Hallo, Jarney. Ja. Zeit, dass du zurückkommst. Wir haben jedenfalls nicht vor, ohne dich zu fahren.«

6

Die zwanzig Euro waren das gesamte Geld gewesen, über das Jan-Uwe verfügte. Davon hätte er sich später eine Pizza kaufen wollen, aber da ihm vor seinem Treffen etwas mulmig zumute war, wusste er auch gar nicht, ob er danach noch Hunger haben würde. Da konnte er das Geld genauso gut dem Mann überlassen, den er trotz seiner Verwahrlosung sofort wiedererkannt hatte.

»Hier. Vielleicht hilft dir das. Ich denke, damit sind wir quitt.«

Mittlerweile kam sich Jan-Uwe gönnerhaft vor. Vor vierzehn Tagen hatte ihm der Mann das Leben gerettet, und das wollte er jetzt mit ein paar Kröten begleichen?

Andererseits war der Mensch auf erschütternde Weise heruntergekommen. Im ersten Moment hatte Jan-Uwe darin eine bewusste Entscheidung gesehen, doch nun war er sich nicht mehr sicher. Steckten dahinter etwa auch die Weltenlenker?

Jan-Uwe schluckte. Die Weltenlenker gab es doch gar nicht.

Er sah auf seine Uhr und seufzte. Das alles hatte er hinter sich gelassen, und er wollte auch nicht mehr darüber nachdenken. Außerdem musste er sich beeilen, denn er wollte auf keinen Fall zu spät kommen. Dem Supermenschen konnte er kaum helfen. Aber für ihn selbst gab es vielleicht noch Hoffnung auf ein bisschen Seelenfrieden. Er musste reinen Tisch machen, damit er sein Leben endlich von vorne beginnen konnte.

Auf der Suche nach dem richtigen Hauseingang hielt er Ausschau nach den Jugendlichen von vorhin, sah aber nur einen Mann, der hinter einem Gebüsch urinierte. Dem weißen Fiat Panda, der seitlich davon geparkt war, schenkte er keine Beachtung. Hätte er es getan, wäre der ihm zweifellos äußerst bekannt vorgekommen.

Die Tür des Hauses, zu dem er wollte, stand offen. Er nahm die Treppe und fand in der neunten Etage den Namen der Frau auf einem Klingelschild. Er läutete. Gleich darauf hörte er Geräusche in der Wohnung. Schnell strich er sein Jackett glatt, stieß dabei auf den Knauf in seinem Hosenbund – das Stück Holz, das die drei Trottel vorhin für eine Pistole gehalten hatten. Jetzt störte es nur noch. Gerade als er es rauszog, ging die Tür auf.

»Guten Tag, Frau Pathé, ich bin Jan-Uwe Pasli̇čka. Vielen Dank, dass Sie Zeit für mich haben.«

»Guten Tag. Kommen Sie doch rein.«

Ihre Augen wanderten zu seiner rechten Hand. Jan-Uwe folgte ihrem Blick, dann sagte er schnell: »Das Stück Holz hab ich auf dem Weg hierher gefunden. Ich dachte, Ihre Katze könnte vielleicht damit spielen.«

»Das sehen Sie ein bisschen falsch, Herr Pasli̇čka. Dave spielt lieber mit Häkelgarn als mit Holz.«

»Jeder sieht, was er sehen möchte, was?«, sagte Jan-Uwe und dachte wieder an die drei Jugendlichen. Das Holzstück hatte ihnen den Schrecken Gottes eingejagt. Zum Glück.

Die Wohnung war klein und sehr ordentlich. Sylvia Pathé führte Jan-Uwe ins Wohnzimmer und bat ihn, auf dem türkisfarbenen Sofa Platz zu nehmen. Den schwarzen Koffer stellte er neben sich auf dem Laminatboden ab. Fast hätte er dabei eine große, chinesische Vase umgestoßen.

Auf der Marmorplatte des Couchtisches stand eine geblümte Teekanne auf einem Stövchen, daneben zwei passende Tassen. Zu Jan-Uwes Verwunderung nahm die Frau nicht in einem der beiden türkisfarbenen Sessel Platz, sondern setzte sich neben ihn aufs Sofa.

»Mögen Sie Tee? Es ist ein grüner Tee aus Sri Lanka.«

Jan-Uwe nickte. »Gern.«

In diesem Moment schlich die Katze in den Raum. Sie war grau-schwarz getigert. Das Tier kam schnurrend auf ihn zu. Ihr aufgestellter Schwanz endete in einem kleinen Bogen. Das Zeichen für Sympathie.

»Schau mal, Dave, das ist Herr Pasličká.«

Sylvia wandte sich ihrem Besuch zu.

»Eigentlich wollte ich ihn Peter nennen, nach einem verstorbenen Freund, aber Dave passt irgendwie besser zu einer Katze. Dave war früher im Besitz von Gregor Gysi und dessen Familie. Die nannten ihn E wie Egon, Erich oder Ernst. Furchtbar, oder?«

Jan-Uwe sah sie verständnislos an. »Ich hatte Ihnen ja von Dave am Telefon erzählt. Was sind das denn nun für Informationen, die Sie mir über den Tod meiner Hündin überbringen wollen?«

»Gleich«, meinte Jan-Uwe, der sich vieles überlegt hatte, nur nicht, wie er das Thema anschneiden sollte, weswegen er hier war. »Zuerst wollte ich Ihnen mein Geschenk geben. Für Ihre Katze. Keine Angst, es ist kein weiteres Stück Holz.«

Er stellte die Teetasse auf dem Marmortisch ab und beugte sich zu seinem schwarzen Koffer. Er öffnete ihn, holte einige längliche Elemente hervor, kniete sich auf den Boden und begann unter den interessierten Augen von Dave und dessen Besitzerin, einen Kratzbaum zusammenzubauen.

Bei ihrem Telefonat hatte Jan-Uwe nur kryptische Hinweise fallen lassen, die zwar totaler Nonsens waren, aber interessant genug, dass Sylvia einem Treffen, noch dazu in ihrer Wohnung, zugestimmt hatte. Im Gespräch hatte sie ihre Katze erwähnt, deshalb war er in eine Zoohandlung gegangen, um ein Mitbringsel zu besorgen. Der transportable Kratzbaum war ziemlich teuer gewesen, aber angesichts dessen, was er dieser Frau angetan hatte, konnte sein Geschenk ruhig etwas größer ausfallen. Er wollte die Vergebung dieser Frau, und der Weg zu ihrem Herzen führte zweifellos über ihre Tierliebe.

Zufrieden schaute er auf den fertig montierten Kratzbaum.

»Die Montage ist kinderleicht. Den können Sie überallhin mitnehmen, und Ihr Dave hat seinen Kratzbaum immer dabei.«

Sylvia war offensichtlich gerührt von dem Geschenk.

»Tja nun, Katzen reisen eher nicht so gerne, aber für den Baum haben wir trotzdem Verwendung … was, Dave?«

Dave schien das Ungetüm in seinem Lebensraum nicht geheuer zu sein, denn er versteckte sich hinter Sylvias Bein.

»Der war sicher teuer.«

Jan-Uwe winkte ab.

»Na gut, aber um Dave zu beschenken, sind Sie ja nicht hergekommen, oder?«, wechselte sie das Thema. »Sie wollten mit mir über Cloudy sprechen?«

Wieder zögerte Jan-Uwe. Er schaute auf Sylvias Bein. »Meinen Sie, Dave mag den Baum?«

Sylvia überlegte kurz, dann lächelte sie.

»Warten Sie! Ich hole etwas Baldrian aus der Küche, den sprüh ich auf den Baum. Dann wird Dave keine Probleme mehr damit haben.« Sie stand auf und verließ das Wohnzimmer.

Jan-Uwe versuchte seine Gedanken zu ordnen.

»Frau Pathé, ich habe Ihre Hündin getötet.«

Nein, das war zu direkt.

»Frau Pathé, ich fürchte, ich weiß, wer Ihren Hund erschossen hat.«

Schon besser, aber wie ging es dann weiter?

Er blickte grübelnd zu Dave, der den Kratzbaum zwar weiterhin misstrauisch ansah, aber immerhin schon wieder schnurrte. Plötzlich sah Jan-Uwe einen zuckenden roten Lichtpunkt auf dem Fell der Katze. Einen Moment verfolgte er ihn mit den Augen, und in seinem Kopf raste es. Ein Laserpointer. Von einem Gewehr? Oder waren es nur spielende Kinder aus einer Wohnung im Silo gegenüber?

Jan-Uwes Nerven waren zum Zerreißen gespannt, als der Punkt wieder verschwand.

Vorsichtshalber zog er sich die Kappe tiefer ins Gesicht.

7

»Millennium Falcon on point, I repeat, Millennium Falcon is on point!«

Zarmo lag auf dem Dach des Silos und suchte das Gebäude vor ihm mit bloßem Auge ab, während er auf Antwort von seinem Komplizen wartete.

»Millennium Falcon on point, copy that!«

Plötzlich ein Klicken aus dem Funkgerät.

»Alles klar, Millennium Falke, ich war nur mal austreten.«

»Du warst was bitte? Du Nacho rührst dich ab sofort nicht mehr vom Auto weg, verstanden? Copy that!«

»Yes, I copy. Funny Bones is ready.«

Zarmo sah auf das Funkgerät und runzelte genervt die Stirn. Es machte absolut keinen Sinn, mit Trönse, diesem Nacho Grande, über Funk zu kommunizieren. Außerdem wartete der ja, wenn er nicht gerade am Pissen war, eh nur unten am Fluchtwagen. Beim eigentlichen Auftrag war Zarmo auf sich allein gestellt.

»Dieser inkontinente Mega-Nacho«, sagte er leise zu sich selbst. »Und dann gibt er sich auch noch so einen bescheuerten Funknamen. Funny Bones? Ist unsere Mission für den nichts als ein Riesengag? Und was bitte soll denn an Knochen lustig sein?«

Mit einem Mal ärgerte sich Zarmo wieder über Jan-Uwe. Warum war bei dem Schleimscheißer die Tierliebe plötzlich so groß geworden, dass er sich von den Zielen des BsB lossagte? Hatte es vielleicht an ihm, an Zarmo gelegen? Sie waren doch ein Team gewesen, oder etwa nicht, verdammt? Bildete sich dieser arrogante Nacho-Schnösel vielleicht ein, dass er was Besseres war?

»Ich scheiß auf dich, Pasliĉka! Auf dich und deine Kuscheltiere«, grummelte er und blickte durch das Zielfernrohr.

Da war die Wohnung. Im neunten Stock.

Es war jemand da. Er erkannte zwei Personen, eine Frau in der Küche und im Wohnzimmer einen Mann mit einer Baseballkappe, daneben einen Kratzbaum. Bingo! Wo ein Kratzbaum war, gab es auch eine Katze. Zarmo leckte sich die Lippen, und seine Hände schlossen sich fester um das Gewehr. Was für eine Waffe. Eine der präzisesten, die je ein Konstrukteur entwickelt hatte. Und nun gehörte sie ihm. Carla.

Er streichelte den kalten Stahl. Etwas klickte. Er zuckte zusammen. Verdammt. Er hatte den Laserpointer aktiviert. Entsetzt über seine Unachtsamkeit fand er erst den Schalter nicht, und nachdem es ihm gelungen war, den Laser auf Off zu stellen, prüfte er sofort durch das Visier, ob es in der Wohnung bemerkt worden war.

Zarmo hielt die Luft an. Nichts. Keine Hektik. Kein Alarm. Die Frau in der Küche und der Mann im Wohnzimmer, wie gehabt. Die Katze sah er jetzt auch. Sofort war er wieder voll da.

Das hier würde sein Meisterstück. Ganz klar! Sein Mund war trocken. Er setzte das Gewehr ab, holte einen Flachmann aus der Innentasche seiner Jacke und nahm einen Schluck Jim-Beam-Cola. Ein warmes Gefühl breitete sich in seiner Magengegend aus. Er spürte seine wachsende Erektion. Manchmal wäre er gerne so eiskalt gewesen, wie er es bei Pasliĉka am Schießstand beobachtet hatte. Aber ein ordentlicher Ständer beim Schießen zeugte wenigstens von Leidenschaft. Die hatte Jan-Uwe, dieser Nacho, immer vermissen lassen.

Er lenkte seine Gedanken wieder auf seine Mission.

Sie hätten das Tier vor zwei Wochen aus dem Tierheim holen und gleich ertränken sollen, wie er es vorgeschlagen hatte. Warum musste er auch auf Trönse hören, diesen Obernacho? Und dann war die Katze weg gewesen. Trönse hatte immerhin herausgefunden, wo sie sich nun aufhielt.

Zarmo begab sich in Position und sah durchs Zielfernrohr.

Die Frau in der Küche war beschäftigt. Sie machte Schränke auf, schien etwas zu suchen. Im Wohnzimmer saß der Mann immer noch auf dem türkisfarbenen Sofa. Zarmo bewegte das Fadenkreuz langsam weiter und fand das Tier. Die Katze begaffte den Kratzbaum. Zarmo lächelte.

»Jetzt wird's ernst, meine Schöne. Miezi kommt gleich in den Katzenhimmel.«

Sie stand ideal. Direkt hinter der Fensterscheibe.

»Activate Laser«, flüsterte Zarmo leise zu sich selbst und aktivierte diesmal wissentlich den Laserpointer. Er holte tief Luft. Hielt den Atem an.

Sein Zeigefinger strich sanft über den Abzugshebel, bevor er zweimal kurz hintereinander abdrückte.

8

Hamid stand am Küchenfenster der Nachbarwohnung und beobachtete fasziniert den beigen Mann, der immer noch auf dem Parkplatz stand. Aus der kurzen Entfernung war es noch schwieriger ihn auszumachen. Unauffällig bis an die Grenze zur Unsichtbarkeit. Hätte Hamid nicht gezielt nach ihm Ausschau gehalten, hätte er ihn glatt übersehen. Der Mann schien mit seiner Umgebung zu verschmelzen, seine Konturen flirrten wie bei einer Fata Morgana.

Nami versorgte nebenan noch ihre Großmutter, würde aber jeden Moment nachkommen. Ihre Nachbarn hatten Hamids Hilfe nicht gebraucht. Der Eintopf köchelte bereits auf dem Herd vor sich hin und verbreitete einen kräftigen, appetitanregenden Duft. Die Gastgeber vertrieben sich die Zeit im Wohnzimmer mit Bier und einem Drink, den sie »Mische« nannten. Hamid hatten sie ebenfalls ein Glas angeboten, doch er hatte dankend abgelehnt. Die Zutaten für den Drink und das Bier hatte ein Polizist mitgebracht. Es war der Beamte, der in der Nacht des Überfalls vor Ort gewesen war, derjenige, der Hamid immer misstrauisch ansah, wenn er ihm mal begegnete. Seine Anwesenheit hatte den jungen Syrer erst erschreckt. Heute allerdings gab sich der Polizist so freundlich wie die anderen.

Hamid hatte sich entschuldigt, um in der Küche ein Glas Wasser zu holen. Tatsächlich aber war er irritiert. Sogar sehr irritiert. Inzwischen war er sich nämlich ziemlich sicher, dass es sich bei diesen Nachbarn um die Männer handelte, die vor zwei Wochen den Supermarkt überfallen hatten. Körpergröße und Statur kamen einigermaßen hin, ihre Stimmen klangen ähnlich. Und der Kerl, der – wenn Hamid das richtig verstand – gerade die Küche fertig renoviert hatte, was ihn in den Augen seiner Mitbewohner zu einem Helden machte, wurde Sieben genannt, weil er anscheinend einen seltsamen Tick mit der Anzahl seiner Finger hatte. Hatte der aggressivste der Räuber im Supermarkt nicht auch irgendetwas mit seinen Fingern gehabt?

Was nicht ganz ins Bild passte, war die Freundschaft zu dem Polizisten. Es sei denn, er war ein Komplize. Korrupte Polizisten gab es sicher auch hier, wie überall auf der Welt. Hamid schüttelte sein Misstrauen ab. Was ging es ihn an? Namis Nachbarn waren hilfsbereit und hatten sie jetzt sogar zum Essen eingeladen – und der Transvestit war, wie Nami meinte, immer besonders nett zu ihr.

Mit einem Mal tat sich etwas draußen vor dem Fenster. Der beige Mann fing an zu beben und zu zucken. Hamid glaubte zu sehen, wie sich seine Augen nach hinten verdrehten. Er stand unter einer seltsam aussehenden Laterne, Rauchschwaden stiegen von ihm auf, und plötzlich war es, als würde er einige Zentimeter über dem Boden schweben. Jetzt erst erkannte Hamid entsetzt, dass das keine Laterne war, sondern ein Loch. Eine Art Öffnung. Aber das Loch selbst schwebte in der Luft, ohne zu einem festen Körper zu gehören. Ein Loch in der Realität? In Hamids Kopf drehte sich alles. Da spürte er hinter sich eine Bewegung und fuhr erschrocken herum.

Niels war lautlos in die Küche getreten. Er legte Hamid kumpelhaft den Arm auf die Schulter und zog ihn ein bisschen zu dicht zu sich heran.

»Mach dir nicht zu viele Gedanken, Junge. Der Mann da hat nur eine Tür zu einer anderen Zeit durchschritten. Das macht er ständig. Dorthin werde ich heute Abend auch noch gehen. Nach dem Essen vielleicht, mal sehen.«

Hamid drehte den Kopf wieder zum Fenster, um nach dem beigen Mann zu sehen, aber da war nichts mehr. Er blickte Niels fragend an.

»Was meinen Sie damit, Sie werden auch dort hingehen?«

Der Nachbar seufzte. »Weißt du, es geht nicht nur vor und zurück, nicht nur nach oben oder unten oder zur Seite. In jeder Richtung liegen Orte, die bewohnt sind, und von überall machen sich Menschen auf die Suche nach anderen Orten, weil der Mensch nun mal so ist. Diese Küche hier hat auch schon vor einer Stunde existiert, und es gibt sie immer noch. Aber auch parallel gibt es diese Küche, nur ist sie wahrscheinlich anders, weil die Menschen dort andere Entscheidungen treffen.«

Hamids Gesicht war ein einziges Fragezeichen. Der Nachbar roch stark nach Alkohol. Und seine Rede klang nicht eben kohärent.

»Ach verdammt«, sagte Niels und nahm seinen Arm von Hamids Schulter. »Ich war nie gut im Erklären, tut mir leid.«

Hamid schaute wieder auf den Parkplatz. Vielleicht hatte er sich die Szene eben nur eingebildet.

Es klingelte an der Wohnungstür.

»Deine Freundin«, sagte Niels. Er musterte Hamid kurz, nickte zufrieden und fügte hinzu: »Und natürlich hast du recht. Das, was du gesehen hast, hast du nicht gesehen. Kannst du gar nicht gesehen haben. Totaler Hirnfick.«

Er öffnete die Tür. Nami stürzte herein und schlang die Arme um Hamid, der froh war, von ihr aus dem gerade erlebten Irrsinn gerissen zu werden.

»Stell dir vor«, rief sie. »Omili hat eben gesprochen!«

»Was hat sie denn gesagt?«, fragte Hamid, der sich an ihrem Glück erfreute und alles andere darüber komplett vergaß.

»›Miez Miez Miez‹, hat sie gesagt. ›Miez Miez Miez, du kleine Seele!‹«

9

Es war alles sehr schnell gegangen.

Das Klirren der berstenden Fensterscheibe wurde nur Sekundenbruchteile später von dem noch lauteren Geräusch der platzenden Chinavase übertönt. Der Kater reagierte als Erster. In irrer Panik sprang er von der Vase weg, flog mit einem weiten Hüpfer und in einer grotesken Verrenkung durch das geborstene Fenster und stürzte neun Stockwerke tief auf den Asphalt zwischen den Plattenbauten.

An jedem Stockwerk, das er bei seinem Sturz passierte, verlor er eins seiner neun Leben. Als er auf dem nackten Beton aufschlug, hauchte er sein letztes aus.

Sylvia war ins Zimmer geeilt, in der Annahme, ihr Besuch oder Dave hätten etwas umgestoßen. Jan-Uwe sprang sofort auf sie zu und zog sie hinter das Sofa, wo sie in Deckung gingen. Über seine Schulter sah sie die Scherben der Vase, entdeckte die kaputte Fensterscheibe genau in dem Moment, als von unten der Schrei eines Kindes ertönte: »IIIIIIIIIIIIIIIHHHH, Mami, da liegt eine total zermatschte Katze!«

Jan-Uwe sah vom Fenster zu den Überresten der Chinavase.

»Zarmo, verdammt!«, entfuhr es ihm.

10

Trotskys Körper war ein Schiff geworden. Dieses Schiff war mit Kräften ausgestattet, die ihn schützen sollten, wenn er in Gefahr geriet. Darüber hinaus bestand er nur noch aus Wesenheit. Ganz wenig blieb noch von dem, was einst der Mensch Trotsky gewesen war. Gefühle. Gefühle von außen nahm er noch wahr. Vermutlich würden auch sie bald verschwinden.

Der aggressive junge Mann hatte einen Alarm ausgelöst, und Trotsky war einen Moment lang zurückgekehrt. In seinen Körper. Zum Schiff. Beinahe hätte er überreagiert und eine ungeheure Zerstörung angerichtet. Im letzten Moment hatte er sich zurückgehalten. Und dann war der Mann in Schwarz aufgetaucht, der Mann, der Trotsky die Jacke geschenkt hatte. Von dem, was danach geschah, hatte er kaum noch etwas mitbekommen. Andere Realitäten aus anderen Welten strömten auf sein neues Trotsky-Wesen ein, so viele davon, dass es ihm nicht gelang, sich auf eine einzige zu konzentrieren.

Kurz blieb er noch in seinem früheren Menschsein, in seiner Erst-Welt. Vor sich sah er einen Zwanzig-Euro-Schein unter einer Flasche mit orangener Flüssigkeit. Er erinnerte sich, dass ein Polizist ihm die Flasche und eine bunt bedruckte Tüte geschenkt hatte. Die Tüte lag nun aufgeplatzt am Boden. Er hob Flasche und Schein auf. Aus der Flasche schüttete er etwas in seinen Körper. Das Schiff ächzte wohlig – ein Anzeichen dafür, dass es ihm guttat.

Durch dessen Augen, die nun wieder ausschließlich als Sichtfenster in die Erst-Welt fungierten, begutachtete Trotsky den Geldschein. Er faltete ihn zu einem kleinen Rechteck und schob ihn in die linke Hosentasche. Dann legte er seinen alten Körper, das Schiff, wieder auf das Pappbett.

Er starrte in den Herbsthimmel und betrachtete die dramatischen Wolkenformationen, die ihn verdunkelten, während gleichzeitig in ihnen vereinzelte Sonnenstrahlen funkelten. Die Schönheit dieses Moments machte ihn erneut für andere Realitäten empfänglich. Seine Wesenheit machte sich bereit, das Schiff zu verlassen. Ein paar unentschlossene Regentropfen benetzten sein Deck, doch der Wolkenbruch blieb aus. Das Schiff schloss die Augen, drehte sich mit einer abrupten Bewegung auf die Seite und dem Rest der Welt den Rücken zu.

Das Trotsky-Wesen war in Bewegung. Noch war es ihm nicht möglich, die Zeit zu überwinden, noch gab es ein Band, das ihn an das Universum des Schiffes fesselte. Seine Wesenheit würde das Schiff in jedem Fall aufgeben müssen, um dies zu ändern. Aber dazu war er noch nicht bereit.

Für sein neues Ich waren Wochen, Sekunden oder Jahre abstrakte Begriffe. Es fiel dem Trotsky-Wesen immer schwerer, in diesen Kategorien zu denken. So wanderte es durch seinen persönlichen Limbus. Was war es sonst? Waren es Dimensionen, die es durchschritt? Bewusstseinsstufen? Himmel? Hölle? Hades? Olymp? Asgard oder Niflheim? Solange es das nicht wusste, solange war das hier sein Limbusland.

Das Trotsky-Wesen ließ sich treiben. Noch konnte es lediglich die Rückkehr zum Schiff eigenmächtig steuern. Irgendwann würde sich das ändern. Das Trotsky-Wesen versuchte seine Wesensbahnen zu lenken, und es gelangen ihm ein paar vielversprechende Kurven. Es passierte einen riesigen Schatten über den Dächern von Scharnow. Dächer und Schatten befanden sich auf zwei verschiedenen Realitätsebenen. Das Trotsky-Wesen versuchte zu verstehen, warum seine Wahrnehmung auf beiden Ebenen gleichzeitig funktionierte, als ein seltsamer Funken seine Aufmerksamkeit erregte. Es folgte dem Funken und durchbrach eine Wand, die sich erst von der anderen Seite als Wand zu erkennen gab. Solche Entdeckungen freuten seine Wesenheit, sie forderten die noch neue Wahrnehmung heraus und schulten sie.

Das Trotsky-Wesen sah sich in dem Raum um, in dem es sich befand. Er war dunkel, hatte weder Boden noch Decke und auch keine Wände und fühlte sich doch wie ein Raum an.

Eine Bewegung. Ein Geräusch.

War es das Miauen einer Katze? Unweit der Stelle, von der das Geräusch gekommen war, entdeckte das Trotsky-Wesen eine gestreifte Katze, von der ängstliche Laute kamen und die einen Buckel machte. Was war das für ein Ort? Das Trotsky-Wesen wollte plötzlich weg von hier. Es spürte die Nähe von etwas Widerwärtigem, und seine Wesenheit sagte ihm, dass hier eine Daseinsart lauerte, die keine Selbstbestimmung mehr zuließ. Das Trotsky-Wesen verließ den seltsamen Raum auf dem Weg, auf dem es gekommen war, und machte sich auf, um sich den großen Schatten vorzunehmen.

Den Schatten sah es schon von Weitem und steuerte darauf zu. Unterwegs entdeckte es einen zufrieden grinsenden Mann auf dem Dach des großen Turms von Scharnow. Der Mann steckte ein Gewehr in eine längliche Tasche, küsste es aber noch, bevor er das Futteral schloss. Unterhalb des Turms lag eine zerschmetterte Katze auf dem Asphalt. In ihr erkannte das Trotsky-Wesen dasselbe Tier, das es eben noch miauend im Nichts hatte buckeln sehen. Es beschloss, den Schatten vorerst zu ignorieren. Das hier war spannender.

Das Trotsky-Wesen wurde zu einem Parkplatz hinter dem Gebäude gezogen. Dort stieg der Mann mit der Gewehrtasche gerade in einen weißen Fiat Panda, der lautlos davonfuhr. Dem Trotsky-Wesen wurde mit einem Mal klar, dass ein Zusammenhang zwischen der toten Katze und dem anderen, von ihm selbst initiierten Tiermord bestand und dass der Gewehrmann einer von den Fanatikern war. Etwas in Trotskys Wesenheit war noch menschlich genug, um darüber besorgt zu sein. Das Trotsky-Wesen schüttelte sich und folgte dem Wagen mit dem Tiermörder. Dabei kreuzte es erneut den Weg des Schattens, unterbrach die Verfolgungsjagd und wandte sich ihm zu. Als sich Trotskys Wesenheit direkt unter der Verdunklung befand, war noch immer nicht wirklich auszumachen, worum es sich dabei handelte. Das Trotsky-Wesen musste erst ein paar Haken schlagen, um in die Realität des Schattens vorzudringen, aber schließlich gelang es ihm.

Vor ihm erschien ein riesiges Gebilde, das wie ein beiges Ei aussah. Das Ei befand sich zwar auf einer anderen Realitätsebene, existierte aber im Jetzt, und so war es für das Trotsky-Wesen nicht schwer, ins Innere vorzudringen. Viele menschenähnliche Gestalten liefen dort herum und riefen sich Anweisungen zu. Eine Erinnerung aus Trotskys Vor-Wesenheit zog Vergleiche mit einem Raumschiff heran. Plötzlich fing die Welt um das Trotsky-Wesen an, sich zu verändern. Das Raumschiff schien im Begriff, die Gegenwart zu verlassen.

Das Trotsky-Wesen entfernte sich eilig. Für Zeitreisen war es noch zu früh, noch hielt sein menschliches Mutterschiff es zurück. Ohne weiter darüber zu reflektieren, nahm das Trotsky-Wesen wieder die Spur des Katzenmörders auf.

»Jemand muss sich um ihn kümmern«, dachte es.

Da hörte es eine überaus angenehme Stimme, die von überall und nirgends zu kommen schien.

»Es wird sich bereits darum gekümmert«, sagte sie.

11

Sieben stand im Wohnzimmer, das mit acht Personen fast überfüllt war. Auf dem Tischmonstrum hatten Niels und Kalle das Geschirr beiseitegeräumt und das Malefizspiel aufgebaut. Sie absolvierten bereits die zweite Runde mit der hübschen Nachbarin und ihrem orientalischen Freund.

Die beiden Gäste hatten, wie es sich für das Spiel gehörte, ihre jeweiligen Rollen gewählt und eingenommen. Doch während das Mädchen mit Inbrunst die laszive Bardame verkörperte, spielte der Junge nach Siebens Geschmack eine Spur zu schüchtern. Zumal er auch noch dessen Lieblingsfigur, der Cowboy, sein durfte! Siebens Kritik hatte diesmal nichts mit Groll zu tun. Ihm war sowieso nicht nach Spielen zumute. Heute wollte er nur er selbst sein: Sieben, der Held, der für den Pakt die Küche gerettet und dabei Legionen von Bakterien und Berge von Dreck bezwungen hatte.

Zufrieden mit sich betrachtete er noch einmal ihre neuen Freunde. Kalle hatte dem Pakt eingeschärft, wie wichtig es war, sich gut mit ihnen zu stellen und unter allen Umständen zu verhindern, dass sie den Keller betraten, bevor die Bauschuttsäcke entsorgt waren. Für Sieben war das absolut klar. Überhaupt sah er sich inzwischen jeder Aufgabe gewachsen. Die versiffte Küche war ein riesiges Problem gewesen, und die hatte er schließlich auch auf Vordermann gebracht.

Senger, Patty und Susanne standen am Fenster und unterhielten sich prächtig. Patty lachte dabei so hemmungslos, dass Siebens Herz in seiner Brust mitlachte. Ihre Lebensfreude war wirklich ansteckend. Seit Pit offen zu seiner weiblichen Seite stand, hatten auch in Siebens Leben viele positive Gedanken Einzug gehalten.

»Hey, Sieben ... komm doch mal her.« Susanne sah ihn fröhlich an. »Kennst du die Unterführung am Silo, zwischen der Bushaltestelle und dem ausgebrannten Supermarkt?«

Sieben trat zu ihnen und nickte. »Ich war lange nicht mehr da. Was ist damit?«

»Dort wohnt seit Neuestem ein Obdachloser«, flötete Patty. »Dietmar hat ihn auch schon gesehen, nicht wahr, Diddimaus? Mein Gott, Obdachlose? Bei uns in Scharnow?«

Senger griente verlegen.

»Unser lieber Herr Polizeihauptmeister hat aber nichts gegen ihn unternommen. Im Gegenteil, nicht wahr, Didier?«

Flirtete Patty etwa mit Senger?

Sieben spürte einen Stich in der Herzgegend. Es war ein Gefühl, das er sich nicht erklären konnte, doch es gefiel ihm ganz und gar nicht. Susanne schaltete sich ein.

»Unser Freund und Helfer hat dem armen Tippelbruder eine Flasche Fanta und Erdnussflips geschenkt, stell dir das mal vor? Deshalb ist unsere Mische heute auch etwas stärker als sonst.«

Sieben hatte sich in den vergangenen Tagen mit dem Polizisten halbwegs arrangiert, aber musste der ausgerechnet jetzt den Hahn im Korb geben? Heute war doch Siebens Tag, verdammt. Er hatte in einem unglaublichen Kraftakt und noch dazu heimlich einen total kontaminierten Raum nicht nur sauber und benutzbar gemacht. Nein, er hatte auch sämtliche Küchengeräte gewartet und repariert.

»Ich räum mal das Geschirr in die Maschine«, sagte Sieben in der Hoffnung, seine Küchen-Heldentat wieder ins Bewusstsein des Kollektivs zu bringen.

Mit Erfolg.

»Oh wow, wie schön, wieder eine funktionierende Küche zu haben. Ich kann es immer noch nicht fassen«, trillerte Patty. »Sieben, du bist mein Held!«

Kalle schaute vom Wohnzimmertisch auf.

»Du hast den Geschirrspüler repariert? Der war doch schon kaputt, als wir hier eingezogen sind. Wahnsinn! Das muss ich mir anschauen!«

»Na, na ... geh du nicht auch noch weg. Niels ist schon 'ne Ewigkeit auf dem Klo, dabei bin ich gerade am Gewinnen.«

Namis Stimme war gespielt streng. Kalle ergab sich ihrem Wunsch, nickte aber Sieben noch einmal anerkennend zu.

Na also, geht doch, dachte Sieben, betrat die Küche und stellte das Schmutzgeschirr ab. Der Duft des Eintopfes lag noch in der Luft, und um ihn für eine kleine Weile zu konservieren, schloss er die Tür hinter sich. Für ihn war dieser Duft die höchste Anerkennung seiner Mühen, denn er bedeutete, dass alles lief. Eine Küche, in der ein Eintopf gekocht wurde, war eine funktionierende Küche.

Der Geschirrspüler. Wie ging das noch mit dem Einräumen?

Sieben sortierte erst die Schüsseln in den unteren Einschub. Ein paar flache Teller, auf denen sie Brot serviert hatten, direkt davor. Er trennte das Besteck. Stellte erst die Messer in den Besteckkorb, dann große Löffel, Gabeln und zum Schluss die kleinen Löffel. In dem Einschub darüber platzierte er die Gläser, von denen es viele gab. Die Maschine war schnell gefüllt. Es war wahrscheinlich ein kleines Gerät, aber Sieben fehlten die

Vergleichsmöglichkeiten, denn dies war der erste und einzige Geschirrspüler, den er je zu Gesicht bekommen hatte, und er funktionierte ja auch erst seit heute Nachmittag. Plötzlich fiel Sieben auf, dass etwas fehlte.

Das Waschmittel!

In Waschmaschinen kam auf jeden Fall immer Pulver. Was nahm man für Geschirrspüler? Was immer es war, sie hatten es nicht. Es gab nicht mal richtiges Spülmittel in diesem Haushalt. Klares Wasser würde es fürs Erste auch tun. Sieben setzte den Spüler in Gang und trat einen Schritt zurück. Da entdeckte er eine Suppenspur auf dem Boden. Es war etwas von den Tellern getropft. Sieben griff einen Lappen aus der Spüle, ging in die Knie und wischte akribisch die Spritzer weg. Dann richtete er sich auf und blickte sich zufrieden in der Küche um. Der Gasherd war aus. Der Kühlschrank war zu und schnurrte wie eine Katze. Er sah aus dem Fenster. Niels ging draußen über den Parkplatz. Hatte das Mädchen nicht eben gesagt, er sei auf dem Klo? Unvermittelt blieb Niels stehen, das Gesicht mit geschlossenen Augen gen Himmel gewandt. Was tat er da? Seine Arme waren seitlich abgespreizt. Und er begann … zu schweben! Ungefähr einen halben Meter über dem Boden. Sieben wischte sich die Augen, als ihm etwas über Niels auffiel. Dort hing ein Wirbel, oder vielleicht auch ein wirbelndes Loch … ein Loch in der Luft, als wäre die Welt da draußen nur eine Fototapete.

»Verdammte Scheiße!«, entfuhr es Sieben. Er trat näher ans Fenster und blickte nach oben. Ihm war, als würde in großer Höhe, noch über den Nachtwolken, ein riesiger Schatten hängen. Ein UFO vielleicht? Das musste es sein.

Die verdammte Invasion der Erde hatte begonnen.

Aber warum hier? Was wollten die von Niels?

Sieben blickte wieder zu seinem Freund und nahm mit hilflosem Entsetzen wahr, wie Niels anfing, sich von unten nach oben aufzulösen. Leichte Rauchschwaden stiegen von seinem Körper auf. Binnen Sekunden war er verschwunden, und das Loch über der Stelle, wo er eben noch gewesen war, schien sich selbst zu verschlucken. Der eiförmige Schatten war weg. Der abendliche Parkplatz wirkte gleich weniger dunkel.

Sieben war sofort klar, was das alles zu bedeuten hatte.

»Verdammter Kreuzschiss, die haben Niels entführt. Aber nicht mit mir!« Er drehte sich um und eilte ins Wohnzimmer, wo eine gespenstische Stille herrschte.

Kein Wunder, dachte Sieben, doch dann stockte er.

Der Fernseher war angeschaltet. Davor standen seine Freunde. Und ihre beiden Gäste. Entsetzte Gesichter wandten sich ihm zu. Was war hier los?

Natürlich!, überlegte Sieben. Die Aliens hatten die Sendestationen gekapert. Er sah auf den Bildschirm. Ein Standbild. Mitten in der Bewegung gestoppt. Er konnte nichts Genaues ausmachen, auch wenn es ihm bekannt vorkam. Sieben schaute zu Senger. Sah die Fernbedienung in dessen Hand, den Finger auf der Pause-Taste. Wieder blickte er zum Fernseher, und dieses Mal war ihm klar, was dort zu sehen war.

Es waren die beiden Weinbarth-Brüder, die kurz davorstanden, sich gegenseitig totzuschießen.

12

So hatte Jan-Uwe sich das Treffen nicht vorgestellt. Er hatte der Frau seine Tat gestehen und von den Verschwörungstheorien erzählen wollen, die seinen Verstand lange vernebelt hatten, und davon, wie der Tod ihrer Hündin in ihm einen Sinneswandel ausgelöst hatte. Falls irgend möglich hatte er versuchen wollen, seine Tat wiedergutzumachen. Er war darauf gefasst gewesen, jeden Wutanfall und alle Vorwürfe demütig zu ertragen. Er hatte gehofft, dass die Frau erleichtert sein würde, wenn sie erfuhr, warum ihre Hündin gestorben war. Und natürlich hoffte er auch darauf, sich damit ein klein wenig Schuld von der eigenen Seele zu laden.

Doch bevor es dazu gekommen war, hatte ein weiteres Tier sterben müssen. Wäre ohne ihn der Kater vielleicht noch am Leben? Obwohl er nicht mehr zum BsB gehörte, schien es Jan-Uwe, als trüge er auch eine Mitschuld an Daves Tod.

Er überlegte noch, wie er mit der Situation umgehen sollte, als Sylvia anfing zu weinen. Und jetzt, wo sie damit begonnen hatte, schien sie nicht mehr aufhören zu können. Heulkrämpfe schüttelten sie. Jan-Uwe nahm sie in den Arm, um ihr Halt zu geben. Seine Schulter wurde nass von ihren Tränen, aber das machte ihm nichts aus. Es gefiel ihm sogar. Immerhin konnte er ihr so ein bisschen beistehen. Während er die weinende Frau im Arm hielt, wanderte sein Blick zu der kaputten Vase, neben der er ein Projektil entdeckte. Es war kaum verformt.

Kaliber 7.62 x 51.

Carla.

Die Entfernung vom Dach des Silos bis zu diesem Raum betrug kaum fünfundzwanzig Meter, doch Zarmo war eben auch mit Carla ein miserabler Schütze. Mit einem Mal durchfuhr Jan-Uwe ein Gedanke: Was, wenn sein alter BsB-Gefährte gar nicht das Tier, sondern ihn hatte treffen wollen? Hatten Hans Zarm und die skeptischen Bürger beschlossen, dass er eine Gefahr für die Bewegung darstellte?

Andererseits wusste Zarmo nicht nur von Jan-Uwes Ausstiegsplänen, sondern hatte sich auch Carla und die anderen Waffen schenken lassen. Machte das Zarmo nicht zu seinem Komplizen? Das wiederum könnte dessen Eifer, dem BsB einen größeren Dienst zu erweisen, nur weiter beflügelt haben.

Ein Anflug von Paranoia erfasste Jan-Uwe. Er schüttelte ihn schnell ab. Darum würde er sich später kümmern.

In diesem Moment löste sich Sylvia aus der Umarmung. Sie griff nach einer Packung Taschentücher auf dem Tisch und lächelte ihn tränennass an, während sie damit begann, ihr Gesicht trocken zu tupfen.

»Sie müssen mich für hysterisch halten. Dave war schließlich nur eine Katze …« Sie brach ab. Eine Haarsträhne fiel ihr ins Gesicht.

Nur eine Katze, dachte Jan-Uwe. Genau deswegen war er ja beim BsB ausgestiegen, weil er so nicht über Tiere denken wollte. Und sie offenbar auch nicht. Er sah sie an. In ihrer Trauer kam sie ihm unwahrscheinlich schön vor.

»In den letzten Wochen ist so viel passiert. Ein mir nahestehender Mensch ist vor Kurzem gestorben, und meine Hündin wurde erschossen. Ach, das wissen Sie ja schon.«

Sie schluckte. Einen Moment lang schien es, als würde sie wieder anfangen zu weinen. Sie senkte den Blick. Ihm war plötzlich, als würde sie seine Füße anstarren. Die steckten nackt in Sandalen. Wie immer. Wie damals im Supermarkt. Verdammt. Jetzt würde sie sich erinnern. Er hatte es damals schon geahnt, dass ihm sein Sandalentick zum Verhängnis werden würde. Aber das war ja Quatsch. Er hatte lediglich im Supermarkt eingekauft. Warum sollte sie das mit dem Attentat auf Cloudy in Verbindung bringen?

»Sie haben sehr schöne Füße, wissen Sie das?«

Jan-Uwe hatte mit vielem gerechnet, aber nicht damit.

»Sie erinnern mich an eine Jesus-Figurine, die ich als Kind einmal besessen habe.«

Bevor er etwas entgegnen konnte, sah ihm Sylvia mit klarem Blick in die Augen.

»Bleiben Sie doch noch ein bisschen bei mir. Ich koche uns einen Kaffee. Haben Sie vielleicht Hunger? Ich könnte etwas zu essen vertragen, und vor allem möchte ich jetzt nicht allein sein.«

Sie griff nach seiner Hand. Jan-Uwe durchströmte eine Wärme, die ihn glücklich machte, auch wenn er sich nicht ganz sicher war, ob er dieses Glück wirklich verdiente. Egal. Er hatte sich vom BsB losgesagt, er war heute einem Supermenschen beigestanden, er war ein freier Mann. Er wollte sich nicht gegen seine Gefühle zur Wehr setzen. Das hatte er zu oft in seinem Leben getan.

»Kaffee ist eine wunderbare Idee«, antwortete er.

13

Der Sicherheitsbeamte klopfte an die unscheinbare Tür am Ende des Flurs, lauschte kurz an einer winzigen Öffnung, die aussah, als hätte man einen Salzstreuer von der anderen Seite hindurchgestoßen, nickte dem Agenten zu und öffnete ihm.

Der Agent trat ein.

Es war ein verwinkelter Raum, dessen vorderer Teil von einer verdreckten Lampe nur notdürftig beleuchtet wurde. Innen war er deutlich größer, als die Tür vermuten ließ. Der Agent kniff seine Augen zusammen, um sich an das Halbdunkel zu gewöhnen. Er entdeckte einen mittelgroßen Wandspiegel an einer der unverputzten Betonwände, ansonsten schien das Zimmer leer zu sein. Der Agent spannte seine Muskeln an, lockerte sie gleich wieder und wiederholte diesen Vorgang fünfmal. Dieses minimale, aber hocheffektive Training diente nicht nur der Fitness, sondern beruhigte auch seine Nerven.

Er machte ein paar Schritte und hielt inne. Wer oder was auch immer ihn hier erwartete, war ihm in der Hierarchie der Firma übergeordnet. Die Zimmermitte gehörte dieser Präsenz.

Hinter ihm schloss sich die Tür. Er konnte nicht umhin, bei dem Geräusch zusammenzuzucken. Bemüht, sich wieder zu beruhigen, schob er noch zwei Anspannungsintervalle hinterher.

Dann forderte eine unbestimmte Bewegung in der Dunkelheit vor ihm seine Aufmerksamkeit. Etwas Massiges war dort. Ein animalischer Geruch breitete sich aus, der das Atmen in dem ohnehin stickigen, fensterlosen Raum erschwerte.

»Setz dich!«

Die Stimme war tief und rau, aber nicht unangenehm. Trotzdem jagte sie ihm einen Schauder über den Rücken. Er sah sich nach einer Sitzgelegenheit um. Etwa einen halben Meter rechts vor sich entdeckte er die Umrisse eines Stuhls. Er bewegte sich vorsichtig darauf zu, griff nach dem Möbel und ging damit in seine alte Position zurück. Dann setzte er sich.

Es war sein erster Besuch beim »Sekretär«, und er war gut gebrieft worden. Trotzdem fiel es seinen Sinnen nicht leicht, zu verarbeiten, was hier gerade geschah. Vor ihm schnaufte ein Wesen, ein Geräusch, das immerhin eine Richtung hatte. Die Stimme dagegen kam von überall und nirgends, sie war ihm weit näher als die Gestalt im Dunkeln, sie klang wie eine Stimme aus einem Kopfhörer – wie eine Stimme im Kopf.

Natürlich wusste der Agent, was Telepathie war. Doch wie sich telepathische Kommunikation anfühlte, erlebte er jetzt zum ersten Mal.

So etwas ließ sich nicht trainieren.

»Was hast du herausgefunden?«, hörte er die Stimme in seinem Kopf sagen, während gleichzeitig vor ihm das Schnaufen des Wesens den Raum füllte.

»Ich habe …«

»Warte!«, unterbrach ihn die Stimme. »Hier, nimm dies!«

Aus dem Dunkel vor ihm wurde etwas in seine Richtung geschoben. Es schlitterte über den Boden direkt vor seine Füße. Der Agent sah auf das Bündel vor ihm. Eine Puppe. Bunt, mit roter, geflochtener Wolle als Haarimitat auf dem Kopf. Etwas zu groß für ein Kinderspielzeug.

»Das ist Fratze. Heb sie auf!«

Er tat wie ihm geheißen. Die ungefähr neunzig Zentimeter große Stoffpuppe hatte ein lächelndes Gesicht, Sommersprossen und sehr große Augen, eine Knubbelnase mit breiten Nasenflügeln und einen breiten Mund, aus dem vereinzelt übergroße Zähne lugten. Sie trug eine Latzhose mit aufgedruckten Flicken, hatte gestreifte Strümpfe und klumpige Füße, überzogen mit glänzendem Stoff, eine Puppenidee von Schuhen.

»Sprich durch sie!«

Der Agent sah verwirrt in das Dunkel vor ihm, dann auf die Puppe.

»Na los, mach schon!«

Er packte das Spielzeug im Nacken und hielt es so, dass das Gesicht der Gestalt im Schatten vor ihm zugewandt war.

»Wenn du in ihre Hose greifst, findest du eine Öffnung. Schieb deine Hand dort hinein!«

Der Agent befolgte den Befehl. Durch den Puppenhintern bahnte sich seine Hand ihren Weg bis zum Hinterkopf. Er drehte die Hand nach links und rechts, übte ein wenig, Mund und Kopf der Puppe zu bewegen, bevor er zu sprechen begann.

»Wir haben ein Problem ...«

»Nicht so!«, unterbrach ihn die Stimme. Der Agent verlor kurz seine Fassung. »Gib ihr eine eigene Stimme, und dann sprich durch sie! Nur Mut!«

Der Agent räusperte sich und fing an, mit verstellter und deutlich höherer Stimme zu sprechen. Weit kam er nicht.

»Das geht bestimmt noch besser. Streng dich an! Lass dir was einfallen! Gib ihr Seele, gib ihr Charakter!«, hallte es in ihm, und ob nun aus plötzlich aufblitzender Originalität oder weil er sich noch gut an seine Kindheit erinnern konnte, ließ er die Puppe nicht nur sehr hoch sprechen, sondern diesmal auch lispeln.

»Altho, wir haben ein Problem. Eine kleine Widerthtantsgruppe itht unth auf die Thliche gekommen, fürchte ich.«

»Das ist gut. Das ist sogar sehr gut. Das gefällt mir. Mach weiter!«

Der Agent musste sich zusammenreißen, um nicht hysterisch loszulachen. Das hier war absurd.

»Was …«, er verbesserte sich, »wath tholl daran gut thein, wenn ich fragen darf?«

»Deine Stimme, das Lispeln. Es gefällt mir!«

»Aber das … aber dath itht doch jetht völlig nebenthächlich. Ich thpreche von einer Gefahr, die ….«

»Schschschschsch!«

Die Gestalt löste sich aus dem Schatten und stapfte auf ihn zu.

Riesig.

Unfassbar groß.

Wunderschön.

Ein gigantisches Rhinozeros näherte sich ihm mit schwerem Schritt. Der Kopf des Tieres stoppte wenige Zentimeter vor ihm und schnaufte ihm ins Gesicht, sodass die Haare des Agenten etwas nach hinten geweht wurden.

»Deine Puppe hat jetzt eine Seele, eine eigene Sprache. Das gefällt mir. Das ist wichtig! Das ist essenziell.«

Das gigantische Tier vor ihm schnaufte erneut.

»Und was die hysterischen Tiermörder angeht: Wir wissen beide, dass die Spur, die sie verfolgen, falsch ist. Wie heißt es in einem ihrer heiligen Bücher: ›Im Anfang war das Wort.‹ Ha! Das gedruckte Wort wird sie vernichten.« Das Tier grunzte tief und mächtig. Dem Agenten liefen kalte Schauer über den Rücken.

»Du hast so wunderbare Fortschritte gemacht. Sei stolz auf dich und verschwende keinen Gedanken mehr an diese Fanatiker. Es wird sich bereits darum gekümmert.«

Der Agent hielt die Luft an und starrte an dem Horn vorbei in eines der seitlich abstehenden Augen des Rhinozeros. Es war glänzend schwarz. Ein schwaches Leuchten ging von ihm aus.

Dann schien die Begeisterung in dem Tier mit einem Mal zu verblassen. Woran der Agent das erkannte, konnte er nicht sagen, aber es überraschte ihn nicht, als die Stimme in seinem Kopf seufzend sagte: »Du kannst jetzt gehen!«, während das Nashorn den Kopf schief stellte und einen halben Meter nach hinten ging, wobei »ging« natürlich nicht im Entferntesten die Bewegung dieses großen Tieres beschrieb.

Der Agent zog seinen Arm aus der Puppe und stand vorsichtig auf, als die Stimme noch einmal ertönte.

»Nimm Fratze mit. Die Puppe gehört jetzt zu dir. Lass sie sprechen, so oft es geht. Wir werden uns wiedersehen.«

»Auf … auf Wiederthehen!«

Der Stoff seines Ärmels war dunkel, feucht. Ihm kam es so vor, als wäre er bei dem Gespräch ruhig und professionell geblieben, doch beim Hinausgehen traf sein Blick den Spiegel an der Wand, und er schrak zusammen. In ihm sah er das leichenblasse Gesicht eines Fremden. Im Zwielicht des Raumes wirkte sein feines, blondes Haar nun rot und dick wie Wolle. Seine Haut war mit Sommersprossen übersät. Sein Gesicht war dabei, sich in jenes der Puppe zu verwandeln, die seine Hände krampfhaft umfasst hielten. Das Wort »Metamorphose« fiel ihm ein. In seinem Kopf begann sich alles zu drehen. Er konnte kaum noch atmen.

Mit schwindender Kraft schaffte er es zur Tür, klopfte ungeduldig, und als der Sicherheitsbeamte kurz darauf öffnete, verließ er eilig das Zimmer des Sekretärs.

Das Rhinozeros drehte ab und stapfte wieder in die dunkle Ecke des Raumes, wo es sich dem Heuhaufen widmete, der dort lag.

Epilog

»Aaah, ein Sudoku-Rätselheft.«
Zarmo betrachtete die Werbesendung in seinen Händen.

»Sehr gut! Sehr praktisch! Und umsonst!«

Er nahm die restliche Post aus dem Briefkasten, drehte sich noch mal zur Straße um und sah Trönse hinterher, der lautlos in seinem Elektropanda davonfuhr.

Der Wagen ist schon 'ne Eins, aber sonst? Lange geht das mit dem Nacho nicht mehr gut, dachte er, ohne darüber seine Bombenlaune zu verlieren.

Heute hatte er, Hans Zarm, bewiesen, aus welchem Holz er geschnitzt war.

Im Flur sah er die Post in seinen Händen durch, warf den größten Teil davon weg und steckte das Rätselheft in die Außentasche des Gewehrfutterals.

»Ein bisschen Kopftraining für unterwegs, was, Carla?«, sagte er mit Blick auf die Tasche. Er fühlte sich rundum zufrieden. Dass er die Katze verfehlt hatte und sie eigentlich erst durch den Sprung aus dem Fenster ums Leben gekommen war, spielte am Ende keine Rolle. Wichtig war nur, dass das Ergebnis stimmte. So hatte die ganze Sache wie ein Unfall ausgesehen, was eigentlich noch besser, ja, geradezu genial war.

Vielleicht sollte er seine Technik in diese Richtung perfektionieren, dachte Zarmo. Wenn er seine Opfer in den Selbstmord trieb, war er streng genommen kein Mörder, und das verdammte Schweinesystem konnte ihm gar nichts. Die Genialität seiner Idee ließ ihn noch euphorischer werden.

Er war der Checker, der Boss, der Mann mit dem Plan.

Ein weiterer, entscheidender Schlag gegen die Weltenlenker war gelungen.

Und das ihm!

Ihm allein! Denn Trönse, der Nacho, zählte nicht.

Keine Zeugen! Keine Spuren!

Er hatte es nicht versaut! Ganz und gar nicht versaut!

Er würde nie wieder etwas versauen!

Es ging also auch ohne den verdammten Paslička, diesen Premium-Nacho, der immer alles besser wusste, alles besser konnte und am Schluss wie ein Weichei den Schwanz eingezogen hatte.

Zarmo ging in die Küche und nahm sich eine Dose Whiskey-Cola aus einem Sechserträger, der zusammen mit einer Packung Eier den einzigen Inhalt seines Kühlschranks darstellte. Er öffnete die Dose und trank ein paar tiefe Schlucke. Das tat gut.

Mit einem Mal begann er, über sich selbst am meisten überrascht, den Oberkörper hin- und herzuwiegen. Seine Schuhe machten rhythmische kleine Schrittfolgen auf dem Küchenboden, dann drehte er sich mit einer eleganten Pirouette zurück in den Flur. Dort griff er nach dem Gewehrfutteral, nahm Carla, die Göttliche, heraus und zog reflexartig noch den Reißverschluss der Außentasche zu. Mit der Whiskey-Cola-Dose in der Hand und Carla im Arm schwang er sich tanzend durch die Tür ins Schlafzimmer.

Das Sudoku-Rätselheft hatte er in diesem Moment schon komplett vergessen.

»So ein Mist!«, dachte das Heft, welches nun im Dunkeln in der verschlossenen Außentasche kauerte und in diesem Moment nicht wusste, wie es seinen Auftrag ausführen sollte.

Ein Nachwort hängt am Glockenseil

(zum Geleit vom Autor)

Jetzt, wo Sie dieses Buch gelesen und seinen Inhalt verinnerlicht haben, wo die vielen Schicksale, Wirrungen und Wendungen, die Ihren Verstand zu zersetzen drohten, Sie langsam wieder loslassen und Sie sich fragen: »What the fuck? Was hab ich da grad gelesen?«, bitte ich Sie, sich die Zeit zu nehmen und Ihre Eindrücke zu sammeln. Suchen Sie nach offenen Fragen, und beantworten Sie sie, indem Sie das Buch noch einmal lesen.

Und nochmal …

Und …

Vielleicht aber verdauen Sie Ihre Lektüre erst mal genüsslich.

Auch gut! Dann werde ich Ihnen schon mal die dringendste Frage des Buches beantworten:

Ja, es gibt sie.

Ja, es gibt Filme, gespeichert auf einem Magnetband in einer rechteckigen Plastikhülle, kurz VHS genannt, bei denen das Seherlebnis besser ist als im Kino oder auf einem digitalen Medium.

Okay, ich bin ein Analogromantiker, das haben Sie beim Lesen dieses Buches bestimmt schon bemerkt, aber ich bin auch Ästhet. Ich werde mir weder die *Herr der Ringe*-Trilogie noch einen James-Bond-Film oder *Avengers: Endgame* auf VHS ansehen. Aber der Blitz soll mich treffen, wenn ich mir noch einmal *Sumpf der lebenden Toten* auf DVD antue. Das Make-up der Unterwasser-Zombies (!) ist schlecht genug, da kann ich mich wenig über Unzulänglichkeiten wie die im Digitalen plötzlich sichtbaren Unterwasserlampen freuen, die offenbaren, dass der »Sumpf« ein gewöhnliches Freibad war. Das sind Fehler, die damals einfach nicht zu vermeiden waren.

Auch teure Hochglanzproduktionen wie *Der rote Korsar* mit Burt Lancaster zeigen in der neuen Digitalklarheit viele Fehler, von denen man bei der Herstellung nicht wissen konnte, dass sie in ferner Zukunft mal auffallen würden. Weil eben niemand ahnte, wie klar das Bild einmal werden würde.

Aber ich schweife ab. Na ja, das kennen Sie ja von mir, oder? Zumindest wenn Sie dieses Buch gelesen und es nicht nur als Regalschmuck, Briefbeschwerer oder nur des schönen Umschlags wegen erstanden haben.

Jetzt schweife ich aber erst mal zurück, liebe schweifende Gemeinde. Und zwar in eine wunderbare, unschuldige und blutrünstige Welt. Zu den Anfängen des Nerdtums. Als Gottes Protomensch Adam (eine James-Woods-Version von Adam) sich eine zweite Rippe aus dem Leib pulte und sie in den Player legte.

Ich war schon ein Horror-Nerd, als es noch keine Videorekorder gab. Ich verpasste so gut wie keinen Film von B-Movie-Helden wie Jack Arnold oder William Castle, wenn sie dankenswerterweise im dritten Programm, von einem tollen Moderator namens Dénes Törzs angekündigt, gezeigt wurden. Ich sah freitags im Zweiten regelmäßig Mumien, Monstren, Mutationen, wusste bereits als Teenager Hammer-Filme von gewöhnlichen Horrorfilmen zu unterscheiden und entdeckte in jungen Jahren schon den König des Trashfilms, Edward D. Wood, Jr., sowie Russ Meyer. Oder Bahnhofsgrind à la *Asphalt-Kannibalen. Hitcher, der Highwaykiller* schaute ich mir mit meinem Kumpel Eddie nur deswegen an, weil der Titel so bescheuert war (dass der Film sich tatsächlich als richtige Perle herausstellte, enttäuschte uns fast).

Mit dem Aufkommen von VHS explodierte diese Welt geradezu, und aus ihr entstieg ein unerschöpfliches Universum an Film-(nun ja)»Kunst«! Ich hatte in den Frühwerken von Jörg Buttgereit und den *Sinn*-Filmen von Ades Zabel mitgewirkt. Jugendlicher Super-8-Irrsinn, der im Zuge der andauernden Punkrevolution überall da gezeigt wurde, wo mal gerade kein Konzert stattfand.

Mit dem Video Home System gelangte all das in die eigene Stube. Jörg und Ades konnten ihre Filme plötzlich in Kassettenform verkaufen. Videotheken schossen wie Pilze aus dem Boden und jeder, den ich kannte, hatte bald mindestens zwei verschiedene Mitgliederausweise seiner nächstgelegenen Videodealer in der Brieftasche.

Anfangs gab es noch verschiedene Formate. Beta oder Video 2000. Aber mit VHS setzte sich ca. 1984 das preisgünstigste System durch (und auch wenn das nicht der eigentliche Grund sein mag, ist es jetzt auch egal – VHS war »mein« System).

Ich kaufte mir meinen ersten VHS-Rekorder (kein reines Abspielgerät, die es damals auch gab, nein, *the real deal*, ein Teil mit Aufnahmefunktion), aber da ich damals budgetmäßig ein bisschen limitiert war – es waren die 1980er, und obwohl DIE ÄRZTE auf vielen Postern prangten, verdienten wir nur wenig Geld –, konnte ich mir lediglich einen mit Kabelbedienung leisten, was bedeutete, dass die scheiß »Fern«-Bedienung mit einem 75 cm langen Kabel am Player angeschlossen war. Ich musste mich also arrangieren, was aber nicht so problematisch war, da mein Zimmer eh nur zwei Meter breit war. Wenn ich am Bett gelehnt auf dem Boden saß, ging es ganz gut.

Fortan genoss ich die Freiheit des Home Entertainment und lieh mir einen Film nach dem anderen aus. Viel Action, noch mehr Horror, hie und da Pornografie und ein paar Blockbuster.

Aber die Freiheit schmeckte irgendwann fade, weil ich mein Hirn zunehmend mit Popcorn-Kino fütterte, um das ich bisher meist einen Bogen gemacht hatte. Abseitig Kinematografisches gab es in den gängigen Videotheken leider nur sporadisch, und wenn, dann fast immer gekürzt, denn mit dem Aufkommen der Videokultur erlebte auch die BPjS, die Bundesprüfstelle für jugendgefährdende Schriften, einen ungeheuren Aufschwung. Videokassetten wurden mit einem FSK-Siegel versehen, und Filme, die nur eine FSK-18-Freigabe bekamen, verschwanden unterm Ladentisch – außer der Laden war nur für Erwachsene, aber das konnte sich kaum ein Videothekar leisten – und wurden meist trotzdem noch geschnitten.

All das setzte ungewollt eine wunderbare Lawine in Gang. Denn schon bald öffneten Videotheken für den speziellen Geschmack. Namentlich in Berlin das Videodrom von Graf Haufen und seiner Partnerin, das im Gegensatz zu vielen anderen »Metzelstuben« (fangen Sie mit dem Begriff bitte an, was Sie wollen. Sie haben das Buch ja gelesen und können das jetzt bestimmt) ein Augenmerk auf die Kunst legte. Hier gab es neben D'Amatos *Man-Eater* auch den surrealistischen Stummfilm *Ein andalusischer Hund* (1929) von Luis Buñuel und Salvador Dalí, der dank diverser drastischer Szenen (Ameisen, die sich aus einem Arm herausfressen, ein Auge, das von einem Rasiermesser zerschnitten wird) als der vielleicht erste Splatterfilm der Kinogeschichte gilt. Den gab es tatsächlich auch mal spätnachts im Öffentlich-Rechtlichen zu sehen, das schließlich einen

Bildungsauftrag hatte. Und da ich einen VHS-Rekorder besaß, spulte ich bald zwischen Ameisen und Auge hin und her.

Im Videodrom gab es auch Filme aus Andy Warhols Factory und kontroverses Kunstkino wie *Der Nachtportier* von Liliana Cavani. So was zogen wir uns durchaus auch mal rein, aber eigentlich gingen wir ins Videodrom oder Incredibly Strange Video oder wie die Läden auch alle hießen, um uns den krassen, ungeschnittenen Scheiß zu besorgen:

- *Giallo* von Dario Argento oder Werke von Michele Soavi und Lucio Fulci;
- Splatterfilme aus den USA oder Japan;
- Exploitation, Sexploitation, Blaxploitation;
- Homegrown Video-Nasties von Meistern wie Jörg Buttgereit oder Andreas Schnaas.

Einige der Werke, wie die von Argento, waren natürlich hochklassig, während andere Filme billig heruntergekurbelte Genre-Gemmen darstellten, bei denen man schon länger hinsehen musste, um ihre Schönheit zu erkennen.

Die Unzulänglichkeiten des Magnetbandes bekamen dabei sowohl die professionelleren als auch die weniger professionellen Werke zu spüren. Gekrisselt haben die Kassetten irgendwann alle. So war ein Zombie-Triple mit Romero (First Class), Fulci (Medium Class, aber blutiger) und D'Amato (Low Class, grausam und trashig) auch hintereinander zu ertragen (obwohl das eine sehr subjektive Betrachtung ist. Ein paar Freunde, die ich überredete, mit mir dieses Triple zu sehen, rannten bei Fulci raus, obwohl es einer seiner besseren Filme war).

Wir Video-Nerds wurden zu einer Community, einer Gemeinschaft der Jäger und Sammler, die sich gegenseitig anstachelten und permanent untereinander austauschten. Es erschienen ohne Ende Fanzines zum Thema, in denen es Schnittberichte und Tipps gab, welche Version aus welchem Land ungeschnitten zu sehen war. Allein von den berüchtigten D'Amato-Filmen *Porno Holocaust* und *Man-Eater* hatte ich zig Schnittversionen.

Die Staatsanwaltschaft roch den Braten und zog – ähnlich wie in den 1950ern gegen Comics – gegen die verrohenden Teufelswerke ins Feld, willens, das Übel auszumerzen. Besonders das Videodrom traf es immer häufiger. Das Wort Beschlagnahmung zog in unser aller Wortschatz ein, und bald schon waren Filme besonders wertvoll, wenn sie schon einmal beschlagnahmt worden waren. Auch lernten wir den Begriff Indizierung kennen und als Qualitätsmerkmal lieben.

In Europa gab es höchst unterschiedliche Auffassungen von Filmkontrolle. In Deutschland waren die Behörden besonders strikt, nur England hatte noch strengere Richtlinien für den Filmverleih. Das war natürlich der Grund, warum es in England eine noch größere Fanszene für den abseitigen Film gab als irgendwo sonst in Europa. Allein in London muss es an die zwanzig Magazine gegeben haben, die sich mit dieser Form der Filmkultur beschäftigten. Österreich und vor allem Holland galten als toleranteste Länder, was die Filmzensur anging, und so hielten besonders häufig holländische Filme Einzug in unsere Sammlungen. Da in Holland nicht synchronisiert wurde, hatten …

(Achtung, kurze Unterbrechung! Vielleicht war ich kurz weggetreten, vielleicht ist auch die Autokorrektur, die eigentlich ausgeschaltet war, durchgedreht, oder ich bin ganz leicht schizophren bis hin zu einer hauchdünnen Besessenheit. Keine Ahnung. Jedenfalls kann ich mir nicht erklären, wie folgendes Wort in diesen Text kam: **»Dermatohistopathologisches«**.

Nein, ich habe keine Hautkrankheiten!

Ende der Unterbrechung.)

… holländische Filmversionen immer Untertitel, die nicht wegzuschalten waren (Magnetband, remember?). Und so lernten wir zum Beispiel, dass *Bastard* auf Holländisch *Klootsak* heißt.

Wenn ich hier von Sammlungen schreibe, meine ich im Übrigen keine gekauften Kassetten. Die waren damals einfach viel zu teuer. Ich hatte mir schon bald einen zweiten Rekorder besorgt, ihn mit dem anderen verkabelt und kopierte fortan fleißig Filme, was auch damals schon streng verboten war, aber keinen Videothekenbesitzer kratzte, weil ihr Geschäft boomte. Schön war immer der Opener auf fast jeder Kassette, wo wir von einer freundlichen Herrenstimme mit »Lieber Videofreund …« angesprochen wurden.

Eine Extra-Mark machten die Videothekare übrigens mit dem Erheben einer Strafgebühr, wenn die Videos nicht ordentlich zurückgespult waren. Spulte man zu einigen Szenen sehr oft, litt das Band irgendwann erheblich. Ein Film, der an »gewissen« Stellen etwa immer stark ramponiert war, war Tinto Brass' berüchtigtes Meisterwerk *Caligula* mit Malcolm McDowell, in den die Produzenten (u. a. das Magazin *Penthouse*) nachträglich noch Hardcoreszenen reinschneiden ließen. Die Orgienszene im ersten Drittel war bei uns Usern besonders beliebt.

Toll waren auch die VHS-Cover. Damals gab es noch richtig gemalte Filmcover. Oft waren die Künstler nicht übermäßig talentiert, und besonders die Cover von Actionfilmen lösten nicht selten größte Heiterkeit aus (da konnte aus einem Sixpack auch mal ein 12-Pack werden).

Ein Hochgenuss war etwa das Cover von Buddy Giovinazzos Erstling *Combat Shock*, auf dem ein muskelbepackter Vietnamkämpfer mit Maschinengewehr zu sehen ist und um ihn herum einzelne Szenen aus diesem genialen Indie-Werk, das alles ist, bloß kein Vietnam-Actionfilm. Da wollten die Verleiher ganz offensichtlich beim damals durch *Rambo* ausgelösten

Vietnamfilm-Boom mitverdienen. Wir haben uns über diese Mogelpackung gefreut, weil sie den großartigen Film nicht schlechter machte, das schräge Cover mit all seinen falschen Verheißungen bis hin zu den Muskeln des Hauptdarstellers, die der gar nicht hatte, aber einen zusätzlichen Unterhaltungswert lieferte.

Irgendwann tauchte dann die DVD auf. Vorher gab es schon diverse Nerds, die sich Genreklassiker auf Laserdisc besorgt hatten: schallplattengroße, goldene oder silberne Scheiben, die zu horrenden Preisen gehandelt wurden und deren Abspielgeräte ein Vermögen kosteten. Meist gab es auf Laserdisc eh nur die Blockbuster zu kaufen. Die paar Indie-Hits, die ihren Weg auf dieses edle Medium fanden, waren nur die Speerspitze unserer persönlichen Vorlieben. Zum Beispiel die *Evil Dead*-Reihe.

Mich persönlich interessierte die bessere Bild- und Tonqualität nicht, denn die Grotten, die ich schaute, brauchten so etwas nicht, hatten so eine Aufwertung nicht nötig. Jess Franco, spanischer Sleaze-Gott mit einem Output von über hundert Filmen, hatte bis zu seinem Tode auf billigstem und veraltetem Equipment gedreht. Warum sollte ich mir so etwas jetzt in perfekter Bild- und Tonqualität anschauen? Das würde seine Filme nicht besser machen, im Gegenteil, es würde seiner Kunst einfach nicht gerecht.

Aber mich fragte ja keiner. Die Digitalität überrannte alles. Alles war plötzlich immer und jederzeit verfügbar. Aus den Jägern und Sammlern wurden Kaufsüchtige und Messies, die sich nur kurz über die enthaltenen Filmschätze im Amazon-Paket freuten, bevor sie weiterbestellten. Der Jugendschutz weichte seine Prinzipien immer weiter auf, Indizierungen wurden zurückgenommen, und unsere Community hatte kaum noch Aufregerthemen und löste sich faktisch auf.

Meine Nerd-Freunde und ich empfehlen uns heute genauso wie jeder andere Mensch auch Serien auf den diversen Streaming-Portalen.

Serien, in denen Gewalt teilweise so viel drastischer und expliziter dargestellt ist als in vielen der früheren, meist noch immer indizierten, Filme. *Evil Dead* lief im Privatfernsehen, es gibt digital gedrehte Horrorfilme über tödliche VHS-Kassetten, und von *Cannibal Holocaust* gibt es tatsächlich eine vegane Version.

Mecker, mecker. Man nennt es »alt werden«, Hombre.

Aber manchmal, ganz selten, hab ich dann doch noch herrliche VHS-Momente.

Als ich vor ein paar Jahren gemeinsam mit Freunden ein Live-Hörspiel zum Thema Spaghetti-Western produzierte, tauchten im Rahmen der Recherche auch ein paar Filmtitel auf, die mir unbekannt waren.

Einer davon hieß *Lola Colt ... sie spuckt dem Teufel ins Gesicht*, ein feministischer B-Western aus dem Jahr 1967 mit einer farbigen Tausendsasserin, die ebenso gut schoss, wie sie singen und tanzen konnte.

Ich suchte den Film auf den üblichen Portalen, aber Pustekuchen. Ich fragte Italowestern-kundige Freunde, doch die wenigsten kannten den Film. Mit jeder Niederlage wuchs in mir der Wunsch, diesen Film zu besitzen. Die alte Gier war zurück. Ich musste den Film haben!

Und plötzlich – BOOM! – fand ich ihn als VHS-Kassette auf einer bekannten Tauschbörse. Sie war verhältnismäßig teuer, aber das war mir egal. Ich zahlte den gewünschten Preis und wartete auf die Post.

Als ich die Kassette dann endlich bekam, sah ich mir nach langer Zeit wieder einen Film auf VHS an. Und es war herrlich. Er hätte mir digitalisiert garantiert nur halb so viel Spaß gemacht.

Der Pakt der Glücklichen hat recht:

Filme – zumindest die meisten, die der Pakt und ich uns anschauen – sind nicht fürs digitale Zeitalter gedreht worden.

Bela B Felsenheimer am 23. Dezember 2019

PS: Wussten Sie, dass es Musik gibt, die nur auf Musikkassetten so richtig zur Entfaltung kommt?

Nein?

Dann haben Sie noch viel zu lernen ...

Filme, die digital keinen Sinn machen

MAN-EATER, PORNO HOLOCAUST und so ziemlich alles von D'Amato, außer man möchte die vegane Version von PORNO HOLOCAUST sehen. Die gibt's nur auf DVD.

Alle Filme von Jess Franco, allen voran JACK THE RIPPER (mit Klaus Kinski, gedreht in Zürich, was hier als London herhalten musste. Geldgeber war ein Schweizer Porno-Produzent). In KILLER BARBYS VS. DRACULA spielt Ihr verehrter Bestsellerautor sogar mit. Der Film wurde Anfang der 2000er auf Beta gedreht. In einer Filmkritik wurde besonders die Synchronisation verrissen. O-Ton: »Besonders schlimm ist die Stimme für Bela. Das hat der Mann wirklich nicht verdient.« Dumm nur, dass ich mich selbst synchronisiert habe. Aaargh ...

ASPHALT-KANNIBALEN von Antonio Margheriti. Post-Kriegsfilm über einen Kannibalenvirus aus Vietnam. Whoohoo!!

COMBAT SHOCK von Buddy Giovinazzo. Der Film ist so wunderbar unangenehm, dass eine digitale Aufwertung einfach nur stört.

STREET TRASH, eine tolle 80er-Splatterorgie von James Michael Muro, die im Obdachlosenmilieu spielt.

In die gleiche Kategorie fällt BAD TASTE von Peter Jackson, ja, DER Peter Jackson, der mit *Herr der Ringe* ein paar Jahre später die größte Trilogie der Filmgeschichte drehen sollte. BAD TASTE ist sein innerhalb eines Jahres nur an Wochenenden und mit dem Geld seiner Eltern gedrehter Über-Splatterfilm von 1987, der so herrlich geschmacklos ist, dass man es kaum glauben kann. Dieser Film atmet die Splatterfreude der 80er. Auf VHS wird es eine regelrechte Zeitreise.

THE VIDEO DEAD – von Robert Scott aus dem Jahr 1987. Zombies steigen aus einem Horrorfilm durch den Fernseher in die Wirklichkeit.

Jeder Italowestern der dreckigeren Art. Schön sind die Filme mit einem Antihelden im Zentrum. SARTANA, DJANGO (auch die Besseren mit Franco Nero brauchen keine Digitalität), RINGO etc. Je mehr unterschiedliche Filmtitel so ein Werk hatte, desto trashiger war er. Das gilt auch für italienische Gangster-und Kriegsfilme.

Ray-Dennis-Steckler-Filme, besonders CABARET DER ZOMBIES, dessen Originaltitel THE INCREDIBLY STRANGE CREATURES WHO STOPPED LIVING AND BECAME MIXED UP ZOMBIES den Rekord für den längsten Filmtitel aller Zeiten hält, aber auch sonst ein echter Meilenstein ist. Sein Superheldenepos

RAT PFINK A BOO BOO ist so bescheuert, dass man es kaum glauben kann.

SHE-DEVILS ON WHEELS von Herschell Gordon Lewis. Girls in Leder, Harley-Davidson, Gewalt gegen Männer; nuff said.

Auch die berüchtigten Gore-Filme von Lewis, die ersten überhaupt in der Filmgeschichte, sind sehr zu empfehlen. BLOOD FEAST war 1963 etwa der erste Film, in dem eine Leiche mit offenen Augen zu sehen war. 2000 MANIACS! gehört ebenfalls in jede Sammlung. In den 2000ern hat Lewis wieder ein paar räudige Gore-Filme, meist Fortsetzungen seines Frühwerks, gedreht, denen aber der Zauber seiner ersten Filme fehlt.

Russ-Meyer-Filme, wobei ich am liebsten die VIXEN-Reihe mag. Sexploitation, die so durchgeknallt ist, dass sie schon als Kunst durchgeht.

Die älteren Filme von Doris Wishman – Sexploitation von einer Frau. Einer meiner Lieblinge ist DEADLY WEAPONS mit Chesty Morgan, die ihre unfassbar großen Brüste als Mordwaffen einsetzt, um sich für den Mord an ihrem Geliebten zu rächen. In DOUBLE AGENT 73 ist sie eine brustkampfbewährte Spezialagentin.

SUMPF DER LEBENDEN TOTEN von Jean Rollin, ein Unterwasser-Zombiefilm, der digital leider noch mehr Unzulänglichkeiten offenbart als sowieso schon.

Es gibt auch sehr schöne »homegrown« (selbstgemachte) Produktionen (meist Horror), die man nicht digitalisieren sollte. Andreas Schnaas' VIOLENT SHIT ist zum Beispiel eine herrlich naive Schlachtplatte, bei der ein Polizist schon mal mit einem

Luftgewehr bewaffnet ist und eine Würstchenkette als Zwölffingerdarm herhalten muss. Immerhin gab es drei Fortsetzungen und sogar ein ominöses Remake. Die Filme von Jörg Buttgereit haben künstlerisch zwar einen deutlich höheren Wert, aber auch NEKROMANTIK gefällt mir auf VHS besser als digital.

THE SADIST von James Landis. Sleaze at its best.

BROKEBACK MOUNTAIN von Ang Lee. Den Fans dieses Films möchte ich anraten, ihn mal auf VHS zu probieren. Die Geschichte über das Leben zweier homosexueller Cowboys, in der die Hauptfiguren (Jake Gyllenhaal & Heath Ledger) mitaltern, versagt digital komplett. Zwar gab es einen Oscar für das Make-up, auf der gestochen scharfen Blu-ray kann man aber die künstlichen Bostik-Knetfalten so deutlich ausmachen, dass es nur peinlich ist. Ein typisches Opfer der digitalen Übergangsphase.

Ein Actionfilm, der es bisher nicht auf DVD oder gar Blu-ray geschafft hat, ist DEADLY PREY, mit dem Wrestler Cameron Mitchell in der kurzbehosten Hauptrolle. Mit diesem unfassbaren Menschenjagd-Quatsch kann nur die deutsche Produktion MACHO MAN von und mit sexy Boxchamp René Weller, Peter Althoff und Bea Fiedler mithalten.

Die VHS gab es damals an jeder Tankstelle für fünf Mark. Zusammen mit BLUTIGER FREITAG übrigens, mit einem bösartigen Raimund Harmstorf als notgeilem Kidnapper.

Ich könnte, ich müsste, noch so viele Filme nennen. Bei Lucio Fulci liegt man zum Beispiel wirklich immer richtig.

Aber mit der Auswahl hier haben Sie erst einmal zu tun.

Zuallerletzt möchte ich noch einen Film erwähnen, in dessen Mittelpunkt das Medium VHS steht: THE LAST HORROR MOVIE von Julian Richards. Der Film entstand 2003, als es noch Videotheken mit VHS-Kassetten gab und DVDs gesondert angeboten wurden. In dem Film geht es um eine VHS-Kassette, die von einem Serienmörder mit den Aufnahmen seiner Taten überspielt worden ist. Ein tolles Spiel mit Realitäten mit einem wahnsinnig guten Hauptdarsteller. Leider verschwanden direkt nach Release des Films die letzten VHS aus den Videotheken, sodass der Film kaum wahrgenommen wurde.

Es gibt ihn bezeichnenderweise nur auf DVD, aber er ist ein Muss. Wer kann, sollte diese DVD auf eine Videokassette überspielen, dann funktioniert das Ende auch deutlich besser!

Also, VHS-Player reanimieren oder schnell einen auf eBay ersteigern und dann auf die Jagd gehen.

Es bläst zum Halali
Bestseller-Autor B